Amantes Modernos

TAMBÉM DE EMMA STRAUB

Os veranistas

EMMA STRAUB

Amantes Modernos

Tradução
Angela Pessôa

Título original
MODERN LOVERS

Copyright © 2016 *by* Emma Straub

Agradecimentos são feitos pelas seguintes reproduções:
Pavement, "Range Life", do álbum *Crooked Rain, Crooked Rain*.
Autorização por cortesia de Stephen Malkmus.
Kenneth Koch, "To the Past", *The Collected Poems of Kenneth Koch*,
copyright © 2005 *by* The Estate of Kenneth Koch.
Reproduzido com autorização de Alfred A. Knopf.

Direitos para a língua portuguesa reservados
com exclusividade para o Brasil à
EDITORA ROCCO LTDA.
Av. Presidente Wilson, 231 – 8º andar
20030-021 – Rio de Janeiro, RJ
Tel.: (21) 3525-2000 – Fax: (21) 3525-2001
rocco@rocco.com.br
www.rocco.com.br

Printed in Brazil/Impresso no Brasil

CIP-Brasil. Catalogação na fonte.
Sindicato Nacional dos Editores de Livros, RJ.

S891a
Straub, Emma
  Amantes modernos / Emma Straub; tradução de Angela Pessôa. –
1ª ed. – Rio de Janeiro: Rocco, 2018.

Tradução de: Modern lovers
ISBN: 978-85-325-3076-9
ISBN: 978-85-8122-701-6 (e-book)

1. Romance americano. I. Pessôa, Angela. II. Título.

17-42894
CDD-813
CDU-821.111(73)-3

O texto deste livro obedece às normas do
Acordo Ortográfico da Língua Portuguesa.

*Para Nina,
que fez com que a mudança para Ohio parecesse divertida,
e para os leitores da rua Rutland,
com gratidão por sete anos de vizinhança afetuosa*

Se eu conseguisse sossegar
Então sossegaria.

— *Pavement*

Você não pode evitar, mas nós também não.
Juntos, vigoroso passado, nós dominamos as coisas.

— *Kenneth Koch*

PARTE UM

Ruby Tuesday

MARY ANN O'CONNELL IMÓVEIS

Nova unidade

Linda casa vitoriana de cinco quartos em Prime Ditmas Park. Inúmeros detalhes originais, incluindo portas de correr embutidas, molduras e uma magnífica escadaria esculpida. Cozinha modernizada, telhado novo. Lareira a lenha. Garagem para dois carros. Residência charmosa no coração do bairro, perto de lojas e bons restaurantes na rua Cortelyou, próxima ao metrô. Visita obrigatória!

Um

Em junho, o clube de leitura era na casa de Zoe, o que significava que Elizabeth tinha que carregar sua pesada tigela de cerâmica contendo salada de espinafre com nozes e queijo de cabra esfarelado por meio quarteirão no total. Não precisava atravessar uma rua sequer. Nenhuma das doze mulheres do grupo precisava deslocar-se muito, esse era o ponto principal. Já era difícil o bastante coordenar os horários e ler um romance (ainda que apenas metade do grupo chegasse a terminar alguma coisa) sem pedir às pessoas que pegassem o metrô. Fazer planos com amigos de verdade em seu próprio tempo, ir de carro até o outro lado do bairro para jantar se quisesse, mas isso era a vizinhança. Era fácil. Esse era o último encontro antes do intervalo anual de verão. Elizabeth havia vendido casas para seis das doze integrantes. Tinha um interesse especial em mantê-las felizes, embora, na verdade, também fosse bom quando as pessoas desistiam do Brooklyn e decidiam mudar-se para os subúrbios ou voltar ao local de onde tinham vindo, pois assim ela ganhava o dobro de comissão. Elizabeth gostava de seu trabalho.

 Claro que mesmo que o restante do clube de leitura fosse composto de vizinhas cujos caminhos talvez de outra forma não houvessem se cruzado, ela e Zoe eram diferentes. Eram velhas amigas – melhores amigas, na verdade, embora Elizabeth talvez não dissesse isso na frente de Zoe, temendo que esta risse da expressão juvenil.

Elas haviam morado juntas depois da faculdade, na Idade da Pedra, nessa mesma casa, dividindo a construção vitoriana irregular com o namorado (agora marido) de Elizabeth e dois rapazes que haviam vivido em alojamentos na Oberlin College. Era sempre bom carregar uma tigela grande de algo caseiro até a casa de Zoe, pois era como voltar àquela faixa crepuscular rica em refeições improvisadas e pobre em dinheiro conhecida como a casa dos vinte. Ditmas Park ficava a centenas de quilômetros de Manhattan (onze, na verdade), um diminuto aglomerado de casas vitorianas que poderia ter existido em qualquer lugar dos Estados Unidos, com os campos de exercícios de Prospect Park ao norte e a Brooklyn College ao sul. Seus outros amigos da faculdade estavam se mudando para apartamentos em prédios sem elevador em East Village ou lindas construções de arenito pardo em Park Slope, do outro lado do imenso parque verdejante, mas os três haviam se apaixonado pela ideia de uma *casa* casa, e ali estavam eles, espremidos entre senhoras italianas e os conjuntos habitacionais.

Quando o contrato de aluguel deles terminou, os pais de Zoe – um casal afro-americano que fez uma considerável fortuna como um duo de música disco – compraram a casa para ela. Sete quartos, três banheiros, um corredor central, acesso de veículos, garagem – o imóvel custou cento e cinquenta mil dólares. O carpete mofado e as camadas de tinta com chumbo foram gratuitos. Elizabeth e Andrew ainda não eram casados, muito menos tinham conta conjunta, então enviavam seus cheques de aluguel separados para os pais de Zoe em Los Angeles. Zoe havia tomado mais dinheiro emprestado ao longo dos anos para reformar o imóvel, mas a hipoteca estava paga. Elizabeth e Andrew mudaram-se para alguns quarteirões adiante por um tempo, na direção da Stratford, e então, quando seu filho Harry tinha quatro anos, doze anos antes, compraram uma casa a três portas de distância. A casa de Zoe valia agora dois milhões de dólares, talvez mais. Elizabeth sentia uma ligeira vibração percorrer a espinha ao pensar nisso. Nem Elizabeth nem Zoe pensavam que ainda estariam no bairro tantos anos depois, mas o momento certo de partir nunca havia chegado.

Elizabeth subiu os degraus que conduziam à ampla varanda e espiou pela janela. Como sempre, era a primeira a chegar. A sala de jantar estava pronta, a mesa posta. Zoe passou pela porta de vaivém da cozinha com uma garrafa de vinho em cada mão. Soprou para o alto, tentando em vão afastar dos olhos um cacho de cabelo isolado. Ela vestia jeans azul apertado e uma bata surrada, com uma intricada pilha de colares tilintando contra o peito. Não importava que Elizabeth fosse às compras com Zoe, nas lojas que vendiam artigos de segunda mão que ela frequentava e nas pequenas butiques refinadas de que gostava, nada nunca servia em Elizabeth da maneira que servia em Zoe; ela estava excepcionalmente bem aos quarenta e cinco como havia estado aos dezoito. Elizabeth bateu na janela e acenou quando a anfitriã ergueu os olhos e sorriu. Zoe gesticulou para que ela entrasse, agitando os dedos finos.

— A porta está aberta!

A casa cheirava a manjericão e tomates frescos. Elizabeth deixou a porta se fechar pesadamente às suas costas e depositou sua salada sobre a mesa. Agitou os punhos, que estalaram como fogos de artifício. Zoe contornou a mesa e beijou-a na bochecha.

— Como foi seu dia, querida?

Elizabeth inclinou a cabeça para o lado. Alguma coisa estalou.

— Você sabe — respondeu. — Mais ou menos. O que posso fazer? — Ela percorreu a sala com o olhar. — Você precisa que eu vá em casa e traga alguma coisa? — Mesmo em Ditmas Park, um jantar para doze pessoas era demais para uma anfitriã. De modo geral, somente um pequeno quórum do clube de leitura conseguia comparecer, e assim as anfitriãs davam um jeito e espremiam todos ao redor de sua mesa de jantar normal. Mas, de vez em quando (sobretudo pouco antes do verão), todas as mulheres respondiam alegremente ao convite e, dependendo de quem estivesse recebendo, o grupo tinha que carregar cadeiras dobráveis extras pela rua a fim de eximir-se de sentar no chão, como criança fazendo beicinho no dia de Ação de Graças.

Do alto, veio o som de alguma coisa pesada caindo – *tump* – e então mais duas vezes – *tump, tump.*

– Ruby! – gritou Zoe, espichando o queixo para cima. – Venha cumprimentar Elizabeth!

Uma resposta abafada fez-se ouvir.

– Está tudo bem – disse Elizabeth. – Onde está Jane, no restaurante? – Ela abriu a boca para continuar; tinha autênticas novidades, que não serviam para os ouvidos de suas vizinhas e queria abordá-las antes que a campainha tocasse.

– Temos um novo *sous-chef* e tenho certeza de que Jane está em cima dele como um maldito sargento. Você sabe como é no começo, sempre um drama. Ruby! Venha cá dizer oi antes que todo mundo de quem você não gosta apareça! – Zoe ajeitou as sobrancelhas com as pontas dos dedos. – Inscrevi Ruby naquele curso preparatório para o vestibular que você indicou e ela está irritada. – Ela produziu um ruído semelhante a um estalido.

Uma porta bateu no andar de cima, ao que se seguiu o som de pés na escada, como uma ágil manada de elefantes contida em um único corpo adolescente. Ruby parou de forma repentina no degrau inferior. Nas semanas desde que Elizabeth a havia visto pela última vez, o cabelo dela tinha ido do verde-mar ao preto-púrpura e estava enroscado em um coque redondo bem no topo da cabeça.

– Ei, Rube – disse Elizabeth. – O que está pegando?

Ruby arrancou uma lasca de esmalte.

– Nada. – Ao contrário de Zoe, o rosto de Ruby era redondo e delicado, mas as duas tinham os mesmos olhos, ligeiramente estreitos, como que feitos para olhar de soslaio. A pele de Ruby era três tons mais clara que a de Zoe, com os olhos verde-claros de Jane, e ela seria intimidante mesmo sem o cabelo roxo e a expressão carrancuda.

– A formatura é quinta-feira, certo? O que você vai vestir?

Ruby emitiu um breve ruído como um *kazoo*, o estalido de sua mãe ao contrário. Era engraçado o que os pais faziam aos filhos.

Mesmo quando não tentavam, tudo era reproduzido. Ela olhou para a mãe, que assentiu com um aceno de cabeça.

– Quero usar um dos vestidos da mamãe. O branco, sabe?

Elizabeth sabia. Zoe era boa não só em comprar roupas, era boa em conservá-las. Foi uma sorte ter se casado com uma mulher que usava a mesma calça jeans todos os dias e um pequeno rodízio de camisas de botão, pois não havia lugar para mais nada em seu gigantesco closet. O vestido branco era uma relíquia de juventude: um corpete de crochê que era mais espaço negativo que material, com uma saia franjada que começava pouco abaixo do decente. Era o tipo de vestido que se usava por cima do maiô durante férias no México em 1973. O vestido havia originalmente pertencido à mãe de Zoe, o que significava que continha pó de metaqualona entranhado nas costuras. Antes de conhecer os Bennetts, Elizabeth nunca havia conhecido pais que possuíssem o tipo de vida que deixava os filhos ao mesmo tempo orgulhosos e constrangidos. Maneiro era bom, mas só até certo ponto.

– Uau – disse Elizabeth.

– Isso ainda está em discussão – disse Zoe.

Ruby revirou os olhos e saltou do último degrau justo quando a campainha tocou. Antes que as vizinhas começassem a entrar, cada uma segurando um prato coberto com papel-alumínio, Ruby havia entrado e saído às pressas da cozinha e voltava correndo para o andar de cima com um prato cheio de comida.

– Oiiiiii – trilaram três mulheres em conjunto.

– Oiiiiii – trilaram Elizabeth e Zoe em resposta, suas vozes entoando a música do dia, o brado entusiástico do jantar só para mulheres.

Dois

Quando Elizabeth saía à noite, cabia a Andrew alimentar Harry. Ao contrário da maioria dos adolescentes, que comeria papelão se este fosse coberto com pepperoni, Harry tinha um apetite delicado. Comia os alimentos pelas bordas como criança, acumulando os rejeitos na lateral do prato: nada de azeitonas, nem abacate, a não ser no guacamole, nada de cream cheese, nem couve, nem sementes de gergelim, nada de tomates, a não ser no molho. A lista era longa e aumentava a intervalos regulares – seu pai tinha a impressão de que sempre que cozinhava, algo novo havia sido acrescentado. Ele abriu a geladeira e examinou o interior. Iggy Pop, o gato magro e malhado deles, esfregou o corpo no sapato de Andrew.

– Harry – disse ele, girando a cabeça em direção à sala. Podia ouvir os bipes e blupes repetitivos do videogame preferido do filho, Secret Agent. O jogo era protagonizado por um sapo com um casaco impermeável e chapéu de caçador e, até onde Andrew saberia dizer, havia sido criado para crianças de oito anos. Harry não tinha o menor interesse por Call of Duty, nem Grand Theft Auto, ou qualquer um da miríade de outros jogos que exaltavam assassinato e prostitutas, e Andrew ficava feliz com isso. Era melhor ter um filho que gostava mais de sapos que de metralhadoras automáticas. O próprio Andrew havia jogado videogames leves e lido livros de fantasia com oito centímetros de espessura sobre ratos. Os dois eram únicos, ele e Harry, moles por dentro, como cookies pouco assados. Era o que as pessoas sempre queriam, não era?

— Harry — chamou Andrew mais uma vez. Ele fechou a porta da geladeira e ficou em silêncio. — Harry.

Os sons do jogo pararam.

— Eu ouvi da primeira vez, pai — disse Harry. — Vamos pedir pizza.

— Tem certeza?

— Por que não?

Os sons recomeçaram. Andrew pegou o celular, cruzou o vão da porta e entrou na sala, Iggy Pop seguindo atrás. Ainda estava claro lá fora e por um instante Andrew sentiu-se triste ao olhar para seu filho tranquilo, feliz dentro de casa em um lindo fim de tarde de verão. Sem treinar cobrança de pênaltis no parque sozinho, ou jogar basquete, nem mesmo fumar cigarros contrabandeados em um banco afastado. Harry parecia pálido — Harry *era* pálido. Vestia um moletom preto justo com o zíper puxado até o pescoço.

— Quer jogar? — perguntou Harry, erguendo os olhos castanhos arredios, então Andrew guardou a tristeza em um compartimento bem fundo e sentou-se ao lado do filho. Iggy Pop pulou em seu colo e enroscou-se. O sapo pestanejou e a música começou.

Era trabalho de alguém compor aquela música — uma breve melodia metálica que tocava ao fundo repetidas vezes. Era trabalho de alguém compor a música que tocava por trás das pausas dramáticas dos atores nas novelas. Os toques dos telefones celulares. Alguém estava sendo pago, talvez até mesmo recebendo cheques de direitos autorais. Andrew nunca havia sido um excelente baixista, mas sempre foi bom em compor melodias. Talvez fosse a única coisa que já tenha gostado de fazer em termos profissionais, mesmo que nunca tenha sido exatamente profissional. Ainda assim, quando se sentia deprimido, o que era mais frequente que o contrário, Andrew pensava em seus próprios cheques de direitos autorais, os seus e os de Elizabeth, e em como estavam pagando a maior parte dos custos de Harry na escola particular, o que o animava um pouco. Sempre havia alguém fazendo melhor, sobretudo na cidade de Nova York, mas que se danasse, ele havia ao menos feito alguma coisa na vida que seria lembrada.

— Pai — disse Harry —, é sua vez. Vou pedir a pizza. — Harry afastou o cabelo dos olhos e piscou como uma toupeira bebê ao ver a luz do sol pela primeira vez. Ele era muito bom garoto, muito *bom garoto*. Andrew e Elizabeth conversavam sobre isso o tempo todo, desde que ele era bebê — aconchegavam-se juntos na cama, confortáveis e satisfeitos, a babá eletrônica entre os dois, ouvindo os arrulhos e soluços do filho. Ele sempre havia sido fácil. Todos os seus amigos advertiam que o próximo filho seria complicado, puro problema, mas o próximo nunca chegou. E assim eram só os três, muito companheiros. No início, as pessoas perguntavam por que eles tinham tido apenas um filho, mas quanto mais o tempo passava, mais as pessoas presumiam que havia sido uma opção e deixavam a questão de lado. Quando Harry fez seis anos, até mesmo seus pais haviam parado de perguntar. E quem precisava de mais netos, uma vez que Harry subia para os braços da avó e beijava-lhe o rosto sem que o estimulassem? Quem pediria mais que isso? Algumas pessoas na vizinhança — não amigos de fato, apenas pessoas que eles cumprimentavam quando levavam o lixo para fora — tinham três ou quatro filhos e a Andrew aquilo sempre pareceu coisa do século passado, quando muitas mãozinhas eram necessárias para ordenhar as vacas e capinar os campos. O que fazer com tantas crianças no Brooklyn? Seriam seus genes tão bons, tão importantes assim para a raça humana? Ele entendia quando os motivos eram religiosos — os integrantes do movimento Lubavitch, em Williamsburg, os mórmons, em Utah, estavam nisso pelo jogo final. Mas ele e Elizabeth? Eles estavam apenas fazendo o melhor possível, e o melhor possível era Harry, o doce Harry. Andrew quase desejava que ele não passasse no vestibular e morasse em casa para sempre. Mas era evidente que ele tiraria nota máxima nele também, graças à prosa extravagante e floreada dos romances que apreciava. Mesmo quando bebê, Harry gostava de palavras com muitas sílabas — "isso é exTRORdinário", disse ele antes de completar dois anos,

sobre a fonte na Grand Army Plaza, que lançava seus jatos de água bem alto no ar.
— Te amo, parceiro — disse Andrew.
Harry olhava para o celular e apertava suas teclas.
— Está feito o pedido.

Três

Ruby detestava o maldito vestibular tanto quanto detestava a escola. Ambos eram exemplos da insistência do patriarcado na dominação masculina e bobagens totalmente machistas como essa. Whitman era um bom colégio pelos padrões do ensino particular no Brooklyn – não o melhor, mas não o pior. Talvez algum aluno entrasse para uma Ivy, talvez não. A maioria das pessoas iria para lugares como Marist, Syracuse ou Purchase. Não Ruby. Ela tiraria um ano sabático. Essa era a forma educada de colocar a questão. A verdade era que ela não havia entrado em nenhuma das cinco escolas para as quais havia se candidatado e suas mães falsamente otimistas estavam convencidas de que a culpa era de sua pontuação no vestibular, não de seu mau comportamento, de suas notas ruins ou suas redações de merda acerca de ser uma judia negra com mães lésbicas (a redação que todos incorretamente pensaram que ela escreveria) e, portanto, ela teria que fazer outro curso preparatório no verão subsequente ao seu último ano escolar. Quem fazia uma coisa dessas? Ninguém fazia isso. Era uma piada cujo ponto alto era ela.

Seu telefone vibrou sobre a cama: ME ENCONTRA NO PARQUE ÀS 10? Dust tinha dezenove anos, um dente da frente lascado e cabeça raspada. Era um dos garotos da igreja, a pequena gangue de skatistas que passava o dia inteiro fazendo *kickflips* nos degraus da igreja bem em frente à Whitman. Que Ruby soubesse, nenhum deles frequentava a escola, nem mesmo os que tinham menos de dezoito anos. Os seguranças da Whitman por vezes os afugentavam, mas eles não estavam fazendo nada ilegal, então isso nunca se prolongava por muito tempo. Dust era o líder. Ele usava jeans do tamanho perfeito – não tão apertados que parecessem femininos, mas não muito folgados a ponto de parecer que pertence ao pai de alguém. Dust tinha músculos que aparentavam ter surgido de forma natural, como se ele fosse um latino da década de 1950 que passasse muito tempo trabalhando em uma garagem. Tudo que Ruby sabia a respeito dessa década estava em *Grease* e *Juventude transviada*. Basicamente, ser adolescente era ruim para todo mundo, a menos que a pessoa fosse John Travolta, que obviamente tinha vinte e nove anos, e então isso não tinha importância. Os únicos alunos na Whitman que cantavam espontaneamente eram os *geeks* do teatro musical, e Ruby os detestava tanto quanto detestava os atletas, que eram ainda mais patéticos, posto que a Whitman mal possuía um ginásio. Por outro lado, havia os *geeks* normais, que não faziam nada a não ser estudar para os testes, depois havia os bons samaritanos, que estavam sempre tentando fazer as pessoas assinarem suas petições para salvar as baleias ou prevenir o Ebola ou qualquer outra coisa. Os caras da igreja eram realmente sua única esperança, sexualmente falando.

NÃO POSSO, escreveu ela em resposta. O CLUBE DE LEITURA DA MAMÃE ESTÁ AQUI. HORA DA FESTA/PODE ME MATAR.

LEGAL, enviou ele e então mais nada.

Chamar sua mãe de mamãe não era afetação – havia duas delas, mãe e mamãe, e, portanto, Ruby precisava chamá-las de coisas diferentes. De todo modo, o clube de leitura não tinha importância. Essa era apenas a desculpa mais recente. Ela não teria ido ao parque de qualquer maneira. Fazia três semanas que havia terminado com Dust, ou pelo menos era o que achava. Talvez não tivesse sido clara. Uma vez, eles foram ao Purity Diner na Sétima Avenida, perto da escola, e ela não havia deixado Dust pagar suas batatas fritas; então, dois dias mais tarde, na saída da escola, viu Dust do outro lado da rua, nos degraus da igreja, fingiu que não o estava vendo e seguiu direto para o metrô, em vez de permitir que ele a levasse ao parque, onde haveria tanta pegação quanto possível em público, o que não era pouco.

 O problema sobre Dust era ele não ser inteligente nem interessante, a menos que se levasse em conta a prática do skate ou o sexo oral. Durante alguns meses, seus dentes estragados, os cabelos eriçados e o sorriso torto foram suficientes, mas depois que os efeitos disso desapareceram, só lhes restava conversar sobre *American Idol* (que ambos detestavam) ou a franquia *Velozes e furiosos* (que Ruby não tinha visto). O problema com as mães de Ruby era que seu restaurante ficava a três quarteirões de onde moravam, assim, nunca dava para saber quando uma delas estaria em casa. O que Ruby sabia com certeza era que não queria que elas conhecessem Dust, pois a conversa entre eles seria o mesmo que tentar fazer um cachorro falar chinês. Dust não era feito para os pais de ninguém. Era feito para as esquinas das ruas, as pedras de haxixe, e para Ruby isso havia acabado. Ela deixou-se cair da cama para o chão e engatinhou até o toca-discos. Enquanto sua mãe não era a ideia de "legal" de ninguém, com seus tamancos de cozinha e seu corte de cabelo de barbearia, a outra mãe de Ruby tinha seus momentos. O toca-discos havia pertencido a ela na faculdade, na época em que os dinossauros perambulavam pela Terra, mas agora pertencia a Ruby e era seu bem mais estimado. Se Dust fosse digno de seu tempo, teria conhecido todas as bandas que ela adorava ouvir – The Raincoats, X-Ray Spex, Bad Brains –, mas ele só ouvia *dubstep*, que obviamente era uma das maiores atrocidades da humanidade.

 Ruby empurrou a pilha de discos no chão, espalhando-os como cartas de tarô, até encontrar o que estava procurando. Aretha Franklin, *Lady Soul*. Aretha Franklin nunca tivera um zine e provavelmente não havia perfurado o próprio nariz, mas mesmo assim tinha arrasado. Ruby colocou o lado A, esperou a música começar e então deitou de costas no tapete e olhou para o teto. Do chão, ouviu o clube de leitura começar a gargalhar. Honestamente, era como se as pessoas com mais de trinta anos nunca tivessem ficado bêbadas antes, e sempre agiam como se fosse a primeira vez. Logo elas começariam a conversar sobre seus maridos e filhos e sua mãe cochicharia ao dizer alguma coisa, mas Ruby sempre conseguia ouvir tudo – os pais não entendiam isso? Que mesmo que estivessem do outro lado da casa, os filhos conseguiam ouvir tudo, pois tinham a audição de um maldito morcego e os pais achavam que estavam sussurrando? O verão já estava um saco e não havia sequer começado.

Quatro

Eram quase onze e as únicas mulheres que continuavam na festa encontravam-se na cozinha ajudando Zoe na limpeza. Tanto Allison quanto Ronna eram novas no bairro e estavam ansiosas por detalhes. Elizabeth havia vendido imóveis para ambas – uma linda casa antiga, necessitando de reparos, em Westminster entre a Cortelyou e a Ditmas para Allison, e um apartamento na Beverly com a Ocean para Ronna. As duas tinham trinta e poucos anos, eram casadas, sem filhos. Mas estavam tentando! Mulheres jovens adoravam acrescentar essa informação, especialmente para os corretores de imóveis. Elizabeth já havia atuado como terapeuta, conselheira matrimonial, vidente, guru, tudo em nome de um fechamento mais rápido. Não era legalmente permitido discutir certas coisas – a força das escolas públicas locais, a divisão racial da área, se alguém havia morrido ali. Mas isso nunca impedia que as pessoas tentassem. Allison e Ronna ficaram muito animadas ao conhecerem-se, rindo de sua busca por torneiras e instaladores de papel de parede. Elizabeth deu um beijo na bochecha de ambas e as despachou para inspecionarem a cozinha uma da outra.

Zoe estava diante da pia com as mãos molhadas lançando respingos de água com sabão no chão a cada poucos minutos.

– Você me acertou – disse Elizabeth, removendo um pouco de água do braço.

— Minhas mais sinceras desculpas — disse Zoe. — Bem, a reunião foi legal. Qual é o próximo livro mesmo?

— *O morro dos ventos uivantes*! Escolhido por Josephine, que nunca terminou um livro na vida! Fico imaginando se ela acha que vai só alugar o filme. Aliás, tenho certeza de que foi exatamente por isso. Provavelmente, existe alguma nova versão do filme que ela deve ter visto na HBO Go e agora vai fingir que leu o livro. Vai passar a noite inteira falando que a história se passa em uma linda ilha do Caribe. — Elizabeth pegou a pilha de pratos limpos e colocou-a de volta no armário.

— Não precisa ajudar, Lizzy — disse Zoe.

— Ah, fala sério. Isso é o que você diz às pessoas quando quer que elas deem o fora.

Zoe riu. Elizabeth virou-se e apoiou-se na bancada.

— Na verdade, eu queria conversar com você sobre uma coisa.

Zoe fechou a torneira da pia.

— Ah, é? Eu também. Você primeiro.

— Alguém está fazendo um filme sobre Lydia e eles precisam dos direitos. Nossos direitos. Da música e de nós. Alguém famoso vai escrever o roteiro, alguém bom, esqueci o nome. — O rosto de Elizabeth adquiriu uma expressão animada, em seguida ela cerrou os dentes. Em outros tempos, antes do Brooklyn e das crianças, Elizabeth, Andrew e Zoe faziam parte de uma banda e, além de realizar muitos, muitos shows em porões escuros e gravar suas canções em um toca-fitas de plástico cor-de-rosa, haviam vendido exatamente uma de suas músicas, "Dona de mim", para sua amiga e ex-companheira de banda Lydia Greenbaum, que largou a faculdade, desistiu do Greenbaum, foi contratada por uma gravadora, lançou a canção, ficou famosa, teve o cabelo e as roupas copiados por todos os jovens em St. Marks Place, gravou a trilha sonora para um filme experimental sobre uma mulher que havia perdido a mão direita em um acidente de fábrica (*Zero dias desde então*), raspou a cabeça, tornou-se budista e morreu de overdose aos vinte e sete anos, como Janis, Jimi e Kurt. A cada ano, no aniversário de sua morte, "Dona de mim" tocava sem parar em todas as rádios universitárias do país. Esse era o vigésimo aniversário e Elizabeth vinha esperando alguma coisa. O telefonema ocorrera naquela manhã. Eles haviam sido convidados antes, mas nunca por gente com dinheiro de verdade.

– O quê? – Zoe agarrou os cotovelos de Elizabeth. – Você está de sacanagem? Quanto nós ganharemos?

– Ah, ainda não sei, mas Andrew quer dizer não. Tecnicamente, eles precisam que todos nós assinemos nossos direitos de imagem e precisam que concordemos com a inclusão da música no filme...

– E eles não podem fazer um filme sobre Lydia sem a música.

– Não. Quer dizer, eles até poderiam, mas que sentido faria isso?

– Hmm – fez Zoe. – Quem faria o papel dela? Quem interpretaria você? Quem *me* interpretaria? Ah, meu Deus, Ruby, é claro! É perfeito, adorei, me passe os formulários, vou dizer sim.

Elizabeth agitou as mãos no ar.

– Ah, acho que essa parte não importa tanto. Vou pedir à mulher que envie o troço para você assinar. Tenho certeza de que eles vão nos fazer entrar em uma composição enorme, tipo Amigos de Faculdade Um, Dois e Três. Mas Andrew nunca vai concordar em ceder a música. Isso mexe com ele, sabe? – Nos últimos dez anos, Elizabeth e Andrew vinham discretamente compondo músicas novamente, só os dois, na maioria das vezes durante a tarde, quando Harry estava na escola, se não precisassem trabalhar. Eles sentavam-se em duas cadeiras na garagem e tocavam. Elizabeth não saberia dizer se as novas músicas eram boas, mas gostava de cantar com seu marido e da forma com que corpos que tinham intimidade podiam estar a centímetros um do outro e ainda assim ter a sensação de se tocar. Ninguém mais sabia. Andrew queria assim. – Mas enfim – disse ela –, quais são as novidades? – Havia meia torta de noz-pecã sobre a bancada, levada por Josephine, que a assava todos os meses, mesmo completamente fora de estação e esta fosse em grande medida ignorada pelo clube de leitura. Elizabeth lambiscou-a com os dedos.

— Ah — disse Zoe. — Estamos outra vez falando em nos divorciar. — Ela balançou a cabeça. — Parece que isso pode realmente acontecer dessa vez, não sei. — Bingo, o velho golden retriever de Zoe, saiu pesadamente de seu esconderijo sob a mesa de jantar e apoiou-se, compassivo, em suas pernas. Zoe agachou-se e o abraçou. — Estou abraçando um cachorro — disse ela e começou a chorar.

— Querida! — disse Elizabeth, ajoelhando-se e lançando os braços ao redor de Zoe, o cão imprensado entre as duas. Havia perguntas boas e ruins a fazer. Ninguém jamais deveria perguntar por quê, nem parecer surpreso ou o oposto, que, na realidade, era ainda mais ofensivo. — Ah, não! O que está acontecendo? Eu sinto muito. Você está bem? Ruby sabe? Vocês estão falando em vender a casa?

Zoe afastou a cabeça das costas de Bingo, com um pelo de cachorro grudado no rosto molhado.

— Eu também. Sim. Não. Bem, talvez. Provavelmente. Eu acho que sim? Ah, meu Deus.

Elizabeth acariciou a cabeça de Zoe e retirou o pelo de cachorro de seu rosto.

— Vou ajudar. Em tudo. Você sabe disso, certo? — Zoe assentiu com um movimento de cabeça, fazendo beicinho com o lábio inferior espichado para fora, a parte interna rosa-claro da cor de uma concha.

Cinco

A Whitman Academy era uma escola particular pequena, com apenas sessenta e oito alunos na turma de formandos. Ruby era uma de doze estudantes não brancos em sua série: três afro-americanos, quatro latinos, cinco asiáticos. Era patético e deprimente, mas isso era uma escola particular na cidade de Nova York. Zoe sentiu-se relutante em mandar Ruby – desejava que a filha estivesse rodeada por um corpo estudantil diversificado, mas todas as escolas particulares eram igualmente ruins, as escolas públicas na área eram terríveis e Whitman era a mais próxima de casa. Era o que era.

A cerimônia de formatura ocorreu depois de escurecer, o que agradou os pais que trabalhavam e fez com que os alunos achassem que aquilo era mais um acontecimento tipo tapete vermelho, como se tais medidas devessem ser encorajadas. A escola ficava na Prospect Park West, o que significava que era sempre impossível conseguir vaga para estacionar, mas Ruby havia colocado saltos e recusou-se a andar do metrô para lá. Elas deveriam ter pegado um táxi, mas estava chovendo e tentar pegar um táxi na chuva em Ditmas Park era o mesmo que tentar chamar um urso polar. Simplesmente impraticável. Zoe sentou-se no assento do motorista de seu Honda e percorreu o acesso à garagem em marcha lenta. Elas tinham vinte minutos para chegar até lá. Jane havia tirado a noite de folga, o que significava que provavelmente estava na cozinha de casa, em vez de estar na do restaurante, ao telefone encomendando dez quilos de tomates *heirloom* a um fornecedor de Nova Jersey, mordendo a ponta da caneta até que esta parecesse a raiz retorcida de uma árvore. O rádio estava sintonizado na NPR, para a qual Zoe não estava com a menor disposição, então apertou o botão para encontrar a estação seguinte, e a seguinte. Parou quando ouviu o refrão de "Dona de mim" e a marca aguda e inconfundível de Lydia. Era uma boa música, claro, mas na verdade havia apenas sido a música certa, no momento certo, cantada pela boca certa.

Na Oberlin, Lydia não havia sido nada de especial. Era um tanto balofa, como a maioria deles, com algumas novas camadas de gordura acrescidas pela comida da cantina, o sorvete expresso e os bolinhos de batata que eles ingeriam em cada refeição. Todos haviam morado no mesmo dormitório, Sul, que ficava do outro lado do campus, distante do local onde a maior parte dos calouros morava, mas abrigava montes de alunos do conservatório. Quando seus pais a deixaram lá, Zoe viu uma garota e a mãe manobrarem uma harpa de tamanho real escada acima. Mas Zoe e seus amigos não eram músicos, não se comparados aos alunos do conservatório, todos prodígios acorrentados a seus instrumentos desde o nascimento. Zoe tocava piano e violão, e Elizabeth tinha tido aulas de violão desde os dez anos. Andrew, na melhor das hipóteses, era um baixista rudimentar. Lydia deveria ser a baterista deles, mas não tinha bateria, apenas um par de baquetas, com as quais batia em tudo que havia por perto. Na época, seus cabelos eram castanhos e ondulados, como os do restante das garotas de Scarsdale. Claro que assim que Lydia tornou-se Lydia, deixou de ser de Scarsdale.

Zoe ouviu gritos de dentro da casa. Desligou o rádio e baixou o vidro da janela. Ruby e Jane saíram às pressas pela porta da frente, Ruby usando o vestido branco franjado e Jane ostentando uma máscara de descrença.

— Você está de brincadeira com isso? — perguntou Jane, enfiando a cabeça pela janela do carona.

— Mãe, pelo amor de Deus, é só um *vestido* – disse Ruby, mergulhando no banco de trás.

— Isso certamente não é um vestido inteiro. – Jane deixou-se cair sobre o assento, seu corpo pesado balançando o pequeno carro quando ela fechou a porta e afivelou o cinto de segurança. Sem se virar para encarar Zoe, disse: – Não acredito que você tenha concordado em deixar Ruby usar isso.

— Eu estou bem aqui, sabe – disse Ruby.

Jane continuava a olhar direto para a frente.

— Vamos embora. Não sei lidar com isso.

Zoe engatou a ré. Seus olhos encontraram os de Ruby no espelho retrovisor.

— Estamos muito animadas por você, querida.

Ruby revirou os olhos. Era um gesto involuntário, como respirar, uma reação automática a tudo que as mães diziam.

— Dá para perceber – disse ela. – Vocês podiam me deixar com a família da Chloe; eles vão jantar no River Café.

— O River Café não é mais o que era – disse Jane. – Tem aqueles bolos de chocolate idiotas, com o formato da Brooklyn Bridge. É para turistas.

— Eu sei – disse Ruby e virou-se para olhar pela janela.

Quando elas chegaram à escola, Jane saltou e trocou de lugar com Zoe – alguém teria que dar a volta no quarteirão para encontrar uma vaga e ambas sabiam que Ruby teria um ataque de fúria se tivesse que passar pela escola trezentas vezes antes de entrar. Os formandos e suas famílias andavam em círculos na fachada e no saguão, todos vestidos como se fossem a um baile. A Whitman não tinha baile, claro – isso era antiquado e suburbano demais. Em vez disso, eles davam uma festa com todo o corpo docente em um sótão remodelado em Dumbo. Zoe ficou esperando que surgisse algum e-mail informando que os alunos e professores haviam sido apanhados em uma orgia no banheiro. A maioria dos professores dava a impressão de que poderia ser aluno, talvez com algumas séries de atraso. Os rapazes quase sempre deixavam crescer barbas ralas e desalinhadas ou cavanhaques, provavelmente apenas para provar que podiam. Ruby havia faltado à festa, "Porque eca", com o que Zoe havia secretamente concordado.

    Zoe permitiu que a filha a conduzisse, ziguezagueando por dentro e por fora da multidão em frente à escola. Ela balançava a cabeça e acenava para os pais que conhecia e apertava o braço de alguns jovens. A escola era pequena e Ruby a frequentava desde os cinco anos, portanto Zoe conhecia todo mundo, quer Ruby se prestasse ou não a falar com as pessoas. O grupo alternadamente afetuoso e cruel de amigas de Ruby – Chloe, Paloma, Anika e Sarah – já estava lá dentro, posando para fotos com os pais e irmãos, e Zoe sabia que Ruby provavelmente trocaria Jane e ela por suas amigas logo que possível. Os hormônios da formatura iminente faziam com que os hormônios normais da puberdade parecessem um nada – Ruby havia se convertido em uma lunática durante meses. Elas entraram pela pesada porta da frente e Zoe viu Elizabeth e Harry do outro lado do saguão.

– Ei, espere – disse ela a Ruby, apontando. De má vontade, Ruby desacelerou o passo até parar e cruzou os braços sobre o peito.

– Ruby! Parabéns, querida! – Elizabeth, abençoada seja, não se deixava paralisar pelos olhares fatais de Ruby. – O vestido está fenomenal em você. Uau! – Zoe viu sua filha abrandar. Conseguiu até mesmo esboçar um pequeno sorriso.

– Obrigada – disse Ruby. – Quer dizer, é só o ensino médio. Na verdade, não é grande coisa. Só é grande coisa se você *não* se forma no ensino médio, sabe? Tipo, também aprendi a andar e a usar o garfo.

Harry deu uma risadinha.

– Eu consigo amarrar meus sapatos – disse, chutando o chão com o dedo do pé para enfatizar e também para evitar olhar Ruby nos olhos. Embora Harry e Ruby tivessem crescido juntos, morado a três casas de distância durante a maior parte da vida, as coisas haviam mudado nos últimos anos. Quando eram crianças, eles costumavam brincar juntos, tomar banho juntos, construir fortes e coreografar danças. Agora Harry mal conseguia falar na frente dela. Na maioria das vezes, quando estava perto de Ruby, Harry só conseguia pensar na fotografia sobre a cômoda de sua mãe, dele e de Ruby, ele com um ano, ela com dois, ambos de pé, nus no jardim da frente. Seu pênis parecia minúsculo, como a cenoura baby mais atarracada do saco, aquela que talvez ninguém comesse por medo de ser na verdade um dedo do pé.

– Exatamente. – Ruby examinou o lugar, olhando por sobre a cabeça de Harry. – Ah, merda – disse. Zoe, Elizabeth e Harry viraram-se para seguir seu olhar. – Mamãe, fique aqui. – Ela forçou passagem pelo saguão, afastando as pessoas do caminho com os cotovelos.

Zoe estendeu o pescoço; o lugar estava ficando cada vez mais cheio.

– Com quem ela está conversando, Harr?

– É Dust – respondeu Harry e arrependeu-se de imediato. Tinha visto os dois se beijando na frente da escola e na rua deles depois do anoitecer, entre os carros estacionados. Dust obviamente não era o tipo de rapaz que uma garota levaria para a casa dos pais, mesmo que seus pais fossem legais, como as mães de Ruby. Haveria muitas perguntas. Dust era o tipo de cara, se a vida fosse uma sitcom, que as mães de Ruby teriam tentado adotar, pois acabariam por constatar que ele não sabia ler e que havia morado em um banco de parque desde os doze anos. Mas, na vida real, Dust era apenas meio assustador e Ruby deveria saber muito bem disso. Harry tinha várias ideias boas sobre com quem ela deveria sair e todas apontavam para ele.

– Dust? – perguntou Elizabeth.

– Isso é um nome? Ele estuda aqui? Quantos anos tem? – perguntou Zoe.

– O quê? – perguntou Harry, acenando com a mão perto da orelha. O saguão da escola estava ficando barulhento e ele estava suando. Era melhor fingir que não havia escutado. Ruby ficaria furiosa. Harry sentiu uma saudade inesperada e profunda da indiferença que ela demonstrava por ele desde o nono ano.

O diretor do colégio surgiu e gritou para que os formandos fizessem fila, e o povo começou a dispersar. Pais entusiasmados tiravam fotos uns dos outros com o celular, e alguns com câmeras de verdade. Os professores usavam gravata e distribuíam apertos de mão. Elizabeth pôs a mão em concha sobre o ombro de Harry.

— Tenho certeza de que está tudo bem. Vamos entrar? Zo, quer que eu guarde lugar para você e para Jane?

— Espere — disse Zoe. Agora que as pessoas entravam em fila no auditório, o caminho do saguão até a porta, onde Ruby discutia com o rapaz que parecia um skinhead, era uma linha reta. Os skinheads ainda existiam? Ele era mais alto que Ruby e inclinava o corpo para conversar com ela, os ombros curvados como os de um velho. Ruby parecia furiosa e o rapaz também. Seu rosto era fino e pronunciado e o queixo projetava-se em direção ao rosto meigo de sua filha.

— Harry, desembuche.

Harry sentiu o rosto começar a queimar.

— Merda — disse. — Ele é o namorado dela.

— O nome dele é Dust ou Merda? — perguntou Elizabeth. — Qual é a história? — Chloe e Paloma avançavam na direção de Ruby, cambaleando sobre os saltos novos como bebês dinossauros.

Harry abriu a boca para responder — mentir nunca havia sido seu forte —, mas nesse instante Ruby soltou um gritinho e antes de pensar no que estava fazendo, Harry estava correndo pelo saguão. Atirou o corpo inteiro de encontro a Dust e os dois caíram no chão com um baque. Harry sentiu Dust girar e o viu levantar-se às pressas e correr porta afora como um caranguejo-ermitão, apoiado nas mãos e nos pés. Ruby estava de pé ao lado de Harry, com as mãos na boca. Por um segundo, pareceu realmente assustada e as franjas brancas de seu vestido balançaram um pouco, quase como se ela estivesse dançando. Era o vestido mais lindo que Harry já tinha visto. Não era apenas um vestido; era uma religião. Um vulcão em erupção que mataria centenas de turistas caras-pálidas, mas Harry estava pronto para o fluxo de lava. Ruby recuperou a compostura e olhou ao redor. Um semicírculo havia se formado em torno deles e suas mães abriam caminho por entre as pessoas, boquiabertas como barrigudinhos famintos. Ruby virou-se para o grupo, sorriu e acenou como se houvesse vencido um concurso, com o cotovelo movendo-se para a frente e para trás. Chloe e Paloma choramingaram e estenderam os dedos sôfregos na direção dela, mas Ruby as ignorou.

– Meu herói – disse ela a Harry com ar malicioso, e estendeu a mão para ajudá-lo a se levantar.

Seis

O quarto de Elizabeth e Andrew estava quente. Todas as três janelas estavam abertas e um ventilador grande e oscilante girava da esquerda para a direita, mas o quarto continuava abafado. Iggy Pop havia abandonado seu lugar habitual na cama deles em favor do peitoril de uma das janelas e Elizabeth sentiu inveja. Os aparelhos de ar-condicionado estavam no porão. Era um dos motivos de orgulho de Andrew esperar o máximo possível antes de instalá-los. Em certo ano, antes do nascimento de Harry, eles haviam esperado até 15 de julho. Elizabeth chutou longe o lençol e virou de lado.

– Pensei que a chuva fosse deixar o tempo mais fresco – disse.

– O planeta está morrendo – retrucou Andrew. – Você vai perceber isso melhor em janeiro. – Ele cutucou-a com um dedo do pé, provocando-a.

– Ah, pare com isso – disse Elizabeth, enxugando a testa. Era quase meia-noite. – Não acredito que Harry tenha atacado alguém.

– Parece que não foi realmente um *ataque* – disse Andrew. – Resgate, talvez? Mas você tem razão, não parece coisa dele. Talvez tenha surgido algum tipo de vespa e ele estava tentando tirar o rapaz do caminho. – Andrew também virou de lado para ficar de frente para a mulher. – Mas isso também não parece coisa dele.

– Não, Harry partiu para cima do garoto como uma granada prestes a explodir. Correu e então se atirou. Foi como um filme de ação. Nunca vi Harry se mover tão rápido em toda a vida dele.

— Estranho. — Andrew sentou-se e tomou alguns goles de água. — Não dá para acreditar que no ano que vem vai ser ele.

— Só espero que ninguém ataque Harry. Além disso, aquele garoto parecia ter uns vinte e cinco anos. Aposto que está atrasado umas três séries. Você lembra de ter se atrasado? — Elizabeth caiu de costas e deixou que suas pernas se estendessem para as laterais. — Em todo caso — continuou —, quer conversar sobre Lydia? Eu disse a eles que daria uma resposta assim que possível.

— Podemos deixar para outro dia? Estou cansado, ok? — disse Andrew. Elizabeth resmungou. — Conversamos sobre isso amanhã. Te amo. — Ele apagou a luminária que ficava ao lado de sua cabeceira e beijou Elizabeth na testa. — Boa noite.

Elizabeth contemplou a parte de trás da cabeça do marido. Seu cabelo castanho-escuro estava ficando grisalho nas têmporas e em pontos aparentemente aleatórios aqui e acolá, mas continuava espesso e cacheado nas pontas quando se passavam meses desde o último corte, como era o caso. Ela ouviu a respiração dele abrandar até tornar-se involuntária e leve, inspirar e expirar, inspirar e expirar. Andrew possuía sua cota de ansiedades, mas dormir nunca havia sido uma delas. Parecia um robô: quando era hora, simplesmente fechava os olhos e pronto.

Era engraçado pensar em Lydia. Quando se conheceram, eles eram apenas dois anos mais velhos que Harry agora, um ano mais velhos que Ruby. Elizabeth lembrava-se de tanta coisa dessa época — de como se sentia quando chegava nas festas, da aparência de sua pele após três dias de cerveja e sem tomar banho, de dormir com novas pessoas pela primeira vez. De dormir com pessoas uma única vez! Ela sempre imaginou que teria mais tempo de exploração, de manhãs constrangedoras com estranhos, mas ela e Andrew haviam se conhecido muito cedo e então tudo isso terminou. Cinco homens. Era essa a história sexual inteira de Elizabeth. Realmente patética. Suas amigas que só haviam conhecido os parceiros depois dos trinta haviam facilmente dormido com vinte pessoas, se não mais. Taylor

Swift talvez tivesse dormido com mais gente que Elizabeth, e bom para ela. A maioria dos pais na Whitman era uns dez anos mais velha que ela – Elizabeth e Andrew haviam começado muito cedo, provavelmente antes mesmo dos trinta, um feito aterrorizante para os outros pais que conhecia, como se ela tivesse sido uma mãe adolescente. Mas Zoe e Jane, com apenas dois anos de romance, tiveram Ruby, e de repente Elizabeth havia sentido seu relógio biológico (ou seu relógio interno responsável por não-ficar-atrás-de-Zoe) tiquetaquear feito louco e eles seguiram logo atrás, transando todos os dias entre uma menstruação e a seguinte.

Elizabeth era feliz no casamento, realmente era. Só que por vezes pensava em todas as experiências que nunca havia chegado a ter, em todas as noites que havia escutado os roncos do marido e sentido vontade de saltar pela janela e ir para casa com a primeira pessoa que se dirigisse a ela. As escolhas eram fáceis de fazer até que se percebesse o quanto a vida podia ser longa.

Era lisonjeiro o fato de sua música ter permanecido atual. Alguns sucessos envelheciam mal – ninguém achava que "Who Let the Dogs Out" descrevia com exatidão seus mecanismos internos –, mas "Dona de mim" havia envelhecido de forma melhor que a maioria. Jovens irritadas, rapazes sensíveis, adolescentes de qualquer tipo desde que angustiados, mães que amamentavam, todos que tinham um chefe que detestavam ou um amante que não dava muita atenção – a música era aplicável a uma quantidade surpreendente de categorias. Ela havia escrito a letra com rapidez. Foi no outono do seu segundo ano e ela estava sentada em uma das cadeiras laranja arredondadas da biblioteca da faculdade. Projetadas na década de 1960, eram chamadas "cadeiras-útero", por serem suficientemente fundas para se entrar nelas, redondas e aconchegantes, e certamente pelo menos um estudante havia tentado permanecer ali por nove meses seguidos. A parte interna era estofada e o melhor era não pensar no quanto devia ser difícil limpá-las. Elizabeth gostava de enroscar-se nelas e ler ou escrever em seu caderno de apontamentos. Todos na Oberlin eram totalmente impetuosos e preocupavam-se com Foucault e Barthes, mas ela interessava-se muito mais por Jane Austen. Estava lendo *Razão e sensibilidade* por prazer, e foi onde percebeu: em uma das últimas páginas, quando Elinor Dashwood tentava preparar-se para uma visita de Edward Ferrars, por quem estava profundamente apaixonada, mas que ela acreditava que a havia renegado. "*Vou* ficar calma; *vou* permanecer dona de mim", pensou Elinor.

Elizabeth entendeu perfeitamente: o desejo de estar no controle, a necessidade de dizer as palavras em voz alta. Em St. Paul, Minnesota, ninguém jamais havia sido verdadeiramente dono de si. A mãe de Elizabeth e suas amigas frequentavam o mesmo cabeleireiro, faziam compras nas mesmas lojas, mandavam os filhos para as mesmas escolas. Elizabeth tinha certeza de que todos comiam as mesmas coisas no jantar, talvez com exceção de Purva, cujos pais eram indianos, e Mary, cujos pais eram coreanos. Elizabeth girou a cadeira para ficar de frente para a janela e abriu seu caderno. A música estava concluída quinze minutos depois. Ela mostrou a letra a Zoe, Andrew e Lydia no fim da tarde e o restante da música estava terminado quando eles foram dormir. A banda chamava-se Kitty's Mustache, um cumprimento à heroína de Tolstói. Eles eram universitários normais, apaixonados pela ideia da própria inteligência. Ninguém havia pensado em nada antes. Aquela foi, sem dúvida, a melhor noite de sua vida até o presente.

Ela e Andrew não namoravam sério. Haviam dormido juntos três ou quatro vezes, quase sempre quando estavam bêbados ou, uma vez, sob efeito de Ecstasy, que ela achou que talvez fosse apenas aspirina com um pouquinho de cocaína polvilhada por cima, como queijo parmesão sobre uma lasanha. Andrew era calado e um tanto zangado, uma combinação irresistível. Só usava preto. Calças pretas, camisetas pretas, meias pretas, sapatos pretos. Havia nele certa rigidez que Elizabeth apreciava, mas não tinha certeza. Os pais dele eram ricos e ele os detestava – era uma velha história. Elizabeth tinha dezenove anos e Andrew vinte, e realmente não importava. Mas então ela fez vinte,

vinte e dois, vinte e quatro e logo depois eles se casaram. Quando Lydia perguntou ao restante da banda se podia licenciar os direitos da música, para efetivamente gravá-la e divulgá-la, Elizabeth não precisou nem mesmo pensar no assunto. Nunca tinha tido a oportunidade de ser dona de si, não de verdade. Nenhum deles achava que Lydia sabia cantar – empiricamente, ela não sabia. Que importância aquilo poderia ter?

Havia sido mais difícil para Andrew ver a versão de Lydia da canção decolar. Elizabeth acreditava que as músicas – as grandes e perfeitas – pertenciam ao universo. Importava quem havia escrito "They Can't Take That Away from Me" quando tanto Ella Fitzgerald quanto Billie Holiday haviam arrasado cantando a música? Boas músicas mereciam ser ouvidas. Era melhor ser otimista acerca da própria produção. Por que isso precisava ser emocional? Ela havia escrito a música, havia colocado a letra na página. Lydia fez um trabalho melhor, difundindo-a para o universo. Andrew era mais acumulador. Zoe sabia por seus pais que a indústria da música estava fodida e não queria ter nada a ver com ela.

Desde que eles haviam se formado na Oberlin, Elizabeth tinha tido três empregos. Primeiro havia atuado como assistente de um ex--sócio de seu pai, um advogado que trabalhava perto da estação Grand Central. Chegar lá saindo de Ditmas Park demorava uma eternidade e ela trabalhava tantas horas que muitas vezes adormecia no metrô na volta para casa e acordava na última parada, em Coney Island. Seu segundo emprego também foi como assistente, mas dessa vez em uma editora de livros de arte em Chelsea. Sua chefe encontrava-se no processo de vender a casa e mudar-se para o Brooklyn e era função de Elizabeth ajudar. Ela media paredes e fechava com fita adesiva as caixas de livros, embalando e desembalando. Foi como acabou no setor imobiliário. Agora já fazia tanto tempo que o trabalho parecia uma parte de sua alma, como ser professora ou uma artista que criava esculturas de areia. A pessoa nunca enxergava os resultados – apenas confiava que sabia o que estava fazendo e que tudo daria certo no fim.

Claro que de vez em quando uma atriz de televisão comprava uma de suas casas e saíam fotos do imóvel em alguma revista, mas isso não era uma vitória de Elizabeth, não mesmo. Aquela era uma carreira modesta, como ser comissária de bordo. Ela auxiliava as pessoas a irem de um lugar para outro.

Era difícil dizer do que Elizabeth mais gostava na venda de imóveis – gostava da imaginação necessária. Gostava de percorrer um lugar e levar em conta as possibilidades. Ela ganhava um bom percentual de sua renda vendendo apartamentos, alguns deles novos, lustrosos e sem alma, mas do que realmente gostava era de vender casas antigas para pessoas que as apreciavam. Elizabeth lançou as pernas para fora da cama e deslizou para a frente, até seus pés alcançarem o piso de madeira. As tábuas do soalho rangeram, pois a casa era centenária e era isso o que elas faziam. Ela levantou-se e caminhou até a janela, que ficava no lado de Andrew da cama, e olhou para a rua Argyle.

– Vou ficar *calma calma calma calma calma* – cantou Elizabeth em um grito sussurrado. – Vou ficar *calma calma calma calma calma*! – As palavras soaram estranhas ao sair de sua boca. Pareceram-lhe tão vitais na época, como se um canal houvesse se aberto e um feixe turbulento de luz feminista fluísse através dela. Ela escreveu a música em sua agenda, com sua caligrafia miúda e regular, as letras ficando cada vez mais confusas à medida que escrevia mais e mais rápido. Assim que estava toda no papel, Elizabeth soube que a letra era boa. O que não sabia – nem poderia saber – era o que aconteceria a seguir, mas sabia que a música era a melhor coisa que já havia feito. Andrew roncava. Elizabeth ficou olhando para a rua até Iggy Pop saltar do peitoril da janela, aterrissando com um queixume no chão duro de madeira, perturbado com a possibilidade de haver algo errado. Ela pegou o gato, segurou seu corpo magro de encontro ao peito suado e voltou para a cama.

Sete

Jane havia começado a dormir no quarto de hóspedes. Agora que Ruby sabia que elas estavam com problemas que poderiam de fato acabar com o casamento, a situação estava ao mesmo tempo melhor e pior em casa. Ela e Zoe não precisavam fingir que tudo estava bem, mas Jane havia gostado de fingir. Gostou tanto que muitas vezes passava o dia e a noite inteira e só lembrava quando chegava em casa depois do corre-corre do jantar e Zoe a encarava com raiva de seu lugar no sofá. Jane não podia ligar a televisão; não podia trocar a música. Podia optar por sentar-se em silêncio e não incomodar Zoe, mas se estivesse em seu laptop, concluindo algum trabalho, levava esporro por isso também. Era como se Zoe achasse que elas estavam nadando através de oceanos, porções intermináveis de tempo. Quem se sentava em um único lugar durante três horas lendo um livro? Talvez fosse esse o motivo por que elas estavam falando em se divorciar. Dra. Amelia, a terapeuta de casais que haviam consultado anos antes, dissera que todos os casamentos passavam por dificuldades, o que não significava que a união fosse ruim ou doentia. Significava apenas que as pessoas precisavam chutar alguns pneus, apertar alguns parafusos, ou acertar o tempero. Dra. Amelia não tinha medo de metáforas. Por vezes, quando elas estavam sentadas no sofá baixo e laranja em seu consultório, inclinava a cabeça para trás e exibia uma longa lista delas, tentando descobrir quem estava certa.

Não era como no início, quando elas passavam os dias comendo nos centros comerciais chineses no Queens, ou quando abriram o Hyacinth e ambas passavam quinze horas por dia em pé, exaustas demais para brigar, ou quando Ruby nasceu e elas ficaram tão apaixonadas que não precisavam disso. Agora Zoe passava tanto tempo debruçada sobre seu computador, trabalhando na folha de pagamentos, na tabela de horários e no faturamento, que Jane tomava isso como um nítido sinal de pare. De alguma forma, agora que elas não eram imprescindíveis a cada segundo todos os dias, em vez de ter mais tempo juntas, tinham menos. Jane ia a jantares no James Beard House sozinha, bebia uísque com os cozinheiros no bar da rua depois do expediente. Pela primeira vez na vida, Zoe estava dormindo cedo. Havia problemas importantes e triviais, e esses últimos pareciam multiplicar-se como coelhos na calada da noite. Jane preocupava-se demais com os comentários da Yelp; bebia muito. Não se importava com os amigos de Zoe nem com seus próprios amigos. Ela não tinha amigos! Era muito mandona, não era suficientemente mandona. Não ligava para Patti Smith. Quando elas se conheceram, Zoe era frenética e Jane havia se sentido como uma força estabilizadora – seu corpo vigoroso ancorando à terra os membros longos e magros de Zoe. Era isso o que ela ainda desejava ser. Não era a palavra nem o sentimento de fracasso, que tanto deprimiam a mãe de Jane, obrigando-a a telefonar para suas tias, tios e primos para contar que não tinha dado certo. Sua mãe agia como se aquilo fosse uma afronta à homossexualidade da filha, o divórcio, como se ela tivesse direito a votar e houvesse dormido durante a eleição.

A cama do quarto de hóspedes era grande, um futon sem uso repleto de protuberâncias. Até recentemente, elas o mantinham dobrado, a menos que alguma amiga de Ruby passasse a noite na casa, quando elas arrastavam o colchão pelo chão até o quarto da filha e as garotas podiam saltar e jogar-se em cima dele. As crianças não se importavam, mas Jane sim. Suas costas estavam horríveis, assim como seus joelhos. Ficar de pé no restaurante já era ruim o bastante, mas dormir sobre uma peça de papelão canonizada era pior. Todas as manhãs, ela rolava para um dos lados e tinha que levantar-se apoiada nas mãos e nos joelhos, como se tivesse acabado de rastejar por um deserto. Jane tinha a sensação de ter uns cem anos. Enquanto isso, Zoe estava sempre entrando e saindo das aulas de pilates. Usava maquiagem, um pó brilhante nos olhos, um rosa cintilante nos lábios. Era difícil não ter a impressão de que Zoe estava dançando sobre seu túmulo. Não que Jane já tivesse impedido a mulher de fazer aquilo de que gostava – não fazia o menor sentido. Ela gostava que as coisas fizessem sentido. Não era nem mesmo uma questão de balançar o barco – Zoe estava cortando o barco ao meio com uma motosserra. Meu Deus, ela estava tão desagradável quanto a Dra. Amelia.

O verão de verdade estava chegando – os tomates estavam excelentes, redondos e doces. Os siris, uma perfeição. Havia milho por toda parte, tão fresco que era possível puxar a casca e comer os grãos direto da espiga. O Hyacinth ficava menos movimentado em julho e agosto, quando muita gente saía da cidade, mas junho ainda era agitado e Jane acordou pensando em pratos especiais para acrescentar ao cardápio. Ela quase sempre abria os olhos e visualizava refeições – não o café da manhã –, coisas que podia servir no restaurante. Uma sobremesa com morangos e pimenta em grãos. Uma salada com imensos rabanetes-melancia e grossas fatias de abacate. Massa fresca com *pesto* de aspargo. Em seguida, pensava em Zoe.

Elas sempre conversaram sobre o que aconteceria quando Ruby saísse de casa – quando a filha era pequena, aquilo parecia um pesadelo hilariante, a ideia de que aquela criatura minúscula e indefesa algum dia seria capaz de pagar as próprias contas ou abrir a porta da geladeira. Quando Ruby estava com cinco ou seis anos, indo à escola todos os dias, Zoe enlouqueceu. No começo, foi estimulante – tantas horas do dia! tanta liberdade –, mas então ela começou a queixar-se do tempo que Ruby passava com outros adultos, preocupada que esta se deixasse influenciar por eles.

— Eles são *professores* — dizia Jane. — É para isso que estão sendo pagos. — Mas não importou; Zoe chegava sempre cinco ou dez minutos adiantada para pegar Ruby e andava de um lado para o outro na frente da escola, como se achasse que a filha talvez a tivesse esquecido nas horas que havia permanecido longe. Durante esses anos, Zoe apegava-se a Jane como um crustáceo amoroso. Elas eram um casal poderoso, rico em couve, quinoa e taças espumantes de *rosé*.

Jane rolou para o lado. O ventilador de teto estava ligado, zumbindo em círculos. A casa estava silenciosa, mas havia alguma construção em andamento lá fora. Jane poderia jurar que costumava haver normas acerca de britadeiras nos finais de semana, mas lá estavam elas. Era muito estranho estar em casa e dormir em outra cama. Ela sentia-se envergonhada e ridícula. Em todo caso, o que aquilo tinha a ver com os arranjos para dormir? Tudo que desejava era sua vida normal, fácil. Achava que não havia nada que elas não conseguissem corrigir. Talvez quando Ruby saísse de casa, as coisas ficassem mais fáceis. Elas teriam mais espaço para conversar — até para discutir. Zoe não parecia propensa à ideia do divórcio — seus próprios pais haviam permanecido casados ao longo dos anos 1970 e 1980, da cocaína e todo o restante. Eles continuavam casados e bebiam gim-tônica juntos diante da lareira, embora Los Angeles em geral fosse muito quente para que a acendessem. Jane adorava os pais de Zoe por muitas razões, mas era a isso que tudo se resumia — ela adorava o fato de eles serem felizes, totalmente desprovidos de neuroses.

Ela e Zoe formavam um casamento misto, tanto em termos raciais quanto religiosos — Jane era uma judia de Long Island que usava medicação para úlcera desde a adolescência e Zoe uma marciana que nunca se preocupava com nada, que acreditava que Chaka Khan tocava *em todas* as festas de dezesseis anos. Elas sempre equilibraram uma à outra, mas agora Jane tinha a impressão de que, em vez de equilíbrio, ela havia sido apenas um tijolo amarrado ao tornozelo de Zoe, uma âncora enferrujada tentando arrastá-la para o fundo. Talvez, depois de todo esse tempo, ela constatasse que Zoe estava certa, que trabalho árduo e diversão era o que importava e o resto deveria simplesmente desaparecer em uma nuvem de fumaça. As roupas de Ruby, suas notas? O garçom que estava sempre chapado, como se o Hyacinth fosse o Odeon e Bret Easton Ellis estivesse prestes a entrar pela porta? A última briga de sua mãe com a funcionária dos correios, sobre como a mulher estava roubando suas revistas? Ela queria largar tudo de mão. Tudo que Jane desejava era olhar para o lindo rosto de Zoe todos os dias pelo resto da vida.

– Zo? – chamou Jane e ergueu-se devagar, os joelhos rangendo. – Ruby? – Ela caminhou pelo corredor com as pernas enrijecidas e perscrutou os outros cômodos. Não havia sinal nem de sua mulher nem de sua filha. – Pessoal? – chamou com a voz mais alta e clara. A casa estava vazia. Era assim que seria pelo resto da vida: chamar em cômodos vazios e esperar por respostas que não chegariam. Casar foi a parte mais fácil, mesmo que elas tivessem tido que esperar até Ruby completar doze anos para fazê-lo legalmente. Quando se juntaram, foram só balões, só esperança. Agora que elas sabiam o que o futuro reservava – com o que o futuro parecia – era muito mais difícil. Por que as pessoas não podiam permanecer jovens para sempre? Se não externamente, então apenas internamente, onde ninguém seria velho demais para ser otimista. Zoe teria rido dela, parada como uma idiota, de pijama no meio do corredor. Jane não fazia ideia de que horas eram. Seria muito tarde? Ela apoiou a testa na parede.

Oito

O curso preparatório para o vestibular era ministrado nas manhãs de sábado em uma escola de caratê na avenida Church, a via mais ao norte do bairro, ocupada por lavanderias, armazéns e a pontual lanchonete, que vendia bolinhos e croissants recém-assados para a turma dos laptops. A aula tinha duas horas de duração, todas as semanas, durante oito semanas – dois meses inteiros. Harry não se importava muito. Não tinha nada melhor para fazer e era bom sair de casa, quase saudável. Fazer testes não o assustava e ele tinha certeza de que não precisaria obter uma pontuação perfeita para entrar nas faculdades que desejava – talvez a Bard ou a Bennington, um local pequeno como a Whitman, mas sem as pessoas. A Reed parecia boa. Meio natureba, mas boa. Estar longe era um bônus.

Harry abriu a porta que dava no estúdio. Havia cadeiras dobráveis voltadas para um quadro branco ao longo da parede dos fundos e a tela de um projetor já mostrava a área de trabalho lotada do laptop de alguém. Alguns jovens andavam de um lado para o outro e cerca de metade das cadeiras estava ocupada. Harry dirigiu-se à última fileira e afundou em um assento. Reconheceu duas garotas de sua série sentadas na primeira fila e puxou o capuz sobre os olhos.

– Oi – disse alguém, dando-lhe um tapa na parte posterior da cabeça.

Harry ergueu a mão para se proteger, girando o mais rápido possível. Ruby estava de pé atrás dele, sorrindo.

– Ah – fez Harry. – Oi.

Eles não se falavam desde a formatura. Depois do incidente com Dust (garotas como Eliza e Thayer, agora quatro fileiras à frente, haviam chamado o evento de "#arrancarabo" no Instagram, o que acharam hilário até Ruby ameaçar matar seus pais), Ruby e Harry nem sequer haviam compartilhado o mesmo espaço. Ele havia passado por Ruby duas vezes, uma quando ela estava sentada em sua varanda com o cachorro e a outra foi na fila no mercado da Cortelyou, comprando leite e o mesmo desodorante hippie que sua mãe usava. Ele não a havia cumprimentado nenhuma das vezes, pois era muito mais fácil olhar para o chão do que imaginar o que dizer, mas havia passado um bom tempo cheirando o desodorante da mãe.

Ruby pegou a mochila que repousava sobre a cadeira ao lado de Harry e deslocou-a para outro lugar.

– Tem problema se eu ficar perto de você? Ouvi dizer que o coquetel de camarão é do outro mundo.

– E os martínis – disse Harry. – Azeitonas muito boas. – Ele sentiu um pânico momentâneo de que martínis não contivessem azeitonas e ele parecesse um idiota.

Ruby deixou sua bolsa cair no chão com um baque, em seguida deslizou para a cadeira dobrável.

– Eles vão diminuir as luzes? É definitivamente a hora do meu cochilo.

– Não sei – respondeu Harry. Ruby estava a quinze centímetros de distância. Seu hálito exalava pasta de dente sabor menta. – Sinto muito pelo outro dia.

Ela pareceu surpresa.

– Por quê? Aquilo foi demais.

– Não, quer dizer, estou feliz e tudo mais. Só lamento que o cara tenha sido um idiota. Na sua formatura. Foi chato. E sinto muito por ter contado a suas mães sobre ele. Só espero... sabe, não ter criado problemas para você. – Harry estava suando. A cadeira de plástico perfurava-lhe as costas. Ele puxou o capuz para trás, então tornou a puxá-lo para a frente.

– Está tudo bem, cara – disse Ruby.

Uma mulher de óculos com um café gelado grande da Starbucks na mão caminhou até o lado mais afastado da sala, na direção para a qual eles estavam voltados, batendo palmas como se a sala estivesse cheia de alunos do jardim de infância. Ela acenou com uma pilha de papel.

– Ei, pessoal, eu sou Rebecca e vou ser a professora de vocês no preparatório para o vestibular pelos próximos oito lindos sábados! Entrei para Harvard e vocês também podem conseguir! Vamos começar! Que tal fazermos alguns testes de vocabulário?

– Ah, meu Deus – disse Ruby.

– Quer que eu derrube ela também? – perguntou Harry. Ruby riu tão alto que Eliza e Thayer viraram-se, viram quem era e puseram-se rapidamente a prestar atenção.

– Gosto da energia de vocês! – disse Rebecca, erguendo os dois polegares em sinal de aprovação.

Ruby deixou a cabeça pender para trás e fingiu se enforcar.

Nove

Não foi uma primeira opinião gentil nem muito auspiciosa, mas deixou Elizabeth um tanto insana pensar que Jane tiraria proveito da presciência, do investimento e do comprometimento de Zoe. Esse era o casamento, concordar em partilhar as contas bancárias e a estante de livros, mesmo que a pessoa não quisesse, mesmo que isso tornasse as coisas mais confusas no caso de uma eventual separação. Nos anos em que vinha atuando como corretora de imóveis, Elizabeth havia deparado com vários casais com talões de cheques separados, o que parecia uma bandeira vermelha. Muito frios, muito pragmáticos. Era como se a pessoa anunciasse que não havia decidido se continuaria casada ou não. Aceite-me, aceite as taxas dos meus cheques especiais! Aceite-me, aceite a quantidade constrangedora de livros meus cujos protagonistas são vampiros adolescentes! Elizabeth nunca havia considerado a alternativa – era tão ofensiva quanto assinar um acordo pré-nupcial. Por que dar-se ao trabalho de casar, passar por toda a pompa e circunstância se a pessoa achava que não ia durar? Era muito mais fácil viver em pecado e não ter que lidar com a papelada.

    Ela bateu à porta – Zoe estava no sofá lendo uma revista e acenou pela janela, indicando-lhe que entrasse. Elizabeth abriu a porta e deu uma olhada para o alto – o teto do hall de entrada estava rachado e precisava de uma nova camada de tinta. Examinar a casa era mais fácil que olhar para Zoe e dizer-lhe o que estava estragado e necessitava de conserto. Elas sempre haviam sido próximas – na faculdade e mais ainda nos anos seguintes, em que haviam morado juntas no interior daquelas mesmas paredes –, mas depois do casamento e de crianças engatinhando, o caminho de volta não era fácil. Como muitas, sua amizade havia saltado um disco em algum ponto ao longo do caminho. Claro que elas por vezes saíam para jantar, só as duas, e então tinham longas conversas sobre tudo que estava acontecendo em suas vidas, mas isso só ocorria uma vez a cada três ou quatro meses. A amizade ainda existia, mas parecia estar a milhões de quilômetros de distância, visível apenas através de uma máquina do tempo e um telescópio.

– Quer conversar? – perguntou Elizabeth. Tinha sido ideia dela ir até lá. Zoe havia manifestado certo interesse em saber quanto valia a casa, só por precaução. – Você tem um pedaço de papel? Quero que anote tudo para poder conversar com Jane sobre o assunto e o que precisa ser feito, tudo bem? – Elizabeth havia estado na casa umas mil vezes – mais talvez –, havia morado ali, dormido no sofá, vomitado no banheiro. Tinha uma boa noção do que necessitava ser feito, mas precisava mostrar tudo a Zoe. Era impossível verdadeiramente ver um espaço depois de ter vivido nele por tanto tempo. Todas as excentricidades começavam a parecer normais: a forma como a campainha não havia sido adequadamente religada e assim era necessário apertá-la com mais força para a esquerda, o quarto de hóspedes que exibia duas tonalidades diferentes de bege porque... bem, por quê? Havia sido um equívoco, apenas um momento da vida, mas agora outra pessoa compraria esse equívoco e esse alguém ofereceria cem mil dólares a menos por causa dele.

Elizabeth estava vestindo suas roupas de trabalho. Em Manhattan, os corretores usavam roupas passíveis de serem repetidas à noite: vestidos pretos justos e saltos altos. Felizmente, ninguém no Brooklyn desejava isso. O excesso de brilho deixava as pessoas pouco à vontade, mas mesmo assim ela precisava melhorar um ponto. Suas maiores concessões haviam sido descartar os tamancos em prol de um par de sapatos de salto baixo e vestir calças de verdade em vez de jeans. Era importante mostrar respeito pelo fato de as pessoas estarem despendendo as poupanças de toda uma vida por trezentos metros quadrados. Às vezes, por ser Nova York, elas gastavam todo o seu dinheiro em cinquenta metros quadrados. Era quando Elizabeth usava saltos, quando se sentia um pouco culpada.

– Você está bonita – disse Zoe.

– Tive que me arrumar – disse Elizabeth, limpando o pó da blusa. – Tenho um fechamento hoje, uma casa em Lefferts. – Ela desejou saber quão ruim era sua aparência normal. Seu cabelo era liso, naturalmente loiro, o que significava um castanho-claro inócuo, e cortado curto, pouco abaixo das orelhas, com uma franja curta como a de uma colegial. Ela gostava de pensar que parecia uma moleca, o que provavelmente já não era verdade, se é que algum dia havia sido.

– Hmm – fez Zoe, sem de fato lhe dar ouvidos. – Vamos começar a marcha da morte?

Ninguém nunca se interessava pela parte profissional do trabalho de Elizabeth – tudo que as pessoas desejavam saber era se ela havia encontrado brinquedos eróticos, ou se os vendedores estavam se divorciando. Ninguém queria comprar energia negativa. Se mentisse melhor, Elizabeth sempre teria dito aos potenciais compradores que os vendedores estavam se aposentando e se mudando para a Flórida após várias décadas de felicidade em qualquer espaço que estivesse tentando vender, com sistemas mecânicos e elétricos completamente refeitos. Era isso que as pessoas queriam: a promessa de uma vida de satisfação com bem pouco trabalho a fazer. Claro que ninguém na cidade de Nova York permanecia eternamente satisfeito. Era o que a mantinha ocupada. Mesmo as pessoas que gostavam do lugar em que moravam ficavam de olho em coisa melhor. Comprar um novo lugar para morar era mais fácil do que conseguir um novo marido ou mulher e menos traumático do que fazer análise.

Elas começaram pelo térreo – a cozinha era antiga, mas graciosa, com um fogão caro, bastante usado. Os compradores ficariam impressionados, mesmo que fizesse uns vinte anos que os armários não eram pintados. A sala de jantar também necessitava de pintura e menos móveis – Jane mantinha pilhas de cadeiras nos quatro cantos, para o caso de um jantar improvisado para trinta, o que Elizabeth sabia que ocorria com frequência. A sala de estar era aceitável – tirando as fotos de família, os enfeites ultrapassados que elas haviam adquirido com tanto amor em vendas de garagem e as pilhas de roupas de Ruby por todo lado. A escada necessitava de um pouco de carinho – pregos projetavam-se por toda parte e a claraboia no patamar não via limpeza fazia uma década. No andar de cima, todos os quartos precisavam de pintura e o de Ruby necessitava de um perito em materiais perigosos. Os dois banheiros estavam horríveis, mas não valia a pena ajeitá-los. Era só jogar fora as cortinas repletas de fungos e retirar todo o pelo de cachorro do chão. Quem quer que surgisse com aquele montante de dinheiro ia querer fazer as coisas a seu modo. Elizabeth e Zoe pararam no quarto principal.

– Você quer conversar sobre isso? – perguntou Elizabeth.

Zoe sentou-se na beirada da cama, que era baixa e amarfanhada. Bingo aproximou-se e acomodou-se sobre seus pés.

– Vem acontecendo há uma eternidade – disse ela. – Você sabe disso. Depois que Ruby nasceu, eu achava que não íamos durar dois anos. Então, quando abrimos o restaurante, tive a certeza de que estava tudo acabado. – Ela deslizou as mãos para a frente e para trás sobre a barriga de Bingo. – Mas quando o Hyacinth começou a dar certo e Jane estava sempre lá, a separação já não pareceu tão urgente. Não é triste? Estávamos ocupadas demais para nos separar.

– Então por que agora? Por que fazer isso? – Zoe não era a primeira a se divorciar. Lentamente, o círculo de amigos de Elizabeth e Andrew aproximava-se cada vez mais da média nacional. No começo, foi apenas um casal, depois outro e mais outro. Agora, metade dos amigos de Harry tinha pais que viviam separados e as crianças saltavam de um lado para o outro como bolas de tênis. Andrew por vezes expressava preocupação diante da possibilidade de Harry estar absorvendo parte do estresse e da angústia de seus amigos, mesmo que isso nunca tenha parecido um problema.

— A última vez que fizemos sexo foi em janeiro. — Ela fez uma pausa. — Janeiro *passado*.

— Sexo não é tudo — disse Elizabeth, dando outra olhada na cama em que Zoe estava sentada. Parecia a cama de um hotel hipster, funcional e dinamarquesa, um modelo Ikea mais caro (escolha de Zoe, evidentemente), o tipo de cama onde as pessoas não faziam nada *a não ser* sexo ou talvez ler poesia traduzida uma para a outra. Zoe sempre teve dezenas de amantes na escola e depois — as mulheres a seguiam na rua e nas boates, atirando-lhe seus números de telefone como se fossem confete. Jane sofria de apneia do sono e às vezes dormia com uma máscara especial que Zoe dizia que a fazia parecer o vilão de um filme de ficção científica, ainda assim havia sido Jane a roubar o coração de Zoe em um bar, o tipo de lugar onde as pessoas supostamente conheciam aventuras de uma noite, não cônjuges, e havia sido Jane a roubá-la de Elizabeth.

Zoe balançou a cabeça.

— Mas não é besteira. Não sei. Acho que nós duas por fim aceitamos a ideia de que podemos ser mais felizes separadas. Uma coisa é estar em uma calmaria, mas outra é olhar para os próximos trinta anos da sua vida e se encher de um pavor deprimente. Não sei se vai realmente acontecer, mas parece que sim. — Ela deu uns bons tapinhas na cabeça de Bingo. — Desde que esse cara venha comigo, vou ficar bem.

— Certo, então precisamos de um lugar que aceite cachorros. — Isso excluía certos prédios em Slope e Cobble Hill. Era mais fácil pensar em Zoe e Jane dessa forma, em termos concretos, sobretudo em uma esfera em que ela poderia de fato ajudar. Zoe precisava dela; era legal.

— Que aceite cachorros e uma lésbica velha, isso mesmo.

— Fácil. — Elizabeth apoiou-se na parede. — Para onde você quer se mudar? Quer ficar na vizinhança? Quer sair? — Elas haviam sido pioneiras em Ditmas, tendo plantado a bandeira antes que o bairro tivesse restaurantes decentes, uma boa escola pública ou um bar com cardápio de coquetéis. Antes dos protetores de árvores, antes das festas de rua com castelos infláveis.

— Meu Deus, não sei. Quer dizer, por que estou aqui? Foi meio que por acaso e agora é familiar, mas não me importo com espaço ao ar livre nem com gramados idiotas. É por isso que as pessoas se mudam para a cidade! É isso que eu quero, me mudar para algum lugar onde possa ir a pé até uma boa sala de cinema sozinha às nove da noite, e comer *pad thai*, e comprar joias por puro capricho. Quero que Ruby ache mais legal do que qualquer lugar para onde Jane vá. Ela está falando em se mudar para um estúdio em cima do restaurante. Ela vai virar monge até encontrar outra pessoa para ser a dona da casa dela. — Zoe deixou-se cair de costas sobre a cama. — Preciso de uma massagem. E de acupuntura. E de uma aula de yoga.

— Quando vocês fizeram a manutenção do telhado? — Elizabeth passou o dedo ao longo do peitoril da janela, juntando poeira. A vista era quase exatamente a mesma que a de seu próprio quarto, com apenas alguns graus de diferença. Ela ainda conseguia ver a casa dos Rosens, com a porta vermelha e as persianas de dobrar, e a dos Martinez, com seu balanço na varanda e a tigela do cachorro. Havia escutado certa vez que o que fazia de uma pessoa uma verdadeira nova-iorquina era ela conseguir recordar três estratos — o ponto na esquina que havia sido uma padaria, depois uma barbearia, antes de tornar-se uma loja de telefones celulares, ou o restaurante que havia sido italiano, em seguida mexicano e depois cubano. A cidade era um palimpsesto, um amontoado de símbolos antigos e o fracasso de outras pessoas. Os recém-chegados enxergavam apenas o que tinham pela frente, mas as pessoas que haviam vivido ali por tempo suficiente estavam sempre olhando para dois ou três outros locais simultaneamente. A IRT, a Canal Jeans, a Limelight. Muito da cidade pela qual ela havia se apaixonado havia desaparecido, mas por outro lado, era como a coisa funcionava. Era seu trabalho se lembrar. Pelo menos, as pontes continuavam no lugar. Algumas coisas eram muito pesadas para serem demolidas.

— Há uns cinco anos, talvez? Merda.

— Tudo bem — disse Elizabeth, virando-se para encarar Zoe, que havia coberto o rosto com um travesseiro. — Tudo bem.

Dez

O quarto de Harry era pintado de violeta-escuro e parecia um pouco com dormir dentro de uma gigantesca berinjela. Ele poderia ter pedido a seus pais que o pintassem de outra cor, mas não importava, já que o violeta só aparecia aqui e ali entre as bordas dos pôsteres e das outras coisas que ele havia colado nas paredes. Harry estava tentando conseguir uma camada completa, como as pessoas que tatuavam o corpo inteiro, até mesmo as pálpebras. Não se interessava por tudo que colava nas paredes, mas em algum momento havia se interessado o suficiente para colocar aquelas coisas ali e ele respeitava seu próprio processo. Era normal perder o interesse por certas coisas com o passar do tempo e mantê-las por perto. Ele gostava de lembrar que havia sido obcecado pelo desenho *Os anjinhos*, por Bart Simpson e, por alguns meses inexplicáveis em torno de seu décimo terceiro aniversário, por Kobe Bryant. Ele nem sequer gostava de basquete. As paredes estavam recobertas sobretudo por páginas arrancadas de revistas e coisas que ele havia imprimido, páginas de livros que havia copiado na escola. Era como o Tumblr, só que em 3D e sem o rolamento de imagens. A estreita faixa de parede ao lado de seu armário estava completamente coberta por fotos de sanduíches. Garotas adolescentes tinham todo o crédito de serem angustiadas e estranhas, o que não era justo. Até mesmo na Whitman, supostamente progressista e com pretensões artísticas, os garotos gabavam-se das vezes que haviam ido a um estande de tiro com seus avós em Connecticut ou Virginia. Queriam aprender a dirigir e ouviam hip-hop. Harry não se interessava por nada disso. Por sorte, seu pai não era o tipo de cara que insistia nas coisas – tudo que Harry já havia feito tinha sido por vontade própria, como um sultão criança em um palácio com apenas dois servos.

Frequentar uma única escola dos cinco aos dezoito anos era como estar enterrado em âmbar. Não era nem mesmo como suas paredes, que se achavam cobertas por camadas de coisas – era necessário ser a mesma pessoa do início ao fim, sem grandes saltos cognitivos. Harry era quieto, meigo e fazia as lições de casa. Tinha três amigos próximos, dois garotos e uma garota, e não era particularmente afeiçoado a nenhum deles. Não fumava cigarro eletrônico nem bebia licor de malte, pois havia outros jovens que o faziam e ele não era um deles. Havia fumado maconha algumas vezes, mas sabia que seus pais também fumavam, então não parecia assim tão ruim. Harry vivia em um monastério fundado em suas preferências e aversões de infância. Seus pais adoravam, ele nunca criava problemas e isso o fazia sentir vontade de gritar.

O celular vibrou em seu bolso: VEM AQUI FORA. A mensagem era de um número que ele não tinha no celular. Harry dirigiu-se à janela e puxou a cortina para um lado. Ruby estava encostada em um carro estacionado, segurando o telefone perto do rosto, com seu cão gigante apoiado nas pernas. Os pais de Harry estavam na cama, ou trabalhando – o quarto deles ficava no andar de cima e sua mãe não raro trabalhava até tarde na pequena escrivaninha que havia no quarto. JÁ ESTOU INDO, respondeu ele. Harry mudou a camiseta duas vezes, em seguida percorreu o corredor na ponta dos pés. O caminho até a porta da frente rangeu, mas estava desimpedido.

– E aí? – perguntou Harry quando estava a poucos centímetros de Ruby. Ela não havia se movido. Seu cabelo espalhava-se sobre a janela do lado do passageiro como uma grande água-viva roxa. Bingo farejou alegremente na direção de Harry.

— Venha passear comigo, minhas mães estão sendo completas idiotas. — Ruby endireitou o corpo e puxou a guia de Bingo em direção ao parque. Harry enfiou as mãos nos bolsos e a acompanhou. Ela retirou um maço de cigarros do bolso e enfiou um na boca.

— Quer um? — perguntou entredentes.

Harry balançou a cabeça e viu Ruby proteger a ponta do cigarro com uma das mãos em concha e acender um isqueiro com a outra. Estava maravilhado com seu atrevimento — o de fumar no quarteirão deles, onde eles conheciam as pessoas no interior de cada casa, as quais poderiam pegar o telefone e ligar para as mães dela. Pouquíssimos jovens na Whitman fumavam. Não era como quando seus pais eram mais novos e todos tinham um maço de cigarros no bolso de trás em lugar de telefones celulares. Agora todo mundo estava informado acerca dos pulmões, do câncer e de como as empresas de tabaco tentavam atrair a juventude. Ceder beirava o patético, não que Harry achasse que qualquer coisa que Ruby fazia fosse patética. Parecia ruim nas outras pessoas, só isso. O pequeno contingente de fumantes na escola ia até a esquina para fumar, ou atravessava a rua e sentava nos bancos do parque. Harry nunca havia fumado um único cigarro — na realidade, ninguém nunca havia lhe oferecido um. Assim era a pequena Whitman. Isso não era sequer uma questão. Harry Marx não fumava. Era um fato.

Eles caminharam três quarteirões na Argyle, até chegarem aos campos de futebol e os fundos do centro de tênis. Estava escuro e o parque estava fechado, mas ainda havia algumas pessoas batendo bola.

— Rebeldes — disse Harry, e Ruby riu. Eles atravessaram a avenida Caton e entraram no Prospect Park propriamente dito. Ele não gostava de ir ao parque à noite, embora sempre tivesse gente correndo, ou andando de bicicleta no circuito principal. Parecia uma daquelas coisas que as pessoas faziam pouco antes que algo de ruim lhes acontecesse, como correr para o andar de cima em vez de sair porta afora em um filme de terror. Eles ao menos estavam com o cachorro, mesmo que Bingo fosse geriátrico e tivesse marcas permanentes de lágrimas sob os olhos tristes. Ruby empurrou Harry em direção à pista equestre, a trilha de terra macia que penetrava um pouco mais no parque do que Harry teria gostado, mas ela movia-se com tanta segurança que ele não quis parecer tosco. Bingo parecia saber para onde eles estavam indo. Por fim, após alguns minutos, Ruby estatelou-se em um banco. Os dois estavam completamente sozinhos, olhando para o lago.

— As pessoas pescam aqui, você já viu? — perguntou Ruby, acendendo outro cigarro e dessa vez sem se dar ao trabalho de perguntar a Harry se também queria. — Nem que me pagassem um milhão de dólares eu comeria um peixe que nasceu no Brooklyn.

— Tenho certeza de que ninguém vai pagar um milhão de dólares para que alguém coma o que quer que tenha nascido no Brooklyn — disse Harry. Ele observou a ponta vermelha do cigarro de Ruby mover-se para cima e para baixo em sua boca. Ficava mais brilhante quando ela tragava, e por um segundo Harry imaginou que seu corpo inteiro era o cigarro e que quando ela puxava a fumaça para o interior dos pulmões, ele deslizava para dentro de sua garganta e de seu corpo. Ele sentiu a maciez de seus lábios e a espessura aveludada da língua. — Aquela mulher do preparatório é horrível, não é?

— Hmm, é — respondeu Ruby, firmando o cigarro com os dentes e puxando os cabelos para o lado a fim de prendê-los em uma grossa trança. — É uma doida maldita. — Bingo abriu a boca em um bocejo prolongado e fedorento.

— Por falar em doidos, Dust ligou? Preciso contratar um guarda-costas? — Harry tentou fazer com que sua voz soasse o mais despreocupada possível, mas andava apreensivo. Dust parecia o tipo de cara que tinha muitos amigos assustadores, que sabiam fazer coisas como entrar em brigas, o que Harry definitivamente não sabia.

— Ah, ele é totalmente inofensivo — disse Ruby. — Tenho certeza.

— E suas mães? – perguntou Harry. Havia patos no lago, nadando de um lado para o outro, e ele perguntou-se quando os patos dormiam e por quanto tempo viviam com os pais. Em seguida, perguntou-se se as crianças que cresciam em Manhattan achavam que patos eram criaturas mitológicas, como as vacas, coisas que existiam apenas em livros de fotografia e em comerciais de queijo. Ou talvez elas também tivessem patos no parque. Havia alunos na Whitman que pegavam o trem saindo da cidade todos os dias, o que parecia bastante estúpido, como subir de escada até o topo do Empire State Building. Havia maneiras mais fáceis de fazer a mesma coisa.

— É provável que elas se divorciem. Ainda não sei disso oficialmente, mas sei que sua mãe sabe, então talvez você também saiba.
— Ele não sabia. Ruby deu de ombros. — É uma droga.

Harry tinha ouvido sua mãe contar a seu pai sobre as mães de Ruby, mas não havia sido diretamente informado, então era fácil fingir.

— Eu não sabia – disse. – Sinto muito.
— O casamento é delas, não meu – disse Ruby. — Sou uma garota moderna. Sei que a culpa não é minha.
— Ainda assim – disse Harry.
— Ainda assim – reconheceu Ruby, dando outra tragada.
— Me dá um trago? – perguntou Harry.

Ruby riu.

— Ah, merda – disse. — Pensei que você não fumasse. — Ela estendeu-lhe o cigarro na vertical, como uma vela.

— Não fumo – disse Harry, arrancando o cigarro dos dedos dela e levando-o aos lábios. O filtro pareceu áspero em sua língua. Deveria lambê-lo? Provavelmente não. Harry tragou – já havia fumado maconha, afinal de contas, não era um completo idiota. Seus pulmões encheram-se de fumaça, cáustica e irritante. Ele tossiu uma vez e tentou engolir um pouco mais, o que apenas o fez tossir com mais força. Ruby bateu em suas costas. O cão ofereceu uma fungada solidária.

– Monte esse pônei – disse ela, rindo. – Monte! – Harry empurrou o cigarro de volta para ela, mas ela recusou. – De jeito nenhum – disse. – Não até você domar a besta.

Harry esperou sua respiração voltar ao normal e seus olhos pararem de transbordar, então tentou novamente.

Onze

Na era da internet, em que seu filho não dava três passos sem checar o celular, Andrew contemplou a xerox de um anúncio pregado em um poste de telefone. Em geral, havia apenas anúncios do cara meio nerd que dava aulas de violão, ou de cães e gatos perdidos, mas Andrew sempre olhava. Estava mudando de emprego, de carreira, para ser mais específico. Havia dinheiro suficiente na família, de modo que ele não precisava se preocupar muito, mais os direitos autorais e os rendimentos de Elizabeth, e assim Andrew havia passado a idade adulta até o presente seguindo suas inspirações. Dez anos antes, havia feito um curso de cinematografia na New School e havia trabalhado em alguns curtas, inclusive sobre um hospital psiquiátrico abandonado nas Palisades. Antes disso, havia lecionado inglês como segunda língua em uma escola secundária no Bronx, mas isso só durou um ano. Mais recentemente, havia trabalhado em uma revista sobre estilo de vida para pais do Brooklyn, fazendo preparação de texto e requerimentos, mas atuando sobretudo como consultor. Era bom estar perto de gente mais jovem – mantinha o sangue circulando. Em seguida, Andrew achava que faria uma experiência em um açougue ou uma marcenaria. Alguma coisa em que usasse as mãos.

Sua rotina era acordar com Harry e Elizabeth, despachá-los para a escola e o trabalho, e caminhar até a Cortelyou para tomar um café.

Agora que Harry estava de férias durante o verão, Andrew sentia que era ainda mais importante manter-se ocupado. Ele pediu um café pequeno e tornou a sair para a rua.

Ditmas Park era excelente no verão. Os plátanos e carvalhos tornavam-se cheios e amplos, deixando grandes poças de sombra ao longo das calçadas. As famílias permaneciam nas varandas. As crianças atiravam bolas em todas as direções e aprendiam a andar de bicicleta. Os vizinhos acenavam. Andrew caminhou até a esquina e esperou o sinal abrir, sentindo-se alegremente sem rumo. Harry permaneceria em seu quarto durante grande parte do dia, fazendo simulados para o vestibular, jogando videogame ou lendo livros, abençoado seja. Embora fosse esse o objetivo da paternidade – criar pessoas inteligentes, felizes e autossuficientes, Andrew lamentava a perda da época em que Harry gritava "Papai!" sempre que ele entrava pela porta, mesmo que só houvesse saído por dez minutos. Andrew olhava para o vazio, pensando no corpo de Harry aos dois anos, nos abraços que lhe dava à noite antes de dormir, quando um folheto preso no poste próximo à faixa de pedestres chamou sua atenção.

Era o desenho de uma flor de lótus, como o logotipo de um estúdio de yoga, com pétalas desenhadas à mão. Embaixo da flor, letras garrafais grandes enunciavam "NÓS ESTAMOS AQUI, E VOCÊ?". Mais abaixo, havia apenas um endereço na rua Stratford, a três quarteirões de onde Andrew se encontrava. Sem horários, número de telefone, ou site na internet.

– Hmm – fez Andrew. Pensou em arrancar o folheto para ficar com ele, mas não pegaria bem. Não queria que nenhum de seus vizinhos visse: pensariam que ele era a favor ou contra o anúncio, quando nem ao menos sabia do que se tratava. Em vez disso, Andrew digitou o endereço em seu celular e atravessou a rua.

Seria definitivamente a carpintaria. Quando mais ele pensava nisso, mais sentido fazia. A carniçaria implicaria em tonéis de sangue, serras e ossos. Andrew não era sensível e adorava a ideia de informar-se mais sobre a origem dos alimentos que consumia, mas uma horta em um terraço talvez tivesse mais a ver com seu ritmo. No entanto, isso não o atraía. Os vegetais exigiam tempo demais. Andrew sempre havia gostado de uma equação mais simples; desejava ver o pagamento antes que uma estação inteira se passasse. Quando ele e Elizabeth se conheceram, ele trabalhava na cooperativa da escola, consertando bicicletas velhas que estudantes descuidados haviam deixado trancadas do lado de fora durante o verão e adorava suas mãos sujas e gordurosas no fim do dia. As rodas girando. O trabalho com madeira – a carpintaria – seria assim. Ele teria calos e talvez queimaduras. Bateria em uma unha por acidente e esta ficaria preta. Era exatamente o que procurava. Construiria uma escrivaninha para Harry, um novo par de mesinhas laterais para seu quarto. Talvez eles pudessem fazer isso juntos.

O problema profissional de Elizabeth era o oposto – em vez da busca de Andrew, ela possuía a resposta, mas optava por ignorá-la. Era uma causa perdida a essa altura, embora ele a tivesse persuadido a começar a tocar novamente, dizendo que era o que desejava fazer. Ele sabia que ela faria isso por ele, mas não por si mesma. Sua mulher era um verdadeiro talento – incomum, inteligente, dotada – todas as palavras que lugares como a Whitman adoravam despejar para descrever alunos totalmente comuns. Mas Elizabeth não era comum. Era incrível e havia deixado de tocar por razões de ordem prática, como se a praticidade tivesse alguma coisa a ver com isso.

Em lugar de virar à direita e voltar para casa, Andrew virou à esquerda e caminhou até a Stratford. Nunca havia seguido nessa direção – rumo aos postos de gasolina e ao bar recém-aberto ao qual ainda não tinha ido. Pensando bem, o bar já não era tão novo, tinha provavelmente um ano, mas mesmo assim ele não tinha ido até lá. Andrew virou à direita na Stratford e percorreu outro quarteirão – a essa altura, estava paralelo a sua própria casa, só que dois quarteirões a leste.

A casa havia sido branca, mas agora exibia a cor de neve suja de cidade. As janelas eram antigas; Andrew percebeu só de examinar o exterior. Havia aprendido muito sobre casas com Elizabeth, o que procurar. Juntos, eles haviam visitado a maioria das casas do bairro. Os degraus estavam afundando no meio e as tábuas do chão da varanda estavam rachadas. Não era um conserto difícil, mas sairia caro, especialmente se elas amolecessem o suficiente para que o carteiro caísse e decidisse processar. Andrew hesitou um minuto na calçada, sem saber ao certo o que fazer. Precisava ir para casa para começar o dia. Zoe conhecia um sujeito que fabricava móveis, um cara do Maine que morava no bairro e criava mesas de jantar para gente em Cobble Hill e Brooklyn Heights. Andrew ligaria para ele. A porta da casa estava aberta e Andrew viu outro folheto colado acima da campainha. Deu um passo em direção à casa e então parou. Viu um homem lá dentro. O sujeito tinha barba, não como a dos integrantes do ZZ Top, mas indo por esse caminho. Era impossível saber quantos anos tinha. O homem virou-se em direção à porta, viu Andrew e acenou como se o esperasse. Andrew acenou em resposta, então subiu os degraus e apresentou-se.

– Bem-vindo – disse o homem. De perto, ele parecia mais jovem do que Andrew havia pensado; talvez não tivesse nem quarenta. A barba era pontuada de fios vermelhos e grisalhos, como um ovo de pato tão lindo e complicado que não dava para acreditar que havia surgido assim, sem intervenção de uma equipe de design.

– Vi o seu cartaz – disse Andrew. Por dentro, a casa em si nada tinha de especial; na realidade, estava meio que caindo aos pedaços, mas os pisos estavam limpos e pintados de branco, assim como todas as paredes. As cortinas finas haviam sido puxadas para o lado e a luz fluía para dentro. Andrew logo se sentiu em casa.

– Esta é a DESENVOLVImento – disse o homem. – Eu me chamo Dave. Pode entrar. – Ele falava baixinho, do jeito que as pessoas faziam quando sabiam que as outras ouviriam. Não havia motivo para falar em voz alta naquela casa. Andrew entendeu no mesmo instante. Aquilo era a calma. Aquilo era um santuário. Ele pensou nos monges que tinha visto no Tibete e no norte do estado quando havia participado de retiros de silêncio. Esse era um daqueles lugares especiais, ou viria a ser, e bem ali, em seu próprio bairro.

– O que posso fazer? – perguntou Andrew. Suas mãos estavam vazias. Ele queria ajudar.

Doze

O Hyacinth acomodava quarenta e duas pessoas. Nos bons dias, o restaurante enchia pela metade no almoço e depois ficava movimentado das seis da tarde até as nove da noite, com retardatários demorando-se no bar comprido e estreito até as onze, quando eles fechavam. Mesmo dez anos após a inauguração, Jane não conseguia cobrar o que queria – ninguém pagaria vinte e sete dólares por uma arraia em local tão escondido –, mas ela conseguia sobreviver. Havia uma mesa pequena ao lado do posto da recepcionista e era aí que Jane gostava de sentar-se quando não estava na cozinha, ou no andar de cima no escritório, ou embaixo inspecionando a entrada, ou percorrendo o salão, o que os garçons detestavam. Jane tinha que espremer o corpo entre a parede e a mesa para esquivar-se de ser acotovelada pela recepcionista, mas não se importava.

Ela tinha *sous-chef* agora, gente boa em cujas papilas gustativas confiava, mas não havia substituto para o fato de estar ela mesma no local. Jane gostava de suar e de gritar, e não havia lugar melhor para fazer isso do que na cozinha de um pequeno restaurante. Elizabeth havia encontrado o espaço – elas procuraram durante meses, à espera do lugar certo, e Elizabeth assumira isso como um projeto de estimação. Elas não procuraram apenas em Ditmas, embora fosse esse seu desejo, claro. Haveria menos movimento de pedestres, mas ambas adoravam a ideia de ajudar a transformar o bairro em um lugar onde as pessoas queriam *viver*, não apenas dormir. Jane e Zoe se apaixonaram por comer, por conversar sobre comida, sobre o que sonhavam em comer a um quarteirão de sua porta. Zoe era conservadora e desejava abrir um bistrô francês, um local para comer filé com fritas à noite e ovos moles durante o dia. Jane queria comida tailandesa, ou melhor ainda, vietnamita. Não havia nada no bairro à exceção de pizza e um restaurante chinês com vidros à prova de balas em frente ao caixa. Havia muitos espaços e elas desejavam preencher um deles.

Jane e Zoe procuraram por toda parte – em Williamsburg, em Carroll Gardens. Nada parecia apropriado. Mas quando Elizabeth ligou e disse que havia encontrado o espaço, Jane percebeu em sua voz que ela estava certa – ela e Zoe percorreram o lugar de mãos dadas, exultantes. Hyacinth era um de seus nomes de menina, para quando Ruby tivesse uma irmãzinha, mas Ruby já estava na primeira série e não parecia provável que fosse ganhar uma irmã no fim das contas, então Hyacinth subiu na placa de madeira e foi pintado em folha de ouro na porta; elas estavam abertas ao público.

Jane era responsável pela comida e Zoe estava no comando de todo o restante. Escolhia as cadeiras, os copos para água, os talheres e os arranjos florais. Fazia a folha de pagamento e o faturamento. Lidava com os funcionários, que era a pior parte de ser dono de um pequeno negócio – alguém estava sempre sendo demitido, chegando atrasado, dando em cima de muitos clientes, ou drogado. Contanto que elas não precisassem de dinheiro nem de descanso, a vida era fácil. A babá de Ruby levava-a direto para o Hyacinth depois da escola, e quando elas não puderam mais pagar a babá, Ruby ia para lá sozinha e sentava-se no bar com seu dever de casa. Elizabeth e Andrew davam-lhe tapinhas na cabeça e ela juntava-se a eles para comer batatas fritas. Os clientes assíduos adoravam – sua própria pequena Eloise do Brooklyn. Depois de escurecer, Zoe levava-a para casa, colocava-a para dormir e então voltava se eles estivessem muito sobrecarregados. Elas tinham uma vizinha idosa que se considerava a prefeita da rua Argyle e tanto Jane quanto Zoe tinham certeza de que ela nunca permitiria que nada de ruim acontecesse a Ruby enquanto estivessem fora.

Era cedo, passava um pouco das nove. Elas só abriam para almoço depois das onze. Jane fechou a janela com seus cardápios e suas listas para os fornecedores e abriu a internet. Não estava realmente procurando um novo lugar para morar, ainda não. Assim que Ruby partisse, para onde quer que fosse e quando quer que fosse, e Zoe encontrasse um lugar de que gostasse, então procuraria. Se isso de fato acontecesse. Jane não estava com pressa. Por ela, as duas continuariam casadas para sempre. E daí que não fossem tão felizes quanto antes? Elas eram adultas, com uma filha quase adulta. "Feliz" era uma palavra para garotas de grêmio e palhaços, dois grupos decididamente fodidos. Elas estavam apenas passando por dificuldades como todos os demais.

Aos vinte e quatro anos, Zoe Bennett era a coisa mais atraente que Jane já tinha visto. Elas conheceram-se no Mary Mary's na Quinta Avenida, um bar de lésbicas mal-afamado que estava sempre cheio de profissionais de serviços, sobretudo depois da meia-noite. Jane ia até lá duas, ocasionalmente três vezes por semana, e raramente fazia mais que beber cerveja com suas amigas, mas certa noite, eis que uma ninfeta vibrante surge na ponta do bar, fazendo piruetas por toda parte como se fosse a dona do lugar, e no final da noite, era o que havia acontecido. Jane trabalhava como *garde-manger* no Union Square Café e Zoe era recepcionista no Chanterelle. Elas nem sequer conversaram nessa primeira noite – Jane jurava que Zoe havia caído em seu colo enquanto acompanhava uma música de Bonnie Raitt na jukebox, mas Zoe não lembrava disso. Ambas bebiam muito e estavam sempre dispostas a comer e beber até o reservatório estar vazio e as luzes acesas. Três semanas mais tarde, Jane mudou-se para a casa de Zoe.

A campainha na porta soou e Jane ergueu os olhos. Era Johnny, seu cara da UPS. Ele empurrou para dentro uma torre de caixas – de papel-toalha, papel higiênico, todas as coisas nas quais ela não queria ter que pensar. Esse era o trabalho de Zoe, mantê-las abastecidas e preparadas para o apocalipse. Elas ainda não haviam equacionado essa parte – e o Hyacinth? Zoe acharia estranho continuar a fazer seu trabalho, mas acharia ainda mais estranho parar. Tudo estava no nome das duas. Elas não precisavam ser casadas para continuar a trabalhar juntas, claro, mas e se Zoe começasse a dormir com Allie, a linda recepcionista? As duas sempre brincavam sobre como ela estava apaixonada por Zo, mas com Zo livre e desimpedida, e se fosse verdade? Jane visualizava com muita clareza – ela espreitando para fora da cozinha e vendo Zoe tocar as costas de Allie, ou ajeitar o cabelo dela atrás da orelha. Talvez Jane a demitisse antes que Zoe tivesse essa chance – de qualquer forma, Allie não era das melhores em seu trabalho. Não fazia parte do trabalho de Jane lidar com os funcionários, mas ela era a chef – na realidade, tudo era seu trabalho.

– Ei, ei – disse Johnny, balançando a cabeça em direção à despensa. – Quer que eu coloque tudo ali?

– Por favor – respondeu Jane. Ela não estava apenas se dirigindo a ele, mas rogando ao universo. Quando Johnny saiu, Jane trancou-se no banheiro e chorou. Era o único cômodo com uma porta que trancava. Jane havia contado a sua mãe que elas estavam pensando em se separar – não aos amigos, não à equipe, a mais ninguém. Achava que se ninguém descobrisse, talvez nunca acontecesse, assim como elas não haviam contado a ninguém que Zoe estava grávida até ela completar quatro meses, ou como quando Jane tinha dezesseis anos e sabia que era gay, mas não revelou até chegar aos vinte. Se isso realmente acontecesse, seus pais ficariam arrasados – eles sempre haviam adorado Zoe, sua mãe em especial. Talvez Jane conseguisse evitá-los por alguns meses, ou por um ano. Quem sabe eles não precisassem se falar até que Ruby casasse, e a essa altura eles estariam com oitenta anos, com dificuldades de audição e sem o pleno entendimento de tudo. Talvez ela pudesse esperar até eles estarem mortos.

Alguém bateu à porta do banheiro.

– Sim – disse Jane, olhando-se no espelho. Havia passado dos cinquenta, e tinha sinais na pele que pretendia mandar examinar e um pelo isolado no queixo que tornava a surgir sempre que ela o arrancava. A vida era um maldito desastre, mas era hora de organizar os preparativos do almoço e telefonar para o açougueiro, então Jane destrancou a porta.

Treze

A Imobiliária Mary Ann O'Connell era um escritório butique com cinco corretores apenas. Elizabeth era a única cujo sobrenome não era O'Connell – além de Mary Ann, com oitenta e três anos, havia seus dois filhos, Sean e Bridget, mais a mulher de Sean, Deirdre. O escritório ficava na esquina da Cortelyou com a East 16th Street, a meio quarteirão do barulhento trem Q. Elizabeth e Deirdre dividiam uma mesa, o que Elizabeth sempre havia achado um pouco estranho, que Sean preferisse compartilhar sua área de trabalho com a irmã do que com a mulher, mas os O'Connells eram acima de tudo estranhos e, portanto, era de se esperar. Empresas familiares eram organismos profundamente complicados e quase sempre era melhor conservar-se o mais afastada possível dos processos de tomada de decisão. Elizabeth trabalharia alegremente em casa, como fizera quando Harry era mais novo, mas Mary Ann ficava nervosa quando não via sua equipe dando duro ou ouvia o tilintar das chaves quando eles saíam para um dia de visitas. Seu escritório ficava nos fundos e a porta nunca se fechava. Quando alguém entrava ou saía, mesmo que apenas para comer um sanduíche, a coroa de cabelos brancos de Mary Ann começava a vibrar de leve, como um sino tocando. Deirdre gostava de brincar dizendo que sua sogra havia sido atingida por um raio quando criança e o choque reaparecia sempre que ela achava que estava prestes a ganhar dinheiro. Ela também gostava de brincar dizendo que o único motivo pelo qual ela e Sean haviam recebido permissão para se casar foi porque ela (nascida em Trinidad) parecia tão irlandesa quanto ele no papel. Deirdre era a única O'Connell cuja companhia Elizabeth de fato apreciava.

O dia lá fora estava glorioso – o calor do verão ainda não estava no auge, mas era agradável o suficiente para que as pessoas desnudassem braços e pernas sem medo dos arrepios. Tais condições climáticas eram muito breves na cidade de Nova York, que era em todos os sentidos um lugar de extremos. Eles haviam pensado em ir embora, por esse entre muitos outros motivos, mas a constância dos dias californianos de vinte e dois graus tampouco atraía. Era bom ter do que reclamar, para construir o caráter. Elizabeth reclinou-se na cadeira e admirou o que conseguia enxergar do dia pela janela. As três mesas eram dispostas por antiguidade, o que significava que Elizabeth, veterana da empresa de apenas uma década, sentava-se a um metro da calçada lá fora.

Sean voltou do almoço após uma manhã repleta de visitas – o início do verão era sempre a melhor época e o inventário era alto. O sino soou e Elizabeth ouviu Mary Ann começar a fazer perguntas a Sean antes mesmo que este houvesse cruzado o vão da porta. Ele cumprimentou Elizabeth com um aceno de cabeça e entrou no escritório da mãe. O celular de Elizabeth tocou e ela atendeu sem ver quem era.

– Alô? – disse. Houve uma pausa, em seguida um clique.

– Fique na linha para Naomi Vandenhoovel – disse uma jovem do outro lado.

– Como? – disse Elizabeth, colocando um dedo sobre a orelha direita para bloquear o ruído de um caminhão dos bombeiros que descia a rua. – Alô?

– Lizzzzzzzy – disse outra voz. – Muito obrigada por falar comigo. Fico muito agradecida.

– Desculpe, quem está falando? – Elizabeth girou a cadeira para longe da janela. O escritório inteiro era pontuado de manchas de luz solar. – Aqui é Elizabeth Marx – disse ela, perguntando-se se alguém havia ligado para a Elizabeth errada, ao percorrer rapidamente a seção E de seus contratos.

— Elizabeth, é *Naomi*. Naomi *Vandenhoovel*. Fiz contato a respeito dos direitos para o filme biográfico de Lydia. Trabalho para o estúdio. Enviamos um e-mail.

— Ah, Naomi, sim — disse Elizabeth. Ela tornou a girar e abriu seu e-mail, procurando freneticamente pela mensagem mais recente de Naomi. — Eu estava pretendendo fazer contato com você.

— Escute, Elizabeth, sei que parece loucura, depois de todo esse tempo, ceder os direitos do seu trabalho e da sua história, mas o filme já está em andamento. Você sabe como é difícil fazer um filme nos dias de hoje? — Elizabeth ouviu um som sibilante. — Desculpe, estou no meu carro. Deixe eu fechar a janela.

— Mas como você me ligou do carro? A sua auxiliar me pediu para esperar na linha! — Elizabeth estava fazendo uma pergunta séria, mas Naomi apenas riu.

— Pois é, né? — disse ela. — Enfim, nós realmente precisamos da música. Você sabe que precisamos da música. E dos direitos de imagem. Sei que isso parece assustador, *DIREITOS DE IMAGEM*, mas é só um termo pomposo para concordar que haja um personagem que pode ou não ter alguma coisa em comum com você. Sério. Posso dar mais algumas semanas para que você convença seu marido, mas só isso. Eles querem começar a filmar no outono. Você não quer ver milhões de garotas adolescentes indo ao cinema para assistir a garotas incríveis tocando rock 'n' roll? Tipo, usando pedal *wah* e a barra de distorção, ou seja o que for, sabe? Você não quer ser uma inspiração? Esqueça Lydia, pense em uma garota no meio do nada, que acha que a vida é ruim e chata e então vê o filme no shopping, compra uma guitarra e começa a escrever músicas em seu quarto.

Elizabeth fechou os olhos. Não tinha conseguido falar com Andrew sobre Lydia de modo algum. Ele não tinha medido esforços para evitar a conversa – havia marcado consultas no dentista, levado o carro, normalmente esquecido, para uma troca de óleo. Mas essa garota imaginária em seu quarto talvez funcionasse. Sua vida salva pela música, pelo filme, por eles! Estava certamente funcionando com Elizabeth. Ela sentiu pequenas lágrimas se formarem, tão de repente quanto em um bom comercial de lenços de papel.

— Vou tentar.

— Enviarei os formulários outra vez. O mundo precisa assistir a essa história e ouvir sua música. Curiosamente, é minha música preferida de todos os tempos. Estou certa de que você escuta isso um bocado, mas é verdade. Tenho o refrão tatuado nas costelas.

— Não — disse Elizabeth, embora não fosse a primeira vez que ouvia tal coisa. Certa vez, tinha visto toda uma exibição de slides sobre eles no BuzzFeed.

— Tenho sim! — disse Naomi. — Vou enviar a foto.

— Realmente não precisa — disse Elizabeth.

— Ah, eu quero! Está fantástico!

O e-mail de Elizabeth tilintou e ela girou para ver. De fato, havia uma caixa torácica com as palavras *Vou ficar calma calma calma calma* em letras cursivas.

— Uau — disse Elizabeth. — Espere, como você mandou isso, você não está dirigindo?

— Fiquei tão bronzeada nesse verão, foi uma loucura — disse Naomi, ignorando a pergunta. A Califórnia era um lugar assustador. — Enfim, assine os formulários e mande de volta para mim assim que possível, tudo bem? Muitíssimo obrigada.

— Vou fazer isso — disse Elizabeth, sem intenção de concordar, apenas de assegurar que a manteria informada. Antes de tudo, ela era educada. Harry estava sempre debochando da mãe por ligar para cancelar reservas em restaurantes ou entrevistas no Genius Bar da loja da Apple. *Ninguém se importa, mãe*, dizia ele, mas Elizabeth acreditava em cortesia. Ela esperou que Naomi dissesse mais alguma coisa, então percebeu que esta já havia desligado.

Catorze

A garagem estava inacabada – ao contrário de alguns de seus vizinhos, que haviam convertido os espaços em salas de jogos ou escritórios e instalado encanamento, calefação e pisos de madeira, Andrew e Elizabeth mantinham a sua à moda antiga, com pás enferrujadas e latas de tinta pela metade. Guardavam o carro apenas quando grandes tempestades de neve eram esperadas – caso contrário, a parte central do espaço ficava vazia, com um tapete proveniente da casa dos pais de Andrew e duas cadeiras de madeira decrépitas. O pequeno amplificador Marshall de Elizabeth ficava ao lado dela e o amplificador Orange quadrado de Andrew, ao lado dele. Andrew erguia a porta da garagem o suficiente para que eles passassem por baixo dela, então tornava a baixá-la até metade do caminho de volta ao chão. As pessoas que passavam na calçada talvez conseguissem ver suas pernas, mas apenas se olhassem com atenção e havia coisas muito mais emocionantes para ver. Roqueiros amadores de meia-idade eram tão empolgantes quanto velhinhas trabalhando no jardim e muito mais constrangedores. Andrew sabia o que aquilo parecia.

Ele estava com seu caderno. Vinha escrevendo algumas coisas, não letras inteiras, mas ideias para músicas. Elizabeth era muito melhor em fazer as coisas soarem bem. Também tinha um caderno repleto de letras, ou ao menos costumava ter. Agora seu caderno estava ocupado pelas preferências e antipatias desse ou daquele casal, suas possibilidades, o tamanho de suas contas bancárias.

– Quer tocar aquela do outro dia, aquela do bum-bum-bum? – perguntou Elizabeth, acomodando-se na cadeira e colocando a guitarra no colo. Ela plugou o instrumento e passou a alça por cima do ombro. Andrew adorava a aparência de sua mulher com a palheta entre os dentes. Atingia direto sua essência. Certa vez, na escola secundária, o professor de história havia embarcado em uma digressão musical sobre como Barbara Stanwyck era seu "perfil sexual" e todos ficaram extremamente assustados, mas era assim que Andrew se sentia com relação a mulheres que tocavam guitarra. Não importava que fossem muito boas ou muito ruins, ou estivessem apenas segurando o instrumento. Se realmente soubessem tocar, já era: ele ficava acabado. Era profundamente machista, e assim ele nunca dissera aquilo em voz alta (a Oberlin havia sido boa para isso, para lhe ensinar que a maioria das coisas que os homens pensavam todos os dias tinham raízes no machismo), mas era verdade. Com Elizabeth, não era apenas a circunstância de ela saber tocar, mas o fato de ser muito boa nisso.

– O que foi? – perguntou Elizabeth, com a palheta ainda entre os dentes.

– Nada – respondeu Andrew, agarrando o baixo pelo braço. – Certo, vamos tocar essa.

– Na verdade, querido, eu queria te contar... o pessoal tornou a ligar a respeito de Lydia. – Elizabeth franziu os lábios. – Podemos conversar sobre isso? Temos que dar uma resposta em breve.

Um caminhão de lixo desceu ruidosamente a rua, os freios guinchando a cada dez metros. Andrew soltou o baixo e moveu os dedos para a frente e para trás nos cabelos.

– Eu só não gosto da ideia de assinar um pedaço de papel que transfere o controle para uma corporação gigantesca. Logo isso vai estar em algum comercial de lenços de papel.

– Tenho certeza de que podemos especificar exatamente como eles podem usar isso – disse Elizabeth. – O filme é sobre Lydia, não sobre nós. Eles não se importam conosco, querido. – Ela apoiou a parte de trás lisa da guitarra contra o esterno.

– É exatamente esse o meu problema – disse Andrew. – Você não escreveu aquelas palavras para Lydia cantar. Não escrevemos aquela música para ter garotas adolescentes no shopping em Nova Jersey fingindo ser punks.

– Você quer dizer como os garotos adolescentes que cresceram em Manhattan fingindo ser punks? – Ela revirou os olhos. – O sujo falando do mal lavado.

– Eram os anos oitenta! Eu não estava fingindo! Estava puto, e o fato de meus pais serem demônios que adoravam Reagan tinha muito a ver com isso. Vamos, Lizzie. – Andrew cruzou os braços sobre o peito e respirou fundo algumas vezes. – Só não quero contribuir para a imagem de foco suave de Lydia Greenbaum como uma espécie de heroína popular. Por que devemos ajudar essa gente?

– Porque eles vão nos dar dinheiro?

– Você é realmente tão vendida?

Elizabeth sentiu as palavras de forma tão intensa quanto uma bofetada.

– Como é que é? Andrew, entendo que eu e você tenhamos percepções diferentes sobre isso, mas o fato de estar disposta a receber um pagamento adicional muito saudável pelo trabalho que fiz há duas décadas não me torna vendida. Harry vai para a faculdade, você sabe disso. Em breve. Essa casa precisa de doze janelas novas. Nosso porão é um refúgio para as baratas. Nós podemos usar esse dinheiro. O crédito da família Marx não tem que pagar nossa vida, sabe. Não estou sendo gananciosa. – Ela começou a suar. – E não tem a ver só com Lydia, nem conosco. Tem a ver com ser uma inspiração para as mulheres jovens, para garotas que talvez também tenham vontade de fazer música. Como um Girls Rock Camp, ou seja lá o que for.

Quando eles se conheceram em Ohio, tão longe da família e de sua vida real, não havia meios de dizer que Andrew tinha dinheiro e ela não. Todos eram exatamente iguais. Todos usavam roupas de brechó e carregavam bolsas da loja de suprimentos do exército/marinha. Elizabeth sempre havia achado a casa de seus pais normal – bonita, mesmo – até Andrew levá-la, com relutância, à casa dele para uma visita, no semestre de inverno de seu último ano.

Eles levaram o carro de Elizabeth – Andrew não tinha carteira de motorista, tampouco parecia ter noção de como se deslocar. Ficava mandando Elizabeth seguir por um caminho, então praguejava quando percebia que os havia enviado na direção errada. Eles gastaram uma hora a mais andando em círculos em Nova Jersey antes de finalmente encontrar o túnel Lincoln, depois outra hora arrastando-se no tráfego para o Upper East Side. Elizabeth dirigia com os ombros arqueados sobre o volante, procurando uma vaga de estacionamento nas ruas tranquilas e escuras.

– É aqui que seus pais moram? – ela havia perguntado quando ele apontou para o prédio. Ficava na esquina da 79th com a Park Avenue, com uma gigantesca escultura metálica de um gato na frente. Eles carregaram as malas até o saguão, todo de mármore e com bancadas pretas imaculadas. Um porteiro com um chapéu correu para ajudá-los e cumprimentou Andrew pelo nome.

– Sim – dissera ele, envergonhado. Naquela noite, quando eles se aconchegaram juntos em sua cama de infância, em um quarto com vista para o Central Park, ele havia lhe contado como fantasiava sobre fugir, sobre saltar dentro de trens e dormir em um banco na praça Tompkins. Na Oberlin, Andrew havia se especializado em religião e estava fazendo sua monografia de graduação sobre deusas hindus. Desejava mudar-se para o Nepal. Queria dormir no chão. Disse repetidas vezes a Elizabeth como a riqueza de seus pais tinha pouca importância para ele, e quando ela informou que estava com fome, ele ligou para uma lanchonete na avenida Lexington e pediu-lhes que enviassem ovos mexidos.

– Tenho certeza de que seus pais têm ovos na cozinha – ela havia protestado, mas Andrew insistiu no fato de que os da lanchonete eram melhores. Elizabeth pensava naqueles ovos todos os anos, se não com mais frequência – ainda quentes, e sim, deliciosos – e em como eles haviam lhe revelado, mais do que Andrew jamais poderia, sobre como ele havia crescido. Às vezes, até mesmo as pessoas mais inteligentes perdiam a noção.

– Não temos que decidir hoje – disse Elizabeth, balançando a cabeça. – Você fica aí tocando, que vou preparar o almoço. – Ela colocou a guitarra de volta em seu suporte, desligou o amplificador e saiu da garagem.

Quinze

Dessa vez, Eliza e Thayer nem sequer fingiram cumprimentar Harry. Elas viraram-se, viram-no entrar com Ruby e deram seguimento à conversa sem nenhuma pausa aparente. Rebecca, sua corajosa líder, embaralhava papéis em sua mesa improvisada sob a tela de projeção. Os tapetes azuis compactos que a escola de caratê usava para ensinar as pessoas a não serem assassinadas por ninjas continuavam à vista e alguns alunos da turma davam cambalhotas.

– Ah, eles *certamente* vão entrar em Harvard – disse Ruby.

– Acho que aquele está mais para Yale – disse Harry, apontando para um cara que havia tombado para o lado. – Talvez Princeton.

– Vomitei – disse Ruby.

Era apenas dessa forma que Ruby falava sobre o futuro. Ela sabia que Harry devia estar se perguntando por que motivo ela estava fazendo o curso – ninguém fazia um preparatório para o vestibular por diversão, sobretudo depois do último ano –, mas Ruby nunca oferecia informações. Zombava de todos que iam para boas faculdades, mas também zombava de todos que iam para faculdades festeiras e todos que iam para as pequenas faculdades de artes liberais. Era temporada de caça para todo mundo, menos para ela. Isso não era da conta de ninguém. E daí que ela tivesse feito inscrição para oito faculdades e não tenha entrado em nenhuma? Isso não a tornava uma pessoa ruim, fazia os comitês de admissão parecerem esnobes idiotas que mereciam estar cobertos de mel e entrar na jaula do urso no zoológico. Na realidade, não havia nem mesmo um propósito em ir para a faculdade, não mais, não para ela. A ideia de passar mais quatro anos assistindo a palestras sem sentido sobre coisas que haviam acontecido e livros que haviam sido escritos centenas de anos antes era a maior perda de tempo e dinheiro do mundo. O ensaio de Ruby havia sido nesse sentido e parecia ter consumado seu objetivo. Se uma de suas mães houvesse pensado em revisar seus pedidos de inscrição, talvez elas não estivessem nesse pepino. Ela havia escrito o ensaio em parte como brincadeira, mas então a brincadeira havia se convertido em sua vida real. Ruby tinha certeza de que alguém a deteria no final. Quando clicou no botão para enviar as inscrições, ciente do que os documentos anexos pareciam, Ruby deu adeus à faculdade. Não se surpreendeu quando todos os pedidos foram recusados. A princípio, suas mães nem sequer ficaram sabendo, pois estavam esperando cartas pelo correio, sem se dar conta de que atualmente as cartas só chegavam se as notícias fossem boas.

– Espere, essa é a melhor ideia – disse Ruby.

– O que é? – perguntou Harry. Eles estavam parados a um metro da porta. Rebecca clicou em seu computador e o desenho de um gato fazendo prova surgiu na tela de projeção.

Ruby dobrou-se sobre si mesma, as mãos apertando a barriga.

– Ah, não – disse. – Rebecca, eu realmente preciso ir para casa, acho que vou vomitar.

Thayer e Eliza viraram-se, boquiabertas. Harry curvou-se, em sinal de solidariedade.

– Você está bem? – perguntou, o rosto dos dois de ponta-cabeça. Ruby piscou.

– Tudo bem se eu me certificar que ela chegue em casa? – perguntou Harry, endireitando o corpo. Rebecca aproximou-se agitada, carregando alguns folhetos. Ruby emitiu um som sombrio, baixo e prolongado, que lembrava a aproximação de um trem de metrô. Ninguém queria ver o que havia nesse trem.

— Claro — disse Rebecca, puxando os cantos da boca para baixo em uma expressão de descontentamento de desenho animado. — Fique bem, ok? — Ela afagou as costas de Harry.

Ruby agarrou o punho de Harry.

— Nós temos que sair daqui agora, ou vou vomitar nesse dojo inteiro — disse ela. — Que faixa vou conseguir com isso? — Harry deixou que ela o conduzisse porta afora. Ruby continuou a gemer até eles atravessarem a avenida Church e dobrarem a esquina. Embora já estivessem fora de vista, Ruby aproximou-se de uma caixa de correio e fingiu vomitar dentro dela, concluindo com efeitos sonoros. Então ela endireitou o corpo e fez uma mesura acentuada e graciosa. Harry olhou para ela com admiração e Ruby viu o restante do verão em seu rosto: ele poderia ser seu projeto, seu passatempo, seu boneco.

— Estou com fome — disse ela. — Seus pais têm comida?

— Suas mães são donas de um restaurante — retrucou Harry.

— E é exatamente por esse motivo que elas nunca têm comida. Posso dizer nesse instante o que temos na geladeira: iogurte, três tipos diferentes de molho de peixe e patê. — Certa vez, Ruby havia feito uma pesquisa on-line atrás de um grupo de apoio para os filhos de pessoas que estavam na indústria alimentícia de serviços, para crianças como ela, que nunca haviam recebido permissão para comer chocolate ao leite, molho de queijo e creme de marshmallow industrializados, manteiga de amendoim extradoce de supermercado, mas não havia encontrado nada.

— Acho que nós temos batata frita e molho — disse Harry.

— Isso serve.

A sala estava vazia quando eles entraram.

— Olá! — gritou Harry, mas seus pais não responderam. Eram nove e quarenta da manhã. — Minha mãe tem alguns *open houses*, acho — disse ele. — Não sei onde está meu pai.

— Não importa — retrucou Ruby e seguiu direto para a cozinha. — Se ele voltar para casa, diga que fiquei doente e que sua casa era mais perto, então viemos para cá.

— Tipo quinze metros mais perto.

— Quando você está vomitando, quinze metros é um monte de metros.

— Acho que é verdade.

Ruby adorava estar na cozinha de outras pessoas. Suas mães eram completas aberrações — o sal tinha que ser de tipo especial, a não ser no cozimento, neste caso tinha que ser um tipo muito especial de sal normal, esse tipo de coisa. Elizabeth e Andrew eram comuns. Tinham Coca Diet e um pedaço gigantesco de queijo cheddar laranja. Ruby pegou o frasco de molho e o saco de batatas fritas na bancada.

— Quer ir para o seu quarto?

— C-claro — disse Harry. Iggy Pop desceu devagar de seu posto em cima da geladeira e Harry pegou-o e segurou-o como um bebê. Ruby passou pelos dois e seguiu em direção à escada.

Ruby não subia ao segundo andar da casa dos Marx desde que era pequena, mas pouca coisa havia mudado. As paredes ainda continuavam pintadas de um laranja bem claro, como um picolé derretido depois de uma pancada de chuva, e as fotos nas paredes eram as mesmas. Havia um quadro pendurado perto da porta do quarto de Harry que Ruby sempre havia gostado, uma cena de aldeia, com uma japonesa regando flores a um canto e algumas galinhas caipiras no outro. A casa dos Marx estava sempre arrumada. Tudo tinha seu lugar. Ao contrário da mãe de Ruby, que voltava para casa de cada viagem com alguma bugiganga colorida para colocar em uma prateleira e acumular poeira para todo o sempre, Elizabeth e Andrew não pareciam ter objetos inúteis. Ruby passeou pelo corredor, enfiando a cabeça nos quartos.

— Meu quarto é aqui — disse Harry atrás dela.

— Eu sei — disse Ruby, ainda caminhando. — O que é isso? — Ela parou diante de uma porta aberta, o menor quarto da casa.

— É o quarto de hóspedes – disse Harry. – O sofá desdobra. Além disso, é só tipo um depósito, acho.

Ruby entrou e encaminhou-se às prateleiras de metal ao longo da parede. Havia grandes caixas de plástico transparente, todas etiquetadas. Ela correu o dedo pelas caixas.

— Uau, sua mãe tem TOC, hein? – Harry entrou atrás dela e sentou-se no sofá, as mãos no colo. Iggy Pop, que havia se lançado escada acima atrás deles, saltou para o colo de Harry.

— Acho que não – disse ele. – Ela só é organizada.

— É isso o que parece? – perguntou Ruby. – Ah, merda, uau!

Harry levantou-se com rapidez, lançando Iggy Pop de volta ao chão.

— O que foi? É um rato?

Ruby virou-se para olhar para ele, os cabelos roxos voando.

— Por que eu diria "uau" se visse um rato, seu esquisito? Não, olhe, são só coisas da Kitty's Mustache. – Ela puxou uma das caixas da prateleira de cima, depositou-a no chão e abriu a tampa. A caixa estava cheia de coisas: folhetos, fitas cassete, singles, pôsteres, zines e jornais de faculdade com críticas dos shows. Ruby folheou a pilha no topo e puxou uma fotografia em papel brilhante. – Olhe essa merda – disse.

Da esquerda para a direita, era uma foto de Lydia, Andrew, Zoe e Elizabeth. Nenhum deles sorria ou olhava para a câmera. Sua mãe vestia um casaco de camurça com franjas e tinha um cigarro pendurado na boca, como uma estrela de cinema irritada, que havia acabado de voltar de uma farra no deserto. Elizabeth vestia uma saia preta longa, com batom escuro, os cabelos loiros então longos atrás das orelhas, o corpo voltado para o restante da banda. Andrew vestia uma camisa branca e uma camisa de flanela amarrada ao redor da cintura, o cabelo ondulado passando dos ombros. Lydia estava sentada de pernas cruzadas no chão, segurando suas baquetas em um X acima da cabeça.

— De quando é isso? – perguntou Harry, tirando a fotografia das mãos de Ruby.

— Noventa e dois — respondeu Ruby, indicando a data no canto, com a letra de Elizabeth. — TOC.

— Eles estão tão jovens — disse Harry. — Isso é meio horripilante. Olhe a calça jeans do meu pai. E o cabelo!

— Veja os peitos da minha mãe! — apontou Ruby. Zoe não usava sutiã e seus mamilos estavam claramente visíveis, mesmo através do tempo e do espaço e de todos aqueles anos. Harry cobriu os olhos. — E olhe para Lydia.

Era estranho saber que sua mãe tinha tido uma vida antes de seu nascimento, mas todos precisavam lidar com isso no devido tempo. Todas as mães fizeram sexo pelo menos uma vez e a mãe de muita gente havia se embebedado e desvairado. Ruby sabia que não estava sozinha. Mas era megaestranho saber que sua mãe havia se embebedado e desvairado com uma pessoa famosa. E não uma pessoa famosa sem motivo, como a estrela de um reality show, mas uma realmente famosa e importante por ser muito boa no que fazia e todos a adorarem. Ruby fingia não se importar com Lydia porque sabia que sua mãe acharia... irritante? Divertido? Sua mãe teria achado fantástico. Esse era o pior destino de todos, os pais olharem para você com seus olhos de pais e chamarem seu tumulto interno de fofo. Zoe teria adorado se soubesse que Ruby tinha os dois álbuns solo de Lydia em seu celular e que os ouvia quando caminhava pela rua sozinha, que eles a faziam sentir-se invencível e furiosa, mas não havia nenhuma possibilidade de Ruby algum dia lhe contar.

Ruby revirou a pilha de pôsteres e fotos no topo. Havia mais alguns da banda, inclusive uma foto de Lydia de pé no meio da imagem com a boca aberta em um grito, o resto da banda atrás na diagonal. Ao contrário das outras, essa foto parecia de fato com Lydia, a verdadeira Lydia, a Lydia cujo rosto seria colado nas paredes dos quartos e impresso em camisetas.

— Você sabe quanto dinheiro podemos conseguir por isso no eBay? — perguntou Ruby. Às vezes, sua mãe vendia suas roupas antigas no eBay, vestidos fora de moda que ela possuía havia décadas e dos quais por fim decidia que não precisava.

– Não – respondeu Harry.

– Bem, que bom que você tem a mim – disse Ruby. Seu passatempo já estava começando a compensar.

Dezesseis

Andrew esperou que Harry saísse para a aula, então calçou seus chinelos com sola de borracha e seguiu às pressas para a rua Stratford. Dessa vez, não hesitou antes de subir os degraus e entrar na casa. O folheto continuava do lado de fora – NÓS ESTAMOS AQUI, E VOCÊ? –, mas agora Andrew sabia a resposta. Ele também estava.

Dave estava no comando, se é que havia alguém no comando, mas não era esse tipo de lugar. A DESENVOLVImento era uma cooperativa e todos que moravam ali também trabalhavam ali. Não se tratava de propriedade, nem de hierarquia. O lugar tinha a ver com gente e consciência.

Um jovem com barba e pernas esguias cumprimentou Andrew e ofereceu-lhe uma xícara de chá.

– Dave está? – perguntou Andrew.

– Sente onde quiser, fique à vontade – disse o homem. Normalmente, Andrew teria ficado irritado, pois o sujeito não tinha de fato respondido à pergunta, mas entendeu que era assim que as coisas funcionavam por ali. Havia montes de almofadas no chão. Andrew pegou uma, largou-a perto de uma parede e sentou-se. Estava feliz em esperar. Alguns jovens passavam rapidamente em silêncio, todos com os pés descalços. Andrew retirou os chinelos e enfiou-os sob os joelhos. Poucos minutos depois, ouviu risos no topo da escada e então Dave caminhou em sua direção com um sorriso enorme, como se o estivesse esperando.

— É um prazer ver você novamente, Andrew — disse Dave. Ele era baixo e atarracado, como um ginasta compacto. Dave abaixou-se ao lado de Andrew e tocou-o no ombro. Eles estavam apenas a alguns centímetros de distância, próximos como estariam de um estranho no metrô, mas na sala ampla e desimpedida, aquilo parecia bastante íntimo, como se Dave tivesse acariciado o rosto de Andrew com o dorso do dedo.

— Certo — disse Andrew, sentindo-se corar um pouco. — Estou interessado.

E era verdade, Andrew estava interessado em filosofia e na conexão mente-corpo; escapar de sua própria casa e de seu próprio cérebro e ver se conseguia conectar-se com algo externo, como os cabos que corriam entre as casas; e em transformar sua raiva em alguma outra coisa, em uma cor, em ar, em positividade. Esse era o tipo de conversa que os pais de Andrew detestavam: não davam a mínima para o processo, importavam-se apenas com o resultado final. Toda a sua infância havia sido desperdiçada assim, pulando de uma aula de aperfeiçoamento para outra, de uma escola preparatória à seguinte, como se tais locais estivessem de fato preparando-o para outra coisa que não um trabalho corporativo, onde ele certamente estaria rodeado das mesmas pessoas com quem havia crescido. Tais pessoas faziam-no sentir um nó no estômago, com suas calças cáqui e seus mocassins, as malas de couro arranhadas com suas iniciais na lateral. Ninguém se importava com nada a não ser se o barco estaria pronto para o Dia da Lembrança. Eram desagradáveis com as mulheres e com gente contratada para garantir que sua vida transcorresse sem percalços. Andrew sempre sonhara em viver em algum lugar com o sistema de troca, um local onde o dinheiro nada significasse, a menos que estivesse no fundo coletivo. Seu alojamento na Oberlin havia sido seu sonho erótico, todos cozinhando tofu juntos e assando pequenos pães marrons compactos. Se Elizabeth fosse menos tipo A e eles não tivessem tido um bebê, ainda estariam vivendo dessa maneira, com Zoe ou com quem quer que fosse. Não que ele trocasse um momento com Harry por nada no mundo – se havia feito uma coisa certa na vida, era ser pai, Andrew sabia disso com certeza. Todo o restante era o problema. Ele desejava empurrar cada sentimento de raiva para dentro do estômago e cobri-lo com palha, folhas e amor até que este se transformasse em um maldito canteiro de flores.

A casa – a casa de Dave, o coletivo – realmente vinha a calhar. Os cômodos da frente eram usados para aulas de yoga e meditação, abertas a todos. Se a pessoa comparecia à aula, meditava ou praticava *qigong*, alguém passava um dedo com óleos essenciais em suas têmporas e ela ia para casa cheirando a lavanda, laranja e eucalipto. Eles estavam trabalhando para obter a autorização para servir comida, mas isso parecia legalmente complicado. Poderiam servir apenas sucos. Dave era natural da Califórnia, o que era evidente. Falava como se as palavras estivessem presas no fundo de sua garganta e fosse necessário puxar cada uma delas em separado. Em seus pensamentos mais secretos, Andrew acreditava que ele deveria ter nascido em uma família de surfistas, do tipo que viajava para cima e para baixo pelo litoral Califórnia-México, dormindo em um trailer na praia. Dave não dizia, mas Andrew tinha certeza de que sua história era essa. Areia no saco de dormir, as ondas quebrando à noite.

Algumas jovens vestindo roupas de yoga entraram na sala. Dave cumprimentou-as e as mulheres começaram a desenrolar várias esteiras no outro extremo do local, colocando gentilmente mantas e blocos de espuma ao lado de cada lugar. As mulheres não pareciam mais velhas que Ruby, mas por outro lado, agora Andrew sempre se surpreendia com a idade das pessoas. Quando ele era adolescente, qualquer pessoa com mais de vinte anos parecia um adulto, com roupas desinteressantes e rosto indistinto, apenas um pouco mais invisível que a professora de Charlie Brown, mas a vida havia mudado. Agora todos pareciam igualmente jovens, como se tivessem vinte, trinta ou flertando com os quarenta, e ele não perceberia a diferença. Talvez isso se devesse apenas ao fato de ele estar olhando na direção oposta.

— Temos uma aula agora — disse Dave. — Você devia ficar. — Ele tornou a dar um tapinha no ombro de Andrew, em seguida se levantou e caminhou até as mulheres na frente da sala, agachando-se entre as duas e tocando-as na omoplata. Então Dave levantou-se mais uma vez e retirou a camiseta, exibindo o peito nu. Pegou uma manta na pilha, desdobrou-a, tornou a dobrá-la de jeito diferente e caiu de joelhos. Dave uniu as mãos em concha sobre a manta, aninhou a coroa da cabeça na trama dos dedos e ergueu as pernas lentamente, até estar na vertical sobre a cabeça.

As duas mulheres viraram-se e acenaram com a cabeça na direção de Andrew. Uma delas amarrou os cabelos em um rabo de cavalo e a outra começou a se alongar, movendo o corpo para um lado e o outro.

— Tudo bem — disse Andrew, sem saber ao certo o que estava prestes a acontecer. Ele engatinhou para a frente e ocupou uma das esteiras de yoga no chão. Mais pessoas entraram e preencheram os espaços ao redor e logo a sala estava cheia — dez pessoas, talvez doze. Na frente da sala, Dave baixou o corpo e assumiu a posição de lótus. Acendeu algumas velas e começou a cantar tão baixinho que Andrew não soube ao certo se era ele ou algum carro que passava, um ruído baixo que foi ficando cada vez mais alto, até que todas as outras vozes se juntaram à dele e Andrew sentiu a sala começar a vibrar. Ele fechou os olhos. Elizabeth teria rido, mas Andrew adorou. Aquilo o fez lembrar-se de quando era pequeno e suas primas mais velhas usavam-no como boneca de cabeleireiro, trançando e escovando seu cabelo pelo que pareciam horas e de como era bom sentir os dedos delas em seu couro cabeludo. Andrew já havia tentado o reiki e era isso o que estava acontecendo na sala: a energia estava sendo impulsionada e manipulada a fim de curar. Ele estava sendo curado, antes mesmo que Dave tivesse parado de cantar e lhes pedido que colocassem as mãos nos joelhos e definissem uma intenção para sua prática. A intenção de Andrew surgiu clara como um sino: estar aqui. Estar aqui. Estar aqui. E quando Dave pediu a todos que adotassem a posição do cachorro olhando para baixo, Andrew obedeceu. Ele era a pessoa mais velha na sala e seria o que quer que lhe pedissem. Talvez a DESENVOLVImento precisasse de algumas prateleiras para o equipamento de yoga, ou uma mesinha para que as velas não ficassem no chão. Andrew ia meditar sobre isso.

Dezessete

Elizabeth deu ré do caminho de acesso à garagem e percorreu o trajeto de quatro segundos até a casa de Zoe. Não precisou nem mesmo estacionar o carro – Zoe estava esperando na frente de casa, usando um vestido de verão e um chapéu molengo grande, e saltou para o banco da frente como um cachorrinho animado.

– E então, o que vai ser primeiro? – Zoe tirou o chapéu e segurou-o no colo. – Estou me sentindo muito estranha, mas quero realmente fazer isso, então finja que sou uma cliente normal e não só sua amiga que está tendo uma crise de meia-idade, tudo bem?

– É você quem manda, chefe. Primeiramente, temos dois apartamentos em Fort Greene – disse Elizabeth. – Com energias muito diferentes. O primeiro fica na Williamsburgh Savings Bank, com uma vista de morrer, muito moderno. O segundo é um por andar em um prédio de arenito pardo na Adelphi. Os dois são realmente muito legais. – Ela ligou a seta e pegou a esquerda rumo à Cortelyou, seguindo na direção de Flatbush. – Fica perto do metrô, perto de restaurantes e tudo mais. – Ela olhou para Zoe. – E se você quiser parar, nós paramos, certo?

– Para mim, está bom – disse Zoe. Ela girou os anéis em seus dedos. – O que mais podemos ver?

– Tenho dois apartamentos de frente para o rio em Williamsburg e um em Dumbo.

— Acho que estou muito velha para Williamsburg.

— Você é retrô — disse Elizabeth. — É como uma fita cassete. Eles vão ficar loucos por você.

Zoe deixou o corpo afundar, fingindo estar ferida.

— Ah — disse. — Obrigada.

— Não, vamos — disse Elizabeth. — Você só vai conhecer os locais, ver o que acha bom. Vai ser divertido.

— Tudo bem — disse Zoe, virando o espelho e passando os dedos de leve na pele sob seus olhos. — Estou parecendo cansada? Meu sono está uma merda. Uma merda total. — Ela virou-se para Elizabeth. — Diga a verdade.

Elizabeth esperou um sinal vermelho, então girou o máximo possível no assento do motorista. Zoe de fato parecia cansada — mas todos eles pareciam. A sensação era a de que um minuto atrás, podiam ficar acordados até as duas da manhã e ainda assim parecerem seres humanos normais e bem-ajustados no dia seguinte. Agora, quando ela não dormia, nenhum montante de maquiagem de farmácia era capaz de disfarçar as bolsas sob seus olhos e era essa a aparência de Zoe também, até mesmo a linda Zoe.

— Você está parecendo um pouco cansada — admitiu Elizabeth.

— Merda, eu sabia — disse Zoe. — Juro por Deus, isso é uma conspiração. Jane está tentando fazer com que eu pareça um monstro repugnante para que ninguém nunca mais queira dormir comigo e eu finja esquecer que somos infelizes, então nada vai mudar e antes que você perceba, vamos nos transformar em velhas de oitenta anos tristes e solitárias.

Uma van de transporte entrou na frente delas e Elizabeth apertou a buzina.

— Detesto dirigir no Brooklyn.

Zoe revirou os olhos.

— Você está parecendo minha mãe.

* * *

Elas dirigiram-se ao primeiro compromisso do dia, um apartamento no décimo sexto andar, com vista para o Barclays Center. A casa de Zoe seria rapidamente vendida se elas pedissem o preço certo e ela desejava ter uma noção melhor de onde ir antes de colocá-la no mercado. Se elas quisessem vender. Se de fato se separassem. Esse era o tipo de manobra que deixaria Elizabeth totalmente louca — um completo desperdício de tempo e energia — se elas não fossem amigas, mas eram e assim parecia o mínimo que ela poderia fazer. Era o equivalente ao futebol fantasia, pensou — pessoas que não podiam jogar de verdade fingindo ter algum simulacro de controle sobre o resultado dos jogos na televisão.

— Posso colocar um sofá aqui — disse Zoe, gesticulando em direção às janelas.

— Ou aqui — disse Elizabeth, gesticulando em direção à parede oposta.

— A cozinha é um pouco pequena — disse Zoe, e ela estava certa, era apenas um canto da sala com alguns armários Ikea e uma bancada preta polida barata. Ela passou o dedo na boca do fogão. — Isso é uma porcaria.

— Nem todo mundo é casado com uma chef — disse Elizabeth, tentando amenizar a situação, que não era nada amena, e Zoe deu-lhe as costas.

— Em breve, nem eu — disse ela, e era hora de partir.

O apartamento seguinte era melhor, mais quente. Elizabeth destrancou a porta e entrou primeiro, meio passo à frente. Tão logo cruzou a soleira da porta, sentiu o quanto Zoe gostaria muito mais daquele. Independentemente do que alegasse querer, Zoe gostava de coisas antigas, e nenhum prédio de apartamentos resplandecente seria a escolha certa. O segundo apartamento tinha molduras, portais em arco e janelas centenárias com vidro canelado. Ela adorou.

— E ele tem um jardim compartilhado — disse Elizabeth, apontando para a janela dos fundos.

— E estamos a três quarteirões da Academia de Música do Brooklyn! — Zoe uniu as mãos; os anéis de prata, pequenos sinais de pontuação entre os dedos. — Esse é bom, Lizzy.

Elizabeth aguardou na sala da frente enquanto Zoe examinava os armários.

— Você quer minha fita métrica? — gritou ela, mas Zoe não respondeu.

Quando era jovem, Elizabeth imaginava que moraria em várias casas quando adulta — em um sótão em Paris com vista para uma rua de paralelepípedos; em alguma praia na Califórnia. Ela e Andrew adoravam conversar sobre as possibilidades. Essa era uma das coisas que ela sempre apreciava em seu marido, o quanto ele era aberto às ideias. Peru? Claro! Nova Zelândia? Por que não?! Mas depois que Harry nasceu e eles encontraram a casa, ficou mais difícil viajar, ser boêmios da forma que sempre imaginaram que seriam. Todo o dinheiro deles estava naquela casa, nos tijolos e na argamassa, e se a vendessem, teriam que pedir dinheiro aos pais de Andrew para mudarem-se para um lugar mais cobiçado, e ninguém queria isso. Nem Elizabeth, nem Andrew, nem os pais dele. Os dois haviam percorrido o trajeto do Upper East Side a Ditmas Park oito ou nove vezes, ponto final. Havia razões triviais, como se eles precisassem delas: o pai de Andrew caminhava com bengala, sua mãe não conseguia ficar em espaços fechados sem o medo de um ataque de pânico e, portanto, havia andado de metrô apenas um punhado de vezes na vida. Claro que eles poderiam pegar um carro, mas a distância era psicologicamente excessiva. Era mais fácil fazer uma peregrinação anual no sentido inverso, até o prédio de pedra calcária e o exército de porteiros e canteiros bem-cuidados de Park Avenue.

Seria tarde demais para mudarem-se? Assim que Harry concluísse o ensino médio, eles estariam livres para fazer outra escolha, para mudarem-se para uma casa de adobe em Santa Fé, mas conseguiriam fazer amigos? Aos cinquenta anos? Talvez fosse melhor esperar os setenta e cinco, idade suficiente para mudarem-se para uma comunidade de aposentados, algum lugar no litoral da Carolina do Sul que oferecesse *shuffleboard* e karaokê. Andrew preferiria a morte. Marfa, talvez, ou alguma localidade no norte do estado, perto do Instituto Ômega. Nenhum local onde estivessem cercados de pessoas como os pais dele. Às vezes, Elizabeth olhava para seu marido e, por uma fração de segundo, seu aspecto era idêntico ao que tinha aos vinte e quatro anos, com o queixo pronunciado e os olhos reservados. Ele era muito mais revoltado que Harry, mesmo agora, após décadas de tentar ser o oposto de como havia sido criado. Em algumas ocasiões funcionava, em outras não. Quando Andrew ficava aborrecido, ela via a fúria subir em seu rosto como em um desenho animado, vermelho-vermelho-vermelho-vermelho até sua cabeça explodir. Na maioria das vezes, ele conseguia empurrá-la de volta para baixo, mas às vezes, raramente, ainda explodia. Harry só tinha visto isso acontecer poucas vezes na vida e em todas havia imediatamente desatado a chorar, o extintor da chama de seu pai. Na realidade, eles trabalhavam em ambos os sentidos – sempre que Harry estava descomposto, por causa de um brinquedo quebrado ou um joelho esfolado, Andrew entrava em ação, calmo e reanimador, uma perfeita babá. Elizabeth sentia-se grata por isso, por sua doçura conjunta. Era muito difícil dizer quando a personalidade de uma criança iria se fortalecer e firmar, mas parecia verdade que Harry era gentil e tranquilo, um bom menino.

— Uau — disse Zoe, surgindo ao lado de Elizabeth. — Gostei muito desse. — Ela dobrou o corpo para a frente na altura da cintura e tocou os dedos dos pés. — Eu poderia morar aqui, acho.

— Isso é ótimo — disse Elizabeth. — Quer dizer, você não pode morar aqui, a não ser que queira se mudar antes de vender a casa, ou que queira comprar o lugar para deixar vazio por seis meses, mas é bom saber o que você está procurando.

— Ah — fez Zoe. — Certo.

— Ou o timing pode dar certo... nunca se sabe com que lentidão as pessoas vão se mudar. Nós podemos correr com sua casa e protelar isso aqui; se você não estiver fazendo a oferta contra várias outras propostas, talvez funcione.

Elas não haviam conversado sobre um cronograma real. Logo que as bolas estivessem no ar, as coisas ficariam confusas. Por um segundo, a sala tornou-se um tanto instável enquanto Elizabeth e Zoe imaginavam a fantasia transformar-se em realidade. Mas "fantasia" era a palavra errada — fantasia era uma cabana de palha em uma praia distante, um cavalo branco e um castelo. A ideia de Zoe de fato se divorciar — de ser *solteira* — era na realidade horripilante. Era uma escolha que as pessoas faziam o tempo inteiro, terminar um casamento, mas nunca havia acontecido com elas, e as duas entreolharam-se por um minuto, ambas com o rosto sério. Se Zoe e Jane podiam fazer isso, então ela também poderia, pensou Elizabeth, a ideia cintilando rapidamente em seu cérebro e desaparecendo como um mosquito ilusório.

— Podemos ficar sentadas aqui por um tempo? — perguntou Zoe.

— Claro — respondeu Elizabeth. Elas tinham outros compromissos depois, mas Elizabeth estava com as chaves sobretudo de apartamentos vazios como esse e perder alguns minutos a mais não atrapalharia a programação. Era assim que as decisões eram tomadas em sua profissão: quando ela se sentava em salas vazias, ouvindo os devaneios das pessoas sobre mobiliário e filhos imaginários.

Elas acomodaram-se no chão da sala, ou do que se tornaria uma sala quando alguém se mudasse para lá. Elizabeth sentou-se com as pernas estendidas à frente, cruzadas na altura dos tornozelos, e Zoe apoiou-se na parede oposta, com os joelhos dobrados. O piso de madeira brilhava, com cotões desafiadores formando-se nos cantos do aposento. Era quase impossível conservar um espaço vazio completamente limpo.

— Tenho andado pela casa, fazendo listas imaginárias do que é meu e do que é dela – disse Zoe. – É surpreendentemente fácil.
— Ah, é? Tipo o quê?
Zoe assinalou os itens com os dedos.
— Os tapetes legais são meus, os utensílios de cozinha são dela. O baú que compramos no mercado das pulgas é meu, os discos são meus, a maioria. Aquela maldita luminária horrível, que sempre detestei, é dela.
— E Bingo.
— Bingo não é negociável. – Zoe inclinou a cabeça para trás, fazendo com que Elizabeth olhasse para sua garganta. – Ruby, por outro lado...
— O que está acontecendo com Rube?
— É tudo completamente previsível. – Zoe moveu a cabeça para a frente outra vez e estalou os lábios. – Adolescentes são adolescentes. Você se lembra de como éramos uns tremendos idiotas? Ou você não era, mas eu sim. No momento, Ruby é uma tremenda idiota. Nem sempre. Quando está com dor de estômago, ou resfriada e se sentindo mal, ela ainda deita na cama comigo, se aconchega e me deixa acariciá-la, mas fora isso? Esqueça! Ela me trata como um diretor de presídio. Nem mesmo um diretor de presídio legal, que dá sabonetes extras, mas o malvado, com um cassetete. É horrível.
— E Jane? – Elizabeth muitas vezes tinha visto Ruby agir como uma idiota ao longo da vida, mas era uma percepção que tentava suprimir. Não gostar dos filhos das amigas era pior que não gostar dos cônjuges das amigas. E Elizabeth não *desgostava* de Ruby – não raro ela era engraçada e sombria de um jeito que Elizabeth achava divertido –, mas havia um toque de idiotice ali, era verdade. Mas não dava nem mesmo para dizer isso, por mais que fosse a realidade. Quando as crianças eram pequenas, ela e Zoe foram amigas de outra mãe do bairro e o filho dessa mulher era tão terrível que ambas mencionaram isso a ela, que ele parecia uma miniatura de

serial killer em treinamento, e ela deixou de falar com as duas. Logo ela mudou-se do bairro e Elizabeth presumiu que tenha sido para ficar mais próxima de qualquer que fosse a prisão em que seu filho estava destinado a acabar. As pessoas simplesmente não desejavam ouvir isso.

– Jane é um caso perdido. Ela nem sequer tenta. O que, claro, torna tudo muito mais fácil. Jane e Ruby podem comer milhares de asas de frango juntas sem dizer mais que três palavras e elas ficam bem, como um casal de universitários. Ruby nunca diz que odeia Jane. Só odeia a mim.

– Ruby não te odeia, Zo – disse Elizabeth.

Zoe cruzou os dedos.

– Lembra de quando tudo que você tinha que se preocupar era com a quantidade de leite que eles mamavam e a aparência do cocô? – Ela riu. – A maternidade é o único trabalho que fica progressivamente mais difícil a cada ano e você nunca, jamais ganha um aumento.

– Vou te dar uma levantada – disse Elizabeth, erguendo-se e estendendo a mão para Zoe. – Harry contou que tem ficado com ela nas aulas de reforço, você sabia?

– É mais provável eu ter notícias da minha filha pelo carteiro do que receber alguma informação diretamente – disse Zoe. – Mas isso é bom. Cavalheirismo, imagino?

– Acho que sim – disse Elizabeth. Ela começou a descrever o olhar no rosto de Harry ao mencionar o assunto, mas se deteve. Embora ele tenha se esforçado muito para parecer despreocupado, suas bochechas estavam tensas de descrença e felicidade. Ruby, como Zoe, tinha uma longa vida de adoração pela frente e Elizabeth achou que não precisava alimentar o fogo. Independentemente de quantos anos a pessoa tivesse, havia certas coisas que se agarravam desde a infância – a maldade de uma garota interessante, ou de uma garota nerd, consumindo-se por alguém que não a desejava. Elizabeth via muito de si mesma em Harry, até mesmo em suas paixões silenciosas, os segredos que ele achava que guardava. Era difícil ser menino, assim como ser menina. – Vamos – disse Elizabeth, e abriu a porta da frente, feliz com os ruídos da rua que entraram no apartamento, preenchendo-o com algo diferente de seus próprios pensamentos.

Dezoito

Ruby não amava a ideia de trabalhar no restaurante, mas suas mães realmente não lhe tinham dado outra opção. Era ou trabalhar como recepcionista no Hyacinth ou conseguir emprego em outro lugar, que exigiria (no mínimo) um currículo e uma entrevista, sem falar das roupas que ela teria que comprar na Banana Republic ou em qualquer outro lugar que gente careta com empregos chatos comprava seus terninhos cinza e camisas brancas de botões. Chloe estava na França passando o verão e Paloma estava na casa de campo dos pais durante o mês de junho, até viajar para a Sardenha para ficar no "chalé" de seus pais. Ruby não sentia falta delas. Sarah Dinnerstein estaria por perto durante todo o verão e Ruby desejava que ela não estivesse. Assim que a formatura acabou, Ruby entendeu que a coisa toda havia sido uma armadilha – não a cerimônia em si, mas os anos precedentes. Ela queria entrar para o programa de proteção a testemunhas em algum lugar no meio de Wyoming, aprender a domar cavalos, talvez casar-se com um caubói, cuspir dentro de latas para se divertir. Qualquer coisa para escapar do Brooklyn e de sua própria vida. Mas ali estava ela.

Allie, a recepcionista do Hyacinth, que também havia sido babá de Ruby, parecia ter saído de repente, mas isso acontecia muito na indústria de serviços. Sua mãe disse que elas precisavam de alguém rápido e nada era mais rápido que Ruby. Ela concordou em trabalhar no turno do almoço (sempre pouco movimentado durante a semana) e então no brunch e no jantar (depois da aula aos sábados e das dez da manhã às três da tarde no domingo), o que era o mesmo que ser um soldado de infantaria em um campo de batalha apinhado. Ruby considerava o brunch uma refeição infantilizada, mas como suas mães adoravam lembrá-la, as longas tardes de ovos e mimosas pagavam suas mensalidades. O mínimo que ela podia fazer era conduzir as pessoas às mesas e dizer a elas que aproveitassem. Ela não precisava gostar.

O estande da recepcionista ficava perto da porta, em frente ao bar. Jorge, o barman diurno, era também comediante e gostava de treinar com Ruby enquanto esta se sentava para esperar que as pessoas entrassem. Ele era um bom barman, mas não tão bom comediante. O repertório tinha a ver com o fato de ninguém mais assistir a comerciais e, embora Ruby não estivesse prestando muita atenção, parecia ter alguma coisa a ver com um bando de velhos brancos sentados em torno de uma mesa de reuniões, queixando-se. Jorge ia ser barman para todo o sempre. Ruby riu com benevolência quando Jorge parou de falar, pois imaginou que ele tivesse terminado. Seu celular ficava atrás do estande e ela estava jogando Candy Crush, nível 24.

— Ei, você saiu com ele ou não? — Jorge estava secando copos com um pano de prato, girando e empilhando, girando e empilhando.

— Do que você está falando? — perguntou Ruby, erguendo os olhos do telefone.

O barman apontou para o canto esquerdo da janela.

— Olha lá. Você conhece aquele branquelo, Gasparzinho, o fantasminha camarada? Ele está andando de um lado para o outro há uns cinco minutos, só olhando para você.

Ruby desligou o telefone e desceu da banqueta. Foi pé ante pé até a ponta do bar e espiou pela janela. Dust estava parado com o skate apoiado no dedão, encostado na fachada da padaria mexicana ao lado.

— Ah, merda — disse Ruby, e apressou-se a voltar ao seu posto.

— Você conhece o cara? — perguntou Jorge. — Preciso pedir a ele para dar no pé?

— *Dar no pé*? Você ainda está fingindo ser velho? Não dá para perceber. Não, obrigada. Eu mesma resolvo isso. Já volto. — Ruby atirou para Jorge uma pilha de cardápios. — Só por precaução.

Ela jogou o cabelo para trás das orelhas e abriu a pesada porta da frente do Hyacinth.

— Ei! — chamou. Dust estava fumando e olhando para o vazio, dois de seus passatempos preferidos. — O que você está fazendo, me perseguindo?

Dust viu-a caminhar em sua direção e sorriu. Abriu bem os braços para um abraço.

Ruby afastou-lhe as mãos com dois tapas e cruzou os braços sobre o peito.

— O que você está fazendo aqui?

— Eu queria ver você e me contaram que você estava trabalhando. — Dust lambeu a borda pontiaguda de seu dente quebrado. — Eu estava na esquina... não tem nada a ver com essas merdas de *stalkear*.

Dust tinha um amigo que morava na Westminster. Chamava-se Nico e plantava maconha no armário e nas jardineiras da janela de seu quarto.

— Tudo bem — disse Ruby. — Agora você me viu. — Ela não se moveu.

— Então aquele garoto é seu namorado agora? O seu guarda-costas ninja de escola particular? Parece meio novo para você. — Dust inclinou a cabeça para o lado. — Você não sente a minha falta?

Ruby meio que sentia falta de Dust, mas preferia ser comida viva por ratos de esgoto a admitir isso. Sentia falta principalmente de seu corpo e daquele dente quebrado. Era divertido conversar com alguém que sabia flertar, e enquanto andava de skate. Harry não tinha ideia de como fazer isso, o que também era divertido à sua maneira, mas às vezes Ruby ficava cansada de se sentir como mrs. Robinson. Já tinha decidido que corresponderia ao beijo de Harry se ele algum dia tentasse alguma coisa, mas a situação estava chegando ao ponto em que Ruby precisava decidir se desejava beijá-lo o bastante para tomar a iniciativa. A Whitman era pequena – se Harry já tivesse beijado alguém, ela provavelmente saberia. Não havia como esconder nada – a escola inteira era tão apertada que os alunos tinham que se espremer para passar pelos casais se agarrando perto dos armários, não como nos filmes, onde havia arquibancadas, campos de futebol e coisas do gênero. Era na escada dos fundos que dava para ver a verdadeira ação e a própria Ruby havia feito coisas sérias ali. Harry Marx, na escada dos fundos? Seria como ver Dust em um curso preparatório para o vestibular. Simplesmente não fazia sentido. Mas talvez com um pouco de prática.

– Tenho que voltar ao trabalho – disse Ruby.

– Me mande mensagem – pediu Dust. Ele piscou para ela, deixou cair o skate na calçada e disparou antes que Ruby conseguisse dizer não.

Dezenove

Elizabeth não gostava de pensar em si mesma como obsessiva, mas gostava que as coisas fossem de certa maneira. Poderia ter sido arquiteta caso se interessasse mais por matemática. Por isso era boa em seu trabalho – havia muitas folhas de ofertas, folhas de computador, páginas e páginas de contratos – e as de Elizabeth estavam sempre em perfeita ordem. Era boa a sensação de ter tudo em seu devido lugar. Ela não tinha convicções sobre religiosidade em geral, mas caso tivesse, a limpeza definitivamente estaria ao lado delas. Elizabeth estava organizando o quarto de hóspedes quando percebeu que suas caixas de guardados encontravam-se na ordem errada. Tudo era cronológico – suas coisas de infância, as coisas de infância de Andrew, recordações da Kitty's Mustache, arquivos de cartas antigas, coisas da infância de Harry. A caixa da banda estava do lado direito da prateleira, três espaços além de onde deveria estar, e a tampa havia sido colocada em sentido contrário. Elizabeth fez a caixa deslizar para fora e depositou-a no chão.

Ela conhecia cada pedaço de papel na caixa: cada recorte de jornal, cada foto. No início, guardava os itens apenas por parecer um momento especial em sua juventude, mas depois que Lydia morreu, pareceu mais importante que isso. Ninguém mais tinha fotos do primeiro ensaio da Kitty's Mustache, ou de Lydia com suas baquetas sentada no chão do dormitório. Ninguém mais tinha fotos de Lydia sorrindo, vestindo um moletom, de rabo de cavalo. Eram artefatos culturais. Como ossos de dinossauro, eram provas de uma vida anterior e tão preciosas para Elizabeth quanto suas fotos de casamento.

Faltavam algumas fotos – duas da banda, inclusive a preferida de Elizabeth, aquela em que ela achava que parecia uma sacerdotisa, com o batom escuro e a saia preta longa. Havia comprado a roupa por sete dólares no Exército da Salvação em Elyria e esta era tão longa que arrastava no chão atrás dela, o que significava que o poliéster começou a desfiar e desgastar após alguns meses de constante contato com as calçadas.

– Andrew? – chamou Elizabeth.
– O quê? – Ele parecia estar na cozinha.
– Você pode vir até aqui? – Ela folheou os itens; faltavam três no total, Elizabeth tinha certeza.
– Ei – disse Andrew, comendo uma maçã. – O que foi?
– Você mexeu nas minhas fotos, pegou alguma coisa? – Elizabeth ergueu um dos retratos da banda. – Lembra da sua fase da flanela?
Andrew balançou a cabeça.
– Meu Deus, não vejo isso há uma eternidade. – Ele entrou no quarto e arrancou a foto da mão de Elizabeth. – Cara, nós estamos muito legais. Certo? Ou não? Você está incrível.
– Acho que estamos. Ou estávamos. Acho que estávamos. Você ainda tem a mesma aparência. – Ela beijou-o no rosto. Andrew devolveu a foto e deu outra mordida na maçã, lançando uma névoa suculenta no ar.
– Não molhe minhas lembranças – disse Elizabeth, secando a foto na camisa. – É estranho, mas tenho certeza de que estão faltando algumas coisas. Você não acha que Harry pegaria nada, acha? – Ela baixou seu tom de voz. – Ele está no quarto?
Andrew fez que sim com a cabeça. Elizabeth colocou a foto de volta na caixa e levantou-se, limpando os dedos. Espremeu-se para passar por Andrew e bateu à porta do quarto de Harry. Assim que ouviu a resposta abafada, Elizabeth girou a maçaneta e abriu a porta.

Harry estava sentado de pernas cruzadas na cama, com um guia de estudos para o vestibular aberto à sua frente. Tinha fones de ouvido gigantescos ao redor do pescoço, o que fazia com que sua cabeça parecesse encolhida, como se ele tivesse entrado em uma briga com um xamã de vodu.

— Oi, mãe — disse Harry. Havia círculos escuros sob seus olhos. Elizabeth nunca tinha visto o filho com essa aparência, como se não estivesse dormindo o bastante. Quis tomá-lo nos braços e balançá-lo para a frente e para trás, mesmo que ele provavelmente pesasse tanto quanto ela.

— Oi, querido — disse Elizabeth. Não sabia por que estava perguntando a ele. Harry nunca havia pegado nada que não fosse seu, nem uma caixa de chiclete no supermercado, nem um doce de Halloween a mais da tigela do vizinho. Ele não mentia. Harry era seu bilhete dourado. Sempre que se encontrava com as mães dos outros alunos da turma do filho, ouvia-as queixarem-se e criticar os demônios que viviam em suas casas. Elizabeth apenas sorria e balançava a cabeça com educação. — Isso é provavelmente uma bobagem, mas você por acaso mexeu nas minhas caixas de guardados? — Ela apontou para a parede. — Você sabe, no quarto de hóspedes?

Harry deixaria qualquer jogador de pôquer muito feliz. Seu rosto desfigurou-se instantaneamente e o lábio inferior começou a tremer.

— Hmm — fez ele.

Elizabeth deu mais um passo para dentro do quarto, as mãos na beirada da porta.

— Querido, o que foi?

Ele estava tentando não chorar.

— Foram só algumas coisas. Eu não sabia que você ia dar por falta. Se soubesse, a gente não teria feito isso.

— A gente quem? — perguntou Elizabeth. Os amigos de Harry eram do tipo que usavam óculos e tênis sujos, garotos que vestiam calças de moletom para ir à escola muito mais tempo do que deveriam. Arpad, Max, Joshua: esses meninos não eram ladrões. Juntos, formavam um grupo heterogêneo, como os geeks que ela recordava de seus tempos de colégio, com óculos retangulares e mordida defeituosa.

— Eu e Ruby — disse Harry. — Ela achou que as fotos valiam muito dinheiro. — Ele animou-se temporariamente, pensando que tal informação pudesse afastá-lo de problemas. — E estava certa! Já ultrapassamos muito as reservas, veja! — Ele abriu seu laptop, pressionou algumas teclas, em seguida girou a tela do computador em direção à mãe. De fato, eram suas fotografias no eBay, cada uma já chegando a mais de duzentos dólares.

— Harr — disse Elizabeth. Aquilo não era um comportamento típico dele em vários sentidos, era muito empresarial, muito sorrateiro, muito impensado.

Andrew enfiou a cabeça no quarto.

— Você encontrou as fotos?

— Ah, claro que encontramos. Ruby Kahn-Bennett colocou no eBay. — Ela pegou o computador na cama de Harry e mostrou a tela a Andrew.

— Você está brincando? O que vocês vão fazer em seguida, vender a televisão para comprar drogas? — Andrew fechou a cara, as rugas da testa transformando-se em linhas severas, uniformes como papel pautado.

— Desculpe — disse Harry e deu de ombros. — Quer dizer, eu acho que sabia que não devia, mas Ruby achou que não era nada de mais e que íamos ganhar todo esse dinheiro...

— E o que você ia fazer com ele? Comprar flores para a sua mãe? — A voz de Andrew estava se tornando quase um grito, o que fez os ouvidos de Elizabeth reverberarem. Ele nunca gritava com o filho — talvez por três vezes nos últimos dezesseis anos. Elizabeth sabia o quanto era importante para ele controlar seu temperamento. Este havia sido um problema em sua juventude, com Andrew sempre flutuando na estratosfera, com raiva de alguma coisa totalmente inconsequente, mas desde o nascimento do filho, isso havia desaparecido quase por completo.

– Não sei – disse Harry. – Eu não tinha pensado tão à frente. – Suas bochechas haviam adquirido um tom vermelho-vivo.

– Andrew, relaxe – disse Elizabeth. Ela estava aborrecida por Harry ter pegado as fotos, mas estava muito claro – era perfeitamente óbvio – que a culpa não tinha sido dele. Ele estava sob o feitiço de Ruby. – Foi ideia de Ruby.

– E isso melhora a situação? Vou ligar para Zoe. Agora mesmo. – Andrew pegou seu telefone no bolso de trás e digitou o número da mãe de Ruby. Na banda, havia existido duas equipes distintas: Elizabeth e Zoe, Lydia e Andrew. Não que Andrew e Zoe não fossem oficialmente amigos, só que não eram amigos de verdade. Por vezes, Elizabeth perguntava-se como teria sido sua vida se tivesse feito amizade com Lydia em vez de Zoe, que peças de dominó acabariam por se chocar.

– Ah, meu Deus – disse Harry, escondendo o rosto nas mãos.

– Não é culpa sua – disse Elizabeth. Ele havia sido feito refém, era simples assim. No corredor, a voz de Andrew foi ficando cada vez mais alta; Elizabeth caminhou até a cama e colocou os braços ao redor do filho.

Vinte

Depois de gritar com Zoe (e depois com Jane) sobre o roubo de sua filha delinquente, Andrew deu uma volta no quarteirão, sem passar pela casa das Kahn-Bennetts, caso as três estivessem olhando pela janela e prontas para uma nova discussão. Andrew sentia o sangue latejar nos ouvidos. Expirou alto pela boca uma vez, então outra. A transgressão de Harry não era tão terrível, ele sabia disso, mas era dissimulada e imprópria, e havia ocorrido por Zoe ser tão merda como mãe quanto como pessoa. Ela sempre havia sido totalmente egoísta e Elizabeth não conseguia enxergar isso, a forma como Zoe a tratava como a um cachorro. Pior que cachorro! Zoe amava seu cão, mas Andrew não tinha certeza se ela sentia o mesmo por sua mulher.

Andrew estava na DESENVOLVImento antes mesmo que percebesse que era para lá que estava se dirigindo. Subiu os degraus curvos de dois em dois. A porta estava aberta e havia um grupo de meditação em andamento. Uma garota com duas tranças presas no topo da cabeça gesticulou para que ele entrasse, apontando para um cobertor na frente da sala, onde Dave estava sentado. Andrew passou por cima de todo mundo o mais silenciosamente possível e afundou em seu lugar. Fechou os olhos e logo se sentiu melhor. Sentou-se em silêncio por tempo indeterminado – talvez quinze minutos, talvez uma hora. Dave fez soar uma tigela tibetana para despertar a sala e todos começaram a mover o corpo, passar as mãos sobre os joelhos e o rosto. Quando Andrew abriu os olhos, Dave olhava direto para ele, sorrindo.

Ele não tinha visto o andar de cima e ficou entusiasmado quando Dave ofereceu o tour completo. Assim como o primeiro andar, a escada e o corredor do andar de cima haviam sido pintados de branco e os únicos tapetes e cortinas eram igualmente brancos, o que fazia com que o espaço parecesse muito mais aberto do que de fato era. Muitas das casas em Ditmas eram vitorianas, que era o código para cômodos pequenos e escuros, com muita madeira, mas aquela casa havia sido modificada por tantos proprietários que nada havia restado dos trabalhos em madeira. Jovens circulavam descalços, a sola dos pés produzindo sons delicados de sucção. Não era como os estúdios de yoga em Slope, onde todos usavam calças de yoga de noventa dólares, com os logotipos na bunda perfeitamente alinhados quando adotavam a posição do cachorro olhando para baixo. Esses jovens vestiam o que queriam, shorts e camisetas, vestidinhos finos. Um rapaz de pé ao lado da cozinha usava uma faixa com flores na cabeça e um roupão aberto, um Hugh Hefner *millenial*. Andrew passou a mão no corrimão. Ele e Elizabeth sempre haviam optado pelo lado mínimo das coisas, mas estar na DESENVOLVImento fazia com que sentisse vontade de se livrar de tudo que era desnecessário – queria paredes brancas, janelas abertas.

– Essa é uma das salas de tratamento corporal – disse Dave. – Reiki, massagem. Temos muitos terapeutas corporais talentosos em nossa comunidade. – Ele continuou a caminhar, com Andrew meio passo atrás. – Essa é outra sala de tratamento. – Uma jovem estava deitada de costas enquanto outra pingava alguma coisa em sua testa. – Ayurveda.

– Quem mora aqui? – perguntou Andrew.

– No momento, nós somos seis: eu, Jessie, que acho que você já conheceu – Dave apontou para a garota de tranças –, três artistas em residência, mais Salomé, que lidera os transes cósmicos nas noites de sexta-feira. É incrível, você devia vir. Juro que três dias depois a casa inteira continua vibrando.

— Eu venho — disse Andrew.

Havia mais cômodos: quartos repletos de figueiras e seringueiras em vasos, quartos com futons, velas e equipamento musical. De vez em quando, uma mulher ou um homem jovem espremia-se para passar por eles devagar, tocava Dave no braço e então sorria. Andrew não queria mais sair.

— Você precisa de ajuda para construir alguma coisa por aqui? — perguntou. — Estou me envolvendo com carpintaria e adoraria ajudar.

Dave deu tapinhas nas costas de Andrew. Ele cheirava a sálvia e sândalo.

— Isso seria ótimo, cara. Vamos adorar. E sempre que precisar ficar aqui, vá em frente. Tem sempre espaço em alguma cama.

— Obrigado — disse Andrew. Não ficou claro se as camas que Dave havia oferecido já estariam ocupadas ou não, mas parecia que sim. Jessie, a garota de tranças, aproximou-se deles com rapidez, os pés *en dehors* como os de uma bailarina. Segurava um copo pequeno em cada mão.

— Vocês têm que experimentar esse suco que acabei de fazer — disse ela. Cada um deles pegou um e levou-o aos lábios.

O suco era verde e polposo e deixou filamentos entre os dentes de Andrew. Dave não pareceu ter problemas para sorvê-lo.

— O que tem nele? — perguntou Andrew, depois de engolir. Tinha um gosto engraçado, medicinal, que se prolongava no fundo da garganta.

— Couve, pimenta-malagueta, anis, maçã, laranja, erva-de-são--joão, algumas outras coisas. É bom, não é?

— Delicioso — disse Dave, puxando a barba. — Hmmm.

— É verdade — concordou Jessie, dando alguns pequenos passos à frente e beijando Dave na boca. Em seguida, fez uma pirueta e voltou pelo caminho que havia chegado.

Nada a respeito da juventude era justo: os jovens não haviam feito nada para merecê-la e os velhos não haviam feito nada para afugentá-la. Andrew pensou em Harry, nas fotos roubadas, em Ruby e seu cabelo roxo, e embora uma parte sua desejasse ligar outra vez para Zoe e Jane e gritar ainda mais, o que ele desejava principalmente saber era como Harry já não era criança, como seu menino havia se tornado adolescente, e como era possível que ele – Andrew Marx! – em breve fosse fazer cinquenta anos. Não importava o que diziam as listas e artigos, que os cinquenta eram os novos trinta. Harry começaria a fazer sexo, Andrew seria avô e depois morreria. Era uma cadeia de eventos que ele não conseguia deter, mesmo que possuísse todo o dinheiro de seus pais. Estes haviam tentado – com os carros esportivos na garagem da casa de campo em Connecticut, os "tratamentos de pele" que sua mãe fazia a cada três meses na tentativa de apagar as linhas e manchas de seu rosto – mas era só um derradeiro e patético esforço. Andrew queria apenas parar um pouco o tempo, fingir que ainda era jovem o bastante para fazer alguma coisa que importava. Queria beber suco, sentar-se em um quarto tranquilo e esperar que todos os corpos jovens ao seu redor se pusessem a dançar.

Vinte e um

Harry vinha pesando a decisão por semanas – três semanas, todos os dias desde a formatura de Ruby. Ele ia beijá-la, de língua. Se fosse isso o que ela quisesse. Se ela deixasse! Não estava claro de que forma exatamente faria um beijo acontecer. Eles precisavam estar sozinhos, era óbvio, e sentados juntos e próximos o suficiente para que Harry não tivesse que arremeter pela sala como um zumbi, de olhos fechados e a boca aberta. Mas, fora isso, ele não sabia ao certo.

Ele e Ruby não haviam se falado desde o Grande Roubo de 2014. Os pais de Harry ficaram enlouquecidos, como se Ruby tivesse roubado os códigos de uma bomba nuclear da pasta do presidente. Aquilo realmente não parecia grande coisa, ou ao menos não antes que eles tivessem sido descobertos. Harry detestava estar em apuros, mas também detestava que Ruby agora fosse pensar que ele a havia delatado. Ele vinha tentando descobrir um jeito casual de dizer-lhe que não os havia dedurado, mas até agora tudo que tinha era uma mensagem de texto que dizia EI, com o emoji de uma bomba e de um fantasma mostrando a língua. Ainda não estava pronto.

Era manhã de sexta-feira. Ele não havia feito nada a semana inteira. Na quarta, tinha ido ver um filme ruim com Yuri, um de seus poucos amigos da Whitman que não estava fora, fazendo alguma coisa glamorosa durante todo o verão. A maioria dos alunos estava em suas casas de veraneio, ou fazendo mochilão pela Nova Zelândia, Israel ou França. Yuri morava em Windsor Terrace, estava trabalhando em um Starbucks e preparava cafés gelados grátis para Harry quando este aparecia por lá. Na sexta, Harry e seus pais iam ao restaurante tibetano perto do metrô. O tempo todo, durante a semana inteira, Harry havia pensado em ir para a aula de reforço preocupado se Ruby continuaria a sentar-se ao seu lado.

Havia três casas à venda em seu bairro e sua mãe estava trabalhando em todas – uma na Newkirk, uma no final de seu quarteirão e a outra na Stratford. Por vezes, ela arrastava Harry junto consigo quando estava fazendo os preparativos. Ele gostava de encher as gigantescas tigelas de vidro com maçãs-verdes, esse tipo de coisa. Aquilo tudo parecia muito idiota, mas sua mãe jurava que funcionava, como se alguém fosse dizer, *eu adoro maçãs, preciso comprar essa casa.* Mas na maioria das vezes, isso significava que sua mãe era obsessiva, assim como seu pai.

Como a licitação ainda não estava concluída, Elizabeth conseguiu retirar o registro do eBay. Zoe e Ruby haviam devolvido as fotos e Zoe permaneceu no vão da porta enquanto sua filha desculpava-se com Elizabeth. Harry sentou-se na escada, encolhido de constrangimento. A culpa também era sua e ele estava tecnicamente em apuros, mas todos os envolvidos sabiam que ele jamais teria feito aquilo sem Ruby. A voz de Ruby soava monótona e uniforme, bem próxima à insolência. Elizabeth balançou a cabeça e proferiu um lacônico obrigada, em seguida as duas se foram. Harry pensou ter visto Ruby piscar rapidamente para ele ao sair, mas provavelmente estava vendo coisas. Ele permaneceu a noite inteira com o celular na mão, esperando uma mensagem, mas não chegou nenhuma.

Harry deslizou para fora da cama e vestiu seu jeans, que continuava amarfanhado em uma pilha no chão, como se ele tivesse evaporado para fora deles. Passou desodorante e arrastou os pés rumo ao corredor.

– Pai? – Não houve resposta. Harry projetou a cabeça na escada, na direção do quarto dos pais. – Pai? – Ainda nada de resposta.

Seu pai estava quase sempre em casa. Quando era pequeno, Harry realmente acreditava que seu pai não dormia; em vez disso, apenas se sentava a um canto de um quarto, esperando que o acionassem, como o maior brinquedo da casa.

Harry subiu as escadas devagar. O quarto dos pais estava vazio, a não ser por Iggy Pop, que continuava enroscado ao pé da cama. Harry gostaria de saber se Ruby tinha ficado de castigo, ou se alguma vez já teria ficado. Ficar de castigo era um conceito tão antigo, como o feudalismo, ou o jazz ser legal. Não tinha lugar na sociedade moderna. Os pais não podiam nem mesmo tirar celulares e computadores, não mesmo, pois como alguém pediria ajuda se fosse atropelado por um ônibus a caminho da escola e como entregaria suas anotações de leitura e planilhas de ciências? Seria como dar ao filho um ábaco e enviá-lo para o exame final de cálculo.

O laptop de sua mãe estava aberto sobre a pequena escrivaninha, que ficava encostada na parede mais distante, longe das janelas. Harry sentou-se e deu um clique no mouse. O computador despertou e uma foto de Harry e Iggy Pop dormindo juntos no sofá alguns anos antes surgiu como plano de fundo. Sem pensar, Harry clicou no ícone do e-mail na parte inferior da tela e a caixa de entrada do correio eletrônico de Elizabeth surgiu, com uma campainha de alerta.

Ele não era bisbilhoteiro – os e-mails de sua mãe eram um saco. Das cerca de cinquenta mensagens em sua caixa de entrada, metade era de trabalho e o restante parecia lixo, que ela deveria cancelar. Harry tentava mostrar-lhe como fazer isso, como era fácil clicar em alguns botões e não receber centenas de e-mails por dia da loja de recipientes ou outras, mas ela não lhe dava ouvidos. Ruby estava certa – sua mãe era obsessiva, mas não com tudo. Sua caixa de entrada parecia pertencer a uma acumuladora com vício em compras on-line. Ele rolou a tela por um minuto, para ver se as mães de Ruby tinham escrito, falado algo sobre ele. Não era de seu feitio ler a correspondência particular de ninguém, mas Harry sentia-se mal – por Ruby provavelmente ter se envolvido em problemas e ele ter se envolvido unicamente em um abraço. Seus pais tinham a completa certeza de que ele nunca faria nada de errado, que ele não era capaz disso e todo esse amor e confiança faziam Harry querer assaltar um banco. E então ele começou a ler. Era um crime leve, mas um crime e era isso que contava.

Havia uma mensagem de Zoe, mas todo o conteúdo do e-mail dizia respeito a apartamentos. Ele copiou alguns dos links para mostrar a Ruby, mas não havia nada de interessante. Era triste a ideia de uma de suas mães se mudar – qual delas sairia? Ruby ficaria? Ou ambas se mudariam? Ainda assim, ele imaginou Ruby revirando os olhos ante a ideia de imóveis como informações interessantes. Uma tática de paquera verdadeiramente de ponta para um adolescente. Ele continuou a rolar.

Mais ou menos no meio da caixa de entrada, havia alguns e-mails assinalados com bandeirinhas, de uma pessoa chamada Naomi Vandenhoovel. O assunto do primeiro era "MINHA TATUAGEM SENTE A SUA FALTA", o que o fazia parecer ter sido escrito por um robô estranho, mas ela havia escrito várias vezes – assuntos "DONA DE MIM FILME VIP VIP VIP", "OI DE NOVO, PRAZO DO CONTRATO PARA A KITTY'S MUSTACHE", "OI OI OI OI OI SOU EU NAOMI". O último parecia ditado via Siri.

Harry leu todos eles, um após o outro.

O que reuniu foi: uma louca chamada Naomi estava tentando fazer com que sua mãe e seu pai concordassem em vender os direitos de "Dona de mim" para um filme sobre Lydia. Um filme biográfico. Como *Ray*, ou *Johnny e June*. O tipo de filme que renderia um Oscar a alguém, especialmente se cantassem de verdade. E eles nem mesmo precisariam ter uma cantora realmente boa, para cantar como Lydia. Harry nunca havia gostado muito dela. Tecnicamente, sua mãe era uma cantora muito melhor. Quem quer que já tivesse assistido ao *American Idol* ou *The Voice* percebia quando alguém estava desafinando e essa era a especialidade de Lydia, desafinar, voltar ao tom e gritar como se tivesse acabado de deixar cair uma torradeira na banheira. Até então, Elizabeth vinha se esquivando, mas a louca da Naomi (ele não podia mentir, a foto da tatuagem era sensual) era muito persistente. Não era de admirar que sua mãe tivesse vasculhado o material da Kitty's Mustache.

Na maior parte do tempo, Harry não pensava em como seus pais haviam sido legais. Isso era muito menos importante em sua vida cotidiana que os muffins ingleses, um pouco mais que a existência de helicópteros de controle remoto. Harry ficava feliz por eles serem interessantes e interessados, por lerem livros e irem ao cinema, o que não era verdade para todos os pais de seus amigos. O pai de seu amigo Arpad era cirurgião e ninguém jamais o havia visto. Era como se ele fosse um fantasma que deixava objetos caros pela casa na tentativa de fazer com que as pessoas solucionassem seu assassinato. Os pais de Harry eram presentes; bons para ele. Era um tédio, no bom sentido. E assim, Harry desperdiçava muito pouco tempo pensando em como, quando tinham a idade dele, seus pais haviam de fato sido legais. Era um saco perceber que seus pais – inconvenientes e desastrados – haviam sido convidados para festas para as quais ele nunca seria convidado, usado drogas que ninguém havia lhe oferecido, passado a noite inteira acordados conversando com outras pessoas legais só porque sentiam vontade. Harry desejava ficar acordado a noite inteira. Desejava livrar-se de Dust, pegar Ruby pela mão e levá-la a algum lugar que ela nunca tinha ido, e fazer isso com tanta confiança que ela não questionaria uma vez sequer se ele sabia aonde estava indo. O passado era passado. Harry estava pronto para ser alguém novo. A partir desse momento, seria dono de si. Mandou uma mensagem para seus pais dizendo que passaria a noite de sábado na casa de Arpad, que iria para lá logo depois da aula de preparação para o vestibular. Sua mãe respondeu com algumas carinhas sorridentes e alguns beijos. Harry tinha um dia para mudar toda a trajetória de sua vida. Simples assim.

Vinte e dois

Elizabeth estava a fim de frango. Além disso, era a única coisa que eles tinham na geladeira, portanto era o que comeriam no jantar. Ela muitas vezes havia pensado que o fato de serem tão próximos de Jane e Zoe deveria lhes render alguns dotes culinários de alto nível, mas até então isso não havia acontecido. Elizabeth era capaz de apreciar boa comida – havia ido à maioria dos melhores restaurantes da cidade com seus sogros, Andrew sempre puxando o colarinho como um menino desajeitado em seu bar mitzvah – mas nunca conseguia descobrir como reproduzir aquelas lindas refeições usando as próprias mãos. Havia muitas maneiras de preparar os alimentos – na água fervente, na frigideira, no forno – e ainda assim outras pessoas pareciam fazer isso de forma muito natural. Sempre que ela passava na casa de Zoe para o almoço, uma das três estava comendo uma tigela de arroz integral, ovo cozido e couve frita ao molho de abacate com missô, que elas haviam acabado de preparar. Sobras, explicavam elas, tímidas, como se não fosse algo que facilmente pudesse fazer parte do cardápio no Hyacinth. Elizabeth sentia-se encabulada com sua comida por ser adulta com um filho adolescente e ainda computar as pizzas congeladas entre seus principais grupos de alimentos.

Não era fácil ter uma amiga que parecia ser muito melhor em tantas habilidades importantes da vida. Talvez isso se devesse ao fato de ela e Andrew estarem juntos por tanto tempo, ou terem ficado juntos quando ainda eram tão jovens, ou de terem começado como amigos, mas Elizabeth não se lembrava de alguma vez ter sentido o amor inicial intenso e devorador que Zoe havia encontrado com Jane. Elas desapareciam no quarto de Zoe durante dias, faziam jogos engraçadinhos e irritantes com os pés em restaurantes, viajavam para longos finais de semana sem aviso prévio. Sem falar do agarramento. Elizabeth nunca tinha visto tanto beijo. Em táxis, na cozinha delas, no sofá – não importava que outras pessoas estivessem presentes. Perto do romance das duas, Elizabeth tinha a impressão de que ela e Andrew eram irmãos incestuosos, ou talvez primos em primeiro grau muito íntimos. Eles sempre haviam gostado de sexo, mas nem mesmo Andrew parecia *necessitar* de seu corpo da forma como Jane *necessitava* de Zoe e vice-versa. Por um lado, isso havia facilitado a adaptação ao casamento de longo prazo, pois eles já estavam confortáveis com um nível mais baixo de intensidade, mas Elizabeth por vezes havia se perguntado o que seria sentir esse tipo de desejo e retribuí-lo, mesmo que isso significasse uma desilusão acentuada nos anos seguintes. Porque ninguém conseguia sustentar isso, nem mesmo Zoe.

Harry entrou às pressas na cozinha, a cabeça baixa, precipitando-se em direção a sua mochila, que se encontrava no lugar habitual ao lado do cabideiro.

– Ei – disse Elizabeth. – Aonde você vai? Está com fome?

– Agora não – disse Harry, agarrando a mochila e disparando de volta escada acima.

Elizabeth lavou os peitos de frango na pia e colocou-os em um prato. Mesmo antes de casar-se com Jane, Zoe era boa na cozinha. Quando elas moraram juntas na Oberlin, Elizabeth certa vez havia lavado a panela de ferro de Zoe na pia cheia de louça, esfregando-a durante horas com uma esponja coberta de sabão; quando percebeu o que ela estava fazendo, Zoe lançou-lhe um olhar como se ela tivesse acabado de raspar as sobrancelhas da amiga enquanto esta dormia.

Os Bennetts eram *gourmets* da Califórnia, totalmente a favor dos alimentos orgânicos e cultivados em fazendas antes mesmo que isso fosse legal. Elizabeth pensou em sua dieta de infância de biscoitos Oreo e potes de manteiga de amendoim e sentiu-se mais uma vez envergonhada. Seus pais eram ótimos – boas pessoas e ela os adorava, mas sua mãe sempre havia gostado mais de gim que de verduras. Seu pai preparava um bife sangrento na grelha aos domingos e ponto final. Tomava comprimidos para baixar o colesterol ruim e elevar o bom colesterol e nunca dissera a ela que a amava, não diretamente. Eles nunca ouviam música. Sua mãe lia romances, mas somente histórias de amor que protagonizavam garotas cegas bonitas ou viúvas de guerra. Elizabeth precisou descobrir muita coisa sozinha.

Andrew desceu silenciosamente as escadas e abraçou-a por trás.

– Oi – disse ele, e pousou a cabeça em seu ombro.

– Olá – respondeu ela. – Você está bem? Tenho a sensação de que anda desaparecido.

– Estou me sentindo ótimo – disse Andrew, deslizando uma das mãos para dentro do cós da calça de Elizabeth, que se esquivou.

– Estou com mãos de frango cru – disse ela.

– Vou pegar um pouco de salmonela. – Ele beijou-a no pescoço.

– Ah, pare com isso – disse Elizabeth, acotovelando-o de leve, mas feliz com a pegação afetuosa. – Por onde você andou?

Andrew fez uma pausa.

– Descobri um lugar novo na Stratford. Tipo um estúdio de yoga. Fui a uma aula hoje.

– Ah, é? Isso é bom, nós precisamos de um novo estúdio. – Elizabeth estava sempre à procura de novos negócios para adicionar à sua lista. Não havia nada que compradores de imóveis jovens desejassem mais que estúdios de yoga e restaurantes, como se fossem permanecer jovens para sempre, procurando maneiras de preencher seus dias. – Ei, e então, você pensou naquele assunto, afinal? O negócio da Lydia? – Ela virou-se para o marido. Ele sempre tinha sido estranho com respeito a Lydia; eles eram amigos, mas assim que ela deixou a faculdade, Andrew nunca mais tornou a mencioná-la. Era como se ela tivesse morrido e então, quando morreu, ele ficava alterado ao som de seu nome. A morte de Lydia havia abrandado estranhamente os sentimentos de Elizabeth por ela – como se não houvesse nada que pudesse ter feito, como se não fosse apenas o fato de Lydia nunca ter gostado dela, mas o de ter problemas muito maiores. Não era exatamente bom, mas era reconfortante. Talvez se ele visse o filme, entendesse – veria o quanto eram jovens, bonitos e ridículos.

Andrew apoiou-se no fogão. Ela viu seu rosto enevoar-se com a rapidez de uma tempestade de verão.

– Eu realmente não quero fazer isso – disse ele por fim. – Não mesmo. Sei que você acha idiotice, mas tem significado para mim.

– Mas eu escrevi a música. – Normalmente, Elizabeth tinha o cuidado de não exprimir as coisas dessa forma: bandas tinham a ver com igualdade, casamentos também. Raras vezes reivindicar a posse completa trazia algum benefício. Os sentimentos ficavam feridos e os ressentimentos facilmente se desenvolviam. Nesse caso, a divisão do trabalho era clara: *Elizabeth Johnson, letra; Andrew Marx, Lydia Greenbaum, Zoe Bennett e Elizabeth Johnson, música*. A música lhe pertencia mais que a qualquer outra pessoa.

– Você escreveu as palavras, realmente. – Andrew balançou a cabeça. – Mas não pode decidir pelo resto de nós.

– Eles têm a permissão de Lydia; a mãe dela concordou. Eles têm Zoe. E têm a mim. Acho que vai ser empolgante. E estranho, sim, provavelmente muito estranho. Mas acho que devíamos fazer isso. Eu quero fazer isso.

– Por quê? Para ver alguma estrela de cinema adolescente e magricela gritando "Dona de mim" uma centena de vezes? Você é tão narcisista assim? – As bochechas de Andrew estavam começando a ficar vermelhas.

– *Narcisista?* Porque não quero ficar no caminho de alguém que está fazendo um filme sobre outra pessoa? Do que você está falando?

Andrew cerrou os lábios e fechou os olhos.

— Você não está pensando no contexto mais amplo, Lizzy.

— Na verdade, tenho certeza que estou — retrucou Elizabeth, tornando a virar-se para o frango. A ideia era esfregá-lo com alho e gengibre e fritá-lo em óleo bem quente, ou coisa do gênero. Ela havia perdido sua linha de pensamento. Elizabeth ouviu a porta da frente se fechar e percebeu que Andrew havia saído.

Havia duas opções: preparar o jantar ou não. Quem sabe o que Harry comeria se ela não cozinhasse? E então Elizabeth continuou a cozinhar, sua pressão sanguínea tornando-a um pouco precipitada e liberal com os temperos. Salsa desidratada? Por que não? Pimenta-do-reino? Com certeza. Os peitos de frango pareciam pequenos Jackson Pollocks quando os colocou na frigideira quente. Ela viu o frango passar do rosa ao opaco, verificando a porta de quando em quando para ver se Andrew voltaria a entrar. Foi até a varanda, para o caso de ele estar sentado nos degraus da frente, mas não estava. Debbie acenou do outro lado da rua e Elizabeth acenou em resposta. Ser a corretora de imóveis do bairro significava nunca estar de mau humor, nunca discutir em público. Era como ser uma celebridade de escalão bem baixo, que sabia que suas ações teriam repercussões, que as pessoas estariam observando. Elizabeth tornou a refugiar-se em casa e fechar a porta.

Meia hora mais tarde, o jantar estava pronto e Andrew ainda não havia voltado.

— Harry! Jantar! — chamou Elizabeth. Pôs a mesa para três, como de costume, mesmo que parecesse ser ela a única a comer. E nem estava com fome.

Minutos depois, Harry desceu pesadamente a escada, com olhos arregalados.

— Uau — disse, contemplando seu prato. Ele deslizou para sua cadeira e Elizabeth para a dela, em frente a ele. Havia os peitos de frango expressivos, além de uma salada de cenoura ralada e cuscuz. — Isso parece estranho, mãe.

— Coma, Harry — disse Elizabeth, pegando o garfo e a faca e começando a enfiar a comida na boca. Enquanto mastigava, ela sentia

cada vez mais fome, como se cada mordida lhe esvaziasse o estômago. Harry ficou olhando e por fim seguiu o exemplo.
– Está bom – disse. – Onde está papai?
Elizabeth respondeu com a boca cheia.
– Aula de yoga.
– Ah – fez Harry, satisfeito.

Eles comeram o restante da refeição em silêncio, ambos profundamente absortos em seus próprios pensamentos. Harry levou o prato até o lixo e raspou-o até ficar limpo. Depositou o prato na pia e voltou correndo ao andar de cima.

– Preciso comprar uma coisa no mercado, querido – disse Elizabeth antes que ele tivesse desaparecido. – Volto em dez minutos, tudo bem? – Ela colocou seu prato sobre o de Harry na pia e enfiou os pés em suas sandálias de dedo. Andrew havia mencionado a rua Stratford.

Era uma noite perfeita – de final de junho, quando até mesmo o Brooklyn tinha que admitir que nada tinha muita importância. Passava das sete e ainda não estava completamente escuro. Elizabeth vestia uma camiseta e as calças elásticas de yoga que usava para dormir. Colocou o cabelo para trás das orelhas enquanto caminhava. Ela detestava brigar com o marido. Mesmo agora, depois de tantos anos juntos, às vezes tinha o pensamento – repentino e veloz, como um raio – de que havia tomado a decisão errada, muitos anos antes, e arruinado toda sua vida. Andrew era inteligente, sério e bonito. O dinheiro de sua família o deixava louco, mas também significava que ele nunca tinha realmente precisado se preocupar, sobretudo com Harry. O dinheiro dos Marx estava estendido sob o berço de Harry como uma rede de bombeiro, pronto para segurá-lo se necessário. Todos os seus amigos, se perguntados, diriam que Elizabeth e Andrew formavam um casal incrível. Eles eram perfeitos; eram unidos. Completavam as piadas um do outro nos jantares. Mas às vezes, ela se questionava. Provavelmente, todo mundo fazia o mesmo. Provavelmente, aquilo era casamento. Mas nas noites em que eles brigavam e ele saía porta afora, o que talvez tivesse acontecido quatro vezes durante todo o relacionamento, incluindo a faculdade, quando sair porta afora era um feito muito mais fácil e não teria exigido advogado, Elizabeth tinha certeza de que estava tudo acabado e que por mais que amasse seu marido, ela o havia perdido para sempre.

A casa na Stratford foi bastante fácil de encontrar – ela havia adivinhado qual era. A Corcoran a havia vendido, não fez parte de seu catálogo, mas ela já havia entrado no imóvel. Elizabeth virou a esquina na Beverly e caminhou rumo ao sul. A casa havia sido educadamente chamada de "quebra-galho". No escritório, Deirdre havia se referido a ela como "boca de fumo". Não havia, de fato, sido uma boca de fumo, pelo menos não oficialmente, mas havia pensionistas, locatários e fechaduras estranhas em todas as portas dos quartos, com tapetes manchados. Esses eram consertos fáceis, mas nem todo mundo enxergava para além deles.

Elizabeth colocou as mãos nos quadris e parou de andar. Estava a duas casas de distância. O imóvel ficava à esquerda, na direção da Cortelyou, com uma varanda agradável e ampla, na qual os proprietários teriam que gastar cerca de vinte mil se quisessem fazer tudo certo. O que ela ia fazer, entrar? E se ele não estivesse lá? Mas sentado no bar do Hyacinth, conversando com Jane? E se desculpado por ter reagido de forma exagerada e eles estivessem brindando com copinhos cheios de uísque de primeira, queixando-se de suas mulheres? Ela estava apenas dando um passeio, só isso. Elizabeth tornou a colocar o cabelo para trás das orelhas e percorreu o resto do caminho até a casa.

Ela ouviu antes de ver – música alta, o tipo de música que tocava em segundo plano nas cenas de sonhos nos programas de televisão de má qualidade, com sons de cítara sobrepondo-se a alguma coisa mais contemporânea. Era uma música para dançar, o que costumavam chamar de tecno, eletrônica e repetitiva. Estava alta o bastante para que ela ouvisse da varanda. Os vizinhos iam certamente reclamar, assim que ficasse tarde. Ditmas Park era, antes de tudo, rápido nas queixas de barulho.

As pessoas estavam dançando. Todas pareciam versões suadas de Ruby, girando por toda parte com os olhos fechados. Elizabeth aproximou-se mais de uma das amplas janelas. As cortinas estavam abaixadas, mas eram transparentes e estava mais claro dentro do que fora – ela conseguia distinguir tudo. A sala principal estava lotada de corpos, todos sorrindo e pulando. Ela viu mãos em bundas, mãos em rostos, lábios em lábios.

– Meu Deus – disse em voz alta. – É uma maldita *rave*. – Elizabeth estava prestes a afastar-se e caminhar em direção ao Hyacinth, a essa altura completamente certa de que encontraria lá seu marido, dobrado sobre algum prato lindamente preparado, e então o viu.

Andrew estava encharcado de suor. Sua camiseta estava colada ao peito magro. A cabeça pendia para trás, balançando um pouco de um lado para o outro. Fazia anos que ele não dançava desse jeito. Ela sentiu-se como seu próprio Fantasma do Passado dos Maridos, como se estivesse vendo-se a si mesma e a Andrew aos dezenove anos, sob efeito do ecstasy, lambendo o rosto um do outro a noite inteira apenas porque suas línguas produziam uma sensação estranha. Só que Elizabeth não estava na sala, estava em pé lá fora e não lambendo o rosto do marido. A favor dele, ninguém tampouco estava fazendo isso, mas Andrew dava a impressão de que os jovens que passavam empurrando-o ou chocavam-se com ele poderiam ter facilmente deslizado seus corpos para dentro de sua boca que ele não teria objetado. Aquela não era a face do decoro nem do casamento. Aquilo era um homem de meia-idade, perdendo o juízo.

Vinte e três

Ruby mal conseguia acreditar – a aula de reforço havia começado fazia dez minutos e ela estava sentada na fileira de trás sozinha. Harry havia faltado à aula e ela não, e simular outra gastroenterite certamente faria com que a Rainha dos Idiotas ligasse para suas mães. Ruby sentou-se com a bolsa sobre o assento à sua esquerda e a jaqueta jeans no assento à direita, só para garantir que ninguém tivesse a ideia de sentar muito próximo. Rebecca sorriu e acenou, Eliza e Thayer fizeram um par de caras de nojo em sua direção e Ruby ignorou todas elas. Abriu a primeira apostila – "Transforme Símiles em Sorrisos!" – e começou a desenhar Bingo com uma capa de super-herói e um cigarro.

A aula foi interminável. Três horas de testes e truques para responder questões de múltipla escolha quando não se sabia a resposta. Ruby havia zerado os testes com tanta eficiência da primeira vez que achou que poderia dar a aula melhor que Rebecca, com a simples metodologia do Faça o Oposto do que Eu Digo, em que a pessoa ganhava pontos extras apenas por não ter pulado cada terceira questão. O dia seguinte seria julho e a turma já teria concluído metade do curso. Ela tentou pensar naquilo como meditação. Seu corpo tinha que estar na sala, sua mente não. Tentou projeção astral, mas o chiclete de Thayer desviava sua atenção. Ruby pôs-se a desenhar bolhas em forma de peixe comendo peixes menores.

Não que ela fosse *contra* a faculdade propriamente dita. Ruby apenas achava que o mundo encerrava muitas experiências únicas para ficar presa realizando uma só coisa por tantos anos, especialmente tendo passado a vida inteira, até esse ponto, fazendo exatamente isso. Quando havia sido sua fase de viajar clandestina em vagões de trem? Sua vida trabalhando em parques de diversões? A *reality TV* e os boletins da sociedade de proteção aos animais haviam estragado muitas coisas, mas não poderiam destruir seus sonhos de ser uma mulher solta nos Estados Unidos da América. E se algum dia quisesse trabalhar como stripper? Ela não queria, mas e se quisesse? E se quisesse fazer tatuagens impensadas com amigos inteiramente novos? Ruby já tinha duas tatuagens. Suas mães sabiam e nem mesmo fingiam se importar. Uma era uma pequena estrela no espaço entre a axila direita e o seio e a outra um *B* de Bingo no dedão do pé esquerdo. Sua mãe ficou com tanta inveja do *B* que também fez um, mas só porque Ruby a fez prometer que elas nunca descalçariam os dedos dos pés ao mesmo tempo na frente de ninguém que Ruby conhecesse.

Os alunos na fileira à sua frente levantaram-se, enfiando as apostilas nas mochilas.

– Fantástico – disse Ruby a todo volume e fez o mesmo. Acenou para Rebecca, mostrou o dedo para Eliza e Thayer e foi a primeira pessoa a sair do local.

Harry estava do lado de fora, usando óculos escuros. Tinha uma sacola bem cheia pendurada no ombro esquerdo e um guarda-sol apoiado no direito.

– Pronta, *mademoiselle*? – perguntou. – Praia hipster suja em Rockaway. Descobri na internet. O táxi está esperando. E, por táxi, quero dizer metrô. Vamos levar uns cem anos para chegar lá, mas juro por Deus, vai valer a pena.

– Pelo amor de Deus, vamos – disse Ruby, erguendo os braços em sinal de vitória.

PARTE DOIS

Jane Fala

DITMAS PARK – NOTÍCIAS LOCAIS

Yoga avança na Stratford

O proprietário da DESENVOLVImento, David Goldsmith, não tinha passado muito tempo em Ditmas Park antes de abrir seu novíssimo centro de saúde e yoga na rua Stratford. "Eu estava procurando pelo Brooklyn – principalmente em Williamsburg e Bushwick – quando um amigo me indicou esse lugar", disse ele. "Como muita gente, meu primeiro pensamento foi, uau!" A DESENVOLVImento oferece aulas de yoga, serviços de massagem e serve sucos e outras bebidas. Goldsmith diz que está interessado em envolver-se no bairro, então façam uma visita para conhecer! Aulas avulsas custam $11 e ficam mais baratas com um cartão de frequência. Experimentamos um suco de gengibre, couve e maçã e estava delicioso!

Vinte e quatro

Fazia anos que ele não se divertia tanto, ainda que "diversão" não fosse bem a palavra certa. Salomé chamava as danças de "transes cósmicos" e elas eram cósmicas pra caralho, sem sombra de dúvida. Andrew nunca tinha sido um dançarino – no colégio, por vezes havia dançado Disco Pogo com os amigos nos bastidores dos shows e na Oberlin havia esfregado o corpo em lindas garotas de cabelos curtos e piercings de nariz quando estava caindo de bêbado, mas nunca havia realmente gostado de dançar. Era acanhado demais. Era Zoe quem pertencia ao departamento da dança, sempre lançando o corpo contra o piso de madeira e chamando aquilo de coreografia. Era como ganhava todas as garotas. Elizabeth era mais parecida com ele, feliz em apoiar o corpo em uma parede e balançar a cabeça, de preferência segurando um copo vermelho de plástico diante do rosto, para poder sussurrar com quem estivesse ao seu lado. Andrew não havia percebido o quanto estava cansado de sussurrar.

No início, quando Salomé havia começado a tocar a música, todos estavam sentados ou fazendo massagens rápidas nas costas uns dos outros. Andrew fechou os olhos e sentou-se em uma almofada em um canto da sala. Queria soltar o corpo, soltar a mente. Havia tentado a terapia falada, mas aquilo não era para ele. Ninguém conseguia mudar nada ao sentar em uma sala com um estranho e contar seu lado da história. Andrew gostava de interação e cura de fora para dentro. A música era interessante, rítmica e ondulante. Ele não conseguia perceber se estava ouvindo guitarras, sintetizadores ou absolutamente nada, apenas algumas trilhas geradas por computador, criadas por algum garoto no porão de casa. Provavelmente o último. Será que alguém ainda aprendia a tocar instrumentos? Não, não ia pensar nisso, não seria Clint Eastwood mandando as crianças saírem de seu gramado. E então Andrew relaxou e esperou.

Eram três da manhã quando ele finalmente saiu porta afora. Estava encharcado de suor – o seu e o dos demais. A DESENVOLVImento havia se transformado em uma estufa, todos eles como flores individuais. O ar na rua Stratford estava frio e refrescante, como os copos de água de pepino que os frequentadores da casa haviam passado ao redor e derramado na cabeça uns dos outros.

Elizabeth estaria zangada, se não preocupada. Andrew não sabia o que era pior. A preocupação atenuaria a veemência da raiva se ela ficasse feliz ao saber que ele estava bem. Claro que ele não era filho dela – por que ela presumiria que alguma coisa havia lhe acontecido? Andrew pensou em explicar por que motivo gostava da DESENVOL-VImento, mas não conseguiu pensar em nada que não parecesse que estava prestes a começar a dormir com uma garota de dezenove anos.

Não era isso. Andrew não tinha o menor interesse em fazer sexo com aquelas coisinhas jovens e lindas. Havia garotas com uma aparência incrível por todo lado na casa, fazendo suco, dançando, dando chutes para o alto na parada de mãos, oferecendo a visão de uma nesga de barriga ou das roupas de baixo por toda a parte, o que só fazia com que Andrew se sentisse como um Humbert Humbert moderno, ou uma versão mais judaica de Sting. Andrew não prestava atenção. O único jovem de dezenove anos com quem ele desejava fazer sexo era consigo mesmo. Desejava voltar no tempo e ver-se tirando as roupas, tão apavorado com o mundo que não conseguia parar de ranger os dentes, mesmo quando estava prestes a fazer amor com alguém pela primeira vez.

Ele e Elizabeth haviam se conhecido nos dormitórios. Tinham tido algumas aulas juntos – um curso de introdução à escrita criativa, além da História dos Dinossauros, o curso de ciências que todos os alunos de humanidades faziam – e eram amigos, um pouco. Quando se viam na frente da biblioteca, sentavam-se em um banco e fumavam alguns cigarros. Elizabeth era tão doce, tão suburbana – Andrew havia gostado dela desde o início, mesmo antes de estarem juntos na banda e ele ter visto o que ela era realmente capaz de fazer. Elizabeth não tinha nenhuma das bobagens cansativas de seus amigos de casa. Não era mimada. Sabia tricotar. Eles iam jogar boliche e Elizabeth fazia strike atrás de strike – ele descobriu que ela havia feito parte do time de boliche da escola. Que tipo de escola possuía um time de boliche? Andrew achava possível Elizabeth ter crescido na década de 1950 e sido teletransportada para a Oberlin através do tempo e do espaço. Lydia, por outro lado, havia sido familiar como uma irmã. Era de Scarsdale, não tão distante do Upper East Side. Tinha pais ricos, seu próprio carro, um cartão de crédito e não sentia medo de usá-lo. Assim como todos os seus amigos de colégio, Lydia era má como uma cobra, algo que sem dúvida havia aprendido com os pais. Ela teria sido a escolha fácil. Sua mãe a teria adorado.

Andrew não ficava fora até as três da manhã desde que Harry era bebê e eles davam voltas no quarteirão para tentar fazer o filho voltar a dormir, os três como uma tribo de zumbis, ele e Elizabeth fazendo "xiu" e balançando ao mesmo tempo, independentemente de qual deles estivesse carregando o bebê no canguru. Ditmas Park estava sempre tranquilo, mas pela proximidade da avenida Coney Island, havia caminhões e buzinas, mesmo no meio da noite. Era verdade o que se dizia sobre Nova York e o sono – Andrew havia esquecido isso. Ele virou à direita na Beverly e começou a caminhar em direção à Argyle. Uma brisa fez o suor em sua testa esfriar. O verão era a única estação que importava – o único motivo para o inverno existir era aumentar a gratidão que Andrew sentia pelo mês de junho nesse exato momento.

Ele destrancou a porta de casa sem fazer barulho e tirou os sapatos ao lado da entrada. Iggy Pop dormia no sofá; Andrew pegou-o e carregou-o escada acima. O gato arqueou o dorso no ombro de Andrew, praticamente dormindo. Uma fresta da porta do quarto estava aberta e Andrew viu do corredor que Elizabeth havia deixado aceso o abajur da mesinha de cabeceira. Empurrou a porta com o dedo do pé mais alguns centímetros e colocou delicadamente o gato sobre a cama.

Elizabeth moveu-se. Seu sono nunca tinha sido profundo, mas nos anos subsequentes ao nascimento de Harry – mesmo bem depois de ele ter parado de acordar no meio da noite – ela tendia a acordar quando passavam carros, soavam sirenes distantes, cachorros latiam. Ele sabia disso apenas porque ela lhe contava pela manhã – Andrew estava sempre profundamente adormecido. Eles brigavam de leve por esse motivo, por ela estar acordada e ele dormindo e ter perdido o que quer que a tivesse perturbado. Andrew despiu a camisa e os shorts. O suor havia secado, transformando-se em uma película de sal – ele estava um pouco malcheiroso, mas Elizabeth nunca havia se incomodado com isso.

– Onde você esteve? – perguntou ela em voz baixa, rolando para encará-lo.

– No estúdio de yoga. Eles estavam dando uma festa. – Andrew sentou-se em seu lado da cama. O pé de Elizabeth saiu de baixo do lençol e ele colocou a mão no arco.

– Uma festa. – Ela apertou os olhos na direção dele e Andrew tentou concluir se aquilo parecia mais sonolência ou desdém. Ele apagou a luz.

– Uma festa. – Andrew puxou o lençol para trás e deslizou para baixo dele. Aproximou-se da mulher no escuro. O corpo de Elizabeth parecia o oceano, amplo e fresco. Primeiro ele beijou-lhe o braço e quando ela não o empurrou para longe, beijou-lhe o ombro, em seguida a bochecha. Quando Andrew beijou a boca da mulher, ela estava movendo o corpo para a frente e para trás, como uma cobra prestes a dar o bote, e ele soube que o que quer que acontecesse a seguir seria bom. Era como quando eram jovens: divertidos, sempre mordiscando. Elizabeth fora uma amante impetuosa, como a atleta que havia sido no colegial, de faces coradas e cheia de energia. Eles rolaram e esticaram-se como dois filhotes de leão, mordendo e acariciando partes do corpo um do outro. Após alguns minutos, acomodaram-se em uma posição familiar – eles sabiam o que funcionava. Os ouvidos de Andrew ainda vibravam da festa e o quarto parecia uma plataforma de metrô.

– Estou falando muito alto? – perguntou a Elizabeth, a essa altura deitada de costas, ele com as mãos enfiadas sob seus quadris e o rosto entre suas pernas.

– Harry está na casa de um amigo – disse ela. – Comece a trabalhar – pediu, tornando a puxar o rosto do marido de encontro a seu corpo.

Vinte e cinco

Eram quase duas da tarde quando seus pés tocaram de fato a areia. Harry largou o guarda-sol e as duas bolsas enormes com um baque satisfeito. Ruby inclinou-se para pegar uma das toalhas de praia, mas Harry estendeu o braço para impedi-la.

– Por favor – disse. – Deixe comigo. – Ele estendeu duas toalhas, fincou o guarda-sol na areia entre os dois e então gesticulou para que Ruby se sentasse. A areia estava suja, com papéis de bala e guimbas de cigarro aqui e acolá, mas a água parecia clara e as pessoas estavam nadando. A mãe de Harry sempre dissera que as praias da cidade de Nova York eram zonas de resíduos tóxicos e deviam ser evitadas a qualquer custo, mas ele estava satisfeito por não ter lhe dado ouvidos. Que outras coisas haveriam por aí, apenas esperando para serem apreciadas? Elizabeth não gostava de bacon, então eles nunca comiam bacon, nunca. Harry ia pedir um sanduíche com bacon extra assim que possível.

– O que mais tem nessas bolsas?

Harry vasculhou uma delas e retirou um balde de plástico e uma pá.

– Certo – disse Ruby, dando uma risadinha. – O que mais?

Harry tornou a procurar e extraiu um pequeno *cooler* com isolamento térmico. Em seu interior, havia duas pequenas latas de champanhe. Harry havia levado uma hora e gastado quarenta dólares para convencer uma jovem que caminhava pela Cortelyou a comprá-las para ele.

— Saúde — disse, abrindo uma e entregando-a a Ruby, que deu um gole tão pequeno que Harry percebeu que ela estava impressionada.

A praia estava repleta de russas velhas segurando pesos de mão enquanto andavam para cima e para baixo na calçada de tábuas, evitando os grupos de rapazes com barba e óculos escuros e garotas usando shorts minúsculos e camisetas curtas.

— Isso parece um outdoor da American Apparel — disse Ruby. — Mas com cerveja e areia.

Harry não soube dizer se aquilo era ou não um elogio, mas Ruby parecia estar se divertindo, então nada fez além de balançar a cabeça e dizer:

— É.

Eles tiraram cochilos leves, chapinharam na água. Nenhum dos dois estava de roupa de banho, mas não importava. Ruby tirou o vestido. Seu abdome era liso, marrom cremoso, assim como o restante dela, claro, embora cada centímetro seu provocasse em Harry uma nova emoção. Seu umbigo era pequeno e perfeito, ligeiramente saltado, bem no meio! Ele via mais que o contorno de seus seios através do sutiã fino rendado e quando ela se afastou em direção à água, vestindo nada além de sutiã e calcinha, Harry tentou não ter um ataque cardíaco. Tirou a camisa e a calça jeans e entrou de cueca, rezando para que a aba permanecesse fechada. Havia uma lanchonete do outro lado do calçadão e Ruby ficou esperando nas toalhas enquanto Harry comprava comida para eles. Ela lambeu um pingo de ketchup na mão. Aquela era a praia mais linda que alguém já tinha visto, mesmo com os aviões passando rumo ao JFK, todas as gaivotas, o barulho e as pessoas. Havia toalhas por toda parte, famílias dominicanas, hipsters com bigodes irônicos, velhos de sunga e mulheres gordas de biquíni. Harry agradeceu a Deus o fato de seus pais nunca terem se mudado para os subúrbios, para a França, nem para qualquer outro lugar do mundo. Ruby havia começado a ter crises de riso depois do champanhe e deixou-o colocar protetor solar em seus ombros. Harry demorou o máximo possível, fazendo pequenos desenhos e tirando fotos com seu celular antes de esfregá-los.

A lanchonete estava ficando tumultuada. No caminho de volta ao metrô, Harry e Ruby pararam do lado de fora por alguns minutos e viram as pessoas dançando e bebendo cerveja.

– Tenho a impressão de estar vendo um filme – disse Harry. – Sobre pessoas que matam sem-tetos enquanto estão dirigindo bêbadas.

– É, e isso faz parte da montagem que a gente fica vendo em flashback – disse Ruby. – Totalmente.

Harry permitiu que Ruby carregasse a bolsa menor, menos pesada agora que não havia bebidas nem petiscos dentro dela e ele havia perdido alguns brinquedos de praia, embora estivesse de bem com isso. De qualquer forma, eles haviam sido mais uma brincadeira, mesmo que ele tivesse gostado de ver Ruby construir um castelo de areia. Era o tipo de coisa que ele não teria feito por medo de parecer muito infantil, mas era óbvio que Ruby não se preocupava com isso. Eles embarcaram no trem e sentaram-se em um banco de dois lugares voltado para a direção em que estavam indo, com Harry na janela e Ruby no corredor. Logo que se sentaram, Ruby deixou a cabeça pender sobre seu ombro e colocou o braço ao redor de sua cintura.

– Eu me diverti – disse Ruby. – Quase o suficiente para deixar de ficar com raiva por você ter faltado nossa aula de reforço idiota hoje de manhã.

– Eu também – disse Harry. Ele sentava-se com o corpo o mais ereto possível e tentava não se mexer, só para garantir que Ruby não tomasse sua inquietação como sinal de que não a desejava ali. Na parada seguinte, alguém fez menção de sentar-se no lugar ao lado deles, o que teria imprensado os joelhos de Ruby e a obrigado a mudar de posição, então Harry lançou o melhor olhar mortífero de toda a sua vida e o sujeito afastou-se.

– Estou com a sensação de que estamos cheirando mal – disse Ruby. – Ninguém quer sentar perto de nós.

— Você está cheirando mal — disse Harry baixinho em seu ouvido. — Está cheirando a lixo queimado. — Ele fez uma pausa, temendo levar a brincadeira longe demais. Tudo ainda parecia precário, como se Ruby pudesse simplesmente endireitar o corpo, olhar para ele e enxergar a verdade, que ele continuava a ser Harry, apenas Harry, ninguém com quem ela desejasse aconchegar-se no metrô.

Mas Ruby disse:

— Hmmm — e aninhou-se mais. — Meu tipo preferido. — Ela pegou no sono em poucos minutos e dormiu o caminho inteiro até eles precisarem trocar de trem e pegar o Q a fim de voltar para casa. Quando finalmente desceram na parada da Cortelyou, Harry estava nervoso. Ruby parecia descansada e feliz depois da sesta e seu nariz estava um pouco queimado, apesar dos esforços artísticos de Harry com o protetor solar. Subiu saltitante a escada e pôs-se a caminhar em direção à Argyle. Harry parou.

— Ei — disse ele em voz baixa. O escritório de sua mãe ficava a algumas portas de distância e Harry não queria passar diante dele, para o caso de ela estar sentada em sua mesa.

— O que foi? — perguntou Ruby.

— Por aqui — disse Harry, usando a cabeça para apontar para trás.

— Ooook — disse ela. — Você sabe que nossas casas ficam na outra direção, certo? Você teve algum tipo de lesão cerebral enquanto eu não estava prestando atenção?

— Confie em mim — pediu Harry e começou a andar.

Convencer alguém a comprar champanhe para ele havia sido fácil — a parte B do plano havia sido muito, muito mais complicada. Elizabeth guardava as chaves de todas as suas propriedades no escritório, exceto nos finais de semana em que tinha visitas — então estas eram guardadas em uma bolsa com zíper que ficava pendurada em um gancho acima de sua mesa. O verão era sempre movimentado e ela corria de um lugar para outro todos os dias — nesse momento, havia algumas casas um pouco mais ao sul, perto do Brooklyn College e uma na rua East 16th, uma casa muito grande, que dava fundos para os trilhos do trem. Ela mostraria as duas casas no domingo e havia mostrado a do metrô naquela tarde. Harry sabia que era um risco pegar a chave, mas era o que havia feito e a loja de ferramentas havia fornecido uma cópia em cinco minutos. Os proprietários da casa haviam se mudado para a Flórida. O imóvel estava ali, desocupado, com os imensos móveis de gente velha, tudo escuro, o madeiramento pesado e as cadeiras de jantar formais. Um dos quartos menores havia abrigado uma coleção de bonecas, que Elizabeth havia enfiado em uma caixa e escondido no porão. O metrô passando pelo quintal já era obstáculo suficiente – elas não precisavam proporcionar pesadelos além disso.

A varanda estava às escuras e Ruby hesitou antes de subir os degraus atrás de Harry.

– De quem é a casa? – Ela estava sussurrando.

– Nossa – respondeu Harry. Ele sabia que não havia alarme, mesmo que houvesse adesivos nas janelas e uma placa no gramado dizendo que sim. Segundo sua mãe, isso era verdadeiro para setenta por cento das casas do bairro. Ruby apressou-se a subir atrás dele.

– Está falando sério? – perguntou ela, mas Harry já havia aberto a porta. Puxou-a para dentro e fechou a porta atrás dos dois. – De quem é essa casa? – tornou a perguntar. – Você está louco! – Era uma certa maluquice e ele sabia que poderia criar quantidades maciças de problemas para si e para sua mãe.

– Eu já disse. É nossa. – Harry não sabia se conseguiria dar uma de misterioso, mas estava se divertindo ao tentar. Ruby era dois centímetros mais alta que ele, talvez mais. Ela sugou o lábio inferior e olhou ao redor. – Vem cá – pediu Harry.

– Onde? – perguntou Ruby e deu uma espiada na cozinha escura.

– Aqui – disse Harry. Ele deu um passo à frente, eliminando a distância entre os dois e beijou-a. Ruby era boa naquilo, claro. Eles paravam e começavam, paravam e começavam e se entreolhavam. A boca de Ruby se abria e fechava enquanto ela pressionava a língua contra a dele e Harry soltou um gemido que pareceu o Chewbacca, mas não se importou. Uma equipe da SWAT com metralhadoras poderia ter derrubado a porta e o levado para uma prisão federal que ele não teria se importado – teria valido cem por cento a pena. Ruby afastou-se, tomou-o pela mão e pôs-se a avançar pela casa às escuras.

– Vamos explorar – disse. O dia inteiro, Harry havia tentado convencer seu pênis a ficar abaixado, a ficar quieto, mas a essa altura era uma causa perdida. A ereção pressionava seus jeans, e quando o punho de Ruby encostou ali por acidente, ela disse: – Opa, olá – o que a fez ficar ainda maior. Se era esse o resultado de uma vida de crimes, Harry estava pronto para aderir.

Vinte e seis

A casa na East 19th venderia rápido – houve três ofertas depois das visitas e agora era uma questão de quem estaria disposto a pagar. Elizabeth adorava a correria das múltiplas propostas – estavam todas abaixo do preço pedido, mas assim que soubessem que havia competição, os compradores aumentariam e muito em breve estariam navegando acima da marca dos dois milhões. Os vendedores iam vibrar. O apartamento em Boca provavelmente havia custado menos de um milhão. Esse era o tipo de dinheiro que pagava o ensino superior dos netos. Não era apenas ganância. Elizabeth folheou as ofertas em sua mesa no trabalho. Deirdre olhou por cima de seu ombro.

– Nada mau – disse. Deirdre havia cortado o cabelo, para que as pessoas a confundissem com Halle Berry, explicou. Deirdre vestia um fantástico manequim 42 e Elizabeth achava que ela de fato parecia uma estrela de cinema. Usava sempre suéteres apertados com cores de esmeraldas e rubis. Os O'Connells eram fascinados por Deirdre e Elizabeth não os censurava. Mary Ann e seus filhos eram pálidos, com sardas por toda parte, mesmo nos braços e pernas. Todos sempre pareciam ter um caso muito leve de catapora.

– É ótimo! – disse Elizabeth, erguendo uma das folhas de ofertas. – Gosto muito desse casal. Jovem, simpático. Com um pleno potencial para o clube de leitura.

— Seus clientes sabem que você está só procurando amigos pessoais? — Deirdre ergueu uma sobrancelha e depois riu. — Só funciona se seus amigos tiverem talões de cheques polpudos! Eu venderia uma casa para um babaca se o cheque não voltasse. Gosto que eles sejam ricos e insensíveis.

— Você está mentindo — disse Elizabeth. Antes que Deirdre conseguisse responder, seu telefone tocou.

— Fique na linha para Naomi Vandenhoovel — pediu alguém.

— Ah, merda — disse Elizabeth. — De novo não.

— Lizzzz-eeeeeeeee — disse Naomi. — Estou em Nova York! Venha tomar um café comigo! Venha ao escritório! Quero mostrar a você o que reunimos até aqui. Acho que você vai ennnnlouuuuquecer.

— Oi, Naomi — disse Elizabeth. — Como vai você? — Ela revirou os olhos na direção de Deirdre. *Não é nada*, disse sem emitir som.

— Estou congelando meu rabo aqui no escritório porque o ar-condicionado está no automático, mas fora isso, estou ótima — respondeu Naomi. — Vou enviar o endereço por e-mail. Venha hoje, minha tarde está totalmente livre. Você precisa ver nossa Lydia. Tchau-tchau! — Ela desligou.

Elizabeth tornou a colocar o fone no aparelho e olhou para a pilha de papéis em sua mesa. Já havia concluído o trabalho do dia — respondido a todos os agentes e todos os clientes. Todos tinham suas diretrizes. Claro que havia mais a fazer no escritório — como sempre. Mas ninguém se importaria se ela tirasse algumas horas para ir até a cidade.

Naomi estava instalada em uma sala de reuniões na Quinta Avenida. Elizabeth precisou dar seu nome a três pessoas diferentes sentadas às mesas, cada uma das quais sussurrou em um telefone e procurou seu nome no computador. O último guardião, um jovem fraco que usava gravata-borboleta, pediu-lhe que esperasse que a assistente de Naomi logo estaria ali. Uma garota com um afro perfeito e batom vermelho-vivo chegou gingando poucos minutos depois.

— Elizabeth? — perguntou ela, parecendo entediada. — Venha.

Elas passaram por meias paredes de aço inoxidável e escritórios envidraçados. Elizabeth espreitou cada um deles, para o caso de haver alguma estrela de cinema por ali. O estúdio lançava filmes de prestígio, vencedores de prêmios. Naomi não era negligente. Por fim, elas chegaram a uma porta. Elizabeth viu Naomi lá dentro, conversando com outra jovem, que estava de costas. Elizabeth parou, e mesmo por trás pôde perceber: aquela mulher, quem quer que fosse, era a Lydia deles. E se Elizabeth não soubesse das coisas, pensaria que era sua Lydia também. O cabelo era perfeito — cheio, escuro e desarrumado, como se nunca tivesse sido escovado. Não era apenas uma questão de modismo — Lydia não possuía escova, nem pente, nem secador. Havia praticamente colocado fogo nessas coisas ao mudar-se para a Oberlin a fim de estudar. Scarsdale havia ficado em seu espelho retrovisor e ela nunca mais voltaria.

— Oiiiiiiii — disse Naomi, abrindo amplamente os braços. — É o gênio! — Ela era mais alta do que Elizabeth esperava, com óculos de armação grossa e cabelos loiros, com mechas californianas, perfeitamente retos, que iam até o meio das costas.

— Quem, eu? — perguntou Elizabeth. Ela deixou que Naomi a abraçasse e inalou uma nuvem de perfume doce.

— É, você. — Naomi recuou, segurando os braços de Elizabeth. — Darcey, esta é Elizabeth Marx, que escreveu "Dona de mim". Ela realmente escreveu. Dá para acreditar? Tipo, a música não existia, então Elizabeth escreveu a letra e era uma música incrível.

Darcey levantou-se e virou-se. Não era apenas o cabelo que parecia com o de Lydia — eram os olhos, as faces, o queixo. Elizabeth entendeu de imediato por que Naomi havia desejado que ela fosse até lá.

— Ah, meu Deus — disse.

Darcey fez o que quer que as atrizes faziam em lugar de enrubescer. Sorriu e virou o rosto de um lado para o outro.

— Eu sei — disse. — Literalmente nasci para fazer isso. Se ganhasse um dólar por cada pessoa que já me disse que pareço com Lydia...

– Você não teria nem metade do seu salário por esse filme! Há! – Naomi puxou Elizabeth para mais perto, então a empurrou em direção a uma cadeira de escritório de couro branco.

Darcey tornou a sentar-se em uma cadeira em frente a Elizabeth, que tentou desviar o olhar, mas não conseguiu, o que a atriz pareceu apreciar, sorrindo amplamente sempre que pegava Elizabeth encarando-a.

– Também encontrei isso – disse Naomi. – Você já viu, claro, mas demos uma guaribada. Vamos ver. – Ela pegou um controle remoto e apontou para o teto. Cortinas baixaram lentamente, escurecendo toda a sala. Uma tela iluminou-se na parede mais distante e quando ela pressionou outro botão, uma música familiar começou a tocar.

A Kitty's Mustache havia feito três vídeos de música. Todos haviam sido filmados por um aluno da Oberlin chamado Lefty, cujo verdadeiro nome era Lawrence Thompson III. Ele tinha uma boa câmera e estava apaixonado por Zoe. Ela havia dormido com ele uma ou duas vezes, Elizabeth desconfiava, apenas para conservá-lo a serviço da banda, ou talvez só tivesse deixado que ele a visse nua. Os dois primeiros vídeos, para "Elegia a Frankie", a canção que Elizabeth havia escrito sobre seu senhorio, e "Laço mágico", uma música sobre a Mulher Maravilha, eram ambos aceitáveis, filmados dentro e no entorno do campus, principalmente em seus apartamentos sujos, em salas de aula vazias e no arboreto, mas para o vídeo de "Dona de mim", eles haviam passado o dia em uma praia fria às margens do lago Erie.

Lá estavam eles – no mais completo estilo gótico, todos inteiramente vestidos de preto, lado a lado na praia. Havia montinhos de neve em primeiro plano. Era a obra-prima de Lefty, seu filme artístico sueco.

– Como você conseguiu essa cópia? – perguntou Elizabeth. O cabelo de Lydia açoitava-lhe o rosto. Eles haviam levado alguns instrumentos, mas Lefty decidiu que deveriam deixá-los no carro. Parecia "Wicked Game", exceto pelo fato de que em vez de Chris Isaak e Helena Christensen, a única boca a gritar era a de Elizabeth. Em certo momento, Zoe deitou na areia e rolou. Lydia olhou de cara feia. Andrew passou metade do vídeo de costas para a câmera, o que ele alegou ser seu protesto silencioso por seu próprio papel no patriarcado.

Elizabeth inclinou o corpo para a frente. Era um *close-up* do rosto de Lydia – só que não era a cantora. Era Darcey.

– Espere – disse ela. – Como vocês...?

– Eu sei, não dá para perceber – disse Naomi. – Os caras são demais. Uma vez, retocaram uma marca de nascença no peito de Angelina Jolie para um filme de três horas. Eles acrescentaram uma marca de nascença. Ela se recusou a fazer a maquiagem, disse que tinha a ver com trabalho infantil, ou talvez com os filhos dela, que precisavam de mais tempo ou coisa do gênero. A maquiagem pode levar horas todos os dias, então valeu a pena deixar ela dormir em casa com todos os filhos e gastar um milhão extra no Photoshop, ou seja lá o que for. É incrível, né?

– Como você conseguiu isso? O original, quero dizer. – Elizabeth tinha uma cópia em VHS, mas ficou sabendo por amigos que Lefty havia queimado todos os seus filmes para libertar-se de seus sonhos artísticos após ter decidido entrar para o banco de negócios da família. Pelo que soubesse, a única cópia era a sua.

– Por algum motivo, os arquivos de Lydia estão em muito boas condições para alguém que morreu de overdose de heroína – disse Naomi. – Ela guardava tudo. Os desavisados poderiam pensar que ela era bibliotecária. Sério. Com código de cores, em ordem cronológica, a parafernália toda.

– Isso é muito estranho – disse Elizabeth. – A Lydia que conheci era uma bagunça. Não sabia nem como controlar seu talão de cheques.

A assistente de Naomi riu.

– Talões de cheques. É como um celular com *flip*, certo? Mas para dinheiro?

– Estou falando sério – disse Elizabeth.

Naomi balançou a cabeça.

— Acho que isso é uma coisa na qual você vai ter realmente que cravar os dentes, Darce. Por fora, ela era uma garota selvagem, sabe, atrapalhada, mas por dentro, estava sempre planejando seu legado histórico.

— Entendo perfeitamente — disse Darcey.

Elizabeth dobrou as mãos no colo. Sua Lydia não era uma garota selvagem nem atrapalhada. Era egoísta, irresponsável e uma idiota. Nunca havia se interessado em ter amigas, ao menos não até que muitas atrizes famosas começassem a comparecer a seus shows e então ela parecesse ser uma das garotas. Mas Elizabeth sabia que aquelas imagens — de seu budismo, ou do que quer que ela chamasse aquilo — não queriam realmente dizer que ela havia mudado. Elizabeth havia tentado com Lydia; todos eles haviam tentado, sobretudo Andrew. No começo, Elizabeth havia sentido ciúmes de todas as noites em que Lydia ficava enroscada com Andrew no sofá, com os pés envoltos em meias enfiados sob as pernas dele. Isso ocorreu depois de Elizabeth e Andrew terem deixado claro para a banda e para todo mundo que eles eram um casal de verdade; ainda assim, lá estava Lydia, batendo as pestanas e pedindo ajuda a Andrew para encher os pneus de sua bicicleta, como se algum dia fosse andar naquela maldita bicicleta idiota.

— Quero ver esse filme — disse Elizabeth. Claro que seria apenas parte da história, entretanto, poderia haver mais coisas a respeito de Lydia do que ela sabia. Se havia colecionado material da Kitty's Mustache, então talvez também tivesse feito anotações. — Lydia tinha diários?

— Para cada dia de sua vida, a começar dos quinze anos. — Naomi sorriu. — Ela fez todo o trabalho para nós, sabe? — Naomi destampou uma caneta e estendeu-a a Elizabeth. — Você precisa de outra cópia do formulário? Ashley? — A assistente estava a seu lado em menos de um segundo.

Elizabeth não pensou em Zoe, pois sabia que de qualquer forma esta ficaria feliz. Pela primeira vez em um longo período, realmente pensou em Lydia, a amiga desaparecida, que havia perdido muito tempo atrás. Vinte e sete era uma idade estúpida para se morrer. Porém mais que em Lydia, ela pensou em Andrew e em si mesma. A garota imaginária que Naomi havia mencionado era ela – tanto então quanto agora. Queria ver-se pegando a guitarra e escrevendo aquela música. Queria ver Andrew apaixonar-se subitamente por ela, assim que soubesse do que ela era capaz. Queria isso para ambos e assinou seu nome.

– Me dê outro para Andrew – pediu. Quando Elizabeth deixou o escritório de Naomi, entrou no banheiro, secou a bancada com uma toalha de papel e forjou a assinatura confusa de Andrew, exatamente como havia feito milhares de vezes em formulários de permissão da escola e recibos de cartão de crédito. Em sua família, era ela a encarregada pela papelada e, portanto, era só o que estava fazendo, cuidando de seu empreendimento conjunto. Não era grande coisa, apenas dois segundos de tinta em uma folha de papel. Em mais dois segundos, ela estaria no elevador, depois no metrô, depois de volta ao escritório e enviaria o documento por fax, assim como havia enviado milhares de outros formulários ao longo do dia. Não havia nada para ver ali, absolutamente nada.

Vinte e sete

Em casa, as pilhas de trastes de Zoe migravam de superfície para superfície, montes de revistas não lidas e grampos de cabelo, mas no Hyacinth, todas as bancadas pertenciam a Jane. Tudo era rotulado com fita crepe, tudo ficava voltado para a frente. Os sais encontravam-se lado a lado, do fino, ao grosso e aos flocos.

O que as pessoas não entendiam sobre os chefs era que a profissão tinha a ver com culinária apenas em parte. Dizia respeito a possuir uma visão, uma voz, um conjunto de crenças pessoais tão fortes que era necessário construir alguma coisa em torno delas. Literalmente, não fazia sentido alguém abrir um restaurante se achava que outra pessoa estava fazendo melhor. Após vinte e cinco anos trabalhando em cozinhas e dez anos em seu próprio negócio, Jane continuava a ter certeza de que ninguém conduzia o Hyacinth melhor que ela. O restaurante era uma máquina magnífica e ela era seu motor – sua mentora. E tudo que desejava era ser a mentora do restante de sua vida também.

Jane tinha uma dor de cabeça e o nome da dor de cabeça era Ruby. Zoe era pior em termos de combate direto, isso era verdade, mas elas sempre podiam se aninhar, brincar de se vestir no armário de Zoe, conversar sobre bandas obscuras das quais ninguém mais tinha ouvido falar e ficava tudo bem. Jane era a vilã. Era sempre ela que tinha de dizer a Ruby que esta não podia tomar outro sorvete, ou que não podia obrigar seus amigos da pré-escola a chamá-la de Rainha e a obedecer suas ordens. Jane era a chefe, e a chefe nunca chegava a acalentar.

Sua adolescência fora extraordinariamente fácil. Massapequa era um bom lugar para se crescer. Ela jogava em todas as equipes, saía para comer pizza com os amigos, sentia atração por estrelas de cinema, como os demais. Todo mundo era virgem, então não importava que ela fosse uma lésbica virgem. Que diferença fazia? Todos tinham péssimos cortes de cabelo e ouviam a Z100. No verão anterior a sua partida para os dormitórios da Universidade de Nova York, Jane havia passado todos os dias na piscina local, evitando as crianças pequenas porque estas obviamente faziam xixi o tempo inteiro. Jane tinha sardas por todo o corpo, até mesmo entre os dedos dos pés.

Durante o verão, seus pais a trataram como se fosse feita de vidro e ela não entendeu o motivo até o verão terminar e eles estarem enchendo o carro de travesseiros, caixas e livros. Ao contrário de Ruby, Jane tinha irmãos – dois irmãos e uma irmã, todos mais novos que ela. Como Ruby, Jane não fazia ideia do que significava para seus pais ter a filha mais velha preparando-se para sair de casa. Sair de casa! Aquilo parecia tão definitivo. Na ocasião, Jane pensou que sua mãe estivesse sofrendo um tipo muito prolongado de derrame, no qual estava sempre piscando para afastar as lágrimas e olhando para Jane como se esta fosse o novo episódio de *Dallas*. Mas agora entendia. Os filhos desejavam partir. Os filhos sabiam que tinham idade suficiente – era pré-histórico, conhecimento sedimentado. Só que os pais continuavam a achar que eles eram crianças. Todo o restante – o fumo, a cabine de votação, as lojas de pornografia – indicava o contrário.

Jane deslocou-se pela cozinha devagar. Girou potes para que estes ficassem voltados para a direção certa. A sineta acima da porta soou; Jane ergueu os olhos e viu sua *sous-chef*, Clara, entrar com largas passadas. Clara era boa – mais séria impossível. Algum dia, também iria querer seu próprio negócio. Havia sempre mais filhos dos quais se separar. Jane sentiu-se deslizar para uma zona de perigo e abriu espaço na bancada. Pegou farinha de trigo, sal e fermento e quando Clara entrou na cozinha, cumprimentou-a com um aceno de cabeça. Fazer pão sem motivo sempre havia sido a forma preferida de Jane para aliviar o estresse e Clara a conhecia bem o suficiente para cuidar do próprio trabalho em vez de fazer perguntas.

Vinte e oito

Andrew sentia-se mais feliz ocupado. Desde a noite da festa, ele e Elizabeth estavam ótimos. Era como se ela tivesse entendido que ele precisava apenas que ela permanecesse a seu lado para apoiá-lo, e ele tivesse entendido que ela precisava que ele fosse presente e incentivador como sempre; era nesse pé que os dois se encontravam. Não doía o fato de estarem transando com mais frequência – eles não haviam exatamente voltado aos níveis das tentativas de engravidar, o que havia sido exaustivo para ambos nos anos subsequentes ao nascimento de Harry, quando estavam muito empenhados em dar-lhe um irmão, mas aquilo era bom, muito bom para pessoas que estavam juntas por duas décadas. Essa era uma parte do relacionamento que sempre havia sido gratificante, um bom lembrete de que eles ainda sabiam fazer as coisas direito. Não que Andrew realmente soubesse com que frequência as pessoas faziam sexo. Imaginava que Elizabeth soubesse quando Zoe ou alguma de suas amigas mais chegadas tinha um orgasmo, que recebesse automaticamente uma mensagem de texto, mas os caras não eram assim, nem mesmo caras como ele.

Nas manhãs de terça-feira, havia o grupo de meditação guiada, às quartas, yoga, às quintas, as palestras sobre darma e às sextas, os transes cósmicos. Andrew sabia que provavelmente não poderia comparecer toda semana, não sem dar a Elizabeth uma explicação extensa e elaborada. Talvez pudesse convidá-la, mas ela provavelmente detestaria ou tiraria sarro e então ele teria que explicar a Dave que sua mulher não estava interessada em tornar-se transcendental. Elizabeth sempre havia sido incentivadora de seus vários empreendimentos, mas por enquanto, ele desejava guardar aquilo para si.

Na maioria dos dias, Andrew desaparecia depois que Elizabeth saía para o trabalho. Eles haviam ativado uma carpintaria na garagem e Andrew estava confeccionando algumas estantes para os cômodos do andar de cima. Dave entrava e saía, parcialmente vestido. Por vezes, parecia ter acabado de acordar, com pequenas porções de remela ainda no canto dos olhos, e por vezes parecia ter permanecido acordado a noite inteira. Eles conversavam um pouco, apenas um toque acima da fofoca básica de escritório. Nos últimos tempos, Dave vinha falando sobre um barco – uma DESENVOLVImento flutuante.

– No verão, ele pode ficar aqui no Brooklyn. Talvez ancorado perto da ponte do Brooklyn, onde está o *Bargemusic*, todo enfeitado para que os turistas queiram saber o que está acontecendo. E então, no inverno, navegamos para o sul: para Vieques, para a ilha de São Martinho, quem sabe. – Dave conservava os braços cruzados sobre o peito nu. Possuía um tufo de pelos entre os peitorais, uma flor-de-lis de anéis castanhos.

– Você veleja? – perguntou Andrew, que lixava uma peça gigantesca de madeira, uma prateleira que percorreria a extensão da principal sala de yoga. Tinha conhecimento suficiente para o serviço – era hábil com as mãos. Dave nunca havia lhe perguntado se era um profissional experiente. Não era essa a vibração da casa – se uma pessoa achava que podia fazer determinada coisa, então podia. Um jovem com *dreadlocks* curtos e um amplo sorriso surgiu na garagem, informou que possuía algumas ferramentas no porta-malas do carro e que poderia ajudar Andrew a prender a prateleira quando este tivesse terminado.

– Velejava quando criança – disse Dave. – Aqui e ali. Mas é só memória muscular. – Ele deu uma pancadinha com um dedo na têmpora. – Ainda está tudo aqui.

— Eu também — disse Andrew. Ele não gostava de falar sobre sua família, mas aquilo simplesmente saiu. — Eu tinha aula de vela todo verão, perto da casa dos meus pais em Long Island. Passamos três dias em terra só atando e desatando nós antes de ter permissão para ao menos molhar os pés. Tentei ensinar meu filho, mas ele não podia ter se interessado menos.

Dave riu.

— Você é um verdadeiro sábio, cara, adorei.

— Isso não sei — disse Andrew —, mas acho que cheguei a fazer muitas coisas diferentes.

— Você participou de alguma corrida?

— Corrida de vela, você quer dizer? Não. Nas fantasias de meu pai, sim. Ele teria adorado um ou dois troféus de regata pela casa, mas nunca fui esse tipo de garoto, não mesmo. Isso sempre foi uma grande decepção para meus pais, o fato de eu me interessar mais por budismo do que por clubes de campo.

Dave emitiu um empático *hmm*.

— Você já foi à Índia?

— Uma vez, aos dezenove anos. — Andrew abaixou a lixadeira. Havia cavado um pequeno sulco por engano e a madeira assemelhava-se a uma onda. Dave não pareceu notar. — Passei algum tempo viajando pelo país. Jaipur, Kerala.

— Legal — disse Dave. — Isso é o que estou imaginando: uma vibração completamente diferente da casa. Quero que seja *rosa*, sabe? Brilhante. Colorido. Diferente de tudo. E as pessoas poderiam passar uma noite, ou talvez uma semana, fazendo tratamentos, trabalhando com o nosso pessoal enquanto o barco navega. Como um retiro flutuante. EmbarcaMENTO? Ainda não sei como se chamaria.

— Parece incrível — disse Andrew.

— Fico feliz que você tenha gostado — disse Dave. — Temos que conversar mais sobre esse assunto depois. — Ele bateu no ombro de Andrew. — Isso está bonito, cara. Wabi-sabi, certo? — Ele balançou a cabeça na direção da peça de madeira e retornou à casa principal.

– Certo – disse Andrew. A garagem estava fria e silenciosa. Uma música baixa emanava do interior da casa – ele não conseguia distinguir o que era. Os Kinks? Big Star? Um casal jovem surgiu na porta dos fundos com pratos cheios de cascas e peles para o lixo orgânico. Andrew fez um cumprimento amigável e eles acenaram.

O que ele parecia, pai deles? Um irmão mais velho legal? Andrew realmente não sabia. Quando ele e Elizabeth estavam na garagem, sentados nas cadeiras bambas de madeira, Andrew por vezes se sentia como um velho desdentado em uma canção folclórica dos Apalaches. Elizabeth fechava os olhos quando cantava, o que não raro fazia-a parecer com sua mãe, meio embriagada com duas taças de Chardonnay. O que era melhor do que parecer com a mãe dele, cujo rosto havia sido tantas vezes repuxado em direção às orelhas, que era um milagre ela ainda ter bochechas.

Provavelmente havia manuais na internet para a construção de barcos. Andrew conseguia vê-lo, as gigantescas barbatanas do casco reunindo-se sob suas mãos. Desejava construir alguma coisa que enfrentasse o mar aberto, alguma coisa alegre e bonita.

Vinte e nove

Os almoços dos dias de semana eram tão chatos que Ruby havia começado a desenhar uma história em quadrinhos sobre a vida secreta de Bingo como cabeleireiro em Nova Jersey. Com o tempo, ela parou de rir das piadas de Jorge e então ele ficava apenas olhando-a com ar melancólico atrás do bar enquanto macerava hortelã e espremia laranjas. Sempre que alguém entrava e desejava uma mesa, Ruby fingia ser de um país diferente. Era francesa, japonesa, mexicana. Ela achava que pelo menos uma pessoa se sentiria ofendida e/ou satisfeita, mas ninguém parecia notar. A maioria dos clientes eram mulheres de trinta e poucos anos, que usavam tamancos sem motivo aparente e não eram, obviamente, uma plateia das mais sofisticadas para a arte performática de Ruby.

Sua mãe entrava e saía, levando flores para as mesas e pegando caixas de detergente no porta-malas do carro. Elas estavam agindo de forma literalmente ridícula, as mães de Ruby. Às vezes, Ruby pensava em sentar-se com elas e explicar que tudo que precisavam fazer era agir normalmente que tudo ficaria bem. Zoe estava se comportando como se estivesse no Rumspringa sob efeito de esteroides, sempre vestindo roupas bonitas e bebendo taças de *rosé* no meio da tarde e Jane, berrando como o Abominável Homem das Neves. Ruby não gostaria de estar casada com nenhuma delas, mas era problema das duas, não seu. A essa altura, qual a diferença entre estarem casadas e divorciadas? Elas ainda resolviam juntas todos os assuntos do Hyacinth. O único motivo para que o restaurante parecesse quase decente era o fato de Zoe ter escolhido cada azulejo, cada amostra de tinta, cadeira, saleiro. Administrar um casamento realmente não podia ser tão diferente de administrar um restaurante. Mas tanto fazia. Além disso, ser mãe de alguém significava estar ligada à pessoa pelo resto da vida. Não havia escapatória, não mesmo, e isso nem ao menos parecia tão ruim. Ruby estava em situação muito pior que a delas. Provavelmente teria que se tornar agricultora orgânica ou dançarina exótica, ou qualquer outra coisa em que só seria necessária experiência prática, mas ei, se elas desejavam ignorá-la para se concentrar em seus próprios problemas absurdos, tudo bem. Ela desenhou um vestido de baile horrível, brilhante, como o que alguém em *The Bachelor* usaria para saltar de uma limusine e depois acrescentou a cabeça de Bingo no topo.

Eram duas e quarenta e cinco da tarde. Eles paravam de atender para o almoço às três. Com apenas quinze minutos faltando, Jorge mandaria as pessoas embora e ela poderia ir para casa. Mas Harry dissera que iria buscá-la, então ela esperaria até ele aparecer.

Eles haviam se encontrado três vezes desde a noite na casa, duas só à noite, em passeios com Bingo, e uma vez à tarde quando as mães de Ruby haviam saído. Harry aprendia rápido. Parecia saber que o clitóris existia, mesmo que não soubesse exatamente onde procurar e ao contrário de certos caras, encarava bem as orientações e não ficava ofendido quando Ruby dava algumas dicas. Esse havia sido o único conselho sobre sexo que sua mãe lhe dera – que deveria ser bom para ela também – e graças a Deus.

Era mais fácil na penumbra, sempre. Desse jeito, era possível tatear e tocar uma nova parte do corpo sem admitir inteiramente que era essa a intenção. *Ah, fui eu? Ah, é você?* Ruby gostava de tirar as roupas e ver os olhos de Harry tornarem-se enormes. Por mais escuro que estivesse, ela conseguia enxergar aqueles círculos gigantescos, como em um desenho animado. Era muito gratificante. Ela fez um desenho dele com discos voadores no lugar dos globos oculares. A sineta acima da porta soou e Ruby ergueu os olhos, esperando ver Harry.

Dust segurava seu skate de encontro ao peito, como um escudo. Por sobre o ombro dele, na calçada, Ruby viu Sarah Dinnerstein, sua colega de turma na Whitman e parceira no entusiasmo por Dust e seu exército de caras dos degraus da igreja. Sarah havia sido bem puritana até o último ano, quando colocou um piercing no nariz e tatuou a parte interna do lábio inferior com a palavra AMOR. As pessoas diziam que ela era uma heroína, mas parecia, acima de tudo, que ela estava a fim de Nico que, como Dust, não possuía nenhuma afiliação escolar legítima e talvez tivesse uns vinte e cinco anos. Ninguém sabia ao certo. No outono, Sarah iria para Bennington. Na realidade, Ruby não conseguia acreditar que Sarah Dinnerstein, que tinha quatro neurônios em toda a cabeça, tivesse entrado para a faculdade e ela não. O mundo não era justo. Sarah Dinnerstein provavelmente nunca tinha tido um orgasmo. Provavelmente achava que os orgasmos femininos eram um mito, como o monstro do lago Ness.

– O que você quer? – perguntou Ruby.

– Eu venho em paz – disse Dust, apoiando-se no estande da recepcionista. – Nico está dando uma festa hoje. O dia inteiro, a noite inteira. Nós só saímos para pegar mais bebidas. Sarah queria um Gatorade.

Lá fora, Sarah rodopiava sob a luz do sol. Sarah tinha bochechas pesadas e infantis e usava um vestido muito curto.

– Jesus – disse Ruby. – Ela está chapada?

Dust lambeu o dente.

– MD. Você quer?

A sineta soou outra vez. Harry ficou estupefato ao ver Dust, mas manteve a cabeça erguida, o que deixou Ruby feliz.

– Ei – disse Harry, balançando a cabeça na direção dela.

– Ei – disse Ruby. Ela estendeu os dedos como um caranguejo. Harry virou de lado para passar por Dust e deixou-se imprensar.

Ruby lançou o braço por sobre o ombro de Harry, puxando-o mais para perto.

— Talvez a gente dê uma passada por lá, Dust.

Dust ergueu uma sobrancelha.

— Tudo bem, cara. Você sabe onde me encontrar. — Largou o skate no chão com um baque, o que fez Jorge saltar. — Até mais. — Ele empurrou o skate porta afora e fez um *ollie* na calçada, para grande deleite de Sarah Dinnerstein.

— Nós não vamos realmente a uma festa com Dust, vamos? — perguntou Harry.

Ruby deu de ombros.

— Não sei. Minha amiga Sarah vai. E Nico é legal.

— Tudo bem — disse Harry. — Se você quiser ir, eu vou.

Ruby deslizou para fora da banqueta.

— Vamos zarpar daqui.

Apesar de ter namorado Dust por seis meses, Ruby não fazia ideia de onde ele morava, não de verdade. A mãe dele talvez morasse em Sunset Park e o pai morava em algum lugar no Queens, mas era tudo meio confuso. Nico, por outro lado, vivia em uma casa grande na esquina do Hyacinth e ela havia ido até lá centenas de vezes. A casa de Nico era um lugar mítico. Seus pais não existiam. Não havia sacos de lentilha no armário, nem ovos na geladeira. Não havia fotografias nas paredes. As cortinas estavam sempre fechadas.

Harry caminhava devagar, com o cabelo caindo nos olhos. Ruby tocou-o no braço.

— Esses caras não são meus amigos — declarou Harry. — Quero dizer especificamente e também no geral, sabe, meio que em sentido filosófico.

— Eles não são tão ruins assim — disse Ruby, ainda que, na realidade, eles fossem piores do que Harry poderia imaginar. Ruby não sabia bem por que desejava ir à festa — decerto não era para passar algum tempo com Sarah, de quem nunca havia gostado, tampouco para ficar com Dust, que seria o único motivo por que teria ido antes. Aquele era definitivamente o grupo social mais diversificado em termos raciais do qual ela participava, o que era algo de que gostava. Todos na Whitman exibiam os tons mais brancos do pálido, como se estivessem competindo para ver quem era o mais ingênuo acerca do próprio privilégio de ser branco. Os garotos dos degraus da igreja eram uns fracassados, mas pelo menos não eram tão ruins assim. Ela gostava da ideia de deixar Dust com ciúmes e gostava da ideia de mostrar a Harry como era sua vida, ou ao menos como havia sido. Agora que havia se formado, tudo parecia diferente – ela não era uma fracassada legal, talvez fosse só uma fracassada. Talvez quisesse ir por temer que ela e Dust fossem mais semelhantes do que pensava. Talvez quisesse ir por temer que Harry fosse assustar-se e sair, então ela seria deixada com Dust, Nico e Sarah, o que, de qualquer forma, era tudo que merecia.

    Havia alguns garotos fumando na varanda – Ruby os conhecia e os cumprimentou. Tomou a mão de Harry, entrelaçou os dedos nos seus, embora eles nunca tivessem ficado de mãos dadas em público. Ela olhou para ele e Harry sorriu do jeito que alguém sorriria por causa do vídeo no YouTube de um leão bebê fazendo amizade com um porco-espinho bebê, como se não conseguisse acreditar no quanto o mundo era bom. Ruby sentiu-se instantaneamente culpada, mas era tarde demais e então eles entraram.

Trinta

A dra. Amelia estava de férias. Todos os outros psiquiatras do mundo viajavam em agosto, mas a dra. Amelia viajava em julho. Zoe havia telefonado três vezes e deixado três mensagens e por fim a dra. Amelia retornou a chamada.

— Zoe — disse ela. Havia gaivotas ao fundo. — Estou em Cape Cod. É bonito como uma pintura. É o retrato da saúde! O que está acontecendo?

Zoe estava debaixo das cobertas. Jane, no restaurante, e Ruby, onde quer que Ruby fosse. Zoe havia parado de tentar ficar de olho na filha quando Ruby tinha quinze anos e voltou para casa com uma tatuagem. Na maioria das vezes, ela era uma boa menina e Zoe confiava nela. Era inteligente dar um pouco de corda aos filhos — era o que Oprah dissera. Claro que Oprah não tinha filhos. Talvez estivesse se referindo a filhotes.

— Ah, nada — respondeu Zoe, sentindo a voz começar a tremer.

— Jane também ligou — disse a dra. Amelia. — Volto para casa em três semanas, por que vocês não vão me ver então?

— Tudo bem — disse Zoe. Ela rastejou para baixo, o que fez com que sua cabeça ficasse mais próxima do pé da cama e chocou-se com Bingo. — Eu só estava querendo conversar por um minuto se estiver tudo bem.

— O que você tem em mente?

— Como alguém fica sabendo quando deve se divorciar? Você tem algum tipo de gráfico? Pensei que tinha certeza, mas realmente não sei. Você nos acompanhou... o que acha?

— Você sabe que não posso dizer a vocês se continuam ou não casadas, Zoe. — Mais gaivotas.

Zoe fechou os olhos e imaginou a dra. Amelia de roupa de banho. Seria um maiô colorido, talvez com saiote, do tipo que sua avó vestia. A dra. Amelia provavelmente estava usando óculos de sol de grau e chapéu de palha. Por que ela *não podia* dar as diretrizes a Zoe? Todos os demais estavam cheios de conselhos — a mãe dela em Los Angeles, as tias em Michigan, as pessoas na rua. Por que uma terapeuta não podia apenas dizer um simples sim ou não? Talvez Zoe precisasse, em vez disso, de um paranormal. Ou uma daquelas cartomantes de papel. Os origamis de abre e fecha. Sim ou não.

— Você alugou uma casa, está com amigos ou o quê?

— Você sabe que também não vou falar sobre isso.

— Como estão as ostras?

— Deliciosas. — A dra. Amelia suspirou. — O que está acontecendo, Zoe?

— Acho que sou boa no meu trabalho — disse Zoe, tentando não chorar. — Se nos divorciarmos, vou ter que encontrar outra coisa para fazer? Estou com quase cinquenta. — O número a assustava. Jane havia feito cinquenta cinco anos antes e elas deram uma festa gigantesca; todos haviam ficado acordados até tarde, dançando. Ruby adormecera no bar, como uma perfeita menina de rua, a pequena Eloise do ramo de alimentação do Brooklyn. Mas quando Zoe pensava em seu próprio aniversário, para o qual ainda faltavam dois anos, queria rastejar para dentro de um buraco e morrer. Fazer cinquenta era ótimo, mas não quando se ficava repentinamente à deriva. Fazer cinquenta era ótimo apenas se a pessoa estava em grande forma e continuava a ser beijada ao menos uma vez por dia.

— Vocês podem resolver a questão do trabalho depois de resolver a questão do casamento. Não tem que acontecer tudo ao mesmo tempo. Ninguém vai ser excomungado. Uma coisa de cada vez. Quando foi a última vez que você assinou um contrato muito complicado? O divórcio também é um negócio.

– Mas como vou saber se é isso o que realmente quero? – Zoe estava sussurrando. Queria perguntar a Elizabeth se ela alguma vez havia se sentido assim perto de Andrew, mas dizer as palavras em voz alta parecia uma maldição, como se só por pensar nelas, deixá-las atravessar seu cérebro e depois seus lábios, o casamento estaria condenado. Ela não queria estar condenada e não queria admitir para Elizabeth que estava condenada.

– Você ama sua mulher?

A orelha e a bochecha de Zoe estavam escorregadias de suor do telefone.

– Claro que sim. Nós temos uma filha, temos uma vida. Só que nunca nos divertimos, sabe? Me sinto como se tivesse uma companheira de quarto cuja roupa tenho que lavar. Às vezes, quando Jane me beija, esqueço que ela tem permissão para fazer isso, como se ela fosse uma sem-teto no ônibus ou coisa parecida.

– Talvez você deva tentar se divertir – disse a dra. Amelia.

Zoe enxugou o suor de seu rosto.

– Tudo bem – disse. – Alguma sugestão? – Ela projetou a cabeça para fora das cobertas, derrubando Bingo no chão.

– Quando foi a última vez que vocês saíram em um encontro? – perguntou a dra. Amelia. – Talvez vocês precisem limpar a neve da bota. Chutar os pneus. Ver se conseguem bombear um pouco de ar para dentro da bicicleta.

– Entendi – disse Zoe. – Vamos marcar uma consulta quando você voltar. Obrigada por ligar. Desculpe incomodar nas suas férias.

– É para isso que servem os telefones. Está tudo bem. Se cuide.

– E então a dra. Amelia desligou e Zoe e Bingo estavam sozinhos em casa outra vez.

Zoe ouviu um baque no andar de baixo e gritou:

– Olá? – mas ninguém respondeu. A casa tinha seus próprios problemas.

Trinta e um

Elizabeth não tinha visto Iggy Pop a tarde inteira. Havia entrado e saído – para o escritório, o supermercado, a cafeteria – mas Iggy em geral alternava seus locais de dormir durante o dia, por isso não pareceu estranho, até ela se dar conta de que havia se passado quase o dia todo. Harry estava jogando videogame na sala, com um livro do vestibular aberto sobre a mesinha de centro.

– Igs? – chamou ela. – Iggo Piggo? Pop Pop? – Elizabeth pôs-se a andar em círculos ao redor da cozinha. – Você viu o gato? – perguntou.

Harry balançou a cabeça sem tirar os olhos da tela.

– Hmm – fez Elizabeth. Ela verificou todas as camas e as pias dos banheiros. Por vezes, quando estava calor, Iggy deslocava-se de pia em pia na tentativa de se refrescar, pressionando o corpo contra a porcelana. Andrew estava outra vez na DESENVOLVImento.

Elizabeth não estava interessada em ser chata. Adorava que Andrew estivesse em contato com seus sentimentos. Nunca quis um marido como seu pai, que mesmo que estivesse pegando fogo, não teria pedido ajuda. Mas não gostava do fato de Andrew aparentemente ter optado por ser estagiário em um estúdio de yoga em vez de encontrar um emprego de verdade, mesmo que fosse um estágio com um marceneiro. Andrew nunca havia se preocupado com dinheiro – nunca havia precisado –, mas durante a maior parte da vida adulta deles, havia ao menos respeitado a aparência de ter um emprego.

Havia toneladas de alunos na Whitman em situações semelhantes – os filhos de atores e gestores de *hedge funds*, os netos de pessoas cujos nomes encontravam-se nas laterais dos prédios públicos. O Brooklyn não era o mesmo de quando eles haviam se mudado, uma cidade vizinha, com seus próprios ritmos e pulsações. Agora era apenas um excedente de Manhattan – os oligarcas russos estavam comprando Tribeca e West Village, e então o Brooklyn era a segunda melhor coisa. Era seu trabalho encorajar isso, mas Elizabeth não gostava. Teria ficado mais feliz ganhando comissões menores e conservando o bairro cheio de famílias de classe média. Havia vendido muitas casas para professores de escolas públicas – casas de dois ou três andares em Center Slope – e tais imóveis agora valiam quantias totalmente absurdas. Às vezes, ela pensava em mudar-se para o interior, para algum lugar bonito ao longo do Hudson. Talvez quando Harry se formasse, ela e Andrew pudessem resgatar definitivamente suas economias. Vender a casa, vender a vida. Se não estivessem na cidade, então Andrew talvez não precisasse mais fingir que tinha emprego. Poderia participar de retiros de meditação e produzir esculturas, moldar cerâmica ou fazer aulas de *tae kwon do*. Ela venderia casas de campo para as pessoas ricas que estavam comprando residências de dois milhões no Brooklyn – pediria aos O'Connells para deixá-la abrir uma filial em Rhinebeck. Harry passaria os verões em casa, morando no apartamento em cima da garagem. O que significaria para a autoestima deles o fato de precisar permanecer na cidade sem motivo? Teria ela tanto medo assim do que os amigos pensariam, se dissessem que ela era uma desistente? Ela era uma desistente?

– Mãe?

– Desculpe, o quê? – Elizabeth piscou. Harry estava olhando para ela, a cena na tela pausada, o sapo detetive no meio de um salto.

– Quer ajuda para procurar o gato? Logo vai ficar escuro.

Elizabeth esfregou as mãos.

— Quero, ah, querido, quero, vamos fazer isso. Você pode procurar no porão? Vou dar mais uma busca aqui embaixo e depois quem sabe a gente dê uma volta no quarteirão? — Iggy Pop não deveria sair para a rua. Havia gatos bravos na vizinhança e ele não era nenhum lutador, mas a porta de tela dos fundos era fácil de empurrar, mesmo para um gato. Ele já havia saído algumas vezes e eles sempre o encontravam à espreita, com olhar decidido, em torno dos canteiros de flores no jardim.

Elizabeth abriu e fechou armários na cozinha e espiou sob a mesa de jantar.

— Ele não está no porão — disse Harry, subindo a escada.

— Não — disse Elizabeth. — Achei que não.

Eles começaram no jardim, Elizabeth caminhando no sentido horário e Harry no anti-horário. Nenhum sinal de Iggy.

— Vamos dar uma volta no quarteirão — disse Elizabeth. Eles percorreram o acesso à garagem até a calçada e viraram à direita, verificando sob os carros estacionados e nos canteiros de flores.

Harry precisava cortar o cabelo. Seus cachos começavam a descer pelo pescoço, como quando ele era bebê. Elizabeth resistiu à vontade de estender a mão e enfiar o dedo em um dos anéis.

— Então, você está saindo com Ruby? — Desde o incidente do eBay, Harry não a havia mencionado, mas Elizabeth via o celular dele se iluminar mais do que de costume, em seguida todo o seu rosto e, portanto, sabia que Ruby continuava pairando por perto. Ela não era contra, não mesmo — adorava Ruby e Zoe. Adorava que Harry estivesse saindo com uma garota, quer o que estivessem fazendo fosse romântico, platônico ou, o mais provável, se situasse em algum ponto na imensa e confusa zona intermediária.

— Acho que sim — disse Harry. — É, nós estamos saindo. Quer dizer, depois da nossa aula de reforço e coisas do tipo. Às vezes.

— Que legal — disse Elizabeth, não querendo pressionar. Nunca havia conversado com os pais sobre sua vida amorosa, nem quando adolescente nem quando adulta. Quando ela e Andrew haviam decidido se casar, seu pai havia feito uma piada a respeito do leito conjugal e Elizabeth se sentiu enojada durante dias. Aquilo era assunto de Harry. Ruby era um tanto extravagante, mas Elizabeth duvidava muito que seu filho querido estivesse à altura de seus padrões românticos. Zoe havia sido assim – ficava feliz em flertar com qualquer pessoa que olhasse em sua direção, mas prendê-la era muito mais difícil. Era engraçado ver como as coisas se repetiam. Engraçado nada, não mesmo.

Quando Zoe e Jane começaram a falar em ter um bebê, não ficou claro de que forma fariam isso. Zoe era mais jovem, porém mais sensível. A mãe de Jane tivera quatro filhos em casa com uma parteira e sem medicação; seus genes pareciam promissores. Era um dilema logístico – ambas seriam mães, claro, mas quem carregaria a criança, quem amamentaria, os hormônios e a pelve de quem passariam por um inferno? As duas estavam abertas a isso. Se fossem ter mais, então talvez Jane devesse ser a primeira? Mas como poderiam saber se teriam mais? Nem Zoe nem Jane possuíam fantasias elaboradas acerca de famílias grandes. E depois, claro, elas precisavam equacionar a questão do esperma.

Era o que as pessoas sempre queriam saber – e um assunto sobre o qual Elizabeth havia sentido medo de fazer muitas perguntas, mesmo sendo tão chegada. Elas iam obter o esperma de um amigo ou de um banco de esperma? Se fosse de um amigo, eles realmente teriam relações ou prefeririam a pipeta? Elizabeth detestava pensar em como provavelmente haviam feito a Ruby todas essas perguntas – na escola, nos acampamentos de verão, tanto os preconceituosos quanto os amigos. Antes de Zoe ter Ruby, Elizabeth nunca havia pensado no quanto era fácil para um casal heterossexual – mesmo que ela e Andrew tivessem passado por maus bocados para engravidar, antes e depois de Harry, aquilo era um trauma e um sofrimento particular e de mais ninguém. Ninguém nunca perguntava como eles estavam planejando ter um bebê, que providências elaboradas precisariam tomar.

Era incrível pensar que aquele esperma – do irmão mais novo de Jane, para quem quiser saber – tivesse por fim se convertido em

Ruby, que havia sido um bebê bochechudo, depois uma sereiazinha, e finalmente uma pré-adolescente mal-humorada, que havia se formado no ensino médio. Elizabeth havia limpado seu traseiro dezenas de vezes, havia lhe dado banho na pia. E agora Harry corava ao som de seu nome.

— Ela não sabe o que vai fazer no ano que vem — disse Harry espontaneamente. Eles chegaram à esquina e viraram à direita, ainda sem nenhum sinal de Iggy.

— Não? Zoe me contou que ela ia tirar um ano de folga. Na Europa, praticamente todo mundo faz isso. Acho uma ótima ideia.

— É, mas ela nem sabe o que quer fazer, tipo, não tem a menor ideia.

Elizabeth olhou para o filho.

— No ano que vem, você quer dizer? Ou pelo resto da vida?

— As duas coisas.

— Eu não sabia o que queria fazer pelo resto da minha vida quando tinha dezoito anos. — Elizabeth acenou para um vizinho idoso do outro lado da rua. — Ainda não sei. E seu pai *certamente* não sabe.

— O que você está querendo dizer? — Harry parecia surpreso.

— Estou querendo dizer que nunca é tarde demais para decidir fazer outra coisa. Tornar-se adulto não significa que de repente você tem todas as respostas. — Elizabeth passou por cima de uma grande rachadura na calçada, em seguida se curvou para verificar embaixo de mais alguns carros.

— Eu sei — disse Harry. — Não fui criado em um iglu. Mas o que você quis dizer com papai *certamente* não sabe?

— Ah — disse Elizabeth. — Isso. Eu só quis dizer que ele tem muitos interesses e não teve uma trajetória profissional convencional, sabe, a de subir a escada corporativa.

— Ah, sei — disse Harry, parecendo satisfeito. Eles chegaram à próxima esquina e tornaram a virar à direita. — Talvez devêssemos colocar avisos.

— Para o seu pai?

— Para o gato.
— Certo. — Elizabeth colocou as mãos nos quadris. O sol estava se pondo. O bairro parecia mais bonito ao entardecer, assim como o resto do mundo. Às vezes, ela desejava bater fotos de suas casas pouco antes do pôr do sol, quando todos os cômodos pareciam vivos de tanta beleza e possibilidade. Os cachos de Harry exibiam contornos dourados. Ela queria beijar seu filho na boca como fazia quando este era bebê e recordar cada segundo de sua vida conjunta, como algum tipo de robô. Andrew era melhor nisso, em recordar todos os mínimos momentos do desenvolvimento de Harry, em que dia da semana ele havia sorrido pela primeira vez ou aprendido a andar de bicicleta sem rodinhas. Não havia tempo suficiente no mundo, não para as coisas que mais importavam, mesmo contando os dias intermináveis em que Harry tinha febre, voltava da escola para casa e eles não arredavam pé do sofá. Mesmo contando os dias que os três haviam passado isolados dentro de casa durante as nevascas e os que antecederam a gravidez, ela e Andrew não queriam nada além de uma vela para acender e segurar.

Trinta e dois

A casa estava uma bagunça, com roupas de Ruby por toda parte, pelo de cachorro e copos de água quase vazios abandonados. Zoe sabia que impressão isso deveria produzir em Elizabeth; como se não soubesse bem o que fazer a seguir, como se o resultado mais provável fosse ela terminar como os irmãos Collyer, enterrada sob montanhas de seu próprio lixo. Naquela manhã, Zoe havia limpado a estante de livros perto da cama e a gaveta de roupas íntimas. Não sabia ao certo se estava removendo objetos para começar a cogitar a possibilidade de vender a casa (não conseguia sequer *pensar* nesse assunto de forma declarada) ou se remover os objetos era uma maneira de adiar até mesmo isso.

Era sua hora preferida do dia, a janela de tempo entre o almoço e o jantar. As coisas ficavam tranquilas em casa e o Hyacinth estava recarregando as baterias, os cozinheiros aprontando tudo para o movimento da noite e preparando a refeição dos funcionários, alguma coisa volumosa e reconfortante para alimentar a todos, cozinheiros, garçons, entregadores e ajudantes de garçom. Zoe sempre havia preferido a refeição dos funcionários a qualquer opção que houvesse no cardápio. Havia comido tudo tantas vezes ao longo dos anos – uma mordida aqui, outra lá, colheradas do que havia em casa – que mesmo com a mudança de temperos não conseguia suportar outro prato de polenta com cogumelos ou de aspargos raspados com queijo *pecorino* do Hyacinth. A refeição dos funcionários podia ser qualquer coisa – frango frito, *mo shu*, hambúrgueres cobertos com *blue cheese*. Ela nem sempre ia ao Hyacinth para comer, mas Jane iria cozinhar naquela noite – sentia-se inspirada e havia se alistado – e Ruby estaria trabalhando, então foi. Tudo que estava fazendo em casa era deslocar objetos de um cômodo para outro e ficou satisfeita em escapar um pouco disso.

Ela levou seis minutos para ir a pé até o restaurante. Ruby estava sentada na mesa em frente à janela, as pernas cruzadas sob o corpo e os longos cabelos roxos caindo sobre o rosto. Zoe bateu delicadamente na janela para chamar sua atenção e Ruby mostrou a língua.

No interior, o Hyacinth cheirava a manjericão, pêssegos e açúcar mascavo. Zoe desabou sobre a cadeira ao lado de Ruby e cumprimentou os garçons que estavam arrumando as mesas.

– Oi, querida – disse ela, ajeitando o cabelo da filha atrás da orelha.

– Mãe – disse Ruby. – Por favor. – E desarrumou o cabelo.

Havia uma tigela de ervilhas de vagem comestível diante dela e Zoe enfiou uma na boca.

– Ei – disse Jane, surgindo por trás das duas. Ela estava usando suas roupas de cozinha, uma jaqueta branca rígida, desabotoada no colarinho. Zoe adorava ver Jane usando seu casaco de *chef* – sempre havia sentido tesão. Era seu traje formal, sua versão do vestido de baile e quando mais se parecia consigo mesma, mais no comando. Jane sempre havia parecido adulta, mesmo quando elas se conheceram e Zoe tinha vinte e três anos e Jane trinta. Ao contrário de Zoe, que nunca precisou encarar um trabalho, que pagava o aluguel atrasado por ser desorganizada e não por falta de dinheiro, Jane já era madura. Quando disse a Zoe que desejava abrir um restaurante, Zoe soube que ela faria acontecer. Ela nada tinha de adolescente, nada tinha de indecisa. Jane colocou as mãos nos ombros de Ruby e apertou-os.

– Oi – disse Zoe. – O que temos para o jantar?

– *Carnitas*, querida. Tão deliciosa que tem gosto de chocolate. Salada de melancia. Muito boa.

— Parece delicioso. — Zoe adorava quando Jane falava sobre comida. Ela não era um daqueles *chefs* tagarelas que detonavam a refeição inteira contando onde cada grão de arroz havia surgido. Jane preocupava-se com isso, claro, mas preferia apenas sentar diante da pessoa e balançar a cabeça a cada gemido satisfeito. Era mais supervisora que *sommelier* — não se importava se a pessoa conseguia identificar a sálvia ou o açafrão, queria apenas saber se esta havia gostado do que ela havia apresentado. Jane havia cozinhado para Zoe várias vezes desde o início, antes mesmo do começo do namoro — quando Zoe pensava em apaixonar-se por Jane, pensava nas duas sentadas nuas na mesa da cozinha de Jane, arrastando os dedos em massa de *brownie* e girando o garfo em gemas perfeitamente alaranjadas, lançando anéis de sustância sobre a massa de fabricação caseira. Jane era recém-saída do Instituto de Culinária da América e gostava de praticar suas técnicas. Croissants frescos, por vezes recheados com pasta de amêndoas. Zoe lambia-lhe os dedos todos os dias. Engordou cinco quilos nos primeiros seis meses em que estavam juntas. Sempre que havia perdido peso nos anos seguintes, Jane tomava como uma ofensa pessoal, o que era uma boa qualidade em uma esposa.

Jorge acenou de trás do bar.

— Você quer um copo de alguma coisa?

Zoe balançou a cabeça, mas Jane contornou o bar e voltou com duas taças de cava.

— Vamos — disse a Zoe. — Viva um pouco. — Jane entregou sua taça a Ruby. — Não tudo, senão vou ser presa. Você está sentada na janela. — Ruby sorveu ruidosamente um pouco do líquido no topo. Zoe franziu os lábios e então sorriu.

— Como vão suas aulas de reforço? Não ouvi você falar muito sobre isso — disse Zoe. Atrás de Ruby, Jane revirou os olhos, mas nunca era uma boa hora para ter uma conversa que uma adolescente não desejava ter, assim Zoe seguiu em frente. — Você acha que vai conseguir fazer o teste outra vez?

— Eu já disse a vocês, mães, que o problema não foi a nota. — Ruby cerrou os dentes. — Minhas notas foram ótimas. Melhor que as da metade dos meus amigos estúpidos.

— Mas não tão boas quanto as da outra metade dos seus amigos estúpidos? — Jane sentou-se.

— Na verdade, eles não são estúpidos. Meus amigos são inteligentes. Só estou chamando todos eles de estúpidos porque detesto todo mundo. — Ruby fechou o livro a sua frente.

— Entendi — disse Zoe.

— E sim, posso fazer o teste outra vez se vocês quiserem. Mas realmente não acho que isso tenha importância. Minha mãe não fez faculdade e está bem. — Ruby virou-se na direção de Jane. — Certo? Você está bem?

— Eu fiz a escola de culinária — respondeu Jane. — Se você quiser fazer uma escola de comércio, isso vale.

— E o que você fez na faculdade, mamãe, a não ser fumar cigarros e tocar em uma banda?

Zoe riu.

— Ei, eu era especialista em arte! E também elaborava publicações!

— Vocês realmente não estão vendendo a ideia. — Ruby balançou a cabeça. — Não me admira que nenhuma das duas tenha dado a menor bola para as minhas solicitações. É um desperdício de tempo e dinheiro e vocês sabem disso! Vamos, admitam, parte de vocês está aliviada por não ter que gastar tipo cinquenta mil por ano para eu aprender a tecer cestos ou o que quer que você tenha feito na Oberlin, ou preparar um suflê.

— Você já sabe preparar um suflê — disse Jane com orgulho.

— Novamente, não é essa a questão. — Ruby girou na cadeira e olhou em direção à cozinha. — Os tacos estão prontos? Estou morrendo de fome. Foi um longo dia sem fazer absolutamente nada aqui dentro. — Ela empurrou a cadeira para trás e entrou na cozinha.

Jane deslizou para a cadeira vazia.

– Nós fizemos tudo certo ou tudo errado? Às vezes, não consigo saber.

Zoe deixou-se curvar de encontro ao ombro de Jane.

– Se você descobrir, me comunique. – Ela cheirava à carne de porco, alho e chocolate, e Zoe aspirou tudo isso. Se as coisas fossem sempre fáceis assim, elas simplesmente ficariam juntas. Se o restaurante não fosse um cabo de guerra, se Ruby não fosse uma linda bola de ansiedade que crescia na boca de seu estômago todos os dias. Zoe desejava que o casamento fosse apenas as partes boas, as que tornavam as pessoas felizes, mas não era assim. Até mesmo ela sabia disso.

Trinta e três

Aquilo era um encontro oficial, até onde Harry sabia. O vocalista da Aeroplanes morava no bairro, almoçava no Hyacinth todos os dias e, portanto, era amigo das mães de Ruby. O cara os havia colocado na lista do show no Barclays Center, além disso, em bons lugares. Ruby o havia convidado por mensagem de texto, como se não fosse nada de mais, mas Harry sabia que sim. Teria que comunicar a seus pais e ela teria que comunicar às mães dela; um deles provavelmente pegaria o outro na porta e ficaria sentado na sala por dois minutos, jogando conversa fora. Harry esperava que seus pais o deixassem ir até a casa de Ruby, mas não ficou surpreso quando viu os dois sentados na sala, aguardando que ela chegasse. Eles disseram que estavam apenas fazendo avisos com fotos de Iggy Pop para espalhar pelo bairro, mas Harry não acreditou. Estavam embromando.

– O quê? – perguntou Elizabeth. – Só quero ver! É apenas Ruby!

Harry andava de um lado para o outro, parando sempre que ouvia um ruído na calçada. Andrew observava, sorridente, o que era o pior. Ele inclinou-se para trás e olhou pela janela.

– Ela está vindo – anunciou.

Harry correu para a cozinha e abriu a geladeira. Precisava de ar fresco e, além disso, não estar olhando para a porta quando Ruby entrasse. A festa na casa do amigo de Dust havia sido bem idiota, não que Harry tivesse com que comparar. Havia muita gente sentada fumando por toda parte e ele havia seguido Ruby de cômodo a cômodo. De vez em quando, os dois paravam para cumprimentar alguém e quando seguiam adiante, Ruby contava-lhe que não gostava daquela pessoa, independentemente do que tivesse dito na frente dela. Por fim, eles encontraram um canto vazio e sentaram-se no chão, Ruby batendo a cinza do cigarro em uma lata descartada de Iced Tea a seus pés. Dust ignorou-os e Harry sentiu-se aliviado. As festas eram muito menos movimentadas do que no cinema. Não havia ninguém dançando, nem vomitando, pelo menos não até o final, quando Sarah, a amiga de Ruby, mergulhou no banheiro e sons muito nojentos brotaram do outro lado da porta. A única coisa empolgante que aconteceu foi Ruby ter segurado sua mão, mesmo que as mãos de ambos tenham permanecido enfiadas atrás dos joelhos dos dois, fora de vista dos passantes. Isso não importava. O que importava era que, após chegarem em casa, ela havia enviado a mensagem convidando-o para um encontro de verdade.

– Ei, Ruby, como vai? – Harry ouviu seu pai cumprimentá-la. Fechou a porta da geladeira e afastou o cabelo dos olhos. Ruby estava abraçando seu pai, depois sua mãe. Havia feito alguma coisa diferente no cabelo – estava firmemente trançado junto ao couro cabelo por alguns centímetros, então explodia em cachos.

– Uau – disse Harry. – Quando você fez isso?

Ruby enroscou um cacho ao redor do dedo médio.

– Uma hora atrás.

– *Adorei* – disse Elizabeth, amassando um punhado de cabelos de Ruby. – Você está parecendo sua avó. Para a maioria das pessoas, isso é um elogio estranho, mas é verdade.

– Eu preferiria deusa pós-apocalíptica do sol, mas acho que vou ficar com minha avó. – Ruby sorriu. – Obrigada.

– Nós temos que ir – disse Harry. – Não queremos perder nada.

– Certo – disse Elizabeth. – Divirtam-se. Digam aos rapazes que mandamos um oi!

Harry parou com a mão na maçaneta da porta.

– Mãe, não vou dizer a ninguém que vocês estão mandando um oi.

— Nada mais justo. — Elizabeth soprou um beijo, que Harry afastou com um aceno de mão, como se pudesse empurrá-lo de volta pelo ar rumo aos lábios de sua mãe. Eles saíram antes que ela dissesse mais alguma coisa. Ruby não segurou sua mão no caminho até o trem, mas fez isso assim que eles embarcaram no Q, seguindo rumo ao concerto.

O Barclays Center era imenso. Harry não se interessava por basquete, portanto nunca havia ido até lá. De fora, a arena dava a impressão de que uma nave espacial havia acabado de aterrissar na avenida Flatbush e o interior era todo de pisos pretos brilhantes, era como estar dentro de uma bola de cristal diabólica. Ruby havia ido a uns dois shows com sua mãe, e puxou-o através da multidão em direção às bilheterias. A maioria dos espectadores estava na casa dos trinta, com barbas descabidas e toucas, o que fez Harry repensar sua camisa branca simples de gola em V. Ruby estava vestida, como ela havia explicado, como uma espécie de deusa, com seu novo cabelo rodeando a parte posterior da cabeça como um halo e um vestidinho ondulante sobre as pesadas botas pretas gigantescas. Ela olhava de cara feia para quem quer que ficasse a um metro de distância dela, o que eram cerca de cem pessoas por minuto. Eles finalmente encontraram seus lugares, situados em uma seção delimitada por cordas no piso, a apenas poucos metros do lado esquerdo do palco.

— Hmm — disse Harry. — Isso é perto. Esses caras devem gostar muito da comida da sua mãe.

— Minha mãe preparou a comida para o casamento do vocalista — disse Ruby. — Foi legal. Eles são tipo... não importa. Eles não são tão famosos.

Harry gesticulou em direção ao restante da arena.

— Acho que eles são bastante famosos, não que isso signifique alguma coisa no sentido real, mas significa que venderam muitos ingressos para esse show.

— Bastante justo — disse Ruby, aconchegando o nariz no pescoço de Harry. — Não gosto muito da música deles. É para garotos tristes e pais.

Harry quase conseguia imaginar o dia em que Ruby tocando seu pescoço com o nariz não provocaria nele uma ereção instantânea, mas não era esse o dia.

— Posso ou não cair nessa categoria — disse ele.

— Eu sei, foi por isso que te convidei — explicou Ruby. — Por isso e por querer te beijar em público, na frente de dez mil estranhos.

— Aceito — concordou Harry, mas antes que pudesse dizer mais, a língua de Ruby pressionava seus lábios e as mãos dela estavam em seu rosto. Os Aeroplanes saíram para o palco e todos no público puseram-se a gritar. Harry sentiu a parede de som no interior de seu corpo. Pelo resto da vida, independentemente de onde estivesse ou do que estivesse fazendo, ouvir os primeiros acordes daquela música levaria Harry de volta à língua de Ruby e à sensação de ser o garoto mais sortudo do Brooklyn.

A banda tocava. Todas as pessoas em torno deles levantavam-se e balançavam ou batiam no assento e quando se sentiam como participantes, Harry e Ruby igualmente se sentiam. Harry achou que Ruby ficaria debochando das pessoas ao redor e/ou da banda se ele não estivesse beijando-a, então sentiu que era seu dever cívico fazer isso tanto quanto possível. Perto da metade do show, o vocalista da banda, um sujeito alto e esquelético, com cabelos pretos oleosos que lhe caíam até as orelhas, anunciou:

— A próxima música não é nossa, mas mesmo assim acho que vocês conhecem a letra. — E então o guitarrista iniciou os acordes de abertura de "Dona de mim". Ruby e Harry afastaram-se um do outro e começaram a rir. Toda a multidão — milhares e milhares de pessoas — pôs-se a cantar junto.

— Isso é tão estranho! — disse Harry, gritando por sobre o ruído da plateia.

— Eu sei — disse Ruby. Ela sacudia a cabeça e movia os lábios acompanhando a letra. — Acho que o vocalista tem uma queda por Zoe.

Harry deu de ombros. Muita gente tinha. Era uma espécie de piada na família dos dois, o *sex appeal* de Zoe. Quando era mais novo, antes que entendesse o que eram as lésbicas, Harry certa vez havia perguntado a seu pai se ele tinha tido um caso com Zoe. Ela era tão bonita e estava sempre por perto. Talvez ser adulto fosse como carrinhos de bate-bate, que esbarravam em quem quer que estivesse mais próximo. Ele não sabia. Andrew havia rido e no mesmo instante Harry sentiu-se envergonhado, tendo claramente entendido mal alguma coisa importante.

O vocalista contorcia-se pelo palco, curvando-se e tornando a lançar-se para o alto. Era como ver alguém ser eletrocutado repetidas vezes. Ruby jogou os braços para cima e dançou.

– Não conte a minha mãe – pediu ela, saltando para cima e para baixo.

Harry balançou a cabeça.

– Nem em um milhão de anos. – Eles não se beijaram nem se tocaram novamente até a música acabar, pois do contrário teriam a impressão de que seus pais os estavam observando, como se a canção fosse um radiotransmissor e alguma coisa na casa de ambos começaria a emitir bipes e mostrar a seus pais o que estavam fazendo. Como incesto, quase. Não era bem assim – claro que eles haviam crescido juntos, Harry em sua casa e Ruby na dela, no mesmo quarteirão, e claro que havia aquelas fotos antigas dos dois juntos nus, mas isso havia ocorrido antes que a vida se tornasse real, antes que Harry conseguisse de fato se lembrar. Do que Harry se lembrava era de ficar nervoso quando Ruby passava e do fato de ela não prestar atenção nele quando estavam no ensino médio. Suas famílias já não se frequentavam como antes, entrando e saindo da casa uma da outra. Todos estavam muito ocupados agora. Isso havia ocorrido quando eles eram outras pessoas, uns bebês parecidos com eles. Os dois não eram mais crianças, eram gente de verdade. Harry preocupava-se que seus pais nunca percebessem que ele havia parado de deixar a cueca suja no chão, ou que havia começado a comer abacate. Quase tudo nele havia mudado ou estava mudando e eles não faziam ideia. Harry tinha visto pornografia, fumado maconha, se masturbado milhares de vezes. Na casa deles!

Não raro, tinha a sensação de que poderia construir um robô a partir de fotos antigas suas e seus pais não perceberiam a diferença.

Tudo que Harry desejava era fazer sexo com Ruby, de preferência o dia inteiro, no mínimo por uma semana. Eles haviam chegado perto – ou pelo menos, ele achava que sim. Na casa, ela lhe havia feito um boquete, o primeiro dele, e desde então, na maioria das vezes, vinham sendo mãos sobre as calças e coisas do tipo, o que era obviamente uma melhoria enorme desde olhar disfarçadamente para ela no corredor da escola, mas depois que a boca concreta de Ruby havia estado (ele mal conseguia acreditar) em seu pênis concreto, não havia como voltar.

Ruby o havia convidado para ir a sua casa, mas Zoe estava sempre por perto e parecia não bater à porta, e Harry não estava preparado para que seu primeiríssimo coito também fosse interrompido.

Sua mãe teria mais casas abertas à visitação. Ou aquilo não tinha de ser como em um filme de adolescentes, o ato acontecendo embaixo de um edredom rosa macio, o cara todo cauteloso e sério, perguntando "Isso é bom? Isso é bom?" a cada dois segundos.

Poderia ser em qualquer lugar. O simples fato de estar perto de Ruby fazia-o sentir-se mais corajoso que antes – como com Dust, na formatura. Harry nunca havia sonhado em bater em ninguém – mas havia sido por Ruby e, assim, ele havia conseguido. Conseguiria fazer isso também.

– Vamos – sussurrou Harry no ouvido de Ruby.

– O quê? – perguntou ela, ainda dançando.

Ele estendeu a mão, que ela pegou e dessa vez foi ele que a conduziu através da multidão.

A arena era imensa e fazia apenas uma hora que os Aeroplanes estavam se apresentando, assim, quando eles chegaram aos corredores, estes se encontravam quase vazios, a não ser pelos vendedores de cerveja e as barracas de camisetas.

– Esse é o seu novo estilo, há, tipo, Homem Internacional do Mistério? – perguntou Ruby.
Harry olhou em torno até ver a saída.
– Talvez seja – respondeu ele.
– Pode ser que eu goste – disse Ruby.

Trinta e quatro

Havia um playground escondido no fundo do parque. Ruby sempre o havia preferido ao playground minúsculo na Cortelyou, pois o do parque era grande o suficiente para se perder dentro dele. Havia sempre um pai ou mãe perambulando pelo local, gritando o nome de alguma criança. Ruby e Harry abriram o pequeno portão de metal e correram para dentro. Ao contrário do restante do parque, que ficava "aberto" até meia-noite, os playgrounds tecnicamente fechavam ao anoitecer, mas isso não significava que ficassem de fato trancados. Havia uma fileira de balanços ao longo do lado direito, perto da rua, depois havia grandes recortes de animais em fibra de vidro sobre um piso maleável, macio o suficiente para que as crianças pequenas caíssem sem realmente se machucar. O lugar estava vazio, a não ser por eles dois.

Harry contornou um grande elefante roxo, passando a mão ao longo do dorso do animal.

– Você faz isso no meu cabelo? – perguntou Harry, sem erguer os olhos.

– Você quer parecer uma deusa disco?

Harry despenteou o cabelo e agitou as pestanas.

– Quero. E talvez cortar mais curto? – Ele puxou um cacho e o esticou desde o topo da cabeça.

– Eu corto, clareio, o que você quiser. Serviço completo. – Ruby deu a volta para juntar-se a Harry. Eles provavelmente haviam brincado juntos bem ali. Ela apenas não o havia enxergado nos últimos tempos. Ela o havia *enxergado*, claro, no quarteirão e na escola, mas isso era só seu rosto familiar, como o pai e a mãe dele encolhidos em algum tipo de máquina. A máquina da procriação. Eles eram robôs, todos eles, fabricados com óvulo e esperma e cobertos de gosma. Ruby tinha visto as fotos de si mesma saindo da vagina de Zoe – algum amigo de suas mães estava na sala com essa exata finalidade, bater fotos da vagina de Zoe, da cabecinha peluda de Ruby, do sangue, do visco e de todo o resto. E então lá estava você, essa pessoa minúscula, uma boneca que iria crescer, crescer e crescer até entrar em um playground às dez da noite de uma quarta-feira no meio do verão, prestes a tirar a calcinha e chutá-la para seu velho amigo, seu novo namorado, o que quer que ele fosse.

Carros passavam, mas Harry e Ruby não pararam de olhar um para o outro uma vez sequer. Harry segurou sua calcinha, os dedos frouxos em torno do algodão. Ruby caminhou até ele, esperou que seus lábios se tocassem, então o empurrou de leve para trás, até estarem ambos deitados no chão. Estendeu a mão para o zíper dele e retirou-lhe as calças.

– Não tenho nada – disse Harry, gaguejando. – Se eu não sentisse medo de andar pelo parque sozinho agora, corria até uma farmácia e comprava todas as camisinhas da loja só para nunca mais ficar nessa situação específica outra vez.

– Eu tenho – disse Ruby, enfiando a mão na bolsa e extraindo um preservativo. – Na verdade, tenho mais de uma, caso tudo corra bem. Ou rápido.

Harry tossiu.

– Ruby – disse. As bochechas dele estavam rosadas; mesmo no escuro, ela podia ver. Isso era uma coisa que ela adorava em garotos brancos como Harry: era muito fácil fazê-los ganhar cor, como um camaleão tentando fundir-se a uma árvore.

– Eu sei – disse ela. Ruby desenrolou o preservativo em Harry com delicadeza. Ele já estava excitado quando ela montou em cima dele e o fez deslizar para dentro de seu corpo.

— Ah, merda — disse ele, puxando-a e beijando-a. Ruby movia-se para a frente e para trás, desfrutando os pequenos espasmos de prazer de Harry. — Ah, merda — tornou a dizer e Ruby sentiu-o gozar. Ela o beijou e comprimiu os músculos da pelve, o que suscitou outro gemido alto e prolongado.

— Ah, meu Deus — disse Harry. — Isso aconteceu mesmo?

Ruby riu e beijou-o.

— Hmm, aconteceu. Foi por isso que eu trouxe mais de uma.

— Não — disse Harry. — Eu não quis dizer isso. Bem, sim, acho que foi o que eu quis dizer. Mas também quis dizer, uau. — Ele ergueu os olhos para ela com espanto.

Ruby havia dormido com quatro pessoas, incluindo Harry e Dust. Isso se levasse em conta apenas o sexo de verdade. Se outras coisas fossem computadas, a lista seria mais longa. Mas dos quatro caras, somente Harry havia olhado para ela assim. Mesmo com Mikhail, com quem havia perdido a virgindade aos catorze anos, Ruby nunca tinha tido a impressão de estar fazendo alguma coisa que realmente tivesse importância para alguém. Jamal, o segundo, havia sido auxiliar residente em seu programa de verão e Ruby tinha certeza de que transar com os funcionários do acampamento era exatamente o que não deveria fazer, o que não parecia um sinal importante. Não que os caras com quem havia dormido não tivessem gostado ou não a quisessem — e ela sempre os queria, do contrário não teria feito aquilo —, mas Ruby nunca havia se sentido, até aquele segundo, como se estivesse vendo a si mesma tornar-se parte da história de outra pessoa. Ela enxergava a coisa toda: independentemente do que acontecesse com Harry, mesmo que eles nunca mais tornassem a dormir juntos, mesmo que ela fosse atropelada por um ônibus na volta para casa, ou que se mudasse para o polo Norte e eles só se comunicassem via Papai Noel, Harry sempre se lembraria daquele playground, de seu rosto e do fato de ela ter concordado em ser sua primeira.

Não havia muitas diferenças em ter pais homossexuais ou pais de duas etnias. Não era o mesmo que ser educado como pagão, wiccano ou o que quer que os conservadores queriam que seus eleitores acreditassem. Ninguém estava sendo doutrinado. Na realidade, era o oposto. A maioria dos amigos de Ruby com pais heterossexuais crescia aceitando que também seria heterossexual e se casaria com alguém parecido. Mas quando tinha duas mães, dois pais, ou pais que não eram da mesma cor, a pessoa nascia sabendo que, na verdade, não havia uma configuração padrão. Ruby estava aberta a sentir-se atraída por qualquer um. Havia pensado muito acerca de ser lésbica, mesmo sabendo que se sentia atraída por rapazes. Às vezes, perguntava-se se aquilo devia-se apenas ao fato de querer ser diferente de suas mães ou de estar aceitando a pressão social impingida por bonecas Barbie e coisas do gênero. Havia algumas garotas fora do padrão na Whitman, duas lésbicas inexperientes que usavam gravata-borboleta e sapatos sociais e uma muito jovem, que tinha uma namorada já na faculdade, o que Ruby achava horripilante do ponto de vista puramente legal. Ela conhecia outra família na escola com pais homossexuais, mas os filhos ainda estavam no ensino fundamental e, portanto, Ruby não tinha intenção de perguntar o que eles pensavam de tudo aquilo. Ruby tinha certeza de que era heterossexual, mas talvez não fosse. Talvez mudasse de ideia mais tarde, quem poderia saber? Sua mãe também havia ficado com caras quando era adolescente. Sua outra mãe não teria transado com um homem nem em um trilhão de anos. Todo mundo era diferente.

 Sexo não era grande coisa. Sexo era a melhor coisa. "Uau você", Ruby estava prestes a dizer, mas então viu lanternas e ouviu uma voz chegar através de um megafone e ela e Harry puseram-se a lutar para se afastar um do outro, como baratas quando alguém acende a luz.

Trinta e cinco

As noites de quarta-feira no Hyacinth tinham pouco movimento, então Jane e Zoe voltavam para casa mais cedo. Jane estava no sofá, assistindo a alguma coisa idiota, e Zoe na cama, no andar de cima. Ambas fingiam não estar à espera de que Ruby voltasse para casa. O telefone de Jane começou a vibrar na mesinha de centro e quando não reconheceu o número, ela ignorou a chamada, estendendo a mão para o controle remoto em vez disso. Um minuto depois, ouviu o celular de Zoe tocar no andar de cima e Zoe atender "*O que foi?*". Os pés dela golpearam o chão. Jane endireitou o corpo, subitamente atenta. Cogitou em investigar no andar de cima e descobrir o que estava acontecendo, mas Zoe desceu correndo antes que ela tivesse essa chance.

– Temos que ir até a maldita delegacia – disse Zoe, que tinha um cachecol enrolado no cabelo e parecia ter cochilado, exibindo a marca de um travesseiro na face esquerda. – Ruby e Harry estavam *trepando* na porra do parque. Na porra do playground!

Jane calçou os tamancos e bateu de leve nos bolsos.

– Estou com minhas chaves. Vamos.

O 67º distrito policial não era um dos bastiões deslumbrantes da justiça como em *Law & Order: Unidade de Vítimas Especiais*, com telas informatizadas por toda parte e policiais com cortes de cabelo legais. O chão era sujo e as mesas, bagunçadas. Jane já tinha estado lá várias vezes nos primórdios do Hyacinth, quando elas não pareciam passar um mês sem um ou outro incidente – um cartão de crédito roubado, um assalto, uma janela quebrada. Os policiais estavam sempre sobrecarregados e exaustos. Ela cumprimentou o oficial Vernon, que conhecia de seu trabalho na vigilância do bairro, com um aceno de cabeça. Zoe estava histérica, suas pulseiras de prata ecoavam como um milhão de sinos. Jane segurou sua mão.

– Vai ficar tudo bem – disse Jane.

– Vou matar nossa filha – disse Zoe. – Assim que souber que ela está bem. Se estivesse rolando por aí com uma garota branca, Harry teria sido mandado para casa. Vou matar *todo mundo*.

Elas pararam na recepção e Jane deu uma espiada perto da lateral – viu as pernas de Ruby através da porta aberta de um escritório ao fundo.

– Estamos aqui para buscar nossa filha – disse Jane, apontando. – Ruby Kahn-Bennett?

A mulher na recepção assentiu com um movimento de cabeça e estendeu a mão para o telefone. Elas permaneceram ali por mais um minuto, então outra policial chegou mancando pelo corredor para recebê-las.

– Sou a policial Claiborne Ray – disse ela. – Vamos até os fundos. Os outros pais já estão aqui. – Ela gesticulou para que as duas a seguissem. Zoe correu na frente, como se elas estivessem entrando em uma prisão cambojana e ela talvez nunca mais visse Ruby.

O escritório era pequeno e parecia ainda menor, pois além de Ruby, Harry, Elizabeth e Andrew, havia outro policial sentado atrás de uma mesa. O cara era jovem, talvez tivesse vinte e cinco anos, com um ar presunçoso no rosto. Sem dúvida, havia sido ele a pegar os dois. Jane queria bater nele. Como se ele houvesse capturado criminosos de verdade. Havia provavelmente sido promovido do controle animal e havia deixado de resgatar gatos de apartamentos de acumuladores.

Andrew balançava para a frente e para trás na cadeira, o que produzia um rangido irritante. Elizabeth mantinha um braço em torno do ombro de Harry. Ruby roía as unhas. Todos ergueram os olhos quando Jane e Zoe entraram. Ruby acenou, incapaz de forçar um sorriso, mesmo que falso. Andrew balançou a cabeça e cerrou a mandíbula.

— Entrem — disse a agente Ray.

Zoe deixou-se rapidamente cair sobre a cadeira ao lado de Ruby e apertou seu joelho. Não havia mais assentos, então Jane apoiou o corpo de encontro à parede. Sentiu os olhares furiosos de Andrew e Elizabeth perfurarem a lateral de seu rosto de forma tão acentuada que levou a mão à bochecha.

— O que aconteceu exatamente? — perguntou Jane.

O jovem policial limpou a garganta.

— Esses dois estavam tendo relações sexuais no playground.

— Relações sexuais? Quem é você, Bill Clinton? Você está querendo dizer que de fato viu os dois? — A voz de Zoe soou aguda e alta. Zoe enraivecia-se tão raramente que, quando isso ocorria, parecia um vulcão após cem anos de inatividade. — Desconfio disso. Ruby, por favor. Você pode contar o que realmente aconteceu? Duvido muito que você tenha pego os dois fazendo alguma coisa. Eles estavam em um playground depois de escurecer. Tudo bem. Tudo bem! Por favor. — Ela exalava pelo nariz como um touro prestes a investir.

O policial tornou a limpar a garganta.

— A mocinha estava em cima do rapaz. A calcinha dela estava no chão. Havia uma camisinha usada. Eu não estou inventando isso, senhora. — O idiota estava praticamente sorrindo. — Isso é um delito grave.

— Uma camisinha usada? — Em comparação com a de Zoe, a voz de Elizabeth era ínfima, como se seus lábios não desejassem emitir as palavras. Ela removeu o braço do ombro de Harry e reclinou-se.

— Isso mesmo, senhora. — Ele cruzou os braços sobre o peito. — E a srta. Kahn-Bennett tem mais de dezoito anos, o que torna isso muito mais grave.

— Ah, por favor — disse Harry.

Elizabeth cobriu o rosto com as mãos.
– Ruby, ele está dizendo a verdade? – interveio Zoe, prestando atenção na filha.
Ruby deu de ombros.
– Acho que sim. O sr. Marx e eu não estávamos transando quando fomos interrompidos de forma tão grosseira por esses ótimos policiais, mas poderíamos estar e é humanamente possível que tivéssemos recém-transado, então acho que realmente não posso dizer nada além de pedir profundas desculpas por ter usado o parque de forma tão rude depois de escurecer e para meus próprios fins.
Harry reprimiu uma risada e sua mãe colocou o dedo em seu rosto.
– Não. – Elizabeth balançou a cabeça. – Simplesmente não posso acreditar nisso – disse ela.
– Bem, acho que todos nós sabemos de quem é a culpa – disse Andrew, erguendo as mãos. – Harry nunca esteve envolvido em nenhum tipo de problema antes, oficial, nem uma vez. Ao passo que Ruby...
– Ah! – disse Zoe. – Ah! Estou vendo como vai ser isso!
– Eu estou inventando? – Andrew virou-se para Elizabeth em busca de confirmação. Ela parecia constrangida.
– Realmente não importa de quem foi a ideia – disse a policial. – Não vamos nos atolar. Essa é a primeira vez que os dois vêm até aqui e como a sra. Marx e a sra. Kahn são integrantes destacadas da comunidade local, estamos dispostos a deixar isso passar com uma advertência e uma multa. Mas quero desculpas por escrito de vocês dois na minha mesa amanhã.
– Obrigada – disse Jane, estendendo a mão para a policial. – Somos muito gratos por isso. – Ela segurou o ombro de Ruby com a outra mão. – Isso *nunca* mais vai acontecer, prometo.
Eles reuniram suas coisas e levantaram-se. Jane viu Elizabeth mover silenciosamente os lábios e dizer *Sinto muito* a Zoe. Em seguida, eles percorreram o caminho de volta à rua em fila indiana, as Kahn-Bennetts primeiro, com os Marxes atrás.

Quando estavam todos na calçada, diante da delegacia, Zoe começou a conduzir Ruby em direção ao carro, como se a estivesse protegendo de *paparazzi*.

– Espere – disse Jane. Ela parou e virou-se para Elizabeth. – Pelo que exatamente você sente muito?

– O quê? – Elizabeth adotou sua melhor expressão ingênua, o rosto de uma menina de coro.

– Lá dentro, você disse "sinto muito" a Zoe. Quero saber pelo que você sente muito. É pelo fato de minha filha ter transado com seu filho? Porque já estou de saco cheio dessa bobagem. Vocês acham que têm esse filho perfeito e essa merda perfeita, mas são tão confusos quando o resto de nós, posso prometer. – Jane sentiu seu coração bater mais rápido. Queria derrubar Elizabeth no chão, agarrar seus membros esguios e jogá-la longe.

– Realmente não sei do que você está falando, Jane – disse Elizabeth. O ar da noite estava frio e o vento ganhava velocidade, soprando lixo a seus pés. – Eu nunca disse que éramos perfeitos. – Eles nunca haviam sido perfeitos, não ela e Andrew, nem ela e Zoe. Lydia passou-lhe pela cabeça, Lydia, que havia sido presa meia dúzia de vezes antes de morrer. Ela teria rido histericamente de tudo aquilo. Como era burguês! Como era parental! Eles não podiam nem mesmo cometer seus próprios crimes.

– Ah, certo. – Jane estalou os dedos. Não pretendia parecer ameaçadora, aquilo era apenas um hábito, mas viu Elizabeth dar um ligeiro salto para trás e não lamentou o fato. – Você acha que eu não percebo de que jeito você olha para Zoe, para mim e para Ruby? Como se estivesse acima de tudo, nos encarando com desprezo do seu pequeno trono?

– Mãe – disse Ruby. – Pare!

– Jane – pediu Zoe. – Em primeiro lugar, por favor, relaxe. Em segundo lugar, isso é uma completa loucura e não é verdade. Em terceiro lugar, nós podemos, por favor, não ter essa conversa na frente de uma delegacia? Isso está se transformando em um episódio de seriado.

– Eu disse "sinto muito" por Andrew ter sugerido que isso foi culpa de Ruby – disse Elizabeth, enfiando as mãos no bolso de seu moletom. – Quanto ao resto, também sinto muito por estar isso tudo acontecendo ao mesmo tempo com vocês, por tudo que vocês estão tendo que enfrentar! Eu sinceramente lamento tudo, certo? Eu adoro vocês! Por favor! Vocês sabem disso.
– Você está pedindo desculpas a *ela* por causa de *mim*? – perguntou Andrew, incrédulo. – Você está falando sério?
– Tudo bem – disse Jane, erguendo as mãos em sinal de rendição. – Tudo bem. – Ela voltou ao carro com ar arrogante, chutando um jornal para longe da perna e em direção à rua, xingando baixinho, feliz ao menos por saber que elas não seriam as únicas a ir para casa para ter uma briga.

Trinta e seis

A faculdade Oberlin (população: 3.000) tinha mais lésbicas que toda a Wellesley, em Massachusetts (população: 27.982) se não fossem computadas as faculdades só para mulheres, para as quais Elizabeth não se inscreveria, pois isso significaria que nunca poderia sair de casa. O lesbianismo era uma das coisas que ela sempre presumiu que experimentaria na faculdade, como um mexido de tofu ou o canto a capela. Havia beijado uma garota certa vez, durante uma sessão particularmente boa de Verdade ou Consequência em uma festa em seu último ano do ensino médio, mas a garota era apenas uma estudante qualquer do segundo ano, bêbada, que havia imediatamente se desmanchado em risadas e, portanto, isso não contava.

Depois, houve Zoe Bennett. Por vezes, Elizabeth pensava sobre a improbabilidade de sua vida, tendo começado como começou, tudo em um dormitório que parecia um bloco de celas. E se Andrew não tivesse morado em seu corredor? E Zoe não tivesse morado no andar de baixo? A Oberlin era uma faculdade pequena, mas certamente havia pessoas cujos caminhos ela nunca havia cruzado e pessoas que havia conhecido anos mais tarde. Ela e Andrew haviam se conhecido durante a orientação aos calouros e ela havia conhecido Zoe na primeira semana, quando estava sentada em frente ao dormitório fumando. Muitas pessoas exibiam cabelos descoloridos, mas não muitas eram garotas negras usando imensas botas góticas com salto plataforma. Elizabeth havia perdido sua chave do prédio e estava esperando alguém sair para tornar a entrar. Era o primeiro dia de setembro e Ohio estava bonito, ensolarado e cheio de flores. Zoe surgiu e abriu a porta, então conduziu Elizabeth por todo o caminho até seu quarto, como se fosse a porteira residente. Elas tornaram-se amigas tão rápido que Elizabeth às vezes achava que Zoe devia tê-la confundido com outra pessoa, alguém mais bonita e mais divertida, alguém com histórias melhores e mais tolerância ao álcool.

Elas não haviam feito sexo.

Não fizeram absolutamente nada.

Isso era quase verdade. Elizabeth e Andrew já estavam mais ou menos juntos, beijando-se no final da noite e nunca conversando a respeito durante o dia. A Kitty's Mustache estava fazendo shows em festas uma ou duas vezes por semana, seus panfletos espalhados por todo o campus. "MIAU", diziam os folhetos e depois vinha o endereço. Dois dólares pelo barrilete de cerveja. Todos sabiam quem eram eles. Zoe e Andrew estavam morando fora do campus agora que tinham permissão para tal, Zoe em um apartamento de um quarto, vizinho ao cinema decadente da Oberlin, o Apollo, o que significava que o letreiro de néon iluminava sua sala todas as noites depois de escurecer até por volta das dez. Elas eram um par engraçado – mesmo quando estavam juntas na banda, Elizabeth ainda se sentia amadora perto de Zoe – uma mulher amadora, uma universitária amadora, uma garota maneira amadora. Mesmo assim, elas divertiam-se mais juntas do que parecia possível. Dirigiam-se ao Exército da Salvação e compravam sacos de roupa por dez dólares, iam jogar boliche e saíam fedendo à fumaça de cigarro e batatas fritas, iam ao cinema, embebedavam-se e riam a noite inteira. Elizabeth desejava ser a melhor amiga de Zoe, usar colares que combinavam com os dela e tudo mais. Elas talvez estivessem quase lá, mas Zoe já tinha tantas amigas, procedentes de tantos cantos do campus, que Elizabeth achava difícil saber onde se situava.

Elizabeth ficava constrangida com quão bem se lembrava daquilo – Zoe provavelmente havia esquecido tudo ao ir dormir naquela noite. Ela e Elizabeth estavam deitadas no sofá no apartamento de Zoe, assistindo a um filme – *Bonnie e Clyde*, com Warren Beatty e Faye Dunaway. Zoe tecia comentários entusiásticos sobre as roupas de Faye. Elas estavam cabeça com pé, os estômagos contíguos, mas então, perto da metade do filme, Zoe disse que estava ficando cansada e deu uma meia cambalhota, uma meia reviravolta, de modo a ficar deitada atrás de Elizabeth, ambas olhando para a pequena televisão. Zoe enlaçou a cintura de Elizabeth com os braços e aconchegou-se em suas costas.

– Vou dormir – disse ela. – Me acorde quando Bonnie for morrer.

Mas ela não dormiu – pelo menos, Elizabeth achava que não.

Na tela, Faye Dunaway estava encostada em um carro, fumando. O nariz de Zoe deslizou pela espinha de Elizabeth. O céu estava imenso e nublado, monótono e interminável. A sala brilhava verde. A mão de Zoe moveu-se sobre a barriga de Elizabeth.

Apesar de sua mente aberta e sua curiosidade abstrata, Elizabeth ainda não havia encontrado uma garota para beijar. Achava que, por fim, isso simplesmente aconteceria, da forma como acontecia com os garotos, alguém flertaria com ela em uma festa, então elas desabariam de encontro a uma parede e talvez voltassem ao quarto de uma ou de outra, mãos por cima das roupas, mãos embaixo das roupas, bocas sobre a pele. Mas não havia acontecido. Houve alguns outros garotos e depois Andrew, mas foi só.

Elizabeth não se considerava lésbica. Achava apenas que era uma possibilidade, como uma marmota observando sua sombra. Apesar do fato de ter dormido com vários caras, Zoe disse que sempre soube, desde criança. Disse que isso era como a pessoa saber se era destra ou canhota. A pessoa obviamente não podia escolher – esse tanto Elizabeth sabia – mas não tinha certeza de nada, nem mesmo do que queria comer no almoço, então como poderia ter tanta certeza disso?

A mão direita de Zoe, a mão que estava pendurada por cima do ombro de Elizabeth. A boca de Zoe, a essa altura na parte de trás de seu pescoço. Elizabeth não se movia – caso se movesse, sua amiga poderia parar. Caso se movesse, talvez acordasse Zoe. Zoe estava provavelmente sonhando com outra pessoa, uma das garotas do alojamento no fim do quarteirão, as que usavam anéis de nariz, fermento natural e bolsas especialmente tecidas para o Ecstasy que levavam ao redor do pescoço. A sala estava ficando mais quente. Lá embaixo, o cinema exibia *O guarda-costas* e provavelmente havia garrafas de cerveja rolando pelo piso inclinado aos pés da plateia. Ela e Zoe tinham ido ver o filme na noite anterior, todos rindo de Whitney Houston até que ela abriu a boca e cantou, então as pessoas ficaram quietas e apenas ouviram. Era isso que Elizabeth desejava fazer naquele momento, deitar-se imóvel e ouvir. Se se esforçasse o bastante, achava que conseguiria ouvir os esquilos no parque do outro lado da rua, ou os aviões que passavam no alto. Eram beijos, o que estava ocorrendo em seu pescoço. Zoe a estava beijando e Elizabeth sentia esse contato por todo o corpo, como centenas de tomadas elétricas lambidas ao mesmo tempo.

Alguém bateu à porta – isso acontecia muito quando a pessoa morava em frente ao único bar em uma cidade normalmente sedenta. Zoe interrompeu o que estava fazendo e ambas aguardaram um momento. Quem quer que fosse bateu outra vez, com mais insistência.

– Hmm – fez Zoe.

Elizabeth sentou-se e voltou o rosto para longe da porta.

– De qualquer forma, preciso ir para casa – disse.

– Deixe eu ver quem é – disse Zoe. Engatinhou da borda do sofá até a porta e estendeu a mão para a maçaneta. Elizabeth calçou os sapatos.

– Zoeeeeeeeeeeeeee, abra a porta! – A porta se escancarou, derrubando Zoe. Era TJ, amiga de Zoe, uma garota com tatuagens imensas de alto a baixo nos dois braços. Era aluna do último ano, mais velha que as duas, e indelicada de um jeito que Elizabeth não gostava. Zoe rastejou para longe da porta e TJ passou por cima dela.

– Você tem um cigarro? O Gibson está fechado.

– Já estou indo – disse Elizabeth. Ela não conseguia olhar Zoe na cara e então, em vez disso, inspecionava o tapete imundo, que provavelmente nunca, jamais, havia sido limpo.

— Tem certeza? — perguntou Zoe com voz gentil. Ela ergueu-se devagar. Elizabeth espremeu-se para passar por ela e sair para o corredor, tendo o cuidado de não encostar. Ouviu TJ desligar *Bonnie e Clyde* e colocar música no lugar do filme.

— Tenho certeza — respondeu Elizabeth, mesmo não tendo. Caminhou até o topo da escada e desceu os primeiros degraus antes de olhar para trás. Zoe continuava parada ali, esperando, a cabeça projetada para fora. Teria sido tão fácil subir correndo aqueles poucos degraus. Todo o corpo de Elizabeth latejava devido ao sangue. Ela sentia-se como se estivesse na metade de uma corrida de revezamento, correndo entre lugares aos quais nunca tinha ido. Zoe devia estar sentindo aquilo, a corda elástica entre o peito das duas. Antes que a tração se tornasse forte demais, Elizabeth apressou-se a descer o restante dos degraus e a passar pela porta, ganhando a noite clara.

Trinta e sete

Não havia dois caminhos a seguir – Andrew recusava-se a fazer concessões. Harry estava proibido de ver Ruby, a não ser nas aulas de reforço. Depois da diminuta centelha de orgulho por seu filho ter feito sua (provável) estreia sexual em local público, com uma garota (convenhamos) muito bonita, Andrew havia rapidamente partido para sentimentos parentais mais práticos. No que dizia respeito a Harry, Ruby Kahn-Bennett era sua vizinha invisível, uma garota fantasma, uma lembrança. Se as mães dela tivessem sido eficientes em qualquer parte de seu trabalho como mães, Ruby deixaria o ninho em breve, decolando rumo a alguma faculdade de segunda ou terceira categoria, onde poderia aterrorizar todos os valentões locais com sua combinação cativante de indiferença e graça inata. Mas Ruby provavelmente moraria em casa para sempre, trabalhando no restaurante das mães. Andrew não estava nem aí. Ruby não era problema seu – era isso o que Zoe e Jane estavam obtendo por serem desatentas e liberais. Ruby havia dormido na cama delas, entre elas, até os três anos. Era isso que se conseguia. Muitas pessoas eram fracas com os filhos, mais moles que manteiga, e isso só garantia que teriam problemas maiores pela frente.

Era mais fácil concentrar-se em coisas positivas. Ele e Dave estavam revisando os planos para o barco. Ideias, na verdade. A garagem da DESENVOLVImento havia se transformado mais em um café que em uma oficina, mas Andrew não se importava. Ele não sabia construir um barco grande o bastante para as pessoas morarem. A princípio, Andrew achou que Dave ficaria aborrecido, mas isso não ocorreu – ele foi incrivelmente legal sobre a coisa toda. Na realidade, era melhor assim – o garoto das ferramentas havia assumido o projeto das prateleiras e Dave e Andrew, em vez disso, passavam as tardes conversando e meditando. Certa tarde, depois de um suco rápido, Dave pediu a Andrew que fosse com ele às Rockaways. Havia alguns herboristas com uma lojinha bem perto da praia e eles precisavam de suprimentos. Andrew achou que ele parecia estar se referindo a maconha, mas não quis ser rude e perguntar. Havia muita coisa na DESENVOLVImento que ele não entendia e estava tudo bem. Por vezes, todo o andar superior da casa fedia como água de bongo, mas isso não significava que era o dedo de Dave no orifício do bongo. Mesmo que fosse, que importância tinha?

O carro coletivo da DESENVOLVImento era uma caminhonete com painéis de madeira nas laterais. O ar-condicionado estava quebrado, mas não importava, pois este ficava suficientemente fresco com as janelas abaixadas. Andrew dava pancadinhas na base da janela enquanto eles seguiam pela avenida Bedford rumo ao mar.

– Você e sua família moram em Ditmas há muito tempo, hein? – disse Dave. Ele estava usando óculos de aviador, um contraste brilhante com a barba densa, escura.

– Há muito tempo. Talvez tempo até demais. – Andrew não queria dizer nada com aquilo.

– Você pensa em se mudar? – perguntou Dave. – Nós acabamos de chegar, cara. – Ele sorriu.

– Ah, não, não, não vamos a lugar nenhum – disse Andrew. O fato de que Zoe e Jane provavelmente iam se divorciar e mudar era um ponto positivo, embora ele não admitisse isso para Lizzy. Quando eles eram jovens, Zoe era ótima: inteligente, divertida, atraente e tudo mais. Não que ele não gostasse dela, era só que Elizabeth gostava demais. Sempre que ela voltava para casa de um jantar com Zoe, Andrew sentia a irritação surgir, os resíduos do que quer que Zoe tivesse dito a seu respeito. Elizabeth sempre negava, mas ele sabia que era verdade: Zoe adorava falar merda, como sempre havia feito, e quando a pessoa era velha e casada, o que mais havia além de falar merda, exceto do próprio casamento? Jane era ótima – era sólida. Andrew gostava de sua comida e de sua frieza. Jane não era o problema.

Muitas coisas o irritavam. O trânsito, os congestionamentos, a população. Harry tinha mais um ano de escola. Depois tudo seria diferente. Quando Harry era novo, quando era criança (que Andrew acreditava que já não era o caso), eles marchavam até o Museu de História Natural para ver os dinossauros, pegavam a barca de ida e volta até Staten Island. Eles se divertiam. Ser pai de um adolescente significava não apenas deixar de se divertir, mas representar o oposto de diversão. Andrew perguntava-se quanto tempo fazia que isso era verdade – meu Deus, eles eram tão *idiotas*, ele e Elizabeth. Quanto tempo fazia que Harry era essa outra pessoa, capaz de fazer sexo e mentir? Quanto tempo havia se passado desde que ele era bebê? Não havia como saber. Andrew fechou os olhos e aproximou a cabeça da janela. A brisa dava a impressão de água fria na testa.

– Entendo o que você está dizendo – afirmou Dave, mesmo que Andrew não estivesse falando muito. – Dois anos atrás, eu estava no Joshua Tree com alguns amigos, inclusive um curador, e tomamos *ayahuasca* todas as noites durante uma semana. Quando comecei, pensei, como vou saber de que forma meu corpo vai reagir? Talvez seja melhor chamar um táxi e voltar para Los Angeles, sabe? Depois da primeira noite, eu soube que estava naquilo em troca da verdadeira magia. Você já fez isso? É como abrir seu terceiro olho por seis horas seguidas. Tudo transborda. – Ele bateu com os dedos no volante. – Foi quando eu soube que tinha que transformar a DESENVOL-VImento em realidade.

– O que você fazia antes? – Ele não pretendia ser impertinente; aquilo parecia-se um pouco com perguntar a um terapeuta quais eram os problemas *dele*, mas era difícil imaginar Dave em um trabalho burocrático, ou mesmo em um trabalho não burocrático no qual tivesse que usar roupas de verdade. Até onde Andrew saberia dizer, Dave não tinha um par de meias, tampouco uma única calça com zíper.

— Um pouco de trabalho corporal, um pouco de *coaching* pessoal. Ensinei yoga. Você sabe, a trajetória.

— Claro.

— E você, Andrew? Em que trajetória você está? — Dave sorriu. Ele tinha dentes grandes, o tipo de dentes com os quais os ortodontistas provavelmente sonhavam: grandes, brancos e perfeitamente alinhados, com um intervalo mínimo entre os dois da frente. Dentes de orador, de apresentador de programa de entrevistas, de guru. Andrew sempre pensou que os gurus se parecessem mais ou menos com Gandhi ou, no mínimo, com Ben Kingsley. Sob a barba, Dave parecia um universitário agradável, um jogador de lacrosse.

— Acho que não tenho muita certeza — disse Andrew. — Estive no circuito da música. Depois, no dos documentários. No circuito paterno com certeza. Eu era bom nesse. Arrebentava no parquinho. Então, fui para o circuito dos periódicos. Acho que agora estou no circuito de descobrir que merda fazer. — Ele parou e expirou pela boca. — Existe alguma lista que eu possa olhar?

Dave estendeu a mão e deu-lhe um tapinha na perna.

— Está tudo bem legal, cara. Tenho a sensação de que tudo vai se harmonizar. Tem a ver com estar no lugar certo na hora certa, sabe? Energia. Tem a ver com preparação e energia. E você tem as duas coisas; senti isso zunindo em torno de você. No segundo em que você entrou na casa, eu simplesmente soube. — O carro estava diminuindo a marcha. Andrew olhou ao redor. Eles já estavam nas Rockaways, aquele prolongamento engraçado do Brooklyn (ou Queens?) que se projetava em direção à água, paralelo ao continente. Dave encostou no meio-fio e parou o carro. Por uma fração de segundo, Andrew pensou que Dave fosse beijá-lo. Era o que faziam os gurus, não era? Conquistar seguidores e depois dormir com todos eles? Andrew não teria se surpreendido se Dave tivesse dormido com todas as garotas da DESENVOLVImento e metade dos rapazes. Eles eram bonitos demais, com corpos fortes e tonificados. Corpos que haviam sido feitos para serem usados! Andrew não sabia ao certo para que seu corpo servia. Eles estavam estacionados diante de uma casa levemente decrépita, com paredes de madeira que lembravam a Andrew o chalé de verão de seus pais em Vineyard, que fazia quase vinte anos que ele não visitava. À esquerda da casa, havia quatro casas idênticas menores, como patinhos seguindo a mãe rua abaixo.

– É isso – disse Dave. – É isso que eu queria que você visse.

– É aqui que mora o herborista?

Dave riu.

– Não, o herborista mora em um apartamento ferrado perto da loja de taco. Essa é a próxima fase. – Ele ergueu as mãos de forma a seus polegares quase se tocarem e inclinou tanto o corpo que praticamente deitou no colo de Andrew. – Está vendo isso, cara?

– Vendo o quê? – Andrew moveu-se para trás no assento de couro e debruçou-se na janela. – Uma brisa boa. Estamos muito perto do mar?

– A um quarteirão – respondeu Dave. – A um quarteirão do mar. O Mar! Talvez seja assim que ele vá se chamar.

– O que vai se chamar? – As casas eram encantadoras. As janelas e portas pareciam envelhecidas, mas sólidas. Ele gostou do lugar. Talvez fosse esse o próximo feito – uma casa de praia no Brooklyn. Ele poderia finalmente aprender a surfar. Elizabeth venderia apartamentos para os hipsters de Williamsburg. Harry estaria longe, na faculdade, mas voltaria para visitá-los e os dois estariam bronzeados, usando sandálias de dedo.

– Nosso hotel, cara. – Dave enfiou a mão no bolso da camiseta e extraiu um baseado.

Trinta e oito

De acordo com Ruby, tudo que Zoe e Jane faziam era revezar-se para gritar com ela. Jane geralmente gritava no restaurante, a pretexto de dar a Ruby coisas para fazer: "Limpe o banheiro! Faça isso direito dessa vez!" ou "Limpe a mesa seis. Pegue a vassoura – tem cereal por toda parte. Isso não é nenhum restaurante infantil!". Zoe optava por gritar em casa. Esses acessos eram mais inconstantes, mas ela não conseguia evitar: por vezes, ficava furiosa por Ruby ter deixado o frasco de xampu virado para cima, em vez de deixá-lo de cabeça para baixo, o que significava que o xampu demorava mais a sair e se a tampa estivesse aberta, o frasco se enchia de água. Por vezes, ficava furiosa quando pensava no corpo de Ruby exposto em público depois de escurecer, em como poderia ter acontecido alguma coisa a eles, tanto a ela quanto a Harry, em como eles haviam corrido perigo e se colocado naquela situação. Por vezes, ela ficava furiosa por causa das inscrições para a faculdade e a pontuação de Ruby no vestibular e pelo fato de estarem na metade de julho e não haver nada no horizonte, a não ser as mesmas coisas. Era mais difícil gritar por isso e ela então fazia pipoca, cobria-a com algum fermento nutricional e deixava-a diante da porta do quarto de Ruby.

O que fazia Zoe sentir-se ainda pior (e o que não admitiria em voz alta, nem mesmo para Jane) era o fato de estar aliviada também. Se Ruby estivesse de partida para a faculdade, então ela e Jane seriam forçadas a examinar suas merdas sem intervalos, sem as pausas para bom comportamento enquanto Ruby estava à mesa de jantar. Naquele momento, suas conversas sobre o casamento pareciam suspensas e Zoe estava de bem com isso por um tempo. Não estava *desesperada* para se divorciar. Aquilo apenas parecia inevitável – porque quantos aviltamentos um casamento era capaz de receber? De amantes a amigos, companheiros de quarto e conhecidos afetuosos? As coisas sempre podiam piorar. Elizabeth e Andrew pareciam pairar em algum lugar abaixo da paixão. Quantos anos ela e Jane levariam para começar a se envenenar com arsênico, ou atropelar "acidentalmente" os dedos dos pés uma da outra na entrada da garagem? Quantos anos elas levariam para acabar como um filme da Lifetime, baseado em fatos reais? Zoe não sabia ao certo quão mais longe desejava ir. Jane sempre sentira ciúmes, de Elizabeth, de outras amigas e de todas as pessoas que Zoe já havia amado e/ou tocado. Não importava se o relacionamento tivesse sido sexual, platônico ou se situasse em algum ponto intermediário – Jane era um maldito gorila e queria sua mulher por perto. No começo, isso pareceu muito meigo, quase à moda antiga. Jane segurava Zoe pela cintura quando elas atravessavam a rua, havia cruzado a soleira da porta carregando Zoe quando as duas se casaram, conhecia e venerava cada centímetro do corpo de Zoe, cada sinal e fenda. Agora Zoe não tinha tanta certeza de que isso fosse uma coisa boa.

As queixas que Elizabeth tinha de Andrew diziam respeito à ida dele a algum lugar qualquer, alguma merda hippie, ou à escalada de alguma montanha com seu xerpa tibetano especial. Jane nunca saía do bairro. Tudo que Zoe queria era um pouco de espaço. E atenção. Queria que Jane sentisse sua falta quando ela saísse, mas ela nunca ia a parte alguma, exceto para a cama.

– Jane? Você está aqui? – Zoe sabia que sim. Pegou uma laranja na bancada e subiu a escada. Faltava pouco para o meio-dia, o que significava que Ruby estava no restaurante e Jane provavelmente de pijama. Ela bateu à porta do quarto de hóspedes e abriu-a depois que Jane esboçou uma resposta.

Alguém certa vez lhe dissera que as pessoas não deveriam casar-se com alguém de quem não iam querer se divorciar, mas Zoe sempre havia achado que as características intratáveis de sua mulher estavam entre as mais atraentes. Zoe não dava a mínima para a aparência dela. Jane não jogava conversa fora. Não fingia gostar de pessoas das quais não gostava, o que Zoe pensava que provavelmente havia poupado uma dezena de anos de tempo perdido. Os pais arrogantes da Whitman? Jane os ignorava. Ela era dura e era íntegra. Era uma brutamontes que criava caso sem motivo, só por estar a fim. Zoe enfiou a cabeça dentro do quarto.

— Podemos conversar?

Jane rolou e o futon quase rolou junto com ela. Moveu-se para trás, até encostar na parede, e bateu com a cabeça na moldura baixa de um desenho de Ruby do jardim de infância.

— Claro — respondeu ela, esfregando os olhos.

— Elizabeth não é o problema.

— Sei disso.

— Você deu uma de Hulk na delegacia. — Zoe sentou-se no chão ao lado do futon.

— Sei disso também. Mas também sei de que jeito ela olha para você, como se você fosse uma maldita casquinha de chocolate e ela quisesse comer os seus miolos e viver dentro do seu corpo.

— Você está dizendo que ela quer me lamber ou que ela quer me matar? Estou confusa. — Zoe descascou sua laranja, lançando borrifos cítricos no ar.

— Talvez as duas coisas? Ambas as opções. — Jane parou para refletir. — Na verdade, não acho que ela queira matar você. Mas acho que tem alguma merda estranha acontecendo ali e eu não ficaria surpresa se ela pensasse em você enquanto se masturba.

— Não acho que Elizabeth se masturbe.

— É exatamente o que estou querendo dizer. Tem alguma merda estranha acontecendo por lá. Escute, não foi nada, ok? Eu só estava tensa, preocupada com Ruby e então vi Elizabeth fazer aquelas caras idiotas para você e fiquei louca. Peço desculpa, ok? Desculpa. Sei que as coisas andam em baixa há algum tempo, mas na verdade tenho me sentido muito melhor, você não? Ou estou louca por pensar assim também? Como nós estamos? Estamos bem? Devo parar de fazer tantas perguntas?

    Zoe riu. Ofereceu a Jane uma parte da laranja, com dedos úmidos e pegajosos. Quando elas se conheceram, Zoe havia se envolvido em todos os tipos de relacionamentos: bons, ruins, breves, longos. Mas nada a sério, nunca. Achava que havia se apaixonado antes – por uma menina no ensino médio, duas garotas na Oberlin e outra depois –, mas assim que conheceu Jane, soube que estava enganada. Todo o resto havia sido imaginação, ensaio para a coisa verdadeira. Ela havia aprendido a dizer todas as palavras românticas e a usar a língua de acordo, mas havia sido tudo imaginário. Como as rodinhas laterais da bicicleta. Com Jane, as rodinhas haviam sido removidas e Zoe estava flutuando.

    Ela nunca havia pensado em se casar: parecia conservador, desinteressante. Mas quando conheceu Jane, tão assertiva e resoluta, compreendeu: era o reconhecimento da estabilidade e da confiança, uma afirmação em voz alta. Jane já era adulta, ao passo que Zoe e todos os seus amigos agiam como adolescentes. *Ah,* Zoe havia pensado. Casamento era algo que os adultos faziam, e se crescesse, ela também poderia fazer. Jane fez com que ela desejasse levantar-se, ficar com o corpo ereto, e parar de referir a si mesma como menina. Quando os dedos de Jane alcançaram a laranja, suas mãos se tocaram e Zoe sorriu.

Trinta e nove

Harry passou a semana inteira ansioso pela aula de reforço. Sua mãe tomava-lhe o telefone sempre que ele chegava em casa, o que era como viver na época dos pioneiros, mas apenas durante as refeições e quando estava na sala, jogando videogames no Roku. Elizabeth parecia não entender que seu computador fazia tudo que seu celular fazia, a não ser pelas chamadas telefônicas; em todo caso, quem queria falar ao telefone? Mas Harry vinha jogando segundo as regras deles e não havia entrado em contato com Ruby desde que deixaram a delegacia. Tudo aquilo parecia muito Romeu e Julieta, menos o suicídio. Ainda assim, Harry entendia. Se eles tivessem sido pegos transando em seu quarto, teria sido uma coisa, mas em público, a delegacia... isso merecia alguma punição. Seus pais nunca haviam sido rígidos nem irracionais – seu pai, em particular, parecia sempre disposto a sentar-se e ter longas conversas sobre os motivos pelos quais Harry precisava esperar até Chanucá para ganhar um novo trenzinho ou coisa do gênero. Parecia justo.

Fazia uma semana que Iggy Pop havia desaparecido. Eles haviam espalhado cartazes por todo o bairro, nos pontos de ônibus, nos postes de telefonia e no quadro de avisos de três cafés da Cortelyou. Iggy nunca havia desaparecido por mais de um dia e Harry começava a imaginar possibilidades mais sombrias. Em um telefonema, havia contado a seu amigo Arpad tanto sobre o gato quanto sobre ter transado com Ruby e Arpad havia perguntado apenas pelo gato, supondo que a última revelação fosse uma piada. Harry não sabia ao certo qual era a piada maior: o fato de ter perdido a virgindade com a garota de seus sonhos, ou o fato de que nunca, nunca mais tornaria a fazer sexo, ao menos não com Ruby. Não existiam outras perspectivas. Havia garotas na Whitman para as quais Harry havia olhado na biblioteca, mas agora que havia tocado o corpo de Ruby, agora que sabia o que era possível no universo, não se contentaria com qualquer uma.

Seus pais haviam sido claros: ele estava encrencado pela primeira vez em toda sua vida e o castigo era não ter permissão para sentar-se ao lado de Ruby, nem para falar com ela, a menos que fosse absolutamente necessário. Mas eles não estariam presentes. Harry sentia-se agitado na caminhada até a escola de caratê. Repassava as diferentes maneiras de cumprimentar Ruby – poderia entrar e fingir não ter reparado nela, mas sentar-se ao seu lado como sempre e lhe passar um bilhete. Poderia beijá-la na boca na frente da rainha-mor, de Eliza e Thayer e de todo mundo. Poderia esperar para ver se ela falaria alguma coisa primeiro. Talvez ela estivesse secretamente satisfeita por livrar-se dele – afinal de contas, ninguém queria ter que ensinar ao namorado como fazer sexo. Não que ele fosse namorado dela. Ele era? Ou melhor, havia sido? Harry desejava um letreiro em néon no céu, alguma coisa que lhe dissesse o que fazer.

Ruby ainda não havia chegado, claro que não. Isso era bom, significava que ela se sentaria onde quisesse. Harry ocupou seu lugar habitual na última fileira e tirou o laptop da mochila. Curiosamente, o fato de ter Ruby na turma o havia deixado muito menos estressado quanto a fazer as provas do vestibular. Ele fazia anotações, no mínimo com tanta frequência quanto ele e Ruby passavam bilhetes de um lado para o outro e tinha a sensação de haver aprendido algumas coisas. A faculdade era a luz no fim do túnel e Harry desejava muito essa luz. Achava que provavelmente ia querer ir para algum lugar pequeno, mas não fraco – Amherst talvez, ou Wesleyan. Mas, merda! Talvez quisesses ir para Deep Springs, ou como quer que se chamasse, e aprender a ser fazendeiro e poeta. Ele girava na cadeira sempre que ouvia a porta se abrir. Todos os demais pareciam ter feito amizade entre si – Harry não havia percebido. O restante da turma poderia ter recebido instrução em chinês que ele não teria percebido.

Rebecca abriu seu computador e projetou a imagem de um problema de geometria. Um triângulo isósceles, o tipo fácil. Harry desligou-se quando ela começou a falar. Sabia o suficiente para passar. A aula havia começado, Ruby estava atrasada.

Harry farejou seu xampu antes de vê-la. Rebecca apagou as luzes para tornar a tela mais visível e então Ruby deslizou para a cadeira ao lado dele, dando-lhe um rápido beijo na bochecha, do tipo piscou-perdeu. Harry virou-se para ela, sorrindo com todos os dentes. Ruby enfiou a mão em sua boca e deu-lhe um beliscão de leve na língua. Largou ruidosamente a bolsa e remexeu-a, como um cão à procura do osso.

– A bolsa está cheia de folhas soltas? – perguntou Harry.

– Shh – fez Ruby. – Está. – Encontrou o que estava procurando e depositou com um tapa sobre a mesa de Harry. Era a programação das mães dela para as duas semanas seguintes, impressa a partir de seu calendário conjunto. – Dra. Amelia – disse ela. – É a terapeuta sexual delas. E agora é nossa terapeuta sexual também, se é que você entende o que estou querendo dizer. O consultório fica em Park Slope, o que significa que temos pelo menos duas horas a partir do instante em que elas saírem porta afora. E isso é uma reunião com o fornecedor em Jersey, o que significa que elas vão ficar longe umas cinco horas, cheirando pés de tomate ou qualquer outra coisa. – Ruby apontou para o nome. Ainda faltavam seis dias, mas ali estava. O próximo encontro dos dois. Harry sentiu todo seu corpo relaxar. Talvez fosse apenas para o Brooklyn College. Como poderia partir? Alugaria um apartamento, Ruby moraria com ele e se esconderia no armário quando os pais dele aparecessem. Ele diria que tinha outra namorada, alguém que viajava muito, uma aluna da Rhodes! Ele estava saindo com uma aluna da Rhodes que tinha ido passar o ano em Barcelona e ele estava guardando suas coisas, motivo pelo qual havia duas escovas de dente no banheiro e bolsas penduradas nas maçanetas. Talvez eles tivessem esquecido tudo a essa altura e entendido que Ruby não era uma garota ruim para início de conversa, mas a melhor das garotas – a única garota. Tudo ficaria bem. Tudo seria perfeito.

– Eu te amo – disse Harry, mais alto do que pretendia. Um garoto com um corte de cabelo ridículo na fileira diante deles abafou o riso e Harry chutou a parte de trás de sua cadeira. – Sério, Ruby, eu te amo.

– Sei disso – disse Ruby estendendo a mão e beliscando-lhe o braço, o que foi suficiente para o momento.

Quarenta

Elizabeth estava genuinamente preocupada com a possibilidade de Iggy Pop ter morrido ou ter sido adotado por alguma criança idiota na vizinhança, que não sabia ler e/ou ver os avisos nos postes de telefonia. Acontecia muito – alguém coloca uma tigela de nata e o gato acha que descobriu um plano superior de existência. Pelo menos algumas vezes por dia, Elizabeth avistava alguma coisa com o canto do olho e pensava, *Ah, graças a Deus, Iggy está bem ali*, mas era sempre uma bola de poeira ou uma camiseta enrolada. Quando ia e voltava do escritório e de suas ofertas no bairro, punha-se a observar as entradas de garagem e varandas, mais ainda que de costume. Deirdre achava que gatos eram animais nojentos e demonstrava muito pouca compaixão.

– Eles são *selvagens* – disse ela entre garfadas de salada em sua mesa. – Os gatos não foram feitos para viver com os seres humanos. Ouvi falar de pessoas que foram mortas, *assassinadas*, por seus gatos. É por isso que só temos peixe. – Deirdre retirou uma noz da salada com os dedos. – Esse lugar é tão mesquinho. Tem quatro nozes na salada inteira.

– Iggy Pop não vai me matar – disse Elizabeth. – O pior que ele faz é passar pelo seu rosto no meio da noite. Mas, de qualquer forma, normalmente estou acordada.

– Olhe, se tivesse um gato e ele andasse pelo meu rosto no meio da noite, eu tomaria isso como um aviso. Acho que seu gato não sumiu. Está lá fora recolhendo paus para formar um exército, estou avisando.

– Agradeço a preocupação. – Elizabeth recostou na cadeira. Havia muito a ser feito: ela precisava elaborar informações de contrato para a casa na East 19th e para um apartamento na Newkirk. Tinha que preparar outra casa grande na avenida Ditmas para as primeiras visitas e a sala de jantar ainda parecia um episódio de *Colecionadores: Beanie Baby Edição Especial*. – Mas acho que no momento eu gostaria de dar as boas-vindas ao exército dele. Só quero que ele volte.

Deirdre estendeu a mão e deu um ligeiro tapinha no joelho de Elizabeth.

– Eu sei, querida. Vamos encontrar aquele matadorzinho sarnento.

O telefone do escritório tocou e Deirdre girou para atender. Elizabeth esfregou as têmporas com os dedos.

– Acho que é para você – disse Deirdre. Ela exibia um ar divertido no rosto, o que significava apenas uma coisa.

Elizabeth pegou a extensão.

– Alô? – disse.

– Aguardando na linha para Naomi Vandenhoovel – anunciou alguém.

– Certo – disse Elizabeth.

O que diabos...?, perguntou Deirdre, movendo silenciosamente os lábios.

– Acredite, eu mesma mal consigo entender – respondeu Elizabeth.

– Aloooô, de Ohio! – soou a voz de Naomi.

– Você está realmente filmando na Oberlin? – Elizabeth não podia imaginar Naomi em Ohio. Nem mesmo em Cleveland. Nem mesmo no Ritz-Carlton, em Cleveland, onde os pais de Andrew haviam se hospedado para a formatura, apesar da viagem de uma hora de carro desde a faculdade. Ela não havia se dado conta de que as coisas aconteceriam tão rápido – havia praticamente esquecido o filme, de propósito, desde que havia assinado os nomes dos dois, presumindo que se passariam séculos antes que precisasse contar a Andrew.

Talvez a essa altura ele tivesse mudado de ideia? Não era o melhor dos planos, mas era tudo de que dispunha.

Naomi riu.

— Não, não, claro que não. Estamos em Pasadena. Mas você devia ver! Estamos filmando quase sem contraste. Tão anos noventa.

— Que ótimo — disse Elizabeth, embora se sentisse nervosa. Afinal de contas, ainda estava no escritório e não poderia ter um surto de repente, com Deirdre e o resto dos O'Connells como testemunhas. — O que posso fazer por você?

— Superprofissional! Gosto disso! Espere — disse ela e Elizabeth ouviu Naomi pedir um café com leite de amêndoas e três doses extras de expresso. — Eu estava vendo você e Lydia comporem a música e então senti vontade de telefonar! Você está ótima! Muito magra, o cabelo incrível. A boca meio grande. Não grande como a de Steven Tyler, talvez grande como a de Liv Tyler. Sabe, na verdade, você parece uma Liv Tyler loira. Você quando jovem, quero dizer.

Elizabeth levou rapidamente a mão livre à cabeça.

— Ah, meu Deus — disse.

— Não se preocupe com isso! Você está maravilhosa! Eu só queria contar as novidades! As garotas são fofas juntas. Já estão por toda parte no Instagram uma da outra. Você devia ver.

— Vou fazer isso — disse Elizabeth. Ela pensou por um momento, em si mesma e em Lydia. Lydia, que nunca havia gostado dela. Não era assim com Zoe, que estava claramente uma posição acima em termos de sofisticação, mas de alguma forma achava Elizabeth divertida. Lydia praticamente virava as costas quando Elizabeth entrava em um aposento, como uma gata presunçosa ou uma adolescente mal-humorada. O que ela havia sido, claro. — Espere, Naomi? — Seu estômago contraiu-se.

— Hm-hmmm?

— É engraçado eu não ter pensado em perguntar isso antes... qual é o enquadramento temporal do filme? Achei que tivesse a ver principalmente com Lydia no auge ou... você sabe, até o fim. Você não tem *muito* material da faculdade aí, tem? — Em sua mente, sua parte da história era uma fatia no início, antes de Lydia tornar-se LYDIA e quando o filme realmente começava. Ela havia desejado vê-los maiores que a vida, que de qualquer forma era como tudo parecia naquele momento, mas Elizabeth havia presumido que o filme avançaria rapidamente rumo a coisas mais glamorosas. Mas nesse momento, via-se confrontada com o pensamento repentino e aterrorizante de que não possuía nenhuma informação de como sua juventude compartilhada seria retratada e de que Andrew não ficaria nem um pouco feliz, independentemente de como ela tentasse desfiar sua esperança equivocada. Ela havia desejado aquilo por ele tanto quanto por si mesma – Elizabeth sabia o quanto Andrew havia amado a banda, Lydia e ela. Sim, isso também fazia parte do problema – Elizabeth desejava que Andrew visse o filme e se lembrasse do quanto a havia amado em outros tempos, quando eles ainda eram jovens e a vida era um oceano vasto e infinito, estendendo-se a um só tempo em todas as direções.

– Sabe, realmente não posso falar agora – disse Naomi. – Mas você quer ver o roteiro? Vou pedir a minha assistente para enviar. Tudo bem?

– Isso é um sim ou um não?

– Sim, totalmente.

– Sim você não tem muito material da faculdade, ou sim você tem? E você sabe que Lydia não compôs absolutamente nada da música, certo? – O pescoço de Elizabeth encheu-se de manchas vermelhas. – Alô? – Mas Naomi havia desligado. Elizabeth retirou o dedo do ouvido e devolveu o telefone a Deirdre para que esta o desligasse. Deirdre olhava para ela com as sobrancelhas tão arqueadas que pareciam fazer parte da linha do cabelo.

– Estou pronta quando você estiver – disse Deirdre, cruzando os braços com ar expectante.

Elizabeth pretendia contar a Andrew sobre o filme, sobre o fato de ter assinado o nome dele. Havia pensado em ligar para Zoe, em treinar com ela, mas sentia muita vergonha de si mesma. Elizabeth estava sempre à espera de alguma coisa e então, depois que Harry se meteu em encrenca com Ruby, a situação pareceu muito tensa, muito estressante. Andrew não era bom em controlar bolas no ar, a menos que fossem todas feitas de hélio. As boas notícias amontoavam-se o dia inteiro, mas se as notícias fossem ruins, era melhor dosar lentamente, como antibiótico.

— É uma história muito longa — disse Elizabeth —, mas é boa. Vou usar você como exercício.

Deirdre desembrulhou um chiclete, animada como se Elizabeth houvesse concordado em fazer um striptease.

Quarenta e um

Andrew estava sentado na varanda quando Elizabeth chegou em casa. Fazia calor lá fora e eles avançavam rumo àquela parte do verão em que o Brooklyn ficava opressivo e abafado. Eles possuíam ar-condicionado nos quartos e um na sala de jantar, mas estes não resolviam muito, especialmente no primeiro andar, onde os cômodos eram grandes e abertos. A varanda em pedra escura era, muitas vezes, o lugar mais fresco da casa.

– Tirei os ventiladores do porão – disse Andrew. – Coloquei um na sala e dois lá em cima.

– Obrigada – disse Elizabeth. – Posso conversar com você sobre uma coisa? – Ela não era boa nessa parte, mesmo após tantos anos de casamento. A culpa era de seus pais, claro. Ela nunca tinha visto os dois travarem uma discussão sequer – não era a natureza deles. E assim, Elizabeth havia passado a vida inteira evitando situações desagradáveis tanto quanto humanamente possível. Isso significava engolir muito em seco, sorrir e desculpar-se por coisas que ela não lamentava de verdade e significava nunca, jamais iniciar conversas que não desejava ter. Mas se não contasse a Andrew, o filme estrearia, o rosto da falsa Lydia apareceria por toda parte e ele o veria. Por curto tempo, pensou em sugerir que eles fossem para a Itália ou algum outro lugar por um ano, sem motivo aparente, mas as coisas provavelmente eram muito universais agora – a caixa de entrada de e-mails dele se acenderia como o 4 de Julho, não importava onde estivessem.

– Claro – disse Andrew, dando um tapinha na almofada ao seu lado. Ele estava usando uma camiseta velha com pequenos orifícios recortados ao redor da gola, que possuía havia quase tanto tempo quanto possuía a ela. Em lugar de sentar-se ao lado dele, Elizabeth apoiou-se no corrimão da varanda.

– Sabe aquele filme sobre Lydia?

– Sei – disse Andrew, já cauteloso.

– Eles estão rodando. Eu concordei. – Elizabeth viu a mandíbula de Andrew se apertar.

– Mas eu não concordei – disse ele. Seus olhos se estreitaram. Às vezes, Elizabeth achava que Andrew lembrava um gato, a maneira como a pálpebra escondida dos gatos se fechava quando eles estavam dormindo. Em Andrew, a pálpebra escondida se fechava quando ele estava zangado. – Eles queriam que eu assinasse o formulário e não assinei.

– Sei disso – disse Elizabeth. Era semântica, ela sabia, mas era tudo que tinha. Um detalhe técnico. – Mas a letra é minha e cedi. Eu era a gestora. Concordei em seu nome.

– O que exatamente isso quer dizer, você concordou em meu nome?

– Quer dizer... – Elizabeth fez uma pausa, pensando na melhor maneira de extrair as palavras de sua boca. – Quer dizer que assinei seu formulário. Assinei seu nome.

Andrew balançou a cabeça.

– Isso significa que você falsificou minha assinatura? Você está de brincadeira? – Ele levantou-se e limpou os jeans. – Isso não é um recibo de cartão de crédito em um restaurante, Lizzie! Isso é muito sério! Não acredito que você tenha feito isso. O filme vai ser puro lixo, sabia disso? E lixo não conta a história toda.

– Você está preocupado com *Lydia*? – Elizabeth acenou para um vizinho do outro lado da rua, dando um sorriso tenso.

— Estou preocupado com você, Lizzie, não com Lydia. De qualquer forma, Lydia sempre foi honesta quanto ao que queria. Ela pode ter sido uma idiota, mas pelo menos não fingia ser outra coisa. Todo mundo pensa que você é muito gentil, muito legal. — Andrew revirou os olhos e puxou o celular do bolso. — Tenho que ir.

— Está na hora de mais uma aula de yoga? — Elizabeth revirou os olhos na direção dele. Aquilo foi involuntário, uma disputa para ver quem conseguia reagir mais rápido.

— Você nunca me entendeu — disse Andrew. — E obviamente, se isso é uma coisa de que você é capaz, nunca entendi você.

Elizabeth cruzou os braços e inclinou a cabeça para um dos lados.

— É uma loucura você dizer isso.

— Mais loucura do que concordar com uma coisa dessas sem falar comigo? — Ela detestou o fato de ele estar sendo coerente. — Harry vai ver esse filme e vai achar que nos entende melhor, sabe? E o que ele vai entender? Vai pensar que a versão de Lydia na tela é como ela realmente era. E quais são as vantagens de isso acontecer? O filme vai ter a ver com Lydia como mártir, o que é a maior mentira de todos os tempos. Você se recorda da última vez que vimos Lydia? — Andrew virou-se, o que fez com que ambos ficassem de frente para a casa, com as costas voltadas para a rua. Elizabeth recordava.

Eles estavam no Veselka, em East Village, jantando *pierogi* com molho de maçã antes da hora. Harry tinha seis meses e estava dormindo na cadeirinha, que se encontrava no chão entre os dois. Ele adorava o ruído ambiente — as pessoas conversando, os garfos tilintando — e assim eles o levavam a toda parte.

As regras acerca das celebridades eram claras: as pessoas não deveriam reparar nelas e, caso reparassem, eram obrigadas, por questões de honra, a ignorar quem quer que fosse. Houve uma agitação no salão, um jogo de telefone sem fio. Os sussurros ricocheteavam nas paredes e no teto. Elizabeth, carente de sono e gotejando leite, deslocou-se o máximo possível para a direita e olhou em direção à frente do restaurante.

A multidão dividiu-se em duas paredes humanas distintas com um metro de distância entre elas, como o mar Vermelho – as únicas pessoas que não se importaram com Lydia foram as garçonetes polonesas. Todas as demais ficaram imóveis, de olhos arregalados. Elizabeth acenou, mas Lydia não a viu, de tão concentrada em percorrer o salão.

– O que está acontecendo? – perguntou Andrew, girando na cadeira. – Ah.

Lydia encontrava-se quase ao lado da mesa deles. O salão havia silenciado. Andrew limpou a garganta, o que sempre fazia quando estava nervoso. Por que ele estaria nervoso? Ela era amiga deles, tinha sido amiga deles.

– Lydia! – chamou Elizabeth, empurrando a cadeira para trás e levantando-se. Todos ao seu redor, clientes com roupas pseudopunks, ficaram chocados com a violação de conduta. Eles já haviam horrorizado a todos por terem levado o bebê, mas aquilo era um novo nível de mau comportamento.

Os olhos de Lydia giravam, turvos e vermelhos. Ela virou-se devagar em direção ao som de seu próprio nome, tencionando ignorá-lo como provavelmente fazia na maioria das vezes. Seus olhos por fim pousaram em Elizabeth, de pé, e em Andrew, ainda sentado do outro lado da mesa, o garfo na mão com um *pierogi* espetado no topo. Lydia sorriu e abriu amplamente os braços, ignorando Elizabeth e avançando direto para Andrew, que a abraçou de forma desajeitada com o garfo ainda na mão. As jovens meio punks da mesa vizinha tentavam não se transformar em garotas em um show dos Beatles – e faziam um péssimo trabalho. Lydia ou não reparou nelas ou conseguiu ignorá-las por completo sem parecer rude. Havia um campo de força de fama ao seu redor, compacto como pirex. Ela acariciou o rosto de Andrew com o polegar.

– Como vai você? – arrulhou e voltou o olhar na direção de Elizabeth. – Seu rosto está diferente.

— Acabei de ter um bebê — explicou Elizabeth. — Nós acabamos de ter um bebê.

— Reprodutores! — disse Lydia e riu. Sua comitiva também riu. Ela deu tapinhas no peito de Andrew. — Olhe para você, papai.

— Parabéns pelo filme do armazém — disse Andrew. — Ou é sobre uma fábrica? Nós ainda não vimos, mas ouvi dizer que é ótimo.

Lydia deu de ombros.

— Me falaram que é bom — retrucou. — Mas todos me falam que tudo é bom, então...

Embaixo da mesa, Harry começou a chorar, pequenas rajadas soluçadas de som. Elizabeth abaixou-se para pegá-lo e apressou-se a movê-lo para os lados até ele pegar o peito. Ela continuava de pé no meio do restaurante e todos olhavam para ela. Para Lydia e agora para a auréola rosada de seu mamilo, que deslizava para dentro e para fora da boca de Harry à medida que este se agitava.

— Meu Deus, ele parece um canibal — disse Lydia, e fingiu roer a própria mão. — É assustador. — Ela beijou o ar. — Bom te ver — disse, olhando para Andrew. Fez um ruído alto de mastigação na direção de Elizabeth e afastou-se. Um garçom conduziu-a e a seus amigos a uma mesa em um canto distante nos fundos e assim que ela havia se sentado, o ruído no restaurante aumentou e os engoliu. Elizabeth tornou a sentar-se e pôs-se a piscar para conter as lágrimas.

— Qual é o problema? — perguntou Andrew.

— Nada — respondeu Elizabeth. — Vamos embora. Quando ele terminar, vamos embora. — Ela olhou para o rosto doce de Harry, que não parava de sugar. Um ano e meio mais tarde, Lydia estava morta.

— Me desculpe — disse Elizabeth. Havia sido tudo um equívoco. Ela não podia nem mesmo culpar Naomi por tê-la convencido a fazer aquilo. Viu-se concordando com a ideia, ansiosa por assinar na linha pontilhada. Era como um conto de O. Henry, só que ela havia sabotado a si mesma. Havia sido seu próprio sacrifício. — Foi por você

– disse ela, sabendo que ele não enxergaria dessa forma. – Fiz isso por você.

– Sério? – perguntou Andrew. – A porta está destrancada. Volto mais tarde. E só para que você saiba, o que estou fazendo lá não é só yoga. É autocuidado. E não estou fingindo que é um presente para você. Você devia experimentar algum dia. – Ele enfiou os pés em suas sandálias, desceu ruidosamente os degraus e ganhou a calçada.

Quarenta e dois

O Mar ia ser lindo – ajudaria a revitalizar a comunidade de Rockaway, seria um mensageiro dos valores profundos do Brooklyn e menos dispendioso de reformar do que um hotel em Manhattan. Ao que Andrew constatou, Dave vinha planejando isso fazia tempo – era parte do projeto da DESENVOLVImento. Dave havia feito algumas reuniões com arquitetos e profissionais de yoga da DESENVOLVImento que moravam no bairro, apenas para ter uma noção de tempo e dinheiro. Agora desejava que Andrew colaborasse – ele realmente "havia entendido", disse Dave. Eles iam se reunir em um dos cafés da Cortelyou, poucas portas depois do Hyacinth. Dave e Andrew haviam caminhado desde a DESENVOLVImento.

– Eu soube que o lugar é bom – disse Dave.
– É. O casal que é dono é nosso amigo – disse Andrew.
– Não devíamos nos encontrar lá, então? – Dave parou.
– Não – disse Andrew e continuou a caminhar.

Eles estavam em frente ao café e Dave acenou para um sujeito sentado na janela. Ergueu um dedo – *Um minuto* – em seguida virou-se, dando as costas ao compromisso dos dois.

– Venho querendo perguntar isso a você – disse Dave. – E não existe um jeito bom. Não quero que se sinta desconfortável, ou como se houvesse alguma pressão da minha parte. Você sabe que sou totalmente a favor do bem-estar e das boas vibrações e se essa não é a sua, cara, legal. Mas acho que talvez seja.

Andrew piscou sob a luz do sol.

— Há-há — disse.

— Quero chamar você como investidor. Para o Mar. Acho que seria um projeto incrível para fazermos juntos. O que acha? Você quer ser sócio?

— De quanto estamos falando aqui? Quer dizer, em termos monetários? — Andrew visualizava facilmente a si mesmo como hoteleiro. Escolhendo luminárias e registros para os quartos dos hóspedes, conversando com jornalistas no *New York Times* sobre reconhecer o Brooklyn, apresentar às pessoas lugares para além da ponte, para além de Williamsburg.

— É difícil dizer — respondeu Dave. — Talvez pudéssemos colocar tudo em funcionamento com menos de um milhão, mais ou menos. O local está no mercado por setecentos mil. — Ele passou a mão pela barba, dando um aperto no conjunto. — Existem outros investidores, claro, mas eles não *enxergam* de verdade, sabe, o que torna tudo uma batalha muito mais difícil.

— Claro — disse Andrew. Aquele poderia ser seu novo trajeto. Ele se sentaria nos fundos durante as aulas de meditação guiada e examinaria listas de vendedores que precisavam contatar. Preencheria cheques, faria alguma coisa nova. — Eu ia adorar — disse Andrew, estendendo a mão, mas em vez disso, Dave precipitou-se sobre seu corpo para um abraço, rindo.

Quarenta e três

Elizabeth estava esquecendo coisas por toda parte – esqueceu seus sapatos sociais no escritório, esqueceu as chaves de seus imóveis em casa. Havia enviado uma mensagem a Zoe para marcar encontro para um jantar, mas não recebeu resposta. Ela e Andrew não estavam se falando e, com certa relutância, ela compreendia o motivo, embora fosse óbvio que era ele quem estava agindo como louco. Assinar o nome dele em um pedaço de papel não era traição. Mesmo assim, ela entendia: o casamento deveria ser um pacto sagrado e ainda que isso não fosse muito viável no dia a dia, o casamento tinha a ver com sempre obter a aprovação da outra pessoa antes de fazer alguma coisa importante. Quer fazer *bungee jumping* ou mudar o plano de saúde? Quer furar a orelha da filha? Quer comprar um novo sofá, reservar passagens aéreas para a França? Era preciso consultar. Não era o mesmo que pedir permissão, nada tão arcaico – dizia respeito a fazer parte da equipe, aos dois serem parceiros iguais. Ela desejava atribuir seu consentimento ao fato de ser o tipo de mulher que queria favorecer a todos, mas isso era apenas parte da questão. O outro, o maior motivo era querer realmente ver o filme. Elizabeth imaginava vê-lo sozinha, no meio da tarde, chorando sobre um balde de pipoca. Era isso que desejava – simultaneamente comemorar e prantear sua juventude.

* * *

Elizabeth queria bater algumas fotos da casa de Zoe, sobretudo para sua própria referência. Elas ainda não haviam puxado o gatilho e talvez nunca o fizessem, mas Elizabeth desejava tirar as fotos para si mesma. A casa nunca havia lhe pertencido, claro, mas Lydia tampouco havia lhe pertencido e ambas haviam ajudado a construir fosse o que fosse que havia engendrado sua vida. Ela desejava percorrer a casa sem Zoe e pela primeira vez em cem anos, sem nenhum objetivo prático – não por haver combinado de passear com Bingo, tomar conta de Ruby ou levar a correspondência. Queria apenas pensar sobre a casa e sobre Andrew. Era fácil convencer-se de que era uma visita profissional – independentemente de quão bem alguém conhecesse uma casa, as fotos eram importantes – e dessa maneira, mais à frente, poder conversar com Deirdre sobre o preço de tabela, apenas para ter uma segunda opinião.

Zoe não dissera nada sobre seguir em frente nos últimos tempos – na realidade, vinha sendo um pouco difícil defini-la –, mas não hesitou em encorajar Elizabeth a aparecer e escarafunchar. Tudo aquilo fazia parte do processo de descobrir o que ela queria fazer; era como Elizabeth enxergava a situação. Elizabeth não desejava sentir-se como o anjo da morte, pairando sobre o casamento de suas amigas – estava só tentando ser útil. Se Jane e Zoe estavam inclinadas a se separar, poderia acontecer com qualquer um. Elas sempre haviam sido estáveis e bastante felizes, felizes como qualquer pessoa. Claro que Zoe às vezes se queixava de Jane, mas não mais que Elizabeth queixava-se de Andrew. Ter alguém próximo decidindo separar-se – ou mesmo cogitando isso a sério – era desestabilizador. *Por que elas?*, Elizabeth pegou-se a perguntar. *Por que agora?* A própria Zoe não parecia resolvida, o que era a parte mais assustadora.

Elizabeth sempre tinha tido a chave das Bennetts. Das Kahn-Bennetts. Zoe voltaria a ser apenas uma simples Bennett? Havia tantas coisas com que se preocupar, imensas e minúsculas – era demais para suportar. Elizabeth subiu a trote os degraus e destrancou a porta. Zoe lhe havia dito que todas estariam fora – ela e Jane resolvendo alguma coisa do restaurante e Ruby no Hyacinth. Bingo estava dormindo no chão da sala, ergueu a cabeça e ofereceu-lhe uma fungada cordial.

Era sempre melhor estar na casa de alguém sem os donos – assim era possível realmente ver as rachaduras no teto, os armários emperrados, o piso dos armários embutidos. Ninguém desejava gastar muito dinheiro com a sujeira alheia. Se Zoe de fato fosse em frente (com o rompimento, com a venda – essas coisas estavam separadas e juntas, primas em segundo grau), Elizabeth teria de providenciar uma verdadeira equipe de limpeza, pelo menos duas vezes, uma para as fotos oficiais e uma para as primeiras visitas. Ela conhecia duas mulheres salvadorenhas capazes de fazer qualquer casa parecer o Vaticano – certamente faria com que Zoe as chamasse se a casa de fato entrasse no mercado.

Em sua maior parte, a casa parecia a mesma de um século atrás, quando ela e Andrew a haviam dividido com Zoe e os outros alunos da Oberlin. Elizabeth fechou os olhos e viu os tapetes com estampas indianas pendurados nas paredes, os cinzeiros cheios sobre a mesinha de centro. O dinheiro das discotecas pagava pela casa e havia traços dele em vários locais: discos por toda parte, alguns emoldurados nas paredes, fotos antigas hilárias dos pais de Zoe com afros gigantescos e macacões brilhantes. Tudo isso havia desaparecido e sido substituído por fotos de Ruby quando bebê, e os velhos Bennetts eram visíveis em roupas civis.

Elizabeth fotografou a cozinha, que tinha o melhor fogão de Ditmas Park. As pessoas não deduziriam quanto custava só de olhar para ele – ela teria que explicar na especificação. A sala de estar e suas intermináveis pilhas de revistas, a sala de jantar e seu estoque interminável de cadeiras. Fotografou a escada de baixo e os candeeiros antigos, originais da casa. No segundo andar, acendeu a luz do corredor e tirou fotos no banheiro. Elizabeth parou na porta do quarto de Ruby, que em outros tempos havia dividido com Andrew. Essa foi a primeira vez que teve a sensação de que eles formavam um casal, como se fossem adultos que haviam optado por ficar juntos. Ele era muito bom em tudo na época, muito bom em construir prateleiras de tijolos e tábuas, muito bom em beijá-la nos ombros antes de irem dormir. Gostava de mostrar-lhe sua cidade, as partes boas e más, os museus e as partes do Central Park que havia explorado sozinho quando adolescente. Seu cabelo ainda era longo e ele enfiava-o atrás das orelhas repetidas vezes, um tique nervoso, enquanto eles se sentavam um diante do outro na cama, comendo comida chinesa. Ele a fazia rir. Ele dançava. Elizabeth girou a maçaneta do quarto de Ruby e abriu a porta, acendendo a luz.

— Mãe, meu Deus! Você não costuma bater? – disse Ruby. Elizabeth viu um lampejo de seio nu. Houve certo movimento.

— Ah, sinto muito, querida, é Elizabeth, sua mãe disse que não haveria ninguém em casa – explicou Elizabeth, cobrindo os olhos com a mão. – Espere um segundo – disse, tornando a abaixar a mão.

— Oi, mãe – disse Harry e puxou o lençol até o queixo. Ele e Ruby estavam sentados lado a lado, as faces vermelhas e os cabelos embaraçados projetando-se em ângulos estranhos. O quarto cheirava a suor, roupa suja e outras coisas identificáveis que Elizabeth recusava-se a chamar pelo nome.

— Harry – disse Elizabeth. – O que você está fazendo aqui? – Ela cobriu os olhos novamente. – Por favor, você pode se vestir? – Houve mais movimento. Elizabeth ouviu o som de uma fivela de cinto e não conseguiu impedir-se de gemer.

— Certo, tudo bem – disse Harry um minuto depois, sentando-se na beirada da cama. Ruby havia colocado um vestido e amontoado o cabelo no alto da cabeça com um grampo gigantesco, as tranças do show tendo desaparecido. Harry parecia tão maduro, maduro demais – estava parecendo seu pai e Elizabeth sentiu seu nariz começar a escorrer, o que sempre ocorria pouco antes de debulhar-se em lágrimas. – Merda, mãe, desculpe. É uma situação confusa, imagino, mas não tão ruim assim. Estamos usando, hum, proteção e tudo mais, eu juro.

Elizabeth piscou vivamente. Sentia-se um pouco fraca, como se tivesse acabado de cheirar uma lata de solvente de tinta.

— Você se importa se eu sentar, Ruby? — Ela olhou em volta e viu a forma indicadora de um pufe sob uma pequena montanha de roupas. Ruby apontou e assentiu com um movimento de cabeça. As bochechas de Harry pareciam indicar que ele preferiria que sua mãe saísse do quarto em que ele tinha, até muito recentemente, estado nu com uma garota, mas não ia dizer isso.

— Tudo bem — disse Elizabeth. — Então. Aqui estamos nós.

— Quer um copo de água? — perguntou Ruby. Ela engatinhou até a beirada da cama como um cachorrinho, o espaço entre seus seios claramente visível.

— Com certeza — disse Elizabeth, virando o rosto em direção ao teto. Ruby saiu porta afora e desceu a escada.

— Mãe — disse Harry. — Realmente sinto muito.

— Sente muito por que parte, meu amor? Sente muito por não ter ficado longe de Ruby ou sente muito por crescer? — Alguma coisa furava-lhe as costas. Elizabeth estendeu a mão para trás, puxou um livro de química e jogou-o no chão.

Ruby abriu a porta com o cotovelo e entregou um copo de água tanto para Elizabeth quanto para Harry.

— Vamos ser realistas a respeito de tudo isso, ok? — Ela olhou para Harry, que simultaneamente assentiu e franziu o lábio, sem dúvida tão temeroso do que Ruby estava prestes a dizer quanto Elizabeth. — Harry e eu não estamos tentando ser dois idiotas dissimulados, Elizabeth. Só gostamos de ficar juntos. Foi totalmente minha culpa nós termos nos metido em encrenca, mas também foi totalmente culpa dele e está tudo bem.

— Eu sei — disse Elizabeth. — Não me importo mais.

— O quê? — disse Harry.

— Não me importo que vocês dois estejam tendo um relacionamento romântico. Tenho certeza de que ninguém diz isso mais. Não me importo que estejam transando, estejam amarrados e fazendo tudo às escondidas. É saudável! Só que também é muito triste, por razões que não consigo colocar em palavras.

Ela olhou para Harry.

– Você é meu bebê. Só quero saber que você está seguro e que nada de mau vai acontecer com você.

– Mãe, eu tenho dezessete anos. – Ele estava ficando vermelho.

– E você vai ser meu bebê quando tiver trinta e cinco e quando tiver cinquenta. – Ela estava suando. – Acho que estou tendo uma onda de calor, isso é possível?

Tanto Ruby quanto Harry pareciam constrangidos.

– Escutem – disse Elizabeth. – Não vou contar ao seu pai, Harry, ou às suas mães, Ruby. Mas vocês dois precisam me prometer uma coisa. – Ela estava com calor e cansada. Sentia-se com cem anos, como uma velha encarquilhada em um conto de fadas.

– Qualquer coisa – disse Harry.

– Depende – disse Ruby.

– Vocês vão me ajudar a descobrir o que seu pai está fazendo e como tirar ele de lá. Vão ser meus detetives. Vocês vão fazer isso? – Harry parecia surpreso com seu pedido, mas Elizabeth continuou a falar. – Só preciso de uma ajudinha. Vocês podem me dar uma ajudinha?

Eles concordaram com um movimento de cabeça e expressão séria. Elizabeth bebeu a água de seu copo suado.

– Vou colocar isso na pia quando sair. E limpe o seu quarto, Ruby. Parece que tem um mendigo doido agachado aqui, ok?

– Hum – fez Ruby.

– Vejo você em casa, Harry – disse Elizabeth, obrigando-se a levantar e seguir devagar rumo ao corredor. Fechou a porta atrás de si e esperou um minuto, para certificar-se de que não haveria riscos. Quando ficou satisfeita, Elizabeth desceu a escada com cuidado e tornou a ganhar a rua, a cabeça erguida, como se caminhasse sobre uma trave de ginástica.

Quarenta e quatro

Zoe havia enviado uma mensagem a Jane no fim da tarde: JANTAR HOJE? COMIDA CHINESA, EM SUNSET PARK? Era o que elas costumavam fazer quando queriam falar de negócios durante uma refeição. Não podiam ir a lugar nenhum na vizinhança, pois conheciam os donos de todos os restaurantes (que, afinal de contas, eram apenas uma meia dúzia) e por fim, quem quer que fosse se aproximaria e se sentaria à mesa e todos acabariam conversando sobre fornecedores, fazendas e quais garçons tinham problemas com drogas. Jane respondeu, ME PEGUE ÀS OITO, e às oito horas em ponto, estava parada na frente do Hyacinth, as mãos nos bolsos, aguardando Zoe surgir na esquina e estacionar diante do restaurante. O carro apareceu às 8h03, nada mau para sua esposa. Jane ainda adorava dizer "esposa". Se isso era influência de Long Island, tudo bem. Ela não tinha o menor interesse em ser transgressora. Adorava morar no único bairro na cidade de Nova York que parecia um subúrbio e adorava morar lá com sua mulher, sua filha, sua garagem e sua despensa. Zoe desacelerou até parar, o vidro das janelas abaixado.

Jane entrou no carro e afivelou o cinto.

– Oi – disse.

– Olá – disse Zoe. Ela estava usando um vestido que Jane gostava, um troço azul rodado que amarrava ao redor da cintura. – Como você está? – Elas haviam passado o dia conversando sobre verduras, pedidos e cardápios, mas não era isso o que estava perguntando.

— Nada mau. Isso foi uma bela surpresa. — Jane esfregou as mãos nos joelhos.

— É, bem. Eu estava a fim de comida chinesa.

— Ótimo. — Jane cruzou os braços sobre o peito, em seguida esfregou outra vez os joelhos.

— Relaxe — disse Zoe, estendendo a mão e pousando-a sobre a de Jane. — É só um jantar.

— Se fosse só um jantar, a gente estaria em casa. — Jane brincava com o fecho da porta. Elas haviam virado na avenida Coney Island.

— Muito bem, é um encontro — disse Zoe. — Feliz?

Jane expeliu o ar com força.

— Se você quer saber, sim. — Ela extraiu seu telefone do bolso e plugou-o no estéreo do carro. A noite havia esfriado e o ar que entrava pelas janelas abertas provocou-lhe pequenos arrepios nos antebraços. Jane percorreu suas músicas até encontrar a certa e em seguida aumentou o volume. O maior sucesso de 1978 dos pais de Zoe, "(My Baby Wants To) Boogie Tonight", explodiu nos alto-falantes e Zoe riu. Elas já estavam se divertindo.

Quarenta e cinco

Ruby passava suas noites no Hyacinth refletindo sobre o futuro. Aquela era uma noite calma, com apenas algumas mesas demorando-se sobre a sobremesa no jardim. Eram quase dez horas. Nenhuma de suas mães havia aparecido, o que era bom, pois significava que ela podia ser horrível e preguiçosa no trabalho. A noite estava fria para um mês de verão e ela desejou ter levado um suéter. Roubou o moletom de Jorge atrás do bar e vestiu-o, sabendo que ele não se importaria. Não parecia exatamente profissional, mas aquilo era o cerne do Brooklyn em uma noite de quarta-feira e, portanto, quem se importaria?

A seu ver, Ruby tinha algumas opções distintas: ficar em casa e candidatar-se às faculdades novamente em um ano; viajar em um daqueles programas intensos e semiabusivos de marcha pelo deserto por três meses sem papel higiênico; mudar-se para Nova Orleans e descascar ostras para turistas. A essa altura, ela poderia realizar quaisquer dessas alternativas – era apenas uma questão de decidir o que queria. Harry permaneceria no Brooklyn por mais um ano, o que era alguma coisa, mas não se eles não pudessem ser vistos juntos sem que os pais dele perdessem a cabeça. Ruby foi até a porta e pressionou o nariz contra o vidro.

Seu bolso zumbiu. Ela extraiu seu celular: FESTA NA CASA DO NICO QUANDO VC SAIR DO TRABALHO.

Dust não tinha planos e parecia estar de bem com isso. Quando eles namoravam, ele dissera a Ruby que não desejava ter um emprego que lhe pagasse mais de quinze dólares por hora e não desejava trabalhar mais que dez horas por semana. Seus únicos empregos haviam sido em uma loja de skate e em um parque de skate, nos quais não havia permanecido por mais que alguns meses, e portanto, até o momento, ele parecia estar fazendo um bom trabalho no sentido de cumprir seus objetivos.

Se fosse ao jardim para tornar a limpar mesas já limpas, o que Ruby às vezes fazia para apressar os clientes, teria conseguido ouvir a festa. A casa de Nico ficava um quarto de quarteirão adiante e quando o tempo estava agradável do lado de fora e as pessoas permaneciam no quintal, as vozes propagavam-se. Mas naquela noite, ela não estava interessada. Havia visto Sarah Dinnerstein passeando pela rua à tarde, vestindo um short que até mesmo Ruby teria pensado duas vezes em vestir e realmente não precisava ver de que maneira algumas horas de sol e bebedeira haviam complementado o efeito.

Um dos casais dos fundos conversava atrás dela, embriagado com vinho medíocre.

– Desculpe – disseram eles, espremendo-se para passar por Ruby e sair porta afora.

– Voltem em breve – disse ela no tom mais monótono possível. Quando retornou a seu posto, o outro casal estava finalmente pagando e após alguns beijos longos e molhados, levantando-se e saindo. O garçom de serviço, um sujeito alto chamado Leon, revirou os olhos na direção de Ruby ao passar o cartão de crédito dos dois.

– Vamos dar o fora dessa merda – disse ele. – Sem querer ofender.

– Longe de estar ofendida – disse Ruby. Ela organizou os cardápios, começou a empilhar as cadeiras sobre as mesas e Leon pegou a vassoura. Eles deixaram limpo o jardim, como já haviam feito com todo o resto. Ela podia ouvir a festa, ou era o que parecia, e o jardim inteiro cheirava a maconha e ao perfume rastafári de óleo essencial que Sarah Dinnerstein havia comprado de um sujeito com uma mesa montada em frente à estação do metrô em Union Square. Jorge e Leon fecharam as caixas registradoras enquanto Ruby aguardava do lado de fora, com as chaves da porta de enrolar. Assim que os três haviam saído, Ruby trancou os cadeados. Mandaria uma mensagem para Harry quando estivesse mais perto, para ver se ele ainda estava acordado. Havia sido legal o fato de Elizabeth não os haver dedurado, mas era também estranho e meio assustador. As mães de Ruby sempre haviam sido descansadas, descansadas demais, e Ruby sempre havia pensado em Elizabeth como a Boa Mãe, a que sempre sabia onde seu filho estava, que tinha comida normal na geladeira e conhecia todas as melhores canções de ninar. Elizabeth não deveria beber um copo de água no pufe de Ruby com olhos alucinados.

Na parte de trás do restaurante, alguma coisa cintilou. Um vaga-lume talvez. Ruby piscou através da porta. Havia alguma coisa vermelha a um canto, ao longo da cerca de madeira, mas ela não conseguiu ver o que era. Provavelmente nada. Já era tarde e Ruby estava cansada.

— Tudo bem, galera — disse ela a Jorge e Leon, cumprimentando cada um deles com um *high five*. — Até amanhã. — Eles seguiram juntos até a esquina, mas em vez de virar à esquerda para ir para casa, Ruby virou à direita e caminhou em direção à casa de Nico. Quando estava a alguns carros de distância, atravessou a rua e pôs-se a andar mais devagar. Havia algumas pessoas na varanda, mas ela não distinguiu quem era. A festa parecia haver terminado, pelo menos na frente.

Ruby agachou-se entre dois carros e apoiou-se em um para-choque. Via a varanda e os pontinhos vermelhos flutuantes dos cigarros das pessoas no ar. Chloe havia lhe enviado uma mensagem naquela manhã — Paris ficava em outro fuso horário e Ruby não fazia ideia se Chloe sabia que estava escrevendo às seis da manhã, nem se se importava com isso. A mensagem dizia apenas OIIIII ESTOU COM SAUDADES!, com uma longa sequência de corações. Papo furado. Era tudo papo furado. Todos os amigos de Ruby estavam prestes a deixá-la para sempre. Quem era amigo de verdade do pessoal do ensino médio? Todos adoravam dizer que as pessoas que se davam bem no ensino médio eram idiotas e caretas; isso não queria dizer que quem se apegava a essas pessoas era igualmente idiota e careta? Não estava todo mundo tentando mudar para melhor? Chloe ingressaria em uma fraternidade de moças e moraria em uma casa com um lustre vistoso, então iria para a faculdade de direito, depois se casaria, depois teria três filhos, depois se mudaria para Connecticut e então elas se veriam na vigésima reunião da Whitman, se abraçariam, se beijariam e fingiriam que uma delas pegaria o Metro-North para poderem se ver. Paloma era a mesma coisa, só que pior – ela podia ser interessante. Pelo menos, Dust e Nico permaneceriam iguais para sempre. Isso fazia com que Ruby se sentisse menos patética acerca de suas próprias opções de vida, ou da inexistência delas.

As pessoas na varanda estavam rindo. Poucos meses antes, Ruby teria subido os degraus, puxado o cigarro da boca de alguém e colocado na sua, a rainha do maldito lugar. Agora, o que ela era? Uma recepcionista. Recomendava o *crostini* e o *aioli* caseiro para as batatas fritas. Seu namorado era um recém-desvirginado que fazia provas de vestibular por diversão. Ruby imaginou-se atravessando a rua e sendo atropelada por um caminhão. Ruby imaginou-se atravessando a rua e vendo um portão gigantesco baixar bem em frente aos degraus da frente da casa de Nico. Imaginou seus amigos – seus ex-amigos – ignorando-a enquanto andava pela casa, como se fosse invisível. Ruby imaginou-se vendo Dust transando com Sarah Dinnerstein na cama dos pais invisíveis de Nico.

– Isso é tão idiota – disse ela. Seus joelhos doíam de estarem pressionados contra o para-choque do carro. Ela levantou-se devagar, como uma velha, e abaixou-se para percorrer o caminho de volta pelo quarteirão. A brisa estava mais enfumaçada que antes – já não cheirava a maconha, patchuli ou Marlboros – a essa altura, cheirava exatamente a incêndio.

– Que merda é essa? – disse Ruby. Quando chegou à esquina, havia algumas pessoas na frente do Hyacinth, olhando pelas janelas, todas no celular. Ruby começou a correr.

PARTE TRÊS

Dona de Mim

O Q NA CORTELYOU: BLOG DA COMUNIDADE DE DITMAS PARK

Postado às 23h37

Alguém mais está sentindo cheiro de fumaça? Estamos na rua há meia hora, tentando localizar a origem do fogo. Parece vir do sul. Resposta em comentários com qualquer informação.

Quarenta e seis

O celular de Jane tocou, em seguida o de Zoe. Ambos os telefones se encontravam no porta-copos do carro, entre os bancos dianteiros, mas Jane e Zoe estavam no banco de trás. A calcinha de Zoe estava pendurada ao redor de um tornozelo e a mão direita de Jane havia desaparecido sob seu vestido. Elas tinham o estômago repleto de bolinhos de carne e a boca repleta uma da outra. Os assentos de tecido do Subaru tinham visto coisa pior.

– Quem diabos não para de ligar? – perguntou Jane no pescoço de Zoe. Provavelmente era Elizabeth, telefonando para Zoe a fim de perguntar de que lado deveria dormir, que mão deveria usar para segurar a escova de dentes. Ela não estava nem aí, o telefone que tocasse.

Comida era sempre o caminho de regresso. Por que não tinha pensado nisso? Jane gostava de refeições requintadas tanto quanto a garota ao lado, mas na verdade sempre queria alguma coisa frita e salgada que poderia ser comida com pauzinhos. A pele de Zoe era deliciosa como uma tigela cheia de glutamato monossódico e Jane estava tentando lambê-la de cima a baixo, cada centímetro que conseguia alcançar sem distender um músculo. Havia se passado uma década inteira – se não mais – desde a última vez que elas haviam dado um amasso no banco de trás de um carro. Que Jane conseguisse lembrar, havia sido em uma longa corrida de táxi de fim de noite, de Union

Square a Ditmas Park, com pelo menos três orgasmos para cada uma, mas nossa, fazia muito tempo. Seu corpo palpitava, assim como o de Zoe. Elas respiravam em uníssono, o ar pesado e repartido.

– Só espero que não seja a polícia de novo – disse Zoe. Ela riu um pouco, mas depois parou. Fugiu ao abraço de Jane. Jane rolou e apoiou as costas no assento enquanto Zoe se espremia entre os bancos dianteiros para pegar seu telefone.

– É Ruby – disse ela. – E Leon. Ah, meu Deus. – Zoe abaixou-se, enfiou a outra perna na calcinha e escalou o banco da frente, proporcionando a Jane uma paisagem magnífica, um momento único de puro prazer, como ver um Renoir cara a cara. – É o Hyacinth.

Elas estacionaram em fila dupla na frente, logo atrás do carro dos bombeiros. O posto do corpo de bombeiros ficava a apenas dois quarteirões, portanto eles haviam chegado rápido – Ruby nem sequer havia telefonado, havia simplesmente corrido até lá e batido à porta até alguém abrir. Ruby, Leon e Jorge continuavam do lado de fora, os três sentados em um pequeno banco prateado a uma loja de distância, revezando-se em aparecer e fumar na esquina. Ruby tinha um cigarro na boca quando suas mães chegaram e Jane o arrancou e jogou no chão.

– O que aconteceu?

Ruby começou a chorar e Leon pôs o braço ao seu redor.

Jane balançou a cabeça.

– Porra, alguém vai me dizer o que está acontecendo? – Ela estendeu o pescoço para além dos bombeiros a fim de olhar para dentro do restaurante.

Um dos bombeiros aproximou-se, vagaroso em seu imenso traje.

– A senhora é a proprietária?

– Nós somos – disse Jane, puxando Zoe. – O que aconteceu? – Havia fumaça no ar.

– Parece que houve um incêndio no quintal atrás do restaurante e o fogo se alastrou para o seu imóvel. Por sorte, sua filha chegou aqui antes que o fogo invadisse tudo. Os danos são sérios, mas o imóvel é recuperável. Venham ver.

 Jane e Zoe passaram com cuidado pelo vão da porta aberta – o vidro havia se quebrado e cobria a entrada; os cacos chegavam quase ao estande da recepcionista. No interior, a fumaça continuava densa e o ar cheirava a fogueira molhada. O chão, nos locais que não se achavam cobertos de vidro quebrado, estava escorregadio da água dos *sprinklers* e dos bombeiros. Jane cobriu com a gola de sua camiseta o nariz e a boca e a manteve ali. Havia uma grande sombra negra estampada ao longo da parede do salão de jantar. O teto estava em pedaços, descamando como uma queimadura de sol e as portas de vidro que davam para o jardim também estavam quebradas. Jane cerrou o punho, pronta para entregar a conta a alguém, a qualquer outra pessoa. Mas quando olhou para fora, soube a resposta: no jogo pedra-papel-tesoura, o fogo vencia tudo.

 As mesas de madeira no jardim estavam arruinadas e teriam de ser substituídas. As cadeiras também haviam se estragado. A parede ao fundo, uma cerca de madeira, parecia ter sido devorada por um tubarão enfurecido.

 – Merda – disse Jane.

 – Merda – disse Zoe, surgindo por trás dela e pousando a mão aberta em suas costas.

 O bombeiro deu de ombros.

 – Pelo menos, o fogo não se alastrou por todo o interior. Foi muita sorte sua filha estar aqui, mais alguns minutos e o local inteiro teria acabado, desaparecido.

 – Obrigada – disse Jane e apertou a mão do bombeiro. Depois que ele se afastou, ela virou-se para Zoe. – Parece que estamos de fato percorrendo a via crúcis ultimamente, hein? O que vem depois, a guarda costeira?

 – Nem brinque – disse Zoe. – Quanto tempo você acha que vamos levar para abrir novamente?

 – Um mês? Dois? Meu Deus, não sei. Ah, caramba. – A energia elétrica estava desligada: tudo no freezer estragaria. Havia peixes maravilhosos, lindos filés marmorizados. Todos os estúpidos tomates. Muçarela fresca suficiente para três dias de saladas caprese. Tudo estragaria. Tudo iria para o lixo. Ela deveria levar para casa o que elas poderiam comer de imediato enquanto as coisas ainda estavam boas, *se é* que alguma coisa ainda estava boa.

— Merda. — Ela nem sequer havia visto o estrago na cozinha. Era onde os *sprinklers* teriam disparado primeiro de qualquer maneira, mas Jane fez uma lista mental de todo seu lindo equipamento, todos os potes, todos os seus malditos sais, tudo.

— Está tudo bem — disse Zoe. — É só dinheiro. — Ela puxou o celular do bolso e começou a bater fotos. — Vá ver como está Ruby.

Jane percorreu o caminho de volta à rua, o vidro estalando sob seus tênis. Ruby havia acendido outro cigarro e andava de um lado para o outro diante da loja de alimentos naturais na esquina. Usava o moletom de alguém, com o capuz puxado ao redor do rosto, os cabelos roxos caindo nas laterais, como uma cascata psicodélica. Jane aproximou-se devagar.

— Mãe — disse Ruby. Sua voz falhou. — Sinto muito. Foi minha culpa, eu devia ter percebido mais rápido. Pensei ter visto alguma coisa quando tranquei a porta de enrolar. — Os olhos de Ruby estavam vermelhos. Ela deu uma longa tragada em seu cigarro e saltitou nervosamente sobre os dedos dos pés. — Sinto muito por estar fumando também, mas não consigo evitar. Do contrário, vou começar a puxar todos os meus cabelos.

Jane estendeu o braço e tirou o cigarro da mão de Ruby. Em vez de atirá-lo na calçada, levou-o aos próprios lábios e deu uma tragada.

— Não conte a sua mãe.

Ruby exalou ruidosamente e caiu nos braços de Jane.

Quarenta e sete

Elizabeth estava grogue. Havia dormido muito mal, rolando a noite inteira. Andrew havia pegado no sono ao bater na cama, como sempre, e vê-lo dormir enquanto eles estavam brigando era dez vezes pior que o ver dormir quando estavam se entendendo. A janela estava aberta e à meia-noite algum bêbado havia começado a gritar na calçada. Às três, o alarme de um carro disparou várias vezes. Houve as sirenes habituais, pano de fundo da vida urbana, insistentes e queixosas. Elizabeth havia por fim adormecido por volta das quatro, ela achava, mas era igualmente possível que houvesse ficado acordada até pouco antes das seis e finalmente desmaiado por uma hora, até Andrew acordá-la com uma tossidela. Quando abriu os olhos, ele estava de pé ao lado da cama, olhando para ela. Seu celular estava nas mãos dele.

– O quê? – perguntou ela. – O que foi?

Harry estava sentado no sofá, debruçado sobre uma tigela de cereal. Elizabeth apertou o roupão em torno da cintura e sentou-se ao lado dele.

– Querido – disse –, acabo de receber notícias de Zoe. Houve um incêndio no restaurante ontem à noite. Todos estão bem, mas achei que você deveria saber.

– Eu sei – respondeu Harry. – Ruby me enviou uma mensagem ontem à noite. Quando os bombeiros estavam entrando. Disse que eles quebraram a porta com machados, mesmo com o fogo longe da porta. – Ele sorveu ruidosamente uma colherada de leite.

– Você *sabia*? Como pôde não me acordar? – Elizabeth estendeu os dedos em direção ao pescoço de Harry e fingiu estrangulá-lo. – Meu Deus! Harry!

– O que você ia fazer? Correr até lá com um balde de água? – Ele colocou a tigela diante do rosto como barreira quando Elizabeth lançou-lhe um olhar furioso. – Desculpe! Eu devia ter dito, tudo bem!

– Vou dar um pulo até lá e ver se elas estão precisando de alguma coisa. Você fica aqui, longe de problemas, ok?

Harry despediu-se com um aceno de colher.

A porta da frente estava aberta e Elizabeth enfiou a cabeça para dentro, batendo no portal. Zoe estava sentada à mesa de jantar, o celular no ouvido, uma pilha de papel a sua frente. Ruby e Jane estavam na cozinha, com as costas voltadas para a porta. A casa inteira cheirava a panquecas e bacon.

– Oi – disse Elizabeth. – Posso entrar? Acabei de saber.

Zoe ergueu os olhos e gesticulou para que ela entrasse, mas o olhar que cruzou seu rosto fez Elizabeth parar pouco depois da porta.

– Posso voltar se não for uma boa hora – disse ela, meio que sussurrando. Zoe tornou a acenar indicando-lhe que entrasse, dessa vez de forma mais enérgica.

– Estou em espera, uma espera interminável – disse ela. – É chocante, eu sei... É incrivelmente difícil falar ao telefone com as companhias de seguro quando um lugar pega fogo.

Jane resmungou alguma coisa e Ruby riu.

– Ah, oi, Elizabeth – disse Ruby, girando com uma pirueta desajeitada. Ela piscou.

Elizabeth precipitou-se em direção a Zoe e deu-lhe um abraço rápido antes de arriar suavemente na cadeira seguinte.

— Mal consigo acreditar — disse. — Você está bem? Posso ajudar?

Zoe ergueu um dedo.

— Espere, acho que estou com uma pessoa de verdade agora. Alô? — disse ao telefone. — Sim, alô, espere, muito obrigada. — Ela articulou silenciosamente *Sinto muito*, em seguida cobriu a orelha esquerda com a mão e subiu as escadas.

Jane depositou uma imensa travessa de panquecas — grossas, macias, generosamente entremeadas de mirtilos — diante de Elizabeth.

— Fique — disse. — Sempre faço além da conta.

Ruby atirou-se na cadeira em frente à Elizabeth e colocou quatro panquecas enormes em seu prato.

— Ah, eu não devia tirar proveito disso — comentou Elizabeth. As panquecas cheiravam ao Hyacinth nas manhãs de domingo. Seu estômago roncou.

— Sério — disse Jane. — Você sabe que Zoe nunca come mais que duas. Melhor você do que Bingo. — Ela sorriu e entregou um prato a Elizabeth.

— Tudo bem — disse Elizabeth. Para alguém cujo restaurante havia acabado de ser condenado à inatividade por período desconhecido, Jane parecia consideravelmente feliz. Elizabeth cortou um pedaço pequeno de panqueca com a lateral do garfo. — Ah, meu Deus — disse ela. — Isso está uma loucura.

— Eu sei — disse Jane e abriu um sorriso ainda mais amplo, como um gato que houvesse comido não só o canário, mas o ninho também. — Sem ressentimentos por causa da outra noite, certo?

— Claro — disse Elizabeth. — Claro que sim.

— Esqueci o xarope! — disse Jane. — O que nós estamos fazendo? — Dirigiu-se às pressas à cozinha e voltou brandindo um frasco gigante de xarope. Derramou poças imensas no prato de todos.

— Você está muito idiota hoje, mãe. Tem Prozac nisso? — perguntou Ruby.

— Ha-ha — disse Jane. — Pode ser. — Ela enfiou um quarto de uma panqueca na boca. — Está gostosa, não está? Boa e medicinal.

Ruby revirou os olhos, mas olhava para a mãe com carinho. Elizabeth sentiu-se tentada a retroceder devagar e tornar a abrir a porta, só para garantir que não havia entrado em um universo paralelo.

Zoe desceu pesadamente as escadas, tão rápida quanto Ruby.

— Ei! — disse ela. — Desculpe por isso! Acho que temos um cara legal lá, Jane. Não deve ser muito ruim. Quer dizer, vai ser terrível e só Deus sabe quanto tempo vai demorar para consertar tudo, mas estamos cobertas e eles sabem disso, então pelo menos tudo que estamos perdendo é tempo e dinheiro, sabe?

— Certo — disse Jane. — Excelente. Você está com fome?

— Sempre — disse Zoe. Em lugar de passar por trás de Ruby, que teria sido a trajetória mais direta para sua cadeira, Zoe fez o caminho mais longo. Elizabeth fingiu não notar o puxão suave que Zoe deu no lóbulo da orelha de Jane ao passar atrás dela, depois fingiu não ouvir o som baixo que Jane produziu em resposta.

— Você fez isso com ricota, iogurte, manteiga derretida ou todos os três? — perguntou Elizabeth, em vez do que desejava dizer. Quando Zoe finalmente tornou a se sentar, Elizabeth arregalou os olhos e lançou-lhe um olhar, mas Zoe apenas sorriu, beatífica, maravilhosa e saciada.

Quarenta e oito

Os projetos foram reunidos consideravelmente rápido, Dave era organizado. Philip, o arquiteto com quem eles haviam se encontrado na cafeteria, desenhou alguns cenários diferentes e os orçou, a seguir os três puseram-se a entrevistar empreiteiros. Dave apresentava Andrew como "seu braço direito, seu parceiro" e a cada vez que dizia isso, Andrew sentia-se melhor a respeito de tudo. Claro que era muito dinheiro, mas era para isso que o dinheiro servia – investir em coisas nas quais se acreditava. Se tudo corresse bem e os outros investidores entrassem, da forma que Dave pensava que fariam, eles estariam construindo no outono e então passariam o inverno trabalhando no interior, na decoração, programação e acabamento. No próximo verão, o Mar estaria em pleno funcionamento. Andrew já podia ver as fotos, ele e Dave casualmente encostados no balcão de recepção em madeira rústica. Hoteleiro! Sua mãe sem dúvida acharia a carreira um tanto canhestra, mas Andrew gostava da ideia. Importante, com uma pitada de glamour. Era um bom plano.

O primeiro cheque não era muito elevado – cem mil. Dave dissera que eles conseguiriam se arranjar com setenta e cinco e que cento e cinquenta seria o ideal, então Andrew achou que cem redondos seriam um bom lugar para começar. Ele e Elizabeth tinham um contador em Slope e um investidor na cidade, mas este cuidava apenas das contas de aposentadoria dos dois e do fundo universitário de Harry.

Era até onde iam todas as suas economias. O dinheiro grande – o dinheiro da família de Andrew – estava aos cuidados de um subordinado no arsenal de engravatados da família Marx. Ele e Elizabeth tocavam no dinheiro apenas em caso de emergências – quando tinham que repor alguma coisa na casa ou ocasionalmente precisavam emprestar do fundo para pagar a mensalidade de Harry. O dinheiro ficava apenas parado lá – não uma piscina ilimitada como a do Tio Patinhas, mas uma poça de bom tamanho.

Andrew estava deitado de costas no extremo mais afastado do estúdio DESENVOLVImento. Era hora do exercício conjunto de relaxamento e meditação, o que significava que Dave oferecia uma meditação guiada enquanto Salomé circulava fazendo pequenos ajustes na cabeça e nos ombros e massageando a testa de todos. Andrew não precisava mais pagar pelas aulas – Dave insistiu. Ele fazia parte da equipe.

A Kitty's Mustache era a única outra equipe à qual Andrew já havia pertencido. O casamento era uma parceria e a família era uma espécie de equipe, mas estas não contavam, não de verdade. A banda havia feito reuniões, ensaios e votações. Não havia votação no casamento – tudo sempre tinha que ser um duplo acordo. A paternidade era uma ocupação absurda, mundana e sublime em igual medida, e assim que Harry havia aprendido a falar, andar e usar o banheiro, Andrew e Elizabeth haviam predominantemente dividido seus dias para que cada um dispusesse de algum tempo "livre". Quando a pessoa pertencia a uma banda e desejava esse tempo, significava que queria sair e na realidade, quem se importava? Sempre haveria outro baixista medíocre.

– Imagine que cada respiração sua é uma luz branca – disse Dave –, e a luz entra através de seu nariz e de seus seios nasais, atravessa as maçãs do rosto e sobe até a cabeça. Agora imagine que a luz é uma bola na máquina de fliperama mais macia do mundo e que ela salta em todas as direções dentro da sua cabeça, até que cada centímetro desta esteja preenchido por essa luz. Estou movendo os controles da máquina e a bola está saltando por toda parte. Luz! Luz! Luz!

Uma das melhores coisas em Elizabeth era a maneira com que prontamente ignorava as más qualidades das pessoas. Como se visse o quanto alguém era terrível e então redobrasse os esforços para ser gentil, como se todos os idiotas que encontrava tivessem sido crianças maltratadas que ela estava tentando impedir de atear fogo em animais. Era como agia com Lydia, que decerto nunca mereceu. Andrew nunca havia conseguido igualar essa bondade, essa generosidade. Estava difícil reconciliar tal amabilidade generosa com o que Elizabeth havia feito, mas Andrew estava tentando. A luz branca circundava o rosto dela, tornando seus cabelos loiros ainda mais brilhantes. Mas a luz branca e calma de Dave não parecia neutralizar Lydia, por mais que Andrew respirasse fundo.

A Kitty's Mustache era a banda mais popular na Oberlin – eles faziam shows na Grog Shop em Cleveland, abrindo para bandas em turnê de Nova York e Chicago, e quando tocavam nas festas do campus, as casas convertiam-se em gloriosos riscos de incêndio, os cômodos superlotados transbordando nos jardins até que algum vizinho chamasse a polícia. Zoe e Andrew cursavam o mesmo ano, uma turma à frente de Elizabeth e Lydia, e tinham conversas intermináveis sobre o que fazer quando metade da banda se formasse. Andrew não tinha pressa de voltar para Nova York. Desejava ficar para estar com Elizabeth, apenas morar fora do campus e trabalhar na loja de bicicletas – não custava quase nada viver por lá e Elizabeth poderia roubar comida suficiente nos refeitórios e nas cozinhas dos alojamentos para alimentá-los muito bem se a fonte parental secasse. Mas a fonte não ia secar e, portanto, Andrew não ficou preocupado. Tudo teria sido fácil, exceto pelo fato de que Zoe desejava dar o fora de Ohio, e como eles ensaiariam sem ela? Eles já tinham um compacto, *Kitty's Mustache e o olhar masculino*, com trezentas cópias produzidas por um selo independente e Andrew e Elizabeth estavam ansiosos para finalizar um disco inteiro.

Foi quando Elizabeth escreveu a canção. Foi um puta sucesso – não houve dois caminhos. Mesmo que Elizabeth nunca a tivesse mostrado a ninguém, só a tivesse tocado sozinha no quarto, ela teria sido um sucesso. As músicas eram assim – marcos autônomos. Quando voltou ao espaço de ensaio da banda, proveniente da biblioteca, ela tocou-a no violão e cantou, com Andrew, Lydia e Zoe sentados no chão à sua frente. Lydia pôs-se a bater no chão com as baquetas, marcando o compasso. Quando Elizabeth chegou ao segundo refrão, Zoe havia se levantado e estava cantando junto e Andrew soube que ela não iria a parte alguma. Eles ficaram até tarde, tocando a música repetidas vezes, até terem as faces coradas e os dedos vermelhos.

Quando terminaram, era meia-noite e o bar do hotel ferrado que ficava em frente ao apartamento de Zoe permaneceria aberto por mais duas horas. Eles foram para lá juntos, eufóricos. Elizabeth e Zoe ocuparam uma mesa a um canto, Andrew dirigiu-se ao bar para pegar uma jarra de cerveja e Lydia foi ao banheiro, que ficava no saguão. Todo o primeiro andar do hotel fedia a cigarro (os quartos provavelmente também, mas Andrew nunca havia ficado em nenhum) e pipoca velha, grátis em uma máquina a um canto. Zoe conhecia todos os garçons, caras enormes com motocicletas e dentes horríveis e, em geral, era cobrado um jarro de cerveja sim outro não. Andrew estava vibrando – sempre havia gostado da banda e eles tinham outras músicas boas, inclusive algumas que ele próprio havia escrito, mas aquilo era diferente. Ele pegou o jarro de cerveja e o depositou com força sobre a mesa.

– Preciso dar uma mijada – anunciou.

– Eu estava morrendo de vontade de saber disso, obrigada – disse Elizabeth, que era sempre mais sarcástica quando Zoe estava por perto. Ambas riram.

Andrew mostrou a cada uma o dedo médio e dirigiu-se ao saguão. Os banheiros ficavam atrás de uma meia parede, como se o hotel fosse legal o suficiente para fingir que as pessoas que passavam não entrassem e os usassem o tempo inteiro. Andrew empurrou a porta de vaivém e se aliviou ruidosamente no mictório, suspirando. Tornou a sair, assobiando "Dona de mim", mas deu apenas um passo para voltar ao corredor antes que Lydia o alcançasse.

– Eu estava esperando por você – disse ela, os olhos quase escondidos sob a franja. – Venha comigo. – Lydia puxou-o pela mão e eles saíram pela porta da frente do hotel, fora das vistas do bar. Era abril e ainda não estava quente, embora os botões de flores tivessem começado a se abrir no parque do outro lado da rua.

– Muito boa a música de hoje, hein? – comentou Andrew, sentindo-se bêbado mesmo que ainda não tivesse tomado um gole sequer, e esfregou a barriga. Eles pararam na esquina da rua escura e Lydia envolveu-o com os braços. Ela era pequena, com pouco mais de um metro e meio, e sua cabeça encaixava-se sob a axila dele de um jeito que o agradava. Elizabeth era mais alta que Andrew e ele também gostava disso, mas Lydia o fazia sentir-se trinta por cento mais bonito, como o melhor zagueiro em um time de futebol do ensino médio.

– O que está acontecendo? – perguntou Andrew, afagando a cabeça de Lydia com carinho.

– Não quero voltar para o bar – respondeu ela. – Só quero ficar com você.

– Mas nós estamos comemorando! – Andrew afastou-se e colocou as mãos nos ombros de Lydia. – Venha, vai ser divertido!

– Não é esse o tipo de diversão que quero ter – disse Lydia e agarrou o rosto dele e o beijou.

Aquilo não foi inesperado. Alguma vez havia sido? Elizabeth o havia provocado a respeito da azaração de Lydia e Andrew dissera que não era nada, pois era mais fácil que dizer a verdade. Eles haviam dormido juntos algumas vezes – só quando ambos estavam muito bêbados e quando Elizabeth ia passar a noite em outro lugar. Lydia parecia saber exatamente quando ela estaria fora e surgia na soleira da porta de Andrew com uma garrafa de vinho não tão terrível e sem calcinha. Eles nunca conversavam a respeito após o fato, o que o fazia parecer menos um segredo e mais um estado de fuga compartilhado.

Não tinha nada a ver com Elizabeth; Andrew amava Elizabeth. Ela era um copo de leite integral, recém-saído da vaca – a bondade não diluída. Lydia era algo separado. Algo cheio de pontas. Era como Beth e Veronica na história em quadrinhos. Archie amava ambas e elas também se amavam, embora o puxassem de um lado para o outro. Quando Andrew imaginava que Elizabeth descobriria, essa era parte de sua defesa. Não era muito, mas era alguma coisa. Ele esperava jamais precisar usá-la, esperava que Lydia um dia simplesmente desaparecesse e tornasse sua vida mais fácil. Não era como se ele e Elizabeth fossem casados. Eles não estavam nem mesmo morando juntos. Era pior que atravessar a rua fora da faixa, mas não tão ruim quanto um tratamento de canal. Pior do que vomitar em um táxi, mas não tão ruim quanto ir ao departamento de trânsito.

– Vamos – disse Andrew. – Vamos voltar.

– Tudo bem – disse Lydia, projetando o lábio inferior e piscando para ele. – Ou posso chupar você bem aqui. – Eles atravessaram a rua, entraram no parque e Andrew abriu o zíper enquanto Lydia engatinhava parcialmente para baixo de um arbusto e em seguida o puxava para que se ajoelhasse.

Essa cena faria parte do filme? A luz branca não existia. A cabeça de Andrew estava ocupada por Lydia. Eles dormiram juntos mais algumas vezes, então o semestre acabou, Andrew foi morar com Elizabeth e tudo terminou. Lydia jurou que não era ele o motivo por que estava largando a faculdade, que de fato detestava a escola e que ele não era nem remotamente tão importante assim, mas Andrew nunca soube ao certo. Naquele verão, ajudou-a a carregar uma caminhonete de mudanças alugada e quando ela saltou para o assento do motorista, balançou a cabeça, concedendo-lhe o mesmo olhar que lhe concedeu mil anos mais tarde no restaurante, depois que Harry nasceu. Lydia olhou-o como se ele fosse um pateta, como se tivesse feito a escolha errada e ela soubesse disso. Nunca foi muito claro para Andrew – nada era. Tudo que ele desejava na vida era que alguma coisa fosse tão clara quanto sempre havia sido para Lydia. Ela o havia desejado e quando não o obteve, caiu fora. Sempre que Lydia cantava aquela música, aquela maldita música, linda e perfeita, era só o que Andrew ouvia. Ela era calma e havia partido, ele havia permanecido com sua voz e as palavras de Elizabeth, e Andrew tinha certeza que ouvia exatamente o que Lydia desejava que ele ouvisse. Era a coisa pela qual se sentia mais culpado na vida e quando Lydia morreu, a primeira emoção de Andrew foi alívio. Ninguém mais sabia e agora ele nunca teria que contar a Elizabeth. Esse alívio era a segunda coisa pela qual se sentia mais culpado. Aquilo era um sanduíche de culpa, com Lydia no meio. Andrew sentiu Salomé despentear seu cabelo e ouviu-a agachar-se às suas costas. Ela pressionou seus ombros com os polegares, aterrando-o, em seguida friccionou-lhe a testa, desenhando pequenos círculos. As mãos dela cheiravam a lavanda. Andrew inspirou e expirou o tanto de Lydia que conseguiu. Havia sempre mais. Lydia estava arraigada dentro dele, uma fina camada de desejo e arrependimento grudada em suas entranhas como piche. Nunca havia luz branca suficiente, mas ele continuou a respirar, na esperança de que tudo mudasse.

Quarenta e nove

Agora que seu trabalho se encontrava em um hiato indefinido, Ruby tinha mais tempo para ser olheira de Elizabeth. Era divertido, como fingir que era Harriet, a Pequena Espiã e, acima de tudo, proporcionava-lhe o que fazer. O primeiro passo era ir a uma aula de yoga, o que Ruby considerava de impacto relativamente baixo em termos de missões de espionagem. O site da DESENVOLVImento era puro lixo – apenas um monte de fotos de garotas bonitas de olhos fechados, sorrindo como se tivessem a língua de alguém em seu clitóris – mas havia horários de aula em pedaços de papel cor-de-rosa em uma caixa de plástico transparente na varanda. Ruby prendeu o cabelo em um rabo de cavalo e roubou a esteira de Zoe no armário do corredor.

– Só para ver como é lá dentro – Elizabeth dissera. – Só para ver se tem alguma coisa estranha acontecendo. Você sabe, conversar com as pessoas. – Ruby havia topado.

As aulas custavam quinze dólares para visitantes. Ruby pagou em dinheiro e assinou um recibo sob o nome "Jennifer Lopez", o que lhe pareceu engraçado, bem como dentro do âmbito das possibilidades. "Pode me chamar de Jen", ela tencionava dizer a quem quer que estivesse dando a aula, antes de lançar-se em um longo monólogo sobre sua juventude como ginasta e seus tendões distendidos.

Os discursos pré-planejados foram desnecessários – ao contrário da maioria dos estúdios, que ficavam bem vazios durante o dia, a DE-

SENVOLVImento estava lotada e a mulher incumbida da aula nem sequer se apresentou. Tratava-se de uma loira flexível, que pisava nas pequenas fatias do chão de madeira entre as esteiras, tocando todos à medida que perambulava pela sala. Ruby desenrolou sua esteira na primeira fila – precisava parecer uma aluna interessada se desejava obter informações – e entoou OM em alto e bom som ao ser convocada a fazê-lo.

– Bem-vindo à DESENVOLVImento – disse a mulher. – Meu espírito vê você.

– Meu espírito vê você – disseram todos na turma em resposta.

– Vamos lá! – disse a loira. Ela deu meia-volta, sacou um iPhone e pressionou uma tecla, preenchendo imediatamente a sala com música *afrobeat*. – Quero ver os corpos lindos de vocês se *mexerem*! – Se Andrew estava com problemas, decerto não era com essa idiota. Ruby fez tantos cachorros olhando para cima quanto conseguiu antes de desabar sobre a esteira e esperar a aula terminar.

Quando estavam todos enrolando as esteiras, Ruby saltitou com ar casual até a professora, que estava bebendo um copo alto de alguma coisa verde e espumosa.

– Boa aula – disse Ruby. – Corri dez quilômetros ontem e meu corpo precisava de uma trégua. Mas a aula foi muito boa.

A mulher levou o polegar à testa e fez uma pequena reverência.

– Muito obrigada – disse. – Meu espírito estava percebendo que seu espírito precisava de descanso. Isso é realmente muito importante. É a coisa número um que você aprende na formação de professores, que o mais difícil é escutar o próprio corpo e não se importar com nada do que está acontecendo na sala. – Ela colocou a mão no braço de Ruby. – Você é minha professora mais importante hoje.

– Estou me sentindo exatamente da mesma forma – disse Ruby, levando os próprios polegares à testa. – *Namastê*. – Ela olhou ao redor da sala, que por fim havia ficado mais vazia. Algumas pessoas de aparência flexível ainda tardavam, fazendo massagem nas costas umas das outras, coroadas por gemidos apreciativos. Elas lembravam-lhe Dust e os garotos dos degraus da igreja, só que com pele melhor e fígado limpo. – Esse lugar é incrível – disse. – Você sempre dá aula aqui?

– Ah, aqui todos nós somos professores – disse a mulher, inclinando-se para a frente. – Sabe, acho que você realmente podia ser uma parte interessante deste lugar. Sou Lena. Posso mostrar a casa? Quer um pouco de combucha? É preparado aqui e é muito gostoso. Você já bebeu? Parece chá gelado, só que meio estranho.

– Vou amar – disse Ruby, tentando não ignorar quão doloridos estavam seus músculos da coxa quando elas começaram a subir as escadas.

Cinquenta

O topo dos pés da dra. Amelia estava bronzeado, à exceção da pele entrecruzada que havia permanecido escondida sob as tiras das sandálias, o que a fazia parecer ter sentado à sombra de venezianas. Zoe achava que alguém deveria dizer-lhe que todo o seu corpo necessitava de FPS 30, não apenas o rosto e os braços, mas parecia estranho dar conselho médico a uma médica, assim manteve a boca fechada.

Zoe desejava manter a boca fechada a respeito de muita coisa – sabia que Ruby e Harry vinham se pegando sempre que pensavam que ela e Jane estavam dormindo e não se importava. Ela e Jane vinham se pegando sempre que Ruby estava fora, o que parecia a época em que ela era bebê e elas transavam durante os cochilos da filha por estarem muito cansadas e/ou ocupadas depois que Ruby ia dormir à noite. Zoe não desejava contar a Elizabeth sobre Jane, o que era ridículo, pois Jane era sua mulher e Elizabeth sua amiga – mas Zoe estava preocupada que Elizabeth se decepcionasse caso ela e Jane permanecessem juntas, como se estivesse metendo o rabo entre as pernas.

A dra. Amelia gostava de sentar-se de pernas cruzadas em sua cadeira Aeron.

– Como vão as coisas, meninas? – perguntou. – O verão parece ter sido bom.

– Acabamos de ter um incêndio no restaurante – disse Jane. – No restaurante em si, na verdade.

— E Ruby ainda não entrou para a faculdade — disse Zoe e então se corrigiu. — Não vai para a faculdade, acho.

— E foi parar na delegacia por transar no Prospect Park — acrescentou Jane.

— Ah — fez a dra. Amelia e escreveu alguma coisa em seu bloco de notas. — E vocês duas estão se entendendo? Isso parece um bocado de estresse adicional.

— Estamos — disse Zoe. Ela olhou para Jane, que estava sentada à sua esquerda. Jane detestava terapia. Sua mãe era terapeuta e havia atendido pacientes em seu consultório doméstico em Massapequa, o que a havia deixado irritada com todo o processo, com as tardes em que ela e os irmãos não tinham permissão para ver televisão porque a sala de lazer conectava-se ao consultório da mãe por portas francesas. Mas no momento, Jane parecia completamente feliz por estar ali, até mesmo sorrindo sem motivo aparente.

— E vocês conversaram a respeito dos problemas que estão tendo? É ótimo chegar a um bom lugar, claro, mas quero ter certeza de que isso não é só uma disposição passageira. Vocês duas conversaram sobre as questões que causaram a distância em primeiro lugar?

Jane fechou a boca.

— Bem, nós realmente não tivemos tempo — respondeu Zoe. E era verdade. Após o incêndio, houve muito trabalho a ser feito, refeições a serem preparadas e elas estavam duas temporadas atrasadas em *Damages*, que estavam assistindo na Netflix. Todos os dias, Zoe pensava em ter a Conversa, mas todos os dias mudava de opinião.

— Temos andado muito ocupadas — disse Jane. — E além do mais, não sei, parece que isso seria de mau agouro ou coisa assim. Complicaria a situação. Você sabe o que estou querendo dizer.

— Sei o que você está querendo dizer — disse a dra. Amelia. — Você tem medo de afugentar os nativos. Sujar a água. Cutucar o urso. — Ela bateu com a tampa da caneta no queixo.

— Certo. — Jane entrelaçou as mãos no colo. — Alguma coisa do gênero.

— Bem — disse a dra. Amelia —, por que não começamos agora? Este é um espaço seguro, estão lembradas, e todos os sentimentos são válidos. Zoe, quer começar?

— Tudo bem — disse Zoe. Ela cruzou as pernas em uma direção, depois trocou. Seu cabelo caía sobre os olhos e ela tornou a enfiá-lo atrás das orelhas. — Acho que tenho a sensação de que as coisas estão correndo muito bem, mas talvez sinta medo de que Jane possa ter medo de ficar sozinha? E então agora esteja mais interessada em mim que o normal? E que daqui a pouco tempo tudo vai esfriar outra vez? E então vamos voltar ao ponto em que estávamos? — Ela cobriu os olhos. — Não me mate — disse a Jane.

— Não vou matar você — disse Jane. — Você está certa. Não quero ficar sozinha. Mas o motivo para não querer ficar sozinha é porque te amo. Não quero só ter *alguém* por perto, quero ter *você* por perto. — Ela revirou os olhos. — Você está realmente nos obrigando a fazer isso aqui? — Jane limpou a garganta. — Acho que devíamos conversar sobre Elizabeth.

Zoe ficou genuinamente surpresa.

— Você está brincando.

— Não estou dizendo que seja sexual, Zo. Mas acho que tem alguma coisa estranha ali. Isso é um ponto para discussão, dra. Amelia, mesmo que não tenha a ver com sexo?

— Claro — respondeu a dra. Amelia. — Há todos os tipos de traições... física, emocional, espiritual. O que exatamente você acha que está acontecendo, Jane?

— A gente costumava brigar por causa disso anos atrás. Só acho que Zoe tem outra pessoa a quem recorrer sempre que está chateada, feliz ou seja o que for. Sei que isso não é tão importante quanto costumava ser, mas ainda assim, acho que atrapalha. Existe motivo para que as pessoas não morem perto dos pais, sabe, ou ao lado de seus melhores amigos. É estranho. As pessoas precisam de espaço. Ou pelo menos, eu preciso de espaço.

Zoe mordeu a boca. Espaço era sua fala.

— O quê? — disse Jane. — Você realmente acha que estou tão errada assim?

A dra. Amelia aguardava com ar expectante, os dedos dos pés balançando de emoção.

— Acho completamente ridículo — disse Zoe e então tentou ir mais devagar e pensar se de fato fazia isso. Sentiu-se esquentar para uma discussão, da forma como provavelmente ocorria aos toureiros antes de entrar na arena. Quanto mais pensava nisso, mais ela percebia que Jane se parecia muito com um touro — furiosa e estática, rígida e propensa a bufar. Mas Zoe sabia que a culpa não era apenas de Jane, não importava o que houvesse acontecido com elas. E talvez ela tivesse razão. Zoe pensou em todas as vezes que havia recorrido a Elizabeth em vez de recorrer a sua mulher, por vários motivos. Recentemente, isso não vinha acontecendo muito, a não ser para conversar a respeito da casa, mas anos antes acontecia o tempo inteiro. Quando ela e Jane se juntaram, ela e Elizabeth eram inseparáveis e Zoe muitas vezes começava as frases com "Bem, eu estava dizendo a Elizabeth", ou "Elizabeth acabou de me contar...", o que obviamente era cansativo e irritante. Zoe pensou em como se sentiria se Jane tivesse alguém assim, uma confidente de quem realmente gostasse e essa pessoa morasse na casa ao lado. Elas não estavam mais na faculdade — não eram Jerry Seinfeld e seus amigos solteiros, sempre entrando e saindo sem aviso e sem motivo. Eram adultas, com famílias, impostos e hipotecas. Zoe teve a horrível percepção de que sua mulher poderia estar certa. Os detalhes estavam errados, mas Jane estava certa quanto ao fato de que Elizabeth sempre havia estado presente, pairando nas margens, ansiosa por atender o telefone.

— Acho que devíamos marcar mais algumas consultas — disse Zoe. A dra. Amelia concordou com um movimento de cabeça e tomou nota.

Cinquenta e um

Dave surfava – era natural do sul da Califórnia, como Andrew havia desconfiado – e Andrew concordou em tentar. Dave tinha um amigo que alugava pranchas e trajes de mergulho a poucos quarteirões do terreno do hotel e eles tinham tudo de que precisavam em quinze minutos. Ele recomendou uma prancha de espuma de nove pés e Andrew assentiu com um movimento de cabeça como se soubesse o que isso significava.

– Vamos fazer você se levantar em um instante, cara – disse Dave.

Andrew havia feito uma aula quando ele e Elizabeth foram para o Havaí em lua de mel, que não havia consistido em nada além de os dois lerem brochuras na areia, parando de vez em quando para se beijarem e girar as alianças. Mais que qualquer outra coisa, Andrew havia passado aqueles dias sentindo-se *afortunado* – afortunado por Elizabeth, tão simples e boa, tê-lo escolhido, um presente de grego. Ele teve certeza, desde o início, de que não a merecia, mas ia tentar e foi como eles passaram a lua de mel, transando, cultivando queimaduras de sol e caminhando sem rumo, de mãos dadas. Talvez eles devessem voltar – talvez Harry pudesse ficar em casa. Ele tinha idade suficiente. Andrew continuava chateado por causa do filme, mas talvez se examinasse aquilo mais a fundo, *conseguisse* enxergar o que Elizabeth estava tentando fazer.

Eles – a DESENVOLVImento, Andrew, Dave, o Mar, do que quer que eles seriam chamados – haviam feito uma oferta no hotel.

Havia detalhes a respeito das regulações municipais a serem providenciados, portanto o processo levaria alguns meses. Dave e Phillip estavam cuidando de tudo. O primeiro cheque havia seguido para a conta do corretor de imóveis, juntamente com algum outro dinheiro de investidores, onde permaneceria como garantia até que eles assinassem o contrato. Nesse meio-tempo, Andrew havia preenchido um segundo cheque, dessa vez direto para Dave, de mais cinquenta mil. A DESENVOLVImento estava crescendo rápido – eles precisavam de dinheiro a fim de pagar os professores e o equipamento, as caixas de garrafas para o combucha e os pacotes de copos plásticos para os sucos, além de continuar a fazer melhorias na casa – e todo o capital de Dave destinava-se às benfeitorias no hotel. Dave havia pedido com muita timidez, como se Andrew fosse objetar, quando a DESENVOLVImento era a mais clara e mais fácil de todas as suas responsabilidades.

Juntos, eles remaram mar afora. Andrew rapidamente recordou a sensação de muitos anos atrás, todos os músculos inativos em seu peito e seus ombros repentinamente rangendo e despertando. Era difícil manter a prancha nivelada sob o corpo – ele sentia-se como um João Teimoso, só que sem o peso para mantê-lo embaixo. Os dois passaram pela arrebentação e Dave deu-lhe algumas dicas – não tentar levantar-se de um salto para ficar de pé, e sim arrastar os pés para o lugar, o que parecia fácil, mas na realidade não era. Saltar para pôr-se de pé era para gente como Dave, cujo estômago era uma placa de músculos, cada pedacinho unindo-se com um objetivo.

– Isso não tem nada a ver com instrução – disse Dave. – É quase uma sensação, sabe? A onda, a vibração. É com isso que o surfe tem a ver. O mar determina quando é a sua vez, então você vai.

– Certo – disse Andrew.

Nas proximidades, uma escola de surfe dava aulas e três garotas com roupas de mergulho combinando na parte de cima e biquínis embaixo davam risadinhas enquanto assistiam umas às outras escorregarem da prancha e caírem na água rasa. Uma onda grande começou a se aproximar e Dave balançou a cabeça em sua direção, conservando os olhos meio fechados.

— Essa é minha — disse e pôs-se a remar. Em mais um minuto, estava de pé, flexionando as costas à medida que transferia seu peso.

Andrew estava deitado de bruços, balançando para cima e para baixo ao sabor das ondas. Agosto havia chegado muito rápido naquele ano — a cidade estava vazia, mas as praias estavam cheias, pontilhadas de gente jovem e gente velha. Andrew desejava ter levado Harry mais vezes à praia quando criança — eles iam de vez em quando, talvez uma ou duas vezes a cada verão e nada mais. Aquilo lhe pareceu uma grande injustiça, um erro que havia cometido. As crianças que brincavam na areia estavam cavando buracos, construindo castelos com baldes de plástico. Harry era exatamente igual a Elizabeth, propenso a atividades em locais fechados e Andrew achava que era culpa sua não ter interferido. Eles nunca tinham ido acampar sem carro. Nunca haviam dirigido um trailer, descido uma tirolesa nem feito uma fogueira. Andrew sentiu vontade de chorar ao pensar em todas as coisas das quais havia privado seu filho, só por não ter pensado em fazê-las. A sua frente, Dave havia surfado com facilidade por todo o caminho até a areia. A água estava rasa e quando Dave alcançou a praia, pôs-se a deslizar pelo chão como se estivesse de pé sobre um skate gigantesco, o que de certa forma era mais ou menos verdade. Parecia tão fácil. Dave provavelmente tinha trinta e cinco anos e Andrew gostaria de saber se ele já havia sido casado ou se tinha filhos. Ele certamente teria mencionado uma criança, a menos que tivesse ocorrido em má situação e eles não mantivessem contato; Andrew não podia imaginar que fosse esse o caso. Dave parecia um solteirão, no bom sentido. Desimpedido.

Uma onda ligeiramente maior passou por baixo de Andrew, que deu impulso para cima a fim de sentar na prancha outra vez, as pernas balançando na água em ambos os lados. Dave acenou da praia e gritou alguma coisa que Andrew não conseguiu ouvir. Ele girou para ver o que vinha a seguir — surfar era como pescar em um lago, muita espera e observação, apenas com uma probabilidade maior de afogamento. Uma onda aproximava-se e Andrew decidiu remar. Tornou a cair sobre o estômago rápido demais e sentiu dor, mas não teve tempo para pensar a respeito – começou a remar e remar, com a cabeça e o peito erguidos, como na aula de yoga, até que a onda estivesse embaixo dele e a prancha, fazendo o que era devido – mantê-lo separado da onda. Por um segundo, Andrew conseguiu – arrastou os pés e agachou-se, então ergueu o corpo para ficar de pé, quase. Seus joelhos estavam dobrados e os braços estendidos. Ele sentiu-se como Philippe Petit caminhando entre as Torres Gêmeas. Andrew queria olhar para Dave e erguer o polegar ou acenar, mas sabia que, se o fizesse, cairia. Mas começou a cair de qualquer jeito e, ao tombar para o lado esquerdo da prancha, Andrew olhou em direção à praia e pensou ter visto Harry e Ruby de pé atrás de Dave, os longos cabelos encaracolados de Ruby enrolados como um novelo de lã no topo da cabeça. Em seguida, caiu na água, lançando-se em um curto passeio na máquina de lavar do oceano Atlântico e, quando sua cabeça tornou a emergir, eles haviam desaparecido. Andrew agarrou a prancha e usou-a para bater pernas pelo resto do caminho até a areia.

– Você conseguiu – disse Dave, oferecendo a mão a Andrew. – Da próxima vez vai ser ainda melhor.

– Pensei ter visto meu filho – disse Andrew, olhando ao redor da praia. Havia milhares de jovens na areia, lendo revistas de fofocas e deitados sob guarda-sóis baratos, mas ele não viu Harry. – Juro que ele estava bem atrás de você.

– Como uma visão – disse Dave, balançando a cabeça. – Ao longe.

– Não, ele estava em pé ali, bem ali! – Andrew apontou como se a areia fosse apresentar um mapa.

– Entendi – disse Dave, a boca espichada, os olhos sem expressão. Então ali estava: ele não tinha filhos, Andrew pôde perceber. Dave estava olhando outra vez para o mar, a prancha apontando em direção ao céu sem nuvens. – Quer tentar novamente?

— Claro — disse Andrew. Ele deu uma última varredura na praia, procurando pelos cabelos de Ruby, mas não os viu. Ela era encrenca, assim como sua mãe, e Andrew estava cansado de fingir que não se importava. — Vamos lá — disse, e atirou a prancha de volta na água, esquecendo que esta continuava presa a sua perna, o que o fez tropeçar e cair na arrebentação baixa e espumosa.

— Legal — disse Dave. — Você já está pegando o jeito.

Andrew estava envergonhado, mas não demonstrou.

— Vamos mais uma vez.

Cinquenta e dois

Elizabeth sentou-se na varanda, suando. Tinha um compromisso naquela tarde com um casal de Carroll Gardens que queria uma casa no bairro – eles tinham uma filha de três anos e estavam esperando outro. A casa de Zoe era exatamente o que procuravam – grande o suficiente para todas as pessoas da família, mas deteriorada o suficiente para que conseguissem pagá-la. Deirdre tinha o anúncio de uma casa na avenida Ditmas, mas Elizabeth sabia que eles desejavam ficar mais perto do parque. Às vezes, alguns quarteirões faziam toda a diferença – não raro, os clientes forneciam os limites exatos dentro dos quais estavam procurando –, por vezes tinha a ver com áreas escolares, mas por vezes era apenas preferência pessoal. Se Elizabeth algum dia se mudasse, ia querer um apartamento na Commerce, na Grove ou na Bedford, em West Village, um diminuto emaranhado de ruas. Não que desejasse se mudar – era apenas um capricho profissional, ver como outras pessoas viviam a vida e comparar com a sua. Tampouco desejava de fato vender a casa de Zoe – significaria que Zoe realmente sairia do bairro e se elas não fossem vizinhas, o que isso quereria dizer? Que Zoe enviaria regularmente mensagens para um jantar de última hora? Não que Zoe tivesse respondido de forma positiva nos últimos tempos – embora, claro, elas estivessem organizando um monte de coisas, por causa do incêndio e tudo mais. Algumas vezes, as desculpas não eram desculpas. Se Zoe se mudasse, elas se sentariam na varanda uma da outra para beber vinho? Com que frequência Zoe pegaria o metrô por causa dela? Ela não desejava ter que descobrir.

    Elizabeth estava sentada na varanda porque Zoe a estava evitando – não estava respondendo e-mails nem mensagens de texto, como se Elizabeth não soubesse que ela os havia visto. Às vezes, Elizabeth sentia saudades dos velhos tempos, quando a pessoa não fazia ideia se alguém tinha ouvido uma mensagem, ou que havia telefonado seis vezes em um só dia. Elizabeth não estava tentando ser persecutória; precisava realmente falar com ela. Havia prometido a seus clientes que perguntaria sobre a probabilidade de a casa entrar no mercado, porém mais que isso, queria saber sobre Jane. Claro que era tudo a mesma conversa e Zoe estava evidentemente tentando evitá-la. Mas serem vizinhas além de amigas significava que Elizabeth sabia quando Zoe e Bingo fariam sua caminhada ao fim da manhã e sentar na própria varanda à mesma hora não era quebrar nenhum tipo de protocolo, era?

    Ela viu Bingo primeiro – a boca aberta feliz, com a guia arrastando atrás dele na calçada. Os cães eram criaturas gloriosamente descomplicadas – comida, brincadeira, sono, amor, era tudo de que precisavam. As pessoas eram muito piores. Zoe seguia alguns metros atrás de Bingo, olhando para o celular.

    – Ei – disse Elizabeth, descendo seus degraus.

    – Ah, oi, eu estava prestes a retornar sua ligação – disse Zoe, tornando a enfiar o telefone no bolso. – Calma, Bingo. – Ela curvou-se e pegou a extremidade da guia.

    – Está tudo bem? – Elizabeth apertou os olhos e protegeu-os com a mão. – Com a gente, quero dizer. Eu fiz alguma coisa?

    – O quê? Não! O que você faria? – Zoe olhou para o chão.

    – Não tenho certeza – respondeu Elizabeth. – É por isso que estou perguntando.

    – Não – disse Zoe. – De verdade. Nós estamos bem! As coisas têm andado agitadas por causa do incêndio, você sabe.

— Claro — disse Elizabeth, deixando as mãos penderem ao lado do corpo. — Só que a situação estava estranha, já faz algum tempo que não conversamos sobre a casa e então no outro dia, o das panquecas, você e Jane pareciam...

— O quê? Ela é minha mulher, está lembrada? — Zoe soou defensiva.

— Claro! Não, claro! Só pensei, sabe, que vocês estavam tendo alguma coisa; nós tínhamos conversado sobre a casa e achei que talvez houvesse algum retrocesso aí...

— Retrocesso? Você está dizendo que eu e minha mulher estamos *retrocedendo* para o nosso casamento, para longe das suas mãozinhas gananciosas? Meu Deus, Lizzy! — Zoe balançou a cabeça. — Talvez ela esteja certa! Isso é uma loucura? Não sei! Você parece estar pensando mais na sua comissão do que na nossa amizade, para ser honesta.

— Não! — disse Elizabeth. — Isso é maluquice! Não foi o que eu quis dizer. Juro! — Estava dando tudo errado. Elizabeth desejava contar a Zoe que temia que ela se mudasse, temia que ela própria também fosse querer se mudar para o apartamento vizinho, apenas para ter certeza de que elas continuariam amigas pelos próximos vinte anos e os vinte seguintes, que estava triste com a ideia de ela e Jane se divorciarem e triste por seu próprio casamento, que Ruby e Harry estavam velhos demais para serem chamados de crianças e do que elas os chamariam a seguir? Mas sua boca não estava funcionando bem e nada disso saiu. — Não, de verdade — disse Elizabeth. — Eu juro.

— Podemos conversar sobre isso mais tarde? — Zoe fez um gesto em direção a Bingo, que estava se aliviando na calçada.

— Claro — respondeu Elizabeth. — Eu não quis dizer nada com isso e claro, *claro* que só quero que você seja feliz. E não estou tentando vender a casa debaixo do seu nariz. Só quero me certificar de saber o que está acontecendo. Se você está me dizendo para pisar no freio, eu piso, tudo bem?

— Tudo bem — disse Zoe e um olhar melancólico cruzou seu rosto. — É que está tudo muito confuso agora, tanto o bom quanto o ruim, e

realmente não sei como isso vai acabar. Sinto muito. – Ela inclinou-se e deu um beijo na bochecha de Elizabeth. – Eu ligo para você.
– Ótimo – disse Elizabeth. – Por favor, faça isso. – Seus clientes poderiam ir morar no anúncio de Deirdre, pouco lhe importava. E de certa forma, ela esperava que Jane e Zoe se acertassem. Elas não eram como alguns dos casais que Elizabeth conhecia, os quais efetivamente achava que deveriam se divorciar de tanto que brigavam em público. Elas estavam em algum lugar no meio da escala, que era como pensava em si mesma e em Andrew. As duas não eram pombinhos apaixonados, como os pais de Zoe, ou mesmo Deirdre e Sean, casais que esfregavam as costas um do outro por diversão, sem serem convocados nem se queixar de também estarem precisando de massagem. A maioria dos casais que Elizabeth conhecia encontrava-se no meio, batalhando. *Não se divorciem!*, era o lema compartilhado. Era a única maneira de ter um casamento longo, a única maneira de ter uma família verdadeiramente sólida. Quem precisava de felicidade quando tinha estabilidade? Não era essa a ideia por trás dos bebês submetidos à ferberização, que algumas noites de sofrimento acarretariam mais sono para todos? Elizabeth olhou para a própria mão e percebeu que havia cerrado o punho com tanta força que suas unhas haviam deixado marcas profundas na palma.

Algumas pessoas abandonavam e algumas eram abandonadas. Zoe pertencia ao primeiro grupo. A Kitty's Mustache começou a definhar quando Lydia saiu, embora não tenha parecido. Lydia sempre havia sido o elo mais fraco e a namorada de Zoe à época tinha um amigo no conservatório que tocava bateria, portanto era uma substituição fácil. O único problema foi que o novato era um músico muito melhor que o restante deles, o que fez com que suas músicas parecessem pobres, amadorísticas. Apesar disso, eles tocaram em festas e shows durante o ano inteiro, mesmo depois da formatura, quando Zoe e Andrew ficaram desempregados e desocupados. Era janeiro quando Zoe mais uma vez decidiu que já bastava. Estava cansada de tocar para calouros segurando seu primeiro copo plástico vermelho de cerveja. Não havia mais ninguém interessante por lá, disse ela. Disse que se sentia velha e patética, o que era hilário, pois a cidade inteira a seguia como se ela fosse o flautista de Hamelin.

Talvez fosse esse o problema – ser a pessoa mais legal em quilômetros significava a inexistência de alguém para venerar. Zoe sabia que a música não era para ela – ela não era uma daquelas garotas que desejam a vida dos pais. Começou a passar cada vez mais tempo com seus professores de arte, bebendo vinho na mesa da cozinha deles e conversando sobre Nova York. Quando as férias de inverno chegaram, anunciou que já estava cansada e eles veriam o que aconteceria com a banda na primavera, quando Elizabeth e Andrew saíssem da escola. Era um hiato – foi o que eles disseram a todos os amigos. Mas não existia essa coisa de hiato para uma banda de faculdade. Elizabeth era a mais triste de todos, pois sabia que provavelmente não tornaria a fazer parte de uma banda, não uma banda de verdade. A faculdade era um lugar fictício, onde era possível decidir fazer alguma coisa e fazê-la, onde ninguém dizia às pessoas que elas não eram boas ou talentosas o suficiente. Elizabeth tinha autoconfiança de sobra, mas conhecia suas limitações.

O que era um ano? Quando eles estavam na escola, parecia alguma coisa. Zoe, mais velha e mais esperta, que era como Elizabeth sempre se sentia – como em *A noviça rebelde* e como se ela fosse Liesl e Zoe fosse Rolf, e elas estivessem dançando juntas no gazebo, menos a parte dos nazistas. Era tão engraçado, ser mãe e perceber o que um ano de fato significava. Um ano não era nada! E um ano escolar, *absolutamente* nada – duas crianças podiam nascer com um dia de diferença e ficarem em séries diferentes, dependendo da data. Tudo muito arbitrário. Elizabeth desejava ter tomado conhecimento disso mais cedo na vida. Zoe não era nem um pouco mais esperta que ela. Um ano passava rápido. Ela estava apenas entediada em Ohio e esse foi o fim da Kitty's Mustache.

Havia uma garota em Nova York, claro – Zoe nunca passava muito tempo sem uma. Essa era artista e havia ficado conhecida (e muito admirada) por perambular pelo campus da Oberlin vestindo apenas um macacão. A garota queria fundar uma nova banda, uma dupla, e Zoe havia partido. Não durou muito – apenas o tempo do romance, talvez seis meses –, mas significou que quando Elizabeth e Andrew chegaram, a Kitty's Mustache era uma lembrança, nem mesmo o projeto mais recente de Zoe. Não importou que eles tivessem sido populares, que tivessem gravado um disco. Havia tantos selos independentes que todos que eles conheciam haviam gravado um disco – todos possuíam pôsteres de shows, vídeos de música e uma caixa repleta de recordações. Eles não eram tão especiais assim. Foi Lydia quem, mais tarde, tornou-os especiais em retrospecto, quem os transformou em uma nota de rodapé na história da música. E assim, todos eles seguiram em frente e, alguns anos depois, aquilo parecia apenas pitoresco, uma lembrança para contar aos filhos. *Nós éramos legais.* Às vezes, se Elizabeth não pensasse muito nos detalhes, até parecia verdade.

Cinquenta e três

Havia mais uma aula e, em seguida, o teste. Harry desejava que aquilo durasse para sempre – ele se mudaria para a escola de caratê se fosse necessário e faria todas as refeições com Eliza e Thayer encarando-o, mastigando com a boca aberta como duas vacas chapadas. Ruby estava fazendo sua vontade, deixando-o submetê-la a um teste oral com base em fichas de vocabulário. Durante o dia, na maioria das vezes, eles possuíam a casa de Ruby e quando uma das mães dela voltava para casa, era fácil esperá-la sair. A verdade secreta acerca da paternidade ou da maternidade (em casas que não a do próprio Harry) era que os pais quase sempre tinham outras merdas em que pensar, coisas chatas como impostos e consultas dermatológicas, além de seus verdadeiros empregos e da necessidade de comprar leite. Ruby contou-lhe que havia fumado por três anos – em seu próprio quarto! – antes que as mães percebessem. Harry não conseguia imaginar-se deixando de perceber qualquer coisa relacionada a Ruby. No dia anterior, ela havia cortado cinco centímetros na metade da frente do cabelo e foi a primeira coisa que ele viu. Ruby parecia uma rainha egípcia e ele havia manifestado isso.

– Você me faz querer raspar a cabeça – disse Ruby. – Só para ver que elogio vai inventar.

Ela estava vestindo uma das camisetas velhas dele – meu Deus, ela conseguia transformar uma camiseta velha e manchada dos Anjinhos em um ótimo visual – e uma sainha preta elástica. O ar-condicionado da janela do quarto de Ruby era tão barulhento que eles precisavam aumentar muito o volume da música, o que tornava difícil ouvir as respostas de Ruby para as fichas de vocabulário, mas Harry estava lendo seus lábios. Eles estavam escutando Otis Redding e de vez em quando, Ruby saltava da cama e dançava.

– "Demonstra grande alegria"... por favor, essa é fácil. Exultante! – Ruby revirou os olhos. – Pergunte alguma coisa mais difícil.

– Você não pode fazer só as difíceis. Precisa ter certeza de que sabe as fáceis também. Você não pode desistir das fáceis! É como acumula pontos!

– Harry, isso é o vestibular, não um videogame. – Ruby bateu palmas. – Vamos, a próxima.

Harry manuseou as fichas. Moderado. Crepúsculo. Claustro. Ruby conhecia todas. Ela levantou-se e virou o ventilador para que apontasse direto para seu rosto. Ela estava com algumas pequenas espinhas na bochecha direita e um de seus brincos havia infeccionado – ela mesma havia furado essa orelha no banheiro da escola – e o furo continuava um pouco vermelho. Harry desejou filmar cada segundo que passava com Ruby para poder assistir dali a vinte anos. Para poder mostrar a ela dali a vinte anos. Para que eles assistissem juntos e mostrassem a seus filhos. Um menino e uma menina. Gêmeos, talvez. Era estranho Harry estar imaginando gêmeos? Eles teriam a pele como a de Ruby, com braços e pernas rechonchudos, como ele.

Harry vinha pensando muito no futuro.

Concluiria a Whitman em menos de um ano – a formatura seria em junho. Faltavam apenas dez meses. Ele já havia dito a Ruby que a amava e não imaginava que isso fosse mudar tão cedo. Não imaginava que isso fosse mudar, ponto final. Quais eram as regras quando a melhor pessoa que você conhecia era alguém que havia conhecido por toda a vida? Fingir procurar em outro lugar, só por diligência prévia? Harry estava cagando para quem mais poderia estar lá fora – parecia literalmente impossível que existisse outra pessoa no planeta de quem fosse gostar mais. Não era nada tão brega como ter uma alma gêmea – uma bobagem dos filmes da Lifetime, com foco suave e piegas. Qualquer outra pessoa + Harry = absurdo. Ele torcia para que essa fosse uma das perguntas.

Caso se saísse bem no teste, ele poderia facilmente entrar em quaisquer das faculdades da cidade para as quais desejava ir, que nem sequer seriam caras. Se continuasse a trabalhar no restaurante de suas mães, Ruby ganharia dinheiro. Tudo que eles precisavam era de um lugar para morar. Em oito meses, ele faria dezoito anos e então seus pais não poderiam impedi-lo de ver Ruby. Na realidade, tratava-se apenas de seu pai e Harry achava que as possibilidades de que ele em breve esquecesse isso eram bem grandes.

Fazia semanas que Harry não via seus amigos e ele não se importava. Talvez fosse essa a sensação de estar apaixonado. Ruby também não vinha saindo com as amigas – havia garotas com quem Harry a havia visto todos os dias nos últimos quatro anos, Chloe, Paloma, Anika e Sarah Dinnerstein, mas à exceção de Sarah, ele não as havia visto durante todo o verão. Isso parecia mais estranho. Harry não desejava de fato tocar no assunto, pois poderia abrir um buraco naquele sonho mágico e misterioso em cujo interior eles estavam claramente vivendo, um mundo no qual Ruby correspondia seu amor. Mas ele desejava saber.

– Ei, o que as suas amigas estão fazendo neste verão? Chloe e as outras? – Harry pôs-se a roer as unhas.

– Chloe está em Paris, Paloma já está na Dartmouth. Eles seguem o regime trimestral... além disso, antes ela viajou para um acampamento de calouros. Eca, eu preferia sofrer uma morte lenta e dolorosa a ir a um acampamento de calouros. – Ruby suspirou. – Todo mundo viajou menos eu.

– Eu não viajei. Estou aqui. – Harry manuseou as fichas, testando a si mesmo.

– Eu sei – disse Ruby. – Mas você não conta.

Harry ergueu os olhos.

— Ah, por favor, não falei nesse sentido – desculpou-se Ruby. – Só quis dizer que é claro que você está aqui. Você ainda não terminou a escola e além do mais, está sempre aqui.

— Há-há – fez Harry. – Acho que é verdade. Você preferia que eu estivesse em outro lugar?

— Você é o meu escravo amoroso – disse Ruby. – Este é o único lugar em que quero que esteja. – Ela saltou de volta para a cama, estendeu as pernas para o ar e puxou a saia.

— É esse o seu jeito de pedir desculpas? – perguntou Harry, levando os joelhos ao peito.

Ruby virou-se com um movimento brusco e engatinhou o resto do caminho até ele.

— É.

— Acho que posso deixar isso passar com uma advertência. Só dessa vez. – Harry fechou os olhos e permitiu que Ruby lhe arrancasse as fichas da mão. Eles fizeram barulho ao bater no piso de madeira e, quando Ruby começou a beijá-lo, Harry imaginou todas as palavras flutuando e formando frases sobre eles, um minitornado de poemas de amor. Se Ruby não o amasse, talvez não tivesse importância. Talvez seu amor fosse suficiente para ambos.

Cinquenta e quatro

Andrew estava em casa tão raramente que era quase como se tivesse um emprego das nove às cinco. Elizabeth tinha dado para olhar pela janela como noiva de marinheiro. Como viúva de marinheiro? Era assim que elas eram chamadas? Algumas casas do bairro tinham sacadas, o que não fazia o menor sentido – não havia vista praticamente nenhuma, a não ser pelos telhados das outras casas e aquilo parecia o mesmo que oferecer aos assaltantes uma rota de fuga, mas os imóveis do Brooklyn não tinham a menor lógica. Mesmo quando estava em casa, Andrew tratava-a com uma frieza educada que em geral durava apenas algumas horas. Já haviam se passado várias semanas e Elizabeth estava preocupada que ele nunca mais voltasse ao normal. Ela estava sentindo falta do gato. Sentindo falta de Andrew, do jeito que ele costumava ser, ou do jeito que ela costumava achar que ele era. Por vezes, à noite, quando estava tentando dormir, Elizabeth fechava os olhos e via Iggy, o focinho diminuto projetando-se por baixo de um carro ou atrás de uma lata de lixo, então ele começava a parecer-se com Andrew e ela abria os olhos e olhava para o teto, com o coração batendo rápido. Iggy estava perdido, Andrew também, assim como ela. Todos, à exceção de Harry. Pobre Harry! Sobrecarregado com esses pais e um gato desaparecido, tudo de uma vez. Talvez devesse marcar uma consulta para ele conversar com alguém.

Seu telefone tocou – o telefone de casa, a linha fixa. Ninguém a usava, a não ser a secretaria da Whitman, ou às vezes alguns clientes particularmente ansiosos que não conseguiam esperar até de manhã. Elizabeth atendeu e disse alô. Houve uma pausa reveladora.

– Oi, opa, você me pegou! É Naomi!

Elizabeth olhou para o telefone.

– Eu não imaginava que você tinha esse número. Mas por outro lado, você parece ter todos os números, então não estou nem um pouco surpresa. Mas é muito mais fácil falar comigo no celular.

Naomi riu.

– Estou ligando à procura de Andrew. Ele me deixou uma mensagem e fiquei meio agitada, sabe, tipo, ele é o sr. Dono de Si!

– Andrew telefonou para você? – Elizabeth puxou a cortina outra vez e olhou para a rua. – Para falar o quê?

Naomi fez um muxoxo.

– Você é tão malvada! Acho que eu não devia estar surpresa. – A voz dela endureceu. Aquilo era Hollywood, a mudança rápida e sem graça rumo ao mercenário. – Ele disse que não concordou e que como coautor da canção, seu consentimento é necessário para que ela seja usada, que os advogados dele teriam prazer de conversar a respeito com nossos advogados. Disse também e passo a citar, que "Dinheiro nenhum vai me fazer mudar de ideia". Interessante, você não acha? – A voz dela recobrou a alegria. – Diga que ele estava drogado, Elizabeth. Diga que isso foi um trote.

Elizabeth engoliu em seco. Era Andrew que estava agindo como louco, por que era ela a única a perceber? Por que era tudo culpa sua?

– Ele não está muito empolgado – disse Elizabeth.

– Não está muito empolgado com o que, exatamente? – perguntou Naomi. – Explique para mim.

– Meu marido pode não ter de fato assinado o formulário. Não mencionei que ele estava indeciso? – Elizabeth sabia que estava sendo inadequada ao exprimir sua decisão dessa forma.

— Isso meio que apresenta um problema, Elizabeth. Não existe uma zona de indefinição muito grande aí. Se ele não assinou o documento, precisa assinar. O que significa que precisamos fazer seu marido subir a bordo. Sabe do que mais? Vou até aí. De qualquer forma, Darcey e o resto do elenco vão estar em Nova York na semana que vem para filmar algumas coisas e, em vez de parar tudo, vou abrir um tempo na agenda para uma visitinha. Funcionou com você, acho que vai funcionar com ele. — Naomi disse alguma coisa a alguém em segundo plano. — Não, está ótimo — disse ela, voltando ao telefone. — Vai ficar tudo bem. E, Elizabeth?

— O quê? — Aquilo era o mesmo que ser repreendida na escola primária. Ela queria enroscar-se como uma bola, rolar para baixo da cama e ficar ali para sempre.

— Se por algum motivo isso não der certo e Andrew realmente chamar seus advogados, espero que você também tenha um. — Naomi desligou o telefone e Elizabeth desatou a chorar. Ouviu a porta se abrir e ouviu passos nas escadas.

— Harry? — chamou. — É você?

— Sou eu — disse Andrew, abrindo a porta do quarto. — Meu Deus, o que aconteceu com você? — A ponte do nariz dele estava rosa, uma pequena queimadura de sol. Ele detestava usar protetor solar. Elizabeth tinha praticamente de prender seus braços embaixo para passar o produto, pior do que Harry quando era criança.

— Nada — disse Elizabeth, batendo nas bochechas e abrindo o sorriso mais luminoso possível. — Eu estava de saída. — Ela levantou-se e deu-se uma ligeira sacudida, como um cachorro molhado. — Você está bem?

— Por que não estaria? — retrucou Andrew, erguendo as sobrancelhas.

— Não sei! Como eu iria saber? — Elizabeth empurrou-o para passar ao corredor. Ao chegar lá, percebeu que havia deixado suas chaves e seus sapatos no quarto, mas detestava a ideia de voltar, então entrou no quarto de Harry e começou a dobrar a roupa suja.

* * *

Fazia dois anos que eles haviam se formado na Oberlin quando Lydia telefonou interessada na música. Ela nunca havia ligado diretamente para Elizabeth na época da Kitty's Mustache e assim, quando o telefone tocou e a voz de Lydia fez-se ouvir na outra ponta, Elizabeth ficou em alerta. Segundo as últimas notícias que tinha ouvido, Lydia havia assinado um contrato de gravação. Não raro havia fotos suas nas revistas e artigos nas colunas de fofocas dos jornais. De certa forma, todos já adoravam Lydia – Elizabeth achava tudo aquilo ligeiramente inescrutável, mas por outro lado, essa era Lydia – o cabelo loiro platinado caindo sobre os olhos, o rosto redondo agora mais fino. Ela parecia tão diferente que Elizabeth apostava que a maioria das pessoas na Oberlin sequer reconheceria seu rosto – isto é, seu primeiro rosto. Talvez houvesse até mesmo feito alguma coisa, profissionalmente. Nunca se sabia.

– Lydia, oi – Elizabeth dissera. Andrew havia saído; ela estava em casa sozinha. Isso ocorreu quando trabalhava como assistente do *marchand* e era seu dia de folga. Eles continuavam morando na casa de Zoe, no que viria a ser um dia o quarto de Ruby. Ela sabia disso, que Elizabeth havia dormido naquele quarto centenas de vezes, que havia transado naquele quarto séculos antes de ela nascer? Elizabeth tinha a sensação de estar constantemente flutuando através do tempo e do espaço, seu antigo eu e o eu atual ao mesmo tempo, com sua barriga lisa e suas estrias e rugas ao redor dos olhos. Quando pensava naquele telefonema de Lydia, que mudaria a vida de ambas para sempre, Elizabeth não sabia ao certo quem estava falando. Era impossível que apenas a Elizabeth jovem – solteira, sem raízes, a Elizabeth bebedora de cerveja, que pensava em voltar para a faculdade a fim de fazer serviço social, talvez educação infantil ou possivelmente um mestrado em ficção – estivesse ao telefone, que ela houvesse, de alguma forma, sido a única a proferir as palavras para Lydia.

Lydia havia telefonado porque precisava da música. Claro! Assim que se explicou, Elizabeth riu.

— Peço desculpa — havia dito. — Continue.
— Nós temos um monte de músicas incríveis, é óbvio — Lydia havia declarado. — Algumas são maravilhosas. Mas a gravadora acha que ainda não tem *a* música, sabe, o *single*. E.
— Você quer "Dona de mim".
— Isso. — Elizabeth havia percebido o quanto era difícil para Lydia admitir o fato, mas a ideia devia ter sido dela, pois ninguém mais conhecia a música. Ela devia ter cantado a música para eles ou reproduzido a fita. Elizabeth podia imaginar um escritório cheio de engravatados, com Lydia no meio, segurando um pequeno rádio-gravador, a voz de Elizabeth saindo dos alto-falantes e Lydia cantando por cima da música, abafando todo o resto. As pessoas nos corredores teriam se virado para olhar.
— Tudo bem — Elizabeth dissera. — Quer dizer, desde que a gente regulamente a divulgação.
Ela ouviu a respiração de Lydia.
— De maneira nenhuma vou deixar você fingir que escreveu a música. — Mesmo após tantas vidas, Elizabeth orgulhava-se de si mesma por ter dito aquilo. Imaginou a boca amuada de Lydia toda retorcida e não se importou. — Você sabe disso, certo?
— Claro — Lydia havia respondido. — Vou enviar a papelada da ASCAP, a Associação de Compositores.
Elizabeth nunca tinha ouvido falar da entidade, mas concordou.
— Tudo bem.
— Ótimo. — Lydia queria muito sair do telefone, Elizabeth percebeu. E antes mesmo de saber, compreendeu. Lydia era uma cobra, deslizando pela grama, e Elizabeth desejava agarrá-la pela cauda e arremessá-la de encontro a uma árvore.
— Bem, boa sorte com o disco. Como vai se chamar, você já sabe? — Elizabeth soube a resposta antes mesmo que as palavras saíssem da boca de Lydia. Suas palavras, a boca de Lydia. Suas palavras, escritas sobre uma foto do rosto de Lydia.

– Ainda estamos decidindo – respondeu Lydia, relutante em admitir.
– Tudo bem, então – disse Elizabeth. – Falo com você em breve. Fique bem.
E então ela havia desligado.

Cinquenta e cinco

Dust mandou um OI por mensagem à meia-noite. Ruby estava no sofá assistindo às Kardashians, embora já tivesse visto o episódio. Ela as adorava e odiava na mesma medida e, caso tornasse a se candidatar à faculdade algum dia, seu plano era escrever um ensaio sobre elas e como sempre tinha tido irmãs imaginárias quando criança, mesmo em sua casa cheia de mulheres. Ruby achava que era provável que ainda assim não entrasse, mas pelo menos estaria colocando seu verdadeiro eu no papel. Da primeira vez, sabia que não passaria para lugar nenhum, então pouco importava. Se realmente tentasse passar e não desse certo, ela ficaria chateada. Um minuto mais tarde, Dust perguntou, VC ESTÁ EM CASA? TENHO UM PRESENTE PARA VC. AQUI FORA.

Ruby girou e olhou pela janela. Dust estava de fato sentado na varanda. Não estava nem mesmo olhando para ela, estava apenas sentado nos degraus como se não houvesse escrito e convidado Ruby a juntar-se a ele. Ruby pôs a língua de fora, pausou a TV e saiu com os pés descalços. Dust não se virou quando Ruby sentou-se ao seu lado e quando ela olhou para ele, percebeu por quê.

Havia um gato nos braços de Dust. Não um gato qualquer.

– Iggy Pop! – disse Ruby muito alto e cobriu a boca, tornando a dizer: – Iggy Pop! – Ela estendeu as mãos e tomou o gato de Dust. Iggy era um bom menino, quase sem ossos, com uma ânsia interminável de atenção e, portanto, não se opôs quando Ruby começou a afagá-lo e coçá-lo sob o queixo. – Onde ele estava? Ah, meu Deus, Dust, eles vão ficar tão felizes, você não faz ideia. Onde você encontrou Iggy?

Ele deu de ombros.

– Por aí.

– Bem, estou muito feliz que você tenha trazido ele de volta. A mãe de Harry vai ficar feliz. Ela, tipo, *precisa* dele. – Ruby aconchegou Iggy em seu ombro. – Bom menino.

– Ele gosta de frango assado – disse Dust. – E de queijo cottage.

– Como é que você sabe? Há quanto tempo está com ele? – perguntou Ruby, embora o que realmente desejasse perguntar era se Dust tinha pais que haviam providenciado tais artigos, ou se ele mesmo havia assado um frango.

– Era do supermercado – disse Dust. – Minha mãe não sabe cozinhar merda nenhuma.

– Ah – disse Ruby e imediatamente tentou limpar a mente de todos os outros pensamentos que ele poderia estar lendo. Quanto tempo fazia que ele estava com o gato? Ele o havia encontrado e levado para casa a fim de resgatá-lo das ruas do Brooklyn? Ele o havia roubado da varanda de Harry? Havia soprado fumaça de erva no focinho do pobre do gatinho? Ruby não desejava saber.

– O incêndio foi uma droga – disse Dust. Seu cabelo havia crescido um pouco durante o verão; talvez estivesse com uns três centímetros, espetado para o alto. Em mais algumas semanas, começaria a parecer o cabelo de um garoto normal e não uma cabeça raspada. Ruby tentou imaginar Dust com cabelos que ele poderia enfiar atrás das orelhas, como Harry.

– Hum, isso é um eufemismo. Agora acho que minhas mães estão felizes por eu não ter passado para a faculdade... por não terem que pagar as mensalidades. Quando o restaurante fecha, ninguém compra um hambúrguer de treze dólares, sabe? – Ruby estava com medo de colocar o gato no chão, mesmo que ele provavelmente fosse correr direto para casa. Desejava ganhar pontos por levá-lo de volta.

— Sarah estava muito chapada – disse Dust. – Pensou que as estrelinhas fossem fadas enviando mensagens para ela. Ficava tentando se ajoelhar para chegar perto delas. Acho que não pretendia acender os fogos tão perto.

— Como é que é? – Ruby afastou-se alguns centímetros. – Aquela puta incendiou o restaurante das minhas mães? Você está brincando?

— Não – disse Dust. – Ela não incendiou o restaurante. Não de propósito. Estava só acendendo estrelinhas por toda parte nos fundos da casa de Nico e... você sabe, a cerca atrás do Hyacinth fica bem ali. Ela fez uma carreirinha com algumas velas e outras coisas e então acho que entrou e se esqueceu. Ela não "incendiou o restaurante". Ela não é maluca. É só meio idiota.

Ruby nunca tinha ouvido Dust chamar ninguém de idiota. Aquilo era coisa dela – era o que ela sempre dizia a respeito dele. A idiotice dele era o motivo pelo qual eles nunca namorariam a sério, era por isso que ela nunca havia pensado muito no relacionamento dos dois. Sempre havia enxergado Dust como uma figura recortada em papelão, um tipo. Mas agora não tinha certeza.

— Então você acha que Sarah Dinnerstein acidentalmente incendiou o restaurante das minhas mães? – Ruby gostaria de saber onde estava Sarah naquele momento, se estava no apartamento da família em Park Slope, em seu quarto com vista para o Prospect Park. Estava provavelmente olhando para o vazio e pensando em como garantir um quarto particular em seu dormitório, para o caso de Dust ir visitá-la. E quem poderia saber! Talvez Dust fosse visitá-la – talvez pegasse o metrô até a Penn Station, depois um ônibus da Greyhound e quando saltasse na cidade no meio do nada em Vermont, onde ficava a faculdade dela, Sarah estaria esperando com lágrimas nos olhos, feliz em vê-lo. Então Dust talvez decidisse morar com ela, deixasse o cabelo crescer, os dois se casariam, teriam filhos e ele lhes ensinaria a andar de skate. – Eu podia chamar a polícia, você tem noção disso, certo?

— Você não vai chamar a polícia. Eles provavelmente já vieram. Já fiquei sabendo, está tudo coberto pelo seguro. Nem foi grande coisa.

Podia ter sido muito pior. – Dust puxou um maço de cigarros do bolso da frente. – A casa da maioria das pessoas pega fogo por causa de cigarros, sabia disso? Cigarros e fornos.

– Obrigada, isso é incrível – disse Ruby. Ele estava certo; ela não chamaria a polícia. O que isso causaria, a não ser lhe arranjar ainda mais problemas? – Me dê um desses, os meus estão lá em cima.

Dust pegou outro cigarro e acendeu-o na ponta do seu, as duas brasas brilhando na escuridão. Ruby pegou o cigarro e o enfiou na boca. Exalou uma sequência de anéis de fumaça perfeitos.

– Aposto que o seu namoradinho não consegue fazer isso – disse Dust.

– Por que ele precisaria fazer isso? – Ruby arrancou uma partícula de fumo da língua. Dust fumava cigarros sem filtro. Por vezes, até mesmo os enrolava com os itens que guardava em uma bolsinha, o que Ruby sempre havia achado muito sedutor, seus dedos trabalhando com rapidez.

– Ele é quase uma criança – disse Dust. – Um bom menino que sempre ganha pontos extras no dever de casa.

– Eu faço meu dever de casa. Ou fazia. – Ruby cuspiu. – Seus cigarros são muito nojentos. O que você é, um caubói?

– Sou – disse Dust. – Mas você também é. É mais parecida comigo do que com ele, Ruby. Você vai dizer aos pais dele que eu trouxe o gato? Ou vai dizer que encontrou o bicho nos arbustos? – Dust jogou a guimba do cigarro na calçada, então se levantou e amassou-a com o sapato.

– Você veio até aqui andando? – perguntou Ruby, que nunca o havia visto sem o skate na mão. Ele ergueu um dedo, inclinou-se e estendeu a mão para a forsítia da mãe dela. Puxou o skate e o fez deslizar para baixo de seus pés.

– É difícil andar de skate com um gato – disse Dust. – Mas não impossível. Vejo você por aí, Rube.

Ela ficou vendo Dust se afastar, o corpo esbelto deslocando-se para a frente e para trás enquanto dirigia-se ao meio da rua. Estava escuro e havia carros, mas Dust não se importava – era imortal, exatamente como ela, imune ao bom senso e às leis de trânsito. Ruby terminou o cigarro mesmo que não estivesse gostando, em seguida levou o gato até a casa de Harry e bateu à porta. Quando Elizabeth atendeu, o sorriso tímido e auspicioso de Ruby achava-se decididamente em vigor.

Cinquenta e seis

Dra. Amelia havia obrigado Zoe e Jane a manter registros de seus sentimentos. Era pior que os registros de comida que Jane havia elaborado na escola de culinária, um caderno presunçoso destinado a envergonhar qualquer outra pessoa que porventura o abrisse (*Almoço* – foie gras *grelhado com ovo* poché *e salada* frisée). Jane não sabia o que anotar, então anotava tudo – quando Zoe beijava-a no rosto pela manhã (cerca de metade do tempo), peidava (com frequência, mas ela também), dizia alguma coisa negativa (às vezes), quando Bingo prestava mais atenção em Zoe (sempre). Jane tinha a sensação de que aquilo era provavelmente uma idiotice, mas obedecia de qualquer jeito. Se Zoe queria que ela fizesse o dever de casa, ela faria.

Não havia muito a fazer a respeito do Hyacinth – o pátio estava em construção. As mesas e cadeiras de reposição estavam encomendadas, assim como o vidro que havia se quebrado. Uma equipe de limpeza especial estava trabalhando no teto e nas paredes. Jane falava ao telefone com seus fornecedores a cada poucos dias – sobre flores de abóbora, tomates, um novo queijo, lindas costeletas de porco; desejava encomendar tudo, mas elas estavam pelo menos a um mês de terminar. Durante o dia, pegava o trem Q até a feira de agricultores na praça Grand Army e comprava coisas para a casa. Sempre via outros *chefs* ali e cumprimentava-os com um beijo. Todos sabiam sobre o incêndio, todos eram simpáticos e todos franziam as sobrancelhas antes de voltar sua atenção para os cogumelos *maitake* ou as berinjelas *fairy tale*. Jane perambulava, colocando as mãos em tudo. Ia grelhar uns bifes, ou talvez preparar algumas vieiras e adicionar aspargos também, deixá-los girar no fogo até ficarem riscados com as graciosas marcas da grelha, a um só tempo firmes e macios. Talvez um *chimichurri* – Zoe adorava seu *chimichurri*. Jane pegou três punhados grandes de salsa. Havia pêssegos enormes, praticamente gotejando, e a boca de Jane começou a encher-se de água. Prepararia uma sobremesa também.

Quando Jane chegou em casa, os ombros curvados sob o peso das sacolas, Ruby estava sentada no chão, encostada no sofá, assistindo à TV.

– Me ajude – pediu Jane e Ruby ergueu-se como o boneco Gumby. Juntas, elas esvaziaram as sacolas e enfileiraram tudo ao longo da bancada.

– O que a gente vai preparar? – perguntou Ruby. – Estou morta de fome.

Não havia nada que Jane gostasse de ouvir mais.

– Bem – disse e passou imediatamente à ação. Apontou para os armários e Ruby pegou tudo de que ela precisava – o ralador, o *mixer*, as tábuas de cortar. Era trabalho de Ruby descascar o alho, ser a *sous*. Elas trabalharam em silêncio – Jane era a capitã do navio e sabia exatamente o que precisava ser feito. Era disso que mais gostava no fato de estar em uma cozinha – as pessoas achavam que cozinhar tinha a ver com preparar coisas gostosas, e tinha, mas era mais como ser um regente, ou coreógrafo – havia milhares de peças em movimento e era necessário ter consciência de todas elas. Uma alergia, um aniversário, o tempo que os mexilhões demoravam para se abrir em seu banho amanteigado. Todas as informações encontravam-se dentro dela, organizadas e sendo constantemente ajustadas.

– Abacate – disse Jane, e Ruby abriu a fruta do jeito que havia sido instruída, deixando a faca encostar na semente e girando-a na mão.

Entregou-o a sua mãe e Jane fez um rápido purê. Partiu uma fatia de pão, passou o abacate por cima justo quando um ovo começava a estalar e chiar na frigideira.

– *Bon appétit* – disse, retirando o ovo da frigideira e depositando-o sobre o pão, com gotas de azeite mosqueando o prato.

– Graças a Deus – disse Ruby. – Pensei que ia morrer de verdade.

– Ela não saiu da cozinha como de costume, levando a comida para o andar de cima como se alguém fosse roubá-la. Em vez disso, comeu de pé, debruçada sobre a bancada. Jane guardou o restante dos comestíveis, ficou ao lado de Ruby e comeu a outra metade do abacate com uma colher. Quando era bebê, Ruby comia um abacate inteiro todos os dias – tentaria comer a casca se elas deixassem. Durante alguns meses, sua pele parecia que ia ficar permanentemente manchada de verde, junto com a maioria de suas roupas. Zoe adorava – jogava a cabeça para trás e ria, extasiada com o prazer da filha. Jane inclinou-se e beijou Ruby na bochecha. – Amo você, querida – disse.

– Jesus, mãe – disse Ruby. – Eu já agradeci. – Algumas migalhas caíram-lhe na camisa. Jane beliscou Ruby no nariz e dirigiu-se ao andar de cima a fim de fazer mais anotações para a dra. Amelia.

Cinquenta e sete

Harry estava feliz por Ruby ter levado Iggy Pop para casa – Iggy era um bom gato e sua mãe estava valsando com ele pela casa como se os dois estivessem em um desenho animado da Disney –, mas sua história era estranha. Ruby disse que estava sentada na varanda e Iggy rastejou para fora dos arbustos e subiu em seu colo. Iggy era um namorador e teria subido no colo dela, claro, mas se havia chegado até a casa das Kahn-Bennetts, por que não havia simplesmente voltado para casa? Os gatos não eram idiotas. E Harry também não. Sabia que Ruby não havia escondido o gato – tinha estado no quarto dela centenas de vezes e, mesmo com as pilhas de roupas por toda parte, teria reparado em seu próprio animal de estimação. Havia apenas um candidato provável – fora isso, a história de Ruby sobre ter encontrado o gato teria feito sentido.

Durante o ano escolar, era fácil encontrar Dust, Nico e o resto de seus amigos – eles estavam sempre na frente da Whitman, deslizando ao longo da borda do degrau mais baixo da igreja com seus skates ou atirando uns aos outros no chão de um jeito que parecia tanto brincalhão quanto perigoso. Era disso que as garotas gostavam neles: na Whitman, os pais estavam por toda parte – nos corredores, na plateia das peças de teatro, de pé na beirada do ginásio durante os jogos de basquete, visivelmente dispostos a entrar – o que significava que todas as crianças eram meninos e meninas criados em redomas, sem membros quebrados nem egos feridos. Mas os garotos dos degraus da igreja não tinham pais. Eram como os garotos da década de 1970, autossuficientes, com hematomas e cicatrizes. Às vezes, Harry os invejava e à maneira como a vida deles parecia repleta de dias desocupados, em lugar das atividades extracurriculares programadas para aumentar suas chances de entrar para a faculdade. Mas na maioria das vezes, entendia que sua situação era melhor, mesmo que eles provavelmente se divertissem mais.

A casa de Nico era a primeira parada lógica – principalmente porque Harry sabia onde ficava. Ele esperou até a tarde e seguiu para lá, dando a volta no quarteirão para não passar pela casa de Ruby, apenas para afastar a remota possibilidade de que Ruby estivesse olhando pela janela, visse em que direção ele estava indo e o seguisse. Era paranoico, mas Harry estava se sentindo paranoico, e daí? Ele dirigiu-se à casa de Nico e tocou a campainha. Ninguém atendeu e ele tocou mais uma vez. Cinco minutos depois, estava prestes a ir embora quando finalmente ouviu um farfalhar no interior. Uma fresta foi aberta na porta.

– É cedo para cacete – disse Nico, com um lençol envolvendo seus ombros, como um corredor de maratona na linha de chegada.

– Não mesmo – retrucou Harry. – É quase uma da tarde. – Eles mal haviam se conhecido quando Harry foi até lá para a festa e não saberia dizer se Nico o reconheceu. Mas Harry tinha o pressentimento de que Nico deixaria qualquer um entrar em sua casa, contanto que a pessoa tivesse menos de trinta anos e desse a impressão de que talvez viesse a comprar erva com ele algum dia.

Nico apertou os olhos.

– Tudo bem – disse. – Você vai entrar?

– Bem, na verdade, eu estava só procurando por Dust. Você sabe onde posso encontrá-lo? – Harry deu uma olhada na sala por cima do ombro de Nico. Havia outras protuberâncias cobertas com lençóis movendo-se no chão.

Nico virou-se e apontou para o sofá.

— Sei. Vou voltar para a cama agora. — Ele abriu a porta com o cotovelo e gesticulou para que Harry entrasse. Harry deu alguns passos para o lado e passou ao hall de entrada, seus olhos ajustando-se à relativa escuridão do aposento.

Dust estava deitado de bruços no sofá, o rosto virado para o lado como o de um bebê adormecido. Vestia apenas um par de jeans, o que não parecia nem confortável nem legal — a sala estava quente e a bochecha de Dust estava rosada. Ele tinha uma pequena tatuagem logo abaixo da omoplata, o desenho apagado de um raio.

— Posso ajudar, guarda-costas?

Harry assustou-se.

— Ah, desculpe, pensei que você estivesse dormindo.

Dust virou-se e ergueu o corpo. Ele tinha pelos no peito, não muitos, porém mais que os quatro fios de Harry. Ele esfregou o rosto com as mãos.

— Não mais. — Abriu bem os olhos e tateou o chão a seus pés até encontrar uma camiseta. — O que posso fazer por você? Está precisando de algumas dicas de como fazer Ruby gozar? — E deu um sorriso malicioso.

— Na verdade — disse Harry, tentando manter a compostura —, fiquei me perguntando como exatamente Ruby veio a conseguir meu gato.

— Ela contou? Cara, pensei que ela fosse ficar com todas as glórias. Essa garota adora ser o centro das atenções. Ela já contou como nos conhecemos? Ela estava na frente da escola e eu, andando de skate, ela deitou na calçada e disse que só sairia comigo se eu saltasse por cima dela. Então saltei.

— Não, eu não sabia disso — disse Harry, triste por tomar conhecimento do fato. — Mas e o gato? Você pegou o gato?

— Relaxe, cara, não roubei seu gato idiota. Encontrei na rua, sei lá. Mas vi os cartazes. Eu sei ler. Só estava tentando fazer a coisa certa.

— Dust deu tapinhas em seus jeans até encontrar seus cigarros. Estendeu o maço e Harry balançou a cabeça. — Ah, certo. — disse.

— Ruby está comigo agora, você sabe – disse Harry. Ele não tencionava parecer possessivo. Sabia que Ruby não pertencia a ninguém além de si própria. E nem mesmo sabia se Ruby *estava* com ele de verdade, ou se ele apenas se encontrava no lugar certo na hora certa, preenchendo uma fase tediosa. Harry sequer pretendia ter feito menção a Ruby. Tinha ido até lá por causa de Iggy. Verdade fosse dita, ele não havia pensado em nada fora bater na porta de Nico e o resto era meio que uma surpresa.

— Está? Não fiquei sabendo. — Dust deu uma longa tragada e soprou a fumaça, sorrindo. — Só estou brincando, cara. Você tem que relaxar. Ruby Tuesday precisa de algum espaço na cabeça.

— Não importa – disse Harry. — Ruby sabe do que ela precisa. E eu agradeceria se você não roubasse mais animais de estimação.

— Vou pensar nisso – retrucou Dust. — Agora acho que preciso voltar a dormir. Diga a Ruby que estou mandando um oi. E ao gato, que eu disse miau.

— O nome dele é Iggy Pop.

— Quem?

— O gato.

— Achei que fosse uma fêmea. — Dust deu de ombros. — Eu estava a chamando de Whiskers.

— Pensei que você não tivesse ficado com ela. Ele.

— Alguém realmente fica com alguma coisa? — Dust fechou os olhos, o cigarro ainda na boca. — Vejo você mais tarde, guarda-costas. — Duas outras protuberâncias no chão começaram a se movimentar. Uma delas agarrou o tornozelo de Harry, que deu um gritinho antes de sair às pressas pela porta da frente.

Cinquenta e oito

As aulas de yoga exigiam certa flexibilidade que Ruby não tinha de sobra, assim ela vinha passando a maior parte de seu tempo de espionagem nos cômodos do andar de cima. A princípio, achou que a coisa toda fosse apenas a fachada para um bordel – tipo um serviço de acompanhantes hippie –, mas por volta da terceira visita, admitiu com relutância que não parecia ser esse o caso. Todos na casa eram sérios e abertos, como se seu senso de humor tivesse sido arrancado e passado por um lava-jato, o que não era nem um pouco estimulante. Se havia alguma coisa ilegal acontecendo, certamente não era isso. Ocorreu a Ruby que Andrew poderia estar apenas querendo ficar em forma, como as pessoas faziam ao perceber que morreriam um dia. Aquilo realmente não parecia um problema maior. Mas Lena era legal e Ruby achou que de fato gostava de passar algum tempo com ela. Era o completo oposto de como passava o tempo com suas amigas da escola, quando nunca tinha certeza se elas estavam sendo sarcásticas ou não. Lena mantinha o contato visual por um tempo assustadoramente longo e preparava chás com talos e brotos especiais destinados a equilibrar o *qi* de Ruby.

Elas estavam sentadas em almofadas no salão do andar de cima, que antes havia sido o sótão. O teto não era alto o suficiente para que uma pessoa ficasse de pé por completo, mas era possível sentar com conforto apoiada na parede ou simplesmente desabar no chão. Era quase como estar na piscina de bolas em um Chuck E. Cheese, só que ninguém usava desodorante. Fazia um mês que Lena estava morando na DESENVOLVImento. Ela era de Rhode Island e estava pensando em fazer formação em Reiki, mas não tinha certeza.

— Quer praticar em mim? — Ruby não sabia ao certo como aquilo funcionava, mas a maioria dos tratamentos especiais na DESENVOLVImento eram mais ou menos como tirar um cochilo com outra pessoa olhando, o que não parecia difícil.

— Claro — disse Lena.

Ruby deitou-se com a cabeça próxima ao colo de Lena, cruzou os braços sobre o peito e fechou os olhos com força.

— Você está parecendo um vampiro — disse Lena.

— Talvez eu seja — disse Ruby, abrindo um olho. — Você foi avisada.

— Não, sério — disse Lena. — Deite com os braços ao lado do corpo e tente relaxar. Vou me concentrar na sua energia.

Ruby tornou a fechar os olhos.

— Tudo bem — disse. — Você já está fazendo o troço? Como vou saber se está funcionando?

— Fique quieta — disse Lena. — E vai funcionar.

Ruby tentou se acalmar.

— Como esse lugar ganha dinheiro? É uma pergunta mal-educada? — Ela abriu um olho novamente. — Desculpe.

— Tudo bem — disse Lena, que não parecia aborrecida. — Vou treinar minha acupressão em vez disso. — Ela colocou delicadamente os polegares nos punhos de Ruby e pressionou. — Dave é esse tipo de cara, sabe? Carismático. As pessoas fazem doações. Algumas doam tempo, como eu, e algumas doam dinheiro. É um ecossistema muito bom, na verdade.

— Como o dinheiro do aluguel? — Ruby sentiu uma dor aguda no ombro e involuntariamente estremeceu.

— Aah, encontrei alguma coisa, vamos passar mais algum tempo aí — disse Lena. Ela deslocou ambas as mãos para os braços de Ruby, apalpou aqui e ali até encontrar o que queria e pôs-se a trabalhar. – Algumas pessoas pagam aluguel, mas existem os grandes investidores. Você sabe, muito dinheiro. Tipo para comprar uma casa. – Ela moveu um dedo para a esquerda e Ruby tornou a estremecer.

– Imagino o que vocês não têm que fazer para convencer as pessoas a doarem dinheiro – disse Ruby. – Eu quero esse dom.

Lena riu.

– Ele era ator. O Dave. Tipo, quando criança. Ou adolescente, acho. Você reconheceria se visse o cara sem a barba. Ele tinha um nome artístico, não me lembro qual. Mas acho que é por isso. Ele se aproxima das pessoas e sabe o que elas precisam ouvir. É um talento realmente incrível. Tipo, se você ama os animais, Dave vai dizer que quer organizar um abrigo na floresta tropical para observar os sapos ou qualquer outra coisa. E aí você dá dinheiro para ele fazer isso e a coisa acontece. Ou não exatamente, mas talvez ele traga alguns sapos até aqui, sabe?

– Há-há – fez Ruby, estremecendo outra vez. O que quer que Lena estivesse fazendo iria definitivamente deixar uma mancha roxa. Ela precisava de muito mais treino do que Ruby lhe proporcionaria. Ruby perguntou-se que espécie de treinamento estava de fato acontecendo na DESENVOLVImento, se algum deles sabia o que estava fazendo ou se estavam todos se revezando como reis sem roupas.

– É realmente o dom mais especial dele. É quase como ser um terapeuta, sabe? Ou um guia espiritual. Ele ajuda as pessoas.

– Ajuda as pessoas a abrirem mão do seu dinheiro.

– Não, não é isso, é muito diferente – disse Lena. – Ele ajuda as pessoas a perceberem seu potencial. E se isso serve à DESENVOLVImento, melhor ainda.

– Entendi – disse Ruby. Era estranho pensar nos pais de outras pessoas, nos pais de seu namorado, como ingênuos. Era como vê-los cortar as unhas dos dedos dos pés ou ter diarreia. Certas coisas não deveriam ser vistas. Ruby sempre havia pensado em Andrew como o bom tipo de pai, o tipo de pai que gostaria de ter tido se houvesse sido forçada a escolher. Ele era meio reservado, o que Zoe dizia que se devia ao fato de ter crescido com muito dinheiro. Era masculino sem ser dominador e ficava bem de camiseta, o que não era tão fácil quanto parecia. Andrew não era assim tão ruim – o pai de uma de suas colegas havia sido pego enviando fotos de pênis para a babá –, mas Ruby sentia-se um pouco enjoada ao pensar em Andrew como um ser humano de verdade, que, muito em breve, provavelmente ficaria bastante envergonhado.

– E todos vocês sabem? Quero dizer, quem está dando muito dinheiro para os projetos de Dave?

– Bem, não, não todo mundo – disse Lena. – Mas estou dormindo com ele.

– Entendi – disse Ruby.

– Ele é um cara muito aberto – disse Lena. – Você devia conhecê-lo.

– Acho que estou bem – disse Ruby, rolando para um dos lados e fechando os olhos de dor. – Talvez seja melhor eu ir.

Lena uniu as mãos em posição de oração.

– *Namastê*. Me ligue se mudar de ideia.

– Vou fazer isso – disse Ruby e arrastou-se até as escadas, apoiada nas mãos e nos joelhos.

Cinquenta e nove

Andrew estava na cozinha e Elizabeth na sala. Estava no meio do dia e ele aguardava notícias de Dave sobre detalhes do Mar. O arquiteto havia enviado os desenhos para a cidade e eles estavam esperando a aprovação, mas nesse meio-tempo Andrew havia pedido que seus advogados redigissem alguns documentos. Dave havia se mostrado hesitante – disse que era um cara de apertos de mão –, mas Andrew desejava que tudo fosse bem transparente. Dave dissera que telefonaria ou enviaria uma mensagem assim que soubesse de alguma coisa e Andrew estava parado diante da geladeira aberta como um adolescente, nem com fome nem com sede, apenas à procura de alguma coisa para fazer.

Quando a campainha tocou, tanto ele quanto Elizabeth permaneceram no lugar e se entreolharam.

– Você está mais perto – disse ele.

– Estou com o gato no colo – disse Elizabeth em resposta, o rosto escondido atrás de uma revista. Iggy estava enroscado sobre sua barriga. Esse era o trunfo deles, sempre, e ele o respeitava.

– Tudo bem – disse Andrew. Foi até a porta e abriu-a, esperando ver um dos vizinhos talvez, não Zoe, Jane ou Ruby, mas um dos bem--intencionados semidesconhecidos, que sempre desejavam informar quais eram os dias dos lados alternados de estacionamento na rua, mesmo que o carro deles estivesse parado na entrada da garagem.

Também poderia ser o cara do UPS ou da FedEx, mas ainda era muito cedo para isso – eles percorriam a rota tarde. Sempre havia uma possibilidade remota de que fosse uma frota de testemunhas de Jeová, os mórmons da cidade de Nova York.

Em lugar de quaisquer desses, ao abrir a porta, Andrew viu Lydia. Era exatamente o rosto dela – o rosto que ele recordava com muita precisão. Não a punk platinada que ela havia se tornado, não a modelo que tentava ser, não a viciada. Era Lydia Greenbaum em toda a sua glória encaracolada, furiosa com o que havia recebido e ávida de todo o restante. As pálpebras de Andrew agitaram-se e seus joelhos amoleceram. A caminho do chão, ele pensou tê-la visto sorrir, os dentes brancos como os de um tubarão.

Quando tornou a abrir os olhos, Andrew estava no sofá, deitado no local onde Elizabeth e Iggy haviam permanecido, presunçosamente imperturbáveis. O rosto de Elizabeth estava a centímetros do seu, a boca quente e aberta.

– Ah, meu Deus, Andrew, você está bem? – sussurrou ela, olhando ao redor, como que à procura de fantasmas. Andrew desejou perguntar que fantasmas achavam-se presentes. Ele havia alucinado? Aquilo não parecia uma visão. Precisava perguntar a Dave o que era aquilo, se era diferente de um sonho normal.

– Uau – disse Andrew. – Eu desmaiei? Não sei. Hum, não tenho certeza do que aconteceu.

Elizabeth sorriu.

– Eu tenho. – Ela inclinou-se e o ajudou a sentar-se. – Andrew, esta é Darcey. É uma reencarnação, não é?

Sua cabeça estava enlameada e pesada, como um balde cheio de folhas molhadas. Ele piscou algumas vezes antes de se voltar na direção que Elizabeth estava olhando. Quando o fez, arrependeu-se. Deveria ter mantido as pálpebras fechadas e ficado no chão, como um animal fazendo-se de morto. Ela não apenas se parecia com Lydia, a garota. Andrew entendeu tudo de imediato; não era complicado. Alguém em Los Angeles havia descoberto uma garota tão parecida com Lydia que o dinheiro simplesmente havia voado até suas mãos — era assim que carreiras eram fabricadas, sorte e estrutura óssea. Mas o que essas pessoas não sabiam, o que *não podiam* saber, pois não haviam conhecido Lydia, era que essa garota que não era Lydia possuía a característica mais próxima ao coração de Lydia — a mais tenebrosa das ambições, o pedaço mais escuro de carvão bem onde seu verdadeiro coração deveria estar. Foi isso o que Andrew enxergou ao abrir a porta — Pandora, pouco antes de abrir a caixa. Não-Lydia sabia o que iria lhe causar e estava animada com isso. Andrew sentiu-se doente — o filme renderia a Lydia seu final tão esperado.

— Ei — disse não-Lydia. — Prazer em conhecer você.

Outra mulher surgiu atrás dela, segurando um copo de água.

— Ah — disse ela. — Você está acordado. Eu ia jogar isso no seu rosto. Eu sempre quis fazer isso, você não?

Andrew olhou para Elizabeth.

— Essa é Naomi, a produtora — explicou ela.

— Bem, ainda bem que eu acordei, então — disse Andrew. — Preciso colocar meu advogado no telefone?

Naomi encaminhou-se ao sofá e sentou-se ao lado de Andrew.

— Realmente espero que não seja necessário. — Ela estalou os dedos para não-Lydia, que balançou a cabeça e enfiou a mão em uma bolsa grande a seus pés.

— É melhor que não haja uma pilha de dinheiro aí dentro — disse Andrew.

— Certo, porque ninguém quer isso — disse Naomi, revirando os olhos. Não-Lydia passou-lhe um maço de papéis. Elizabeth inclinou o corpo para a frente para tentar ver o que era, mas Andrew pegou o monte de páginas e curvou-se sobre ele, como um quintanista mesquinho protegendo seu teste de ortografia.

Era a caligrafia de Lydia. Páginas e páginas dela — miúda, bonita, inclinada para a direita, sua letra de forma. Andrew viu seu nome repetidas vezes. *E quando Andrew me beijou, eu sabia que sua mente estava em outro lugar, até mesmo na biblioteca, ou na chata e idiota da Elizabeth... Andrew veio outra vez esta noite, disse que considerava atraentes as garotas que tocavam bateria; dei-lhe um tapa, ele riu e trepamos no chão da cozinha...*

— Quem viu isso? — Andrew sentiu seu rosto ficar rosa.

— O que é isso? Quero ver! — Elizabeth estendeu a mão para as páginas e Andrew escondeu-as sob as pernas. Olhou para Naomi.

— O que você está tentando fazer aqui, exatamente? — perguntou.

— Escute, Andrew — disse Naomi, unindo as mãos. — Sei que você está relutante em tomar parte nisso e eu só quis vir até aqui para tentar responder pessoalmente algumas das suas perguntas. Nós podemos falar francamente? — Ela apontou para Elizabeth.

— Vamos lá para fora — disse Andrew, erguendo-se devagar.

— Você deve estar brincando! - disse Elizabeth. — Você me viu expulsar um bebê pela vagina e não posso ouvir sua conversa com *Naomi*?

— Não tomei parte nas conversas anteriores de vocês, então me parece justo — disse Andrew. — Vamos.

Naomi deu de ombros.

— Fique firme, Darcey. — Darcey encolheu os ombros em resposta. Andrew achava tão angustiante olhar para ela, que se apressou a olhar de volta para Naomi. Esta moveu silenciosamente os lábios na direção de Elizabeth, *Me desculpe,* depois deu um sorriso de um milhão de *watts*. Andrew abriu a porta e segurou-a enquanto Naomi passava, então a deixou bater às suas costas.

— Ditmas Park é tão aconchegante — disse ela. — Parece um subúrbio, mas sem deixar para trás a sujeira! — Ela passou o dedo ao longo da balaustrada da varanda e em seguida o ergueu. — Tão autêntico.

— Então, o que é isso? — Andrew balançou as páginas ao lado de sua cabeça. Estava tentando respirar fundo, desde o umbigo e através da escápula, até o ponto de seu terceiro olho.

— Isso é uma pequena amostra das páginas do diário de Lydia. — Naomi arregalou os olhos. — Ela era muito detalhista.

— É, estou vendo. Minha pergunta é, o que você está fazendo aqui, na minha casa, com essas páginas? — Ele trincou o maxilar.

— E eu gostaria de ouvir as suas reservas quanto a ver a história dela em um filme. Não vamos transformar sua amiga em santa Lydia, se é esse o problema. Você viu *Ray*? *Johnny e June*? Eram filmes sobre gente complicada. É isso o que estamos fazendo. Vai ser *Ray* encontra *Sid e Nancy*, menos o Sid, encontra a filha do mineiro de *O destino mudou sua vida*, só que o mineiro é um cirurgião ortopédico de Scarsdale.

Andrew riu a contragosto.

— Escute, ela amava você e você não, eu entendo. E então ela se torna uma *superstar*. E depois morre. É uma situação estranha. E agora alguém vai colocar tudo isso na tela e você está se sentindo um idiota.

— Na realidade, não é esse o problema. — Andrew cruzou os braços. Eram muitos os problemas para citar apenas um. Visões de Harry assistindo a um filme em que seu pai dormia com uma celebridade morta dançavam em sua cabeça. Haveria anúncios de *Dona de mim* no rádio e na TV, com cartazes pregados por toda parte nas laterais dos ônibus. Ele não queria ver o rosto de Lydia, ainda que fosse uma Lydia não-Lydia. Quem ligaria para perguntar o que ele havia feito nos últimos vinte anos? O *Entertainment Tonight*? Ele não queria sentir-se velho; sentir-se um coadjuvante na história de vida de outra pessoa. Não queria que sua mulher o odiasse, que o deixasse. Não queria que sua mulher pensasse que havia entrado em um casamento por acidente, por trapaça. Não queria sentir-se um fracasso ou como um garoto rico que nunca tinha tido necessidade de trabalhar por nada. Não queria ter a sensação de que estava se vendendo, a sensação de que Elizabeth estava se vendendo às custas de Lydia e de que havia escolhido a vida errada, a companheira errada. Não queria sentar-se em uma sala às escuras e se ver cometendo erros. Não queria nada disso. — Ou talvez seja, não sei.

— Andrew, você tem algumas opções aqui. Pode ser cabeça-dura e nos obrigar a provar que sua mulher assinou seu nome e dificultar muita coisa para muita gente. Ou pode simplesmente assinar o formulário e dar seu consentimento. Sei que a expressão "direitos de imagem" parece o mesmo que concordar com a eutanásia e pode acreditar, temos gente nossa trabalhando nisso também, na fraseologia, mas me deixe ser clara: você não está nos entregando toda a sua vida. Está dando permissão para que exista um personagem em um filme que tem algumas coisas em comum com você. É isso. Ele não vai ter o seu rosto. E talvez nem tenha o seu nome.

Andrew sentiu o breve receio de que todo seu trabalho na DESENVOLVImento estivesse tornando sua parte interna visível fora do corpo, um anúncio de néon gigantesco e brilhante.

— Então, essas são as minhas opções? Brigar ou capotar? — Era um dia quente e seu lábio superior estava pegajoso de suor.

— Nós temos advogados muito, muito bons. Sei que você tem toneladas de dinheiro e provavelmente também tem um bom advogado, mas os nossos são basicamente estrelas do rock.

Andrew contorceu-se.

— Péssima escolha de palavras. Eles são os melhores, é o que estou dizendo. Tenho certeza de que podemos chegar a um acordo. Você só precisa aceitar o que vai acontecer. É um filme. E vai ser lançado e depois vai passar. É assim mesmo.

— Então você veio até aqui para dizer que eu não tenho escolha.

Naomi girou o pescoço, o que produziu estalos espetaculares.

— Bem, de certa forma. Quer dizer, você tem opções, mas é como quando vai ao dentista. Pode optar por reagir e cerrar os dentes, mas isso só vai tornar tudo mais demorado. Estou aqui para pedir a você que se abra e diga ahhhh. Talvez você chegue até a gostar.

— Do dentista?

— Do filme. Na minha experiência, as pessoas geralmente gostam de ver versões da sua vida na tela. Isso não acontece com todo mundo, sabe.

De repente, Andrew ouviu "Dona de mim" começar a tocar, uma versão breve gravada.

— Ah, é meu telefone — disse Naomi, e enfiou a mão em seu bolso de trás.

— Você está brincando.

— Espere — disse Naomi, atendendo e descendo os degraus da varanda rumo à calçada. Na cabeça de Andrew, a música continuou a tocar, uma versão karaokê de merda de sua vida. Ele fechou os olhos e imaginou uma onda se quebrando em cima dele e arrastando-o para o mar.

Sessenta

Darcey sorria educadamente, mas Elizabeth percebeu que ela estava fazendo outra coisa – pesquisa, talvez. Usava uma camiseta preta sem mangas e shorts cortados. Era mais magra do que Lydia havia sido na Oberlin, mas essa era a magia do cinema, a remoção da celulite e dos defeitos. Elizabeth inclinou-se para trás e olhou pela janela. Sentia falta da robustez da verdadeira Lydia, de seus pelos espinhentos nas pernas.

– O que foi isso? – Naomi estava olhando para a rua e Elizabeth não conseguia ver seu rosto. Andrew parecia nervoso, mas depois riu. Ela não tinha certeza.

– Ah – disse Darcey, enfiando mais uma vez a mão na bolsa a seus pés. – Cópias disso. – Extraiu um caderno marmoreado e entregou-o a Elizabeth. – Você devia conhecer minha amiga Georgia, a que vai representar você. Você realmente poderia ser a mãe dela. É perfeito. Ela é tão tensa... sou sempre eu que digo, vamos correr nuas por aí! É muito engraçado. – Darcey pôs-se a balançar para frente e para trás.

– Muito engraçado.

– Obrigada – disse Elizabeth, abrindo com delicadeza o caderno. A caligrafia de Lydia era inconfundível: produto de uma personalidade cuidadosamente elaborada. Isso talvez estivesse incluído em "traços de narcisismo" no *DSM*. – Estou me sentindo culpada, mas provavelmente não deveria, certo?

Darcey assentiu com um movimento de cabeça.

— Isso é exatamente o que Georgia diria. Como você, quer dizer. A clássica vítima.

— Como é que é? – protestou Elizabeth, mas em seguida começou a ler e entendeu.

Ela nunca havia sido uma namorada ciumenta. Isso era para outras pessoas, pessoas inseguras. Elizabeth sempre havia se sentido tão sólida quanto um tronco de árvore. Quando estava grávida de Harry, em sua última consulta, o obstetra havia anunciado que o bebê era enorme, mas quando Elizabeth desceu desajeitadamente da mesa forrada de papel, ele olhou para seus quadris e declarou, "Ah, você vai ficar bem". Ela não se ofendeu. Zoe teria chorado. Lydia teria incendiado o local. Mas Elizabeth havia pensado, *É, vou sim*. Claro que ela não era santa – sempre havia sentido ciúmes de Zoe e de outras garotas também, amigas do ensino médio, ou de jovens mães com quem havia tomado chá quando Harry era pequeno. Mas nunca havia sido uma namorada ciumenta. Era um problema matemático e psicológico: vinte anos mais tarde, continuaria com raiva? Ela pensou no restaurante, em Lydia aconchegando-se ao peito de Andrew, na maneira como Lydia sempre havia olhado para ela, com olhos de crocodilo. Sim, estava zangada.

— Com licença – disse Elizabeth, levantando-se e endireitando a saia. Darcey pegou seu telefone e começou a mandar mensagens, provavelmente para Georgia, a fim de descrever o que quer que achasse que havia acabado de acontecer. A própria Elizabeth não tinha certeza. Caminhou devagar até a porta e abriu-a. Andrew estava sentado na varanda com os olhos fechados. Naomi estava na metade do quarteirão, rindo alto no celular.

— Andrew? – chamou Elizabeth.

Ele abriu os olhos e olhou para o caderno na mão dela.

— Porra – disse.

— É – disse Elizabeth. – Parece que é esse o problema.

— O que você leu? – Andrew enfiou os dedos na boca e começou a mastigar.

— Isso realmente importa? Ela não estava inventando, certo? Vocês estavam dormindo juntos? — Elizabeth ouviu a própria voz ficar mais alta, em grau um tanto alarmante, como a sirene de um carro de bombeiros. Os vizinhos iam ouvir. Ela não podia evitar. Em toda a sua infância, nunca havia escutado seus pais falarem alto um com o outro e durante toda a infância de Harry, ela só havia gritado quando ele estava prestes a saltar de alguma coisa que não deveria ou lamber uma tomada. Ela não gritava. Ainda assim, sua voz estava ficando tão alta que seus ouvidos começaram a reverberar.

— Só aconteceu algumas vezes. Meia dúzia, talvez. Lizzy, já faz uma eternidade. — Andrew começou a caminhar em sua direção, mas Elizabeth ergueu as palmas das mãos, como um sinal de trânsito. Algumas abelhas agressivas circundavam a cabeça de Andrew e ele as afastou com tapas. Elizabeth desejou que todas o picassem ao mesmo tempo.

— Você nunca ia me contar, obviamente. — Elizabeth mantinha as mãos estendidas.

Andrew balançou a cabeça.

— Achei que não tinha importância. Quer dizer, na época. Nós ainda nem estávamos casados. Isso realmente faz diferença?

— Ah, faz, acho que faz. Acho que faz diferença eu ter me casado com você sem saber que você estava me traindo. Você não acha que isso poderia ter afetado minha decisão de casar? Não estou dizendo que esperava que você fosse virgem, mas por favor, Andrew. — Elizabeth ouviu alguma coisa dentro de casa e virou-se na direção da janela. Darcey estava apoiada ali, a orelha colada ao vidro. Ela acenou. — Jesus! — disse Elizabeth. — Ela está por toda parte!

— Eu ia contar a você. — Andrew cruzou os braços sobre o peito.

— Você acabou de dizer que não ia! — A voz de Elizabeth subiu várias oitavas. Se ela soubesse que sua voz era capaz disso, a Kitty's Mustache teria sido uma banda melhor. Do outro lado da rua, uma de suas vizinhas mais abelhudas, uma mulher alta com um pastor-

-alemão, virou-se para olhar e fez um ligeiro aceno. *Por sorte nunca tive que vender a casa dela*, pensou Elizabeth.

— Na época, não. Mas por causa do filme e tudo mais. — Ele fez um gesto em direção a Darcey, ainda um pequeno duende na janela. — Eu tinha certeza de que seria forçado a isso. Não posso dizer que estivesse ansioso, mas digo que não imaginava que a coisa corresse tão mal.

Elizabeth sentia-se como se tivesse uma bola de pelos presa na garganta e pôs-se a tossir.

— Sinto muito pela sua experiência.

— Sem essa, Lizzie — disse Andrew, mas nem mesmo ele soava convencido.

— Quer saber, querido? — Elizabeth tentou falar com a voz de sua mãe, calma e fria. — Por que você não vai dormir na casa do seu professor de yoga esta noite? Eles têm camas por lá, não têm? — Ela riu. — Claro que têm, o que estou dizendo! Com garotas em cima delas! Vá dormir lá esta noite, está bem? Porque não quero olhar para a sua cara! — A frieza havia se evaporado com rapidez, deixando para trás faces vermelhas e olhos cheios de lágrimas. Ela girou e bateu na janela, assustando Darcey. — E você! — disse Elizabeth através do vidro. — Fora!

Darcey levou a mão recatada ao peito: *Moi?* Elizabeth gritou e a atriz correu para a porta.

— Posso pegar o diário de volta? — perguntou ela ao sair. Elizabeth lançou-lhe um olhar. — É muito importante para o meu processo.

— Peça a Naomi para vir pegar depois — disse Elizabeth. — Agora, fora, todos vocês. — Ela afastou o cabelo da testa, onde este havia começado a grudar em mechas viscosas e enfiou-o atrás da orelha. — Vou tomar um banho. Quando terminar, quero que vocês todos tenham ido embora. — Ela ainda podia ouvir a risada gutural de Naomi ecoando na calçada. — Ela também — disse Elizabeth, entrando e batendo a porta, quase prendendo o rabo de Iggy. Queria chamar alguém, mas não conseguia pensar em quem chamar, então foi direto para o andar de cima e entrou no banheiro. A banheira estava uma bagunça – Harry parecia ter usado todas as toalhas do cabide e as espalhado por toda parte, como se houvesse tentado limpar o sangue em uma cena de crime, mas Elizabeth não se importou. Subiu na montanha de toalhas úmidas, abriu a água fria e entrou vestida.

Sessenta e um

Fazer sexo novamente era melhor que ir à Barneys e experimentar vestidos caros, melhor que o tratamento facial de seu sádico preferido do Leste Europeu, melhor que ricota fresca com torrada. Zoe sentia-se com vinte e cinco anos. Talvez trinta e cinco. De qualquer forma, sentia-se jovem e inundada de sangue. O agosto quente e úmido do Brooklyn não a estava incomodando como geralmente ocorria, mas em um impulso, ela reservou duas noites em Montauk, no Airbnb. Deixou quarenta pratas sobre a bancada da cozinha para que Ruby encomendasse o jantar. Era uma quarta-feira. O restaurante tinha pelo menos mais algumas semanas de trabalho e ela e Jane estavam lá todos os dias, para supervisionar. Uma pequena trégua parecia bom. Zoe enfiou alguns vibradores no fundo da mala e elas seguiram pela via expressa de Long Island, de mãos dadas.

    O imóvel era uma casinha estilo choupana ao largo de Ditch Plains, onde moravam os surfistas bonitos e seus admiradores. Todas as crianças andavam descalças, com mechas loiras nos cabelos e Zoe desejava engoli-las por inteiro. Havia adorado crescer perto da praia e sempre ficava triste, pois ainda que Nova York se localizasse na costa, não era a mesma coisa. Ruby e seus amigos nunca matavam aula para ir surfar nem fazer fogueiras na areia. Zoe segurou a mão de Jane e elas puseram-se a caminhar para cima e para baixo na praia, inclinando-se para pegar conchinhas bonitas, atirando-as outras vezes no mar quando estavam quebradas.

— Como vai seu dever de casa? — perguntou Zoe. Ela não vinha mantendo o diário para a dra. Amelia, não no papel. Parecia contrário ao casamento das duas, que sempre tinha tido a ver com paixão e bom gosto. Zoe nunca havia gostado de trabalho inútil e era assim que esse parecia — na realidade, tudo que ela e Jane precisavam fazer era resolver suas merdas. Sim ou não! Ficar ou cair fora! Como uma lista de seus problemas poderia ajudar a responder essa pergunta?

— De certa forma, eu até gosto — respondeu Jane. A doce Jane. Antes que Zoe soubesse com certeza que era lésbica, quando era apenas uma criança tateando o corpo de outras crianças em seus quartos de adolescente, vários dos garotos com quem havia se envolvido pareciam-se mais ou menos com Jane — altos, com cabelos louros e pele queimada de sol. Entre quatro paredes, à noite, a barriga branca delicada deles chocava-se no escuro. Havia sido um alívio dormir com sua primeira garota e de repente todas aquelas pequenas protuberâncias se moverem na direção certa. Não era assim para todo mundo, claro — Zoe conhecia um monte de mulheres que eram verdadeiramente bi, mas não ela. Adorava corpos e beleza, mas o fato de achar que Brad Pitt possuía um rosto atraente não significava que desejava se sentar em cima dele.

O telefone de Zoe começou a vibrar.

— Espere — disse ela e extraiu-o do bolso. Elizabeth. Ela apertou RECUSAR e tornou a guardar o aparelho, mas o telefone recomeçou de imediato a tocar. — Ela provavelmente pressionou a tecla de novo por engano — disse Zoe, mas o celular tocou novamente e Jane deu de ombros, então ela atendeu. — O que aconteceu? — perguntou, tampando com o dedo a outra orelha para bloquear o som das ondas. — Epa, epa, epa, o que está acontecendo? Você está bem? Devagar, mal estou conseguindo ouvir. — Jane gesticulou para que ela se afastasse do mar, onde poderia ouvir melhor, em seguida, virou-se e caminhou até a beira da água. Tirou os sapatos e as ondas miúdas chapinharam seus pés.

— Comece outra vez, estou ouvindo melhor — disse Zoe.

Na outra ponta, Elizabeth sorveu uma grande porção de ar e começou a falar de Darcey, Naomi, Lydia, Andrew e a falsa Lydia, olhando para esta pela janela enquanto ela gritava com seu marido. Elizabeth soluçava, fazendo pequenas pausas para assoar o nariz. Zoe queria dizer, *EU SABIA*. Apenas no geral, em princípio, ela havia percebido que alguma coisa estava acontecendo entre Andrew e Lydia e também que Andrew era meio cretino, mas isso não teria ajudado.

— Ah, querida — disse em vez disso. Fazia muito tempo que Elizabeth não lhe telefonava assim, em um pânico que nada tinha a ver com alguma brotoeja estranha na bunda de Harry ou como se inscrever para o acampamento de verão. Por outro lado, fazia muito tempo desde que alguma coisa havia parecido tão urgente. A urgência era para gente mais jovem, para adolescentes e dramáticos de vinte e poucos anos, para jovens pais hipocondríacos. Quando as pessoas ficavam mais velhas, a urgência ocorria ao terem notícia de que seus pais haviam caído doentes e elas precisavam reservar um voo o mais rápido possível, sem estourar o cartão de crédito. Nesse meio-tempo, as coisas eram quase calmas e funcionavam no piloto automático. As crianças estavam na escola. O casamento era o que era. Tudo corria mais ou menos bem.

Jane estava de frente para a água. Seu corpo dobrava-se ligeiramente para fora sobre o topo da calça, como que em um suspiro. Jane nunca havia se interessado por exercícios — nem corridas, nem esportes coletivos, nem yoga. Todos a entediavam. Ela provavelmente teria um ataque cardíaco aos sessenta, mas Zoe imaginava até mesmo isso como uma brincadeira, as duas em um quarto de hospital e Jane contando a Zoe quais enfermeiras estavam apaixonadas por ela. Elas se dariam as mãos sob os lençóis engomados e as camisolas de papel e contemplariam a cidade pela janela.

Elizabeth continuava a falar. Sua voz soava espasmódica e ela parecia estar fazendo alguma coisa na cozinha — Zoe ouvia o ruído de portas se abrindo e fechando. A certa altura, Zoe escutou a descarga.

– Você está bem? Onde está Andrew agora? – Zoe acenou para Jane, estalando os dedos para tentar chamar sua atenção. O vento levou embora o som insignificante.

Não estava claro se Elizabeth estava enrolando as palavras, ou se isso se devia apenas ao muco nasal.

– Você está bebendo? – Passava pouco do meio-dia. Os soluços transformaram-se em lamúrias, que Zoe entendeu como um sim. Aquilo era como tentar conversar por telefone com um *chihuahua*. – Escute – disse –, Jane provavelmente vai me matar por isso, mas por que você não aparece por aqui? Pegue o trem, vamos buscar você na estação. Você vai chegar por volta da hora do jantar. Comemos mexilhões e conversamos sobre que merda fazer com seu marido, tudo bem? Venha. Vou mandar uma mensagem de texto com as informações, tudo bem? Tudo bem? – Elizabeth concordou baixinho e depois que ela desligou o telefone, Zoe ergueu os olhos e viu que Jane havia se afastado vários metros na praia. Estava sem sapatos, sem carteira e sem chaves – achava-se tudo na bolsa de Zoe. Casamento tinha a ver com confiança e bondade. Ela e Jane estavam em uma situação esquisita, ou talvez estivessem apenas saindo de uma e as feridas continuavam sensíveis, mas a voz de Elizabeth havia deixado claro que as coisas estavam piores na casa ao lado. As pessoas não se revezavam ao ter momentos difíceis; estes chegavam todos juntos, como tempestades e atoleiros. Zoe podia convidar Elizabeth – podia explicar tudo isso a Jane –, pois sabia que o céu sobre suas cabeças estava clareando e as nuvens continuavam pesadas e escuras acima de sua amiga.

Sessenta e dois

Andrew não gostava que lhe dissessem o que fazer, mas sabia o suficiente para sair do caminho de Elizabeth quando ela estava cuspindo fogo. Em todo o casamento deles, isso havia ocorrido apenas um punhado de vezes: quando o irmão mais novo dela havia batido com o carro em uma árvore, completamente bêbado, e caído fora com um arranhão; quando Andrew, por acidente, havia comprado sanduíches de lagosta para um amigo de Harry que era alérgico a frutos do mar. (O menino ficou bem. Coberto de vergões, mas bem.) Ele encaminhou-se à DESENVOLVImento com os ombros curvados para a frente, desejando que todos no bairro o deixassem em paz e foi atendido – as velhas enrugadas sentadas diante da biblioteca, as pessoas que passeavam com seus cães – todos que Andrew normalmente teria cumprimentado com um aceno e um sorriso não receberam absolutamente nada.

Havia uma aula de yoga em andamento quando ele chegou à DESENVOLVImento, de modo que ele entrou na casa o mais silenciosamente possível, tirando os sapatos assim que passou pela porta da frente. Salomé piscou para ele de seu lugar perto do altar e apontou para o andar de cima. Andrew passou por trás das costas das pessoas – havia gente nova o tempo todo, as aulas eram cheias – e subiu as escadas na ponta dos pés.

Dave em geral usava o quarto que ficava no final do segundo andar, um cômodo quase vazio, com algumas prateleiras de concreto sustentando seus textos sagrados – o Bhagavad Gita, alguns livros de Pema Chödrön, Sharon Salzberg, *The Artist's Way* [O caminho do artista], vários livros sobre plantas medicinais e mais *Meditação para leigos* [*Meditation for Dummies*], o que, para Andrew, demonstrava que Dave possuía senso de humor, provavelmente raro em um guru. Humilde até. Estar na casa o fez começar a se acalmar e ele pôs-se a pensar em como descrever sua briga com Elizabeth para Dave. *Sabe*, diria ele, *é uma história engraçada*. E falaria sobre Lydia e sobre ser jovem. Dave balançaria a cabeça ao longo do relato, talvez alisasse a barba, entendendo tudo perfeitamente. Andrew começou a rir sozinho só de pensar a respeito daquilo. Não era nada de mais o que havia acontecido entre ele e Lydia. O bloco de gelo do segredo já havia começado a derreter. Elizabeth provavelmente esqueceria tudo em breve – era informação antiga que não influenciava em nada o futuro deles. Andrew girou os ombros enquanto percorria o corredor. Limpou a garganta e bateu à porta do quarto de Dave.

– Só um minuto – disse Dave. Andrew pôs-se a bater com os polegares um no outro. A porta se abriu e duas mulheres jovens saíram, os corpos nus envoltos em lençóis. Do vão da porta, Andrew viu o traseiro exposto de Dave. Ele estava de pé, de frente para a janela. Esta dava vista para a parte de trás da casa, o que significava que quem passasse não poderia vê-lo, mas não havia cortinas e aquilo ainda era o Brooklyn, portanto as chances de que alguém em uma casa vizinha visse seu pau eram extremamente altas. Quando se virou para olhar para Andrew, Dave ainda estava duro e seu pênis balançou em direção a Andrew como se também o estivesse cumprimentando.

– Ah, desculpe, cara – disse Andrew, fechando os olhos antes de virar-se para ir embora. – Posso voltar outra hora. – Então achou que estava sendo muito pudico e tornou a girar o corpo na direção de Dave.

Dave colocou as mãos nos quadris e olhou para si mesmo com amor.

— Não tem por que esconder. É bonito como uma fotografia! — Ele riu e curvou-se para recolher seus shorts no chão.

Andrew estava prestes a abrir a boca e iniciar sua história ensaiada de infortúnio conjugal, mas Dave começou a falar antes que ele pronunciasse a primeira palavra.

— Escute, cara, estou contente que você esteja aqui. Recebi notícias esta manhã. Da cidade. Nada feito. — Dave estendeu os braços acima da cabeça e inclinou-se para a esquerda, seu corpo compacto parecendo um elástico tenso.

— Nada feito o quê? — Andrew cruzou os braços.

— A cidade negou o rezoneamento. Nada de hotel, pelo menos não lá. Foi legal... estou começando a captar vibrações bem tenebrosas dos vizinhos, então acho que alguém provavelmente dedurou a gente, sabe? As pessoas podem ser muito negativas. — Dave alongou para o outro lado.

— Ok, bem, isso é ruim. — Andrew ouviu seu estômago roncar e borbulhar. Levou a mão à barriga. — O que acontece agora?

— Nós procuramos um novo local. Os projetos continuam. Vamos ter que providenciar novas plantas, claro, mas a visão permanece a mesma. Só precisamos encontrar um novo pedaço de terreno. Essas coisas acontecem. — Dave endireitou o corpo e deu um tapinha no bíceps de Andrew. — É tudo parte do processo. Na pior das hipóteses, precisamos levantar um pouco mais de dinheiro, talvez começar a procurar mais em Long Island ou no vale do Hudson. Existe muita terra por lá, sabe? Só esperando.

— Mas parte da ideia não era revitalizar as Rockaways? Introduzir um negócio? Tenho os documentos de meus advogados também — disse Andrew e de repente sentiu uma pontada no intestino. — Eu já volto. — Dirigiu-se às pressas ao banheiro no corredor, diante do qual duas jovens vagabundeavam, não as que estavam envoltas nos lençóis. Havia um estoque interminável de garotas de vinte e três anos na DESENVOLVImento e essa juventude apertou ainda mais o intestino de Andrew. — Com licença — disse ele, e trancou a porta atrás de si, mal conseguindo chegar ao vaso sanitário antes de iniciar uma evacuação imediata. Ele ouviu as mulheres rirem do lado de fora e apressarem-se a se afastar. Deixou cair a cabeça nas mãos.

O telefone de Andrew vibrou e ele o extraiu do bolso, frouxo ao lado da coxa. Era uma mensagem de Elizabeth: VOU PASSAR A NOITE COM ZOE E JANE EM MONTAUK. VOCÊ PODE IR PARA CASA SE QUISER. ALIMENTE HARRY. Surgiu uma bolha com três pontos – ela continuava digitando –, mas depois desapareceu. Ele aguardou alguns minutos, mas ficou claro que ela havia terminado. Não era do feitio de Elizabeth cair fora assim – essa sempre havia sido sua última jogada, a retirada melodramática. Andrew deu descarga duas vezes e lavou as mãos. Queria merecer sua mulher. Queria merecer seu filho bonito. Queria confiar que o casamento deles era forte o suficiente para derrotar dragões antigos. Todos não pensavam isso em segredo, que, de alguma forma, seu barquinho a remo era resistente o suficiente para navegar pelo oceano inteiro?

Quando ele abriu a porta do banheiro, uma das jovens envoltas nos lençóis e que haviam escapado da cama de Dave estava parada do outro lado do corredor, encostada à parede. Ela havia se vestido, muito pouco, e Andrew sentiu-se um devasso só de ter reparado.

– Eu sou Lena. Você é Andrew? – Ela estendeu a mão e Andrew ofereceu-lhe uma batida de punho desajeitada em troca.

– Minhas mãos estão molhadas – explicou.

– Tudo bem – disse Lena. Seus cabelos eram encaracolados e tinha um sinal na bochecha. – Você conhece Ruby, certo?

– Ruby Kahn-Bennett? – Andrew sentiu um breve pânico de que a garota, Lena, frequentasse a Whitman com Harry.

– Acho que sim. Ela esteve aqui algumas vezes e fez perguntas. Acho que está preocupada com você.

– Preocupada comigo? Ruby? – Andrew passou as mãos pelos cabelos. – Isso não faz o menor sentido.

Dave surgiu no vão da porta, ainda seminu.

– Vocês dois se conheceram! Adorei. Andrew, Lena faz o melhor Reiki da casa. Você devia experimentar, ela tem mãos mágicas, sério. Quer descer, pegar um combucha e conversamos?

Lena encarou Andrew com olhos entrecerrados e ele pensou ter visto a garota balançar a cabeça, apenas uma mínima fração de movimento, antes de virar-se na direção de Dave e sorrir com todos os dentes.

– Sabe, só passei para dar um oi – disse Andrew. – Volto mais tarde, tudo bem?

– Legal, legal – disse Dave, fazendo um sinal de paz. – Lena, você pode trabalhar no meu pescoço? – Ele piscou para Andrew e tornou a entrar no quarto. Lena apressou-se a segui-lo, sem dar um pio.

Sessenta e três

Harry gostava da ideia de um grande gesto. Havia funcionado até então. Desde o incêndio, ele e Ruby haviam ficado juntos quase todas as noites. Os quatro pais deles estavam em Marte. Zoe e Jane ficavam trancadas no quarto, aconchegadas no sofá, ou rindo na cozinha e pareciam não notar ou não se importar que Harry disparasse escada acima todas as noites. Seu pai estava agindo da mesma maneira que no verão em que Harry tinha nove anos, quando havia viajado ao norte do estado para "vagar pelos bosques", como sua mãe havia colocado. Andrew havia voltado para casa com a cabeça raspada, bronzeado e com uma pequena tatuagem do número 8 na panturrilha, que ele explicou que representava o infinito e também o fato de Harry fazer aniversário em 8 de outubro. Elizabeth era a pior de todos – parecia ter quase deixado de trabalhar e de lavar os cabelos. Nas ocasiões em que Harry procurava conversar com ela sobre isso, o olhar em seu rosto era o de uma pessoa que estava tentando parecer animada, quando na verdade parecia apenas uma homicida com um machado. Harry desejava ajudar, mas também desejava passar o máximo de tempo possível com Ruby, Ruby, Ruby.

Havia sido ela a mencionar um anel. Não exatamente no contexto – eles estavam assistindo a *The Bachelor* e o solteiro em questão estava escolhendo anéis para suas duas possíveis noivas, uma higienista dental chamada Kimberly e uma médica assistente chamada

Kenderly, e todos os anéis em exposição eram tão gigantescos que poderiam ser vistos do espaço. Eles não pareciam diamantes, pareciam copinhos virados de cabeça para baixo. Ruby havia colocado a língua para fora e expelido uma framboesa.

– Que nojo – dissera. – Quero o oposto disso. Um diamante preto. Um diamante preto bem pequeno. Como uma semente de papoula. Alguma coisa que ninguém mais ia conseguir enxergar, a não ser que eu enfiasse a pedra bem no olho da pessoa. Para quem isso serve? Como as pessoas levam a vida com uma coisa dessas no dedo? Elas lavam pratos? Acordam com arranhões estranhos por todo o corpo? Parece até *perigoso*, sabe? Para não falar no desperdício gigantesco de dinheiro a que os casais jovens têm sido induzidos pelo patriarcado da propaganda.

E assim Harry estava à procura de uma semente de papoula. Havia uma loja de artesanato em Park Slope que vendia joias. Sua mãe o havia arrastado algumas vezes até lá depois da escola quando precisava comprar um presente para alguém e era o único lugar em que Harry conseguia pensar. Não parecia exatamente o gosto de Ruby, mas ele havia passado algumas horas percorrendo os anéis no Etsy e estes lhe pareceram ainda piores. Como poderia descrever de que tamanho achava que eram os dedos dela? Impossível. Então pegou o trem para Slope e percorreu a Quinta Avenida até encontrar o lugar. Alguma coisa zumbiu quando ele passou pela porta, o que o fez imediatamente começar a virar-se, mas a jovem atrás do balcão já estava sorrindo e acenando, então ele parou.

– Posso ajudar você a encontrar alguma coisa? – A mulher tinha cabelos escuros com franjas pesadas e um piercing de botão extragrande no nariz.

– Estou procurando um anel. Para minha amiga. Ela quer uma coisa pequena e preta. Você tem alguma coisa assim? O dedo dela tem tamanho médio, acho. É meio longo e um pouco maior que o meu. – Ele ergueu a mão. – Mas na verdade, não sei de que dedo eu devia estar falando, então acho que depende.

A mulher mordeu o lábio e assentiu com um movimento de cabeça.

– Acho que tenho algumas coisas de que você talvez goste. Qual é a sua faixa de preço?

Harry não havia pensado em dinheiro. Tinha o cartão de crédito de seus pais, que pretendia usar. Não era exatamente apropriado, mas tanto seu pai quanto sua mãe haviam esquecido tudo que lhe dizia respeito ao longo do verão e, portanto, ele achava que os dois não perceberiam uma pequena cobrança no cartão, sobretudo por se tratar de uma loja que ele sabia que sua mãe gostava. Ele não estava na Tiffany. Não estava na cidade, em um lugar chique.

– Cem? – disse Harry. – Não tenho muita certeza.

A mulher estendeu a mão e abriu uma vitrine. Extraiu alguns anéis e depositou-os em uma almofada de veludo quadrada no balcão. Um deles tinha uma pedrinha verde, um possuía uma pedra rosa e outro era vermelho-escuro, como uma gotinha de sangue.

– Você não tem nada preto?

– Temos um – disse a mulher –, mas acho que pode estar acima desta faixa de preço. – Ela inclinou a cabeça para um dos lados e lançou-lhe um olhar. – É para sua namorada?

Harry tossiu dentro da mão, tentando ocultar um rubor orgulhoso.

– É.

Ela ergueu um dedo e aproximou-se de outro balcão. Voltou com o anel frouxamente pendurado no mindinho e segurou-o diante do rosto de Harry antes de deixá-lo deslizar para a almofada.

O anel era perfeito – um aro fino de ouro que parecia ter sido forjado por um pica-pau, com um milhão de pequenos furos e entalhes e uma pedrinha preta no topo. Ela era maior que uma semente de papoula, mas menor que uma semente de melancia e perfeitamente lisa.

– Custa duzentos e noventa e cinco dólares – disse a mulher. – Acho que depende de quão sério é o namoro.

Harry pegou o anel e colocou-o em seu dedo médio. Ele deslizou até a articulação. Se aquilo era um desafio, ela não sabia com quem estava mexendo.

– Vou levar – disse ele, e bateu com o cartão de crédito de sua mãe no balcão.

Sessenta e quatro

Aquele era oficialmente o período mais terrível do verão, quando todos começavam a voltar, desfazer as malas, lavar a roupa, refazer as malas e ir para a faculdade enquanto atualizavam ruidosamente as mídias sociais com fotos de todo mundo se abraçando e de irmãos e cães idiotas. Ruby vinha temendo o final de agosto desde a formatura. Quando sua turma inteira estava em Hamptons ou Berkshires, havia sido esplendidamente fácil fingir que sua vida continuava nos trilhos e nada havia dado errado de forma desastrosa. Mas logo seria setembro, o primeiro setembro em doze anos (quinze, contando a pré-escola) em que Ruby não voltaria para a escola e ela não estava se sentindo muito bem com isso.

Naquela manhã, Ruby havia acordado após um sonho erótico. Nele, ela e Harry encontravam-se na praia, a praia deles, mas que estava completamente abandonada, e só depois que percebeu que seu corpo estava todo arrepiado foi que Ruby reparou que era inverno e havia imensos montes de neve ao seu redor. Ela e Harry estavam se beijando, depois transando e então ele estava em cima dela, mas em vez de Harry, era Dust. Harry/Dust abriu a boca e anunciou, na mais perfeita voz de Harry/Dust, "Somos só você e eu no ano que vem". E foi tão horripilante que Ruby sentou-se na cama e acordou de vez às sete da manhã, o que por si só era praticamente um crime em uma manhã de verão.

Seu telefone havia disparado a noite inteira – ela quase não queria olhar para ele, mas precisava fazer isso, pois sentia-se ávida por punição. Havia seis mensagens de texto de seis amigas diferentes, e mais as mensagens dos grupos – Chloe a estava convidando para ir a Bridgehampton para uma última festa do pijama, Anika queria ir a um karaokê em Chinatown, Sully ia fazer compras em um brechó no sábado, ela queria ir? Elas haviam passado o verão inteiro fora tendo aventuras e desejavam espremer o máximo possível do ensino médio para dentro de seus últimos cinco minutos na cidade. Ruby não desejava ser espremida.

Entrou uma nova mensagem – Sarah Dinnerstein: ME ENCONTRA NO PARQUE? TENHO UM BASEADO. Ruby imaginou a cena: ela se encontraria com Sarah, elas fumariam o baseado e então Ruby lhe daria um soco na cara. Pelo Hyacinth. Por suas mães. Parecia uma boa maneira de passar a tarde. Elas fizeram planos de se encontrar perto da praia dos cachorros e, em seguida, caminhar juntas até o local escondido atrás do parquinho natural, que ficava sempre vazio, a não ser ocasionalmente, quando os velhos se sentavam ali com seus rádios para ouvir os jogos de beisebol.

A caminhada até o parque foi desagradável – Ruby estava vestindo o mínimo possível, mas no final do verão em Nova York, a pessoa podia estar nua e ainda assim se sentir excessivamente vestida. Ela deveria ter colocado protetor solar; deveria ter usado um chapéu. Quando Ruby chegou à praia dos cachorros, Sarah estava esperando em um de seus inúmeros vestidos hipongas que destacavam os seios, que nem eram tão impressionantes assim.

– Oi – disse Ruby.

– Ei – disse Sarah, abrindo largamente os braços para um abraço. Ruby sentiu o cheiro de patchuli antes mesmo que elas estivessem a um metro de distância.

– Sabe – disse, parando pouco antes que os braços de Sarah a alcançassem –, não tenho certeza de estar preparada para isso.

– Isso tem a ver com Dust? Estou muito feliz que a gente esteja conversando sobre esse assunto. Porque ele me disse que você sabia, mas depois achei que ele estava mentindo e eu não queria ir para a faculdade com questões inacabadas entre nós, sabe? — Sarah exibia um rosto preocupado, que parecia fruto do amor entre um Gremlin e um *pug*, as narinas achatadas apontando na direção errada.

— Tudo bem, que seja, vamos caminhar — disse Ruby, girando nos calcanhares, descendo a encosta e penetrando no bosque. *Se* estivesse indo para a faculdade, *se* estivesse deixando Nova York, o Prospect Park seria a coisa de que mais sentiria saudades. Ao contrário do Central Park, onde sempre era possível ver prédios identificáveis e, portanto, saber exatamente onde se estava no espaço, o Prospect Park parecia uma região despovoada, repleta de veredas escuras e esconderijos secretos. Sempre que ia ao parque com suas mães quando era pequena, Ruby adorava deixá-las assustadas ao se afastar correndo e esconder-se atrás das árvores, bem ao lado da trilha, mas fora de vista. Bingo sempre a encontrava primeiro, mas por alguns minutos Ruby fingia que morava em uma floresta mágica e que suas mães eram bruxas ou fadas e que ela, sozinha, poderia salvar o mundo.

— Nunca vim até aqui — disse Sarah. — Tem muitos craqueiros. E *yuppies*. Os dois. — Ruby sequer respondeu. Sarah acendeu o baseado e elas puseram-se a caminhar um pouco mais devagar, dobrando em uma pequena cachoeira e penetrando ainda mais na floresta. — Ouvi dizer que existe um local de encontro bem grande, bem aqui. Para sexo homossexual. — Ruby ergueu uma das sobrancelhas. — Não que tenha alguma coisa errada nisso, é óbvio, só estou dizendo, foi o que ouvi.

— Não pertenço à polícia *gay* — disse Ruby, tirando o baseado da mão de Sarah.

Elas chegaram à via principal e Ruby escondeu o baseado na mão. O caminho encontrava-se livre e elas atravessaram o parquinho, que estava vazio. O local escondido também estava vazio, a não ser por um cara velho de camiseta fazendo meias flexões em um banco, mas ele não as incomodaria. Isso era outra coisa de que Ruby sentiria falta em Nova York se partisse: sentiria falta do espaço que as pessoas proporcionavam. Alguém poderia ter a porra de um acesso de soluços no metrô que ninguém mexeria com ele. Poderia vomitar em uma lata de lixo em uma esquina que ninguém mexeria com ele. Se a pessoa emitisse vibrações invisíveis, as outras respeitariam isso. As pessoas consideravam os nova-iorquinos rudes, mas, na verdade, eles estavam apenas deixando-as com seus próprios assuntos. Era respeitoso! Em uma cidade com tanta gente, um nova-iorquino sempre fingiria não ver alguém que não desejava ser visto.

— Então, ele contou? — perguntou Sarah, assim que elas estavam sentadas em um banco à sombra.

— Ele não precisou contar. É óbvio que vocês estão juntos. — Ruby passou o toco do baseado a Sarah e extraiu um cigarro da bolsa.

— Ah — disse Sarah. — Não, quer dizer, nós estamos, mas eu estava me referindo ao restaurante das suas mães. — Ela pegou o baseado e deixou-o parado até apagar, em seguida o enfiou em seu cordão de crochê de guardar erva. — Ao incêndio.

— Ele contou que você fez isso por acidente, basicamente de propósito. Foi o que ele me contou. — Ruby olhou para Sarah, cujos olhos se achavam raiados de vermelho.

Sarah deu uma risadinha.

— Você está falando sério? Então por que veio me encontrar? Jesus, Ruby! Você vai me dar porrada?

— Eu estava pensando nisso — disse Ruby. Ela cruzou os braços, mas assim não conseguia fumar, então tornou a descruzá-los e, em vez disso, apenas estalou os dedos.

— Ah, meu Deus, Ruby, não! — Sarah agitou as mãos como se elas estivessem presas em uma ilha deserta e ela estivesse tentando avisar um avião de passagem. — Foi Dust! Era sobre isso que eu estava tentando conversar com você! Ele que ateou o fogo! Eu estava bem ali. Estávamos na rua estreita, sabe, atrás da casa de Nico e atrás do Hyacinth e Dust só dizia "Vamos parar aqui e ver se conseguimos entrar na cozinha, quero um pouco daquele queijo..." Qual é aquele queijo que vocês têm?

— Muçarela?

— Não, o sofisticado, o do sanduíche com ovos e pepinos? Parece *cream cheese*, só que é meio azedo? De qualquer forma, ele só dizia, "Vamos ver se a gente consegue entrar lá depois que Ruby fechar", o que, admito, teria sido uma coisa errada, mas provavelmente não teria sequer acontecido. De qualquer maneira, fomos até a cerca e vimos as pessoas saindo e você e os outros caras limpando, então olhei para Dust e ele estava com um maço de jornal e um isqueiro, tentando queimar a cerca. Eu disse, "Que merda é essa?", e ele, "Sarah, isso não te diz respeito", e eu, "Droga, diz sim se você for parar na cadeia por tocar fogo em alguma coisa porque obviamente sou eu que vou ter que contratar um advogado, sabe?" E então voltei para a casa de Nico. Um pouco mais tarde, Dust voltou, depois todos ouvimos as sirenes e eu disse, "Merda".

— Ele me contou que você tinha ateado o fogo por acidente, com algumas velas. — Ruby não sabia dizer se a confusão em sua cabeça devia-se à maconha ou ao que Sarah estava lhe contando. — Mas você está dizendo que Dust fez isso? Realmente de propósito?

Sarah riu outra vez.

— Sei que não é engraçado, mas sério, Ruby, você é muito, muito mais estranha do que eu pensava. Quantas vezes preciso dizer? Dust ateou o fogo. De propósito.

— E ele é seu namorado. — Ruby sabia que estava parecendo uma idiota, mas seu cérebro não conseguia formar frases melhores. Tinha a sensação de estar tentando falar com a boca cheia de algodão-doce.

— É bem sério — disse Sarah, feliz por mudar o tema da conversa. — Temos conversado sobre morar juntos na faculdade. Ele podia arranjar um emprego, talvez frequentar algumas aulas como ouvinte. Dust quer ser arquiteto, sabia disso? Tem um monte de maquetes em casa, coisas que ele construiu. Ele é muito bom.

— Você esteve na casa dele? — Aquilo era a quinta dimensão. Devia ser a erva. Sarah provavelmente estava dizendo alguma coisa bem diferente. Talvez Ruby ainda estivesse dormindo! Devia ser isso!

Sarah pareceu ofendida.

– Claro que estive na casa dele. Eu sou *namorada* dele. – Ela estreitou os olhos já pequenos na direção de Ruby. – Você nunca foi à casa dele?

– O que faz você pensar que não vou chamar a polícia? – Ruby estava vermelha e suada. Amontoou o cabelo no alto da cabeça e prendeu-o no lugar com um grampo grande de plástico. O velho estava tirando a camiseta e colocando-a no encosto do banco. Depois se ajoelhou e começou a fazer abdominais, comprimindo a barriga morena e enrugada repetidas vezes.

– Eu chamaria se fosse você. – Sarah deu de ombros. – Quer dizer, é óbvio que acho que você não devia fazer isso porque não quero que ele se meta em encrenca, mas acho que se fosse você, eu chamaria. É você quem decide. Vamos logo embora, sabe? Então, a quem isso ia ajudar? Ele não vai botar fogo na sua casa. Nem vai estar aqui.

– Nem Dust vai continuar aqui – disse Ruby, mais para si mesma que para Sarah. Deu uma longa tragada no cigarro e deixou-o cair no chão. – Foda-se – disse. – Foda-se tudo. – Ruby levantou-se e afastou-se sem se despedir. Às suas costas, ouviu Sarah começar a cantar alguma coisa de Bob Marley e então correu até sair do alcance de sua voz e perder o fôlego.

Sessenta e cinco

Elizabeth chegou à estação de Montauk sem nada, a não ser por um chapéu de palha espinhento, uma garrafa de vinho que havia pegado na geladeira, uma escova de dentes, um maiô e um par de calcinhas limpas, tudo enfiado na sacola em seus ombros. O chapéu vinha lhe arranhando o braço desde o terminal Atlantic, mas o trem estava lotado e não havia nada a fazer. Só somar mais uma ferida ao lote. O vagão estava repleto de universitários e outros farristas de verão a todo vapor, assim Elizabeth decidiu permanecer sentada até que todos houvessem saltado aos tropeções. Não estava com pressa. O convite mal havia sido sincero – ela sabia disso. Mas também sabia que precisava sair da cidade e que Zoe era sua amiga e se Jane não gostasse, bem, que chato. Ela havia tomado duas taças de vinho em casa e outras duas no trem, o que era muito mais do que costumava beber, especialmente durante o dia. Embora tivesse parado de se mover, o trem ainda parecia oscilar um pouco e, quando o restante do vagão ficou vazio, Elizabeth agarrou o encosto do assento e levantou-se, batendo com a testa no bagageiro suspenso.

 O Subaru Kahn-Bennett estava à espera, exatamente como Zoe havia prometido. Elizabeth acenou e entrecerrou os olhos, tentando distinguir quem estava lá dentro e correu o mais rápido possível, ainda que suas sandálias de dedo não parassem de sair e ela precisasse pegá-las. Quando por fim chegou ao carro, era apenas Zoe.

— Você está bem? – perguntou Zoe, que parecia ótima. O verão era sua estação. Sua pele estava clara e brilhava como bronze e o cabelo achava-se afastado do rosto por um lenço colorido. Bingo pôs a cabeça para fora no banco de trás e Elizabeth inclinou-se e permitiu que ele lambesse seu nariz.

— Basicamente, não estou nada bem – disse Elizabeth, extraindo a garrafa de vinho da bolsa e entregando-a a Zoe.

— Vamos voltar para casa antes de abrir isso, tudo bem? Não acho que dirigir sob efeito de álcool vá ajudar nenhuma de nós.

Elizabeth estufou o lábio inferior e virou-se em direção à janela.

— Foi um verão estranho. E o trem não tinha papel higiênico.

Zoe exprimiu sua decepção com o sistema ferroviário de Long Island com um murmúrio e não disse mais nada pelo restante do percurso, mas estendeu a mão para que Elizabeth a segurasse na cavidade central, acima do porta-copos.

A casa alugada era pequena, mas graciosa. Uma venda fácil. Possuía um quarto e um sofá-cama, que Zoe ou Jane já haviam puxado, e uma pequena cozinha/sala de jantar. O lugar cheirava a sal e havia areia sob os pés. Jane estava grelhando alguma coisa do lado de fora, no deque, quando elas entraram e Zoe puxou a sacola do ombro de Elizabeth e depositou-a no chão.

— Estamos de volta! – gritou Zoe, ainda que a porta de correr que dava para o deque estivesse aberta e não houvesse maneira de Jane ter deixado de perceber a entrada das duas. – Ela vai ficar bem – disse Zoe, dando um tapinha no braço de Elizabeth.

— Tem alguma coisa errada? – perguntou Elizabeth, equilibrando-se na bancada da cozinha. O vinho agitava-se em seu estômago. Ela deveria ter almoçado. Não deveria ter bebido tanto. Deveria ter ficado em casa.

A ponta da ilha era muito bonita – Elizabeth sempre se esquecia disso. A avaliação dos imóveis era um risco profissional. Montauk estava a uma década atrás de Hamptons, mas à frente de North Fork. As casas eram pequenas e a maioria delas ficava a curta distância da rua principal que, no final das contas, não tinha grande coisa. Mas a quem Elizabeth estava enganando? Ela não estava interessada em vender casas de praia para os festeiros com quem havia dividido o trem, nem para seus irmãos mais velhos e mais calmos, com mulher e filhos pequenos. O Brooklyn já era ruim o bastante. Ela não precisava negociar com pessoas que tinham renda disponível para comprar uma segunda casa.

— Acho que preciso sentar — disse ela, e desabou sobre o sofá-cama, apoiando-se no encosto de espuma com as pernas estendidas a sua frente.

— Eu também — disse Zoe. — Mas espere. — Ela contornou o sofá-cama e dirigiu-se ao deque. Elizabeth viu Zoe colocar o braço nas costas de Jane e descansar a cabeça em seu ombro. Elas estavam voltadas para fora, na direção da grama agreste e, em algum lugar ao longe, do mar. Era impossível saber se estavam conversando, mas permaneceram imóveis por alguns minutos, a não ser pelo instante em que Jane pegou sua pinça e virou alguma coisa na grelha.

Era uma noite bonita — havia uma brisa uniforme e o céu estava banhado de rosa. Elizabeth desejou que ela e Andrew possuíssem um local como aquele, uma cabana modesta em algum lugar no campo — por que eles nunca haviam feito isso? Todos os seus períodos de férias sempre haviam parecido tão preciosos, especialmente depois que Harry nasceu — os acampamentos de um dia e as aulas de arte, as aulas de movimento criativo em Prospect Park, em que as crianças apenas rolavam na grama em ritmo coordenado toda semana por duzentos dólares. Em teoria, eles eram livres para ir aonde quisessem e haviam viajado um pouco — uma viagem ao México quando Harry tinha oito anos, que horrorizou os pais de Andrew, uma outra de carro pela costa da Califórnia na qual descobriram que Harry enjoava se houvesse muitas curvas e então eles seguiram pela autoestrada em vez disso, chegando a São Francisco quatro dias antes do planejado.

Uma viagem à Itália. Elas haviam sido dispersas, aleatórias. Elizabeth havia participado do mesmo acampamento de verão para meninas em todos os verões de sua vida, depois ido a Cape Cod em agosto e gostaria de ter proporcionado mais aventuras a Harry. Mas, em vez disso, eles haviam ficado em casa, com vistas da rua Argyle e com o trem Q ecoando à distância.

Zoe beijou Jane no rosto e em seguida Jane virou-se para acenar para Elizabeth. Tudo correria bem. Elizabeth ergueu um copo invisível na direção das duas.

— Tintim — disse.

Elas comeram em uma mesinha redonda do lado de fora. Havia formigas, mas ninguém se importou. Jane abriu o vinho que Elizabeth havia levado e elas beberam tudo, ainda que Elizabeth tenha precisado apertar um pouco os olhos para se certificar de beber um copo e não dois. Peixe grelhado, salada de abacate, pequenos mariscos que se abriam sobre as chamas. Uma torta de pêssego feita de cabeça para baixo, de forma a que os pequenos pêssegos parecessem estar fazendo bundalelê. Creme chantili fresco. Elizabeth jamais se divorciaria de Jane.

— Então, que lugar é esse para onde ele tem ido, Lizzy? — perguntou Jane, levando à boca o garfo com um pedaço de peixe. — É budista? Ou coisa do gênero?

— Coisa do gênero — respondeu Elizabeth. — Realmente não sei. Acho que eles fazem yoga e talvez orgias. Vendem suco. Combucha? Isso é diferente de suco? Parece um pesadelo, mas o que sei eu? Sou uma quadrada. — Ela enfiou o dedo na tigela de creme chantili e lambeu-o. Estava realmente bêbada a essa altura e sentindo-se solta.

— Você não é quadrada — disse Zoe.

— Você é um pouco quadrada — disse Jane, e Zoe beliscou-a no braço. — O quê? Existem coisas piores para ser. Além disso, o combucha é completamente diferente de suco. É fermentado. Como cerveja. Eles mesmos preparam a bebida? Parece meio duvidoso. E vendem? Têm autorização para isso? Eu investigaria se fosse você. Ou se estivesse tentando criar problemas para eles.

Elizabeth baixou a cabeça até a mesa, em seguida tornou a levantá-la de repente. O lugar girava.

— Sabe, tenho pensado muito em problemas ultimamente. Zoe contou o que Andrew fez? Antes da yoga, quer dizer? — Em sua cabeça tudo era uma linha reta e tudo apontava para trás. — Ele dormiu com Lydia. Quando nós éramos jovens. E não foi uma vez só. Se fosse só uma vez, ah. — Ela agitou a mão no ar como se estivesse pedindo a conta a um garçom. — Se fosse só uma vez, seria uma coisa. Mas aconteceu muitas, muitas e muitas vezes quando estávamos juntos. E então, quando assinei o nome dele no formulário, ele só estava imaginando o rabo dele exposto, sabe? E eu pensando que isso tivesse a ver com o fato de ele ser um cinéfilo esnobe ou coisa parecida. Ah! — Zoe e Jane pareciam confusas, mas Elizabeth prosseguiu. — Quer dizer, eu também não ia querer minha bunda exposta em um filme, mesmo que fosse a bunda linda de um garoto de dezoito anos. Mas ainda seria minha bunda, sabe? É por isso que estou furiosa. Não que eu nunca tenha pensado nisso. Eu não sou santa. Mas se tivesse, teria contado a ele antes de nos casarmos, ou em algum momento nos últimos setecentos anos. — Elizabeth girou a cabeça na direção de Jane, apontando o dedo. — Por falar nisso, Zoe contou a você sobre a noite em que quase ficamos juntas?

— Não — disse Jane, agora achando aquilo divertido. — Ela não contou. Vá em frente.

Elizabeth colocou as mãos ao lado do rosto, formando uma pequena parede para bloquear sua visão de Zoe.

— Isso é completamente diferente, claro, porque não aconteceu nada. Mas na Oberlin, estávamos no apartamento dela uma noite, assistindo *Bonnie e Clyde* e ela veio para cima de mim.

— Acho que nunca vi *Bonnie e Clyde* — disse Zoe. — Quem trabalha no filme?

— É essa a sua resposta? — Jane parecia estar se divertindo e inclinou o corpo para a frente. — Conte mais, Lizzy.

— Não aconteceu nada — disse Elizabeth, balançando as mãos diante do rosto e atirando acidentalmente um garfo nos arbustos. — Mas poderia ter acontecido.

— Espere, você está falando sério? — Zoe colocou a mão no braço de Elizabeth para firmá-lo e evitou por pouco um golpe na cabeça.

Elizabeth desmanchou-se em risadas.

— Isso é para ela ouvir? — perguntou no tom mais baixo possível. Ela olhou para Zoe, a linda Zoe. Esta vestia uma camisa branca solta de abotoar e parecia estar em uma vitrine de loja, com a brisa de um ventilador invisível soprando a bainha na medida certa. Por vezes, Elizabeth pensava que se houvesse conhecido Zoe um pouco mais cedo, ou um pouco mais tarde, toda sua vida teria sido diferente. Não que ela e Zoe fossem acabar juntas, mas cada dominó acionava um novo encadeamento. Talvez não houvesse sido Andrew — talvez houvesse sido o rapaz ruivo em sua turma de inglês, ou o baterista idiota que eles haviam conseguido para substituir Lydia, que ela certa vez tinha visto saindo do chuveiro e pensado, *Ah*.

Timing era tudo — era cada vez mais evidente que quanto mais velha a pessoa, mais ela finalmente entendia que o universo não se mantinha coeso de forma a fazer sentido. Não havia nenhuma ordem, nenhum plano. Tudo tinha a ver com o que a pessoa havia comido no café da manhã, com o tipo de humor em que se encontrava ao percorrer certo corredor ou se alguém que havia tentado beijá-la tinha hálito bom ou ruim. O destino não existia. A vida consistia apenas em acaso e sorte, unidos pelo desejo de ordem. Elizabeth entendia por que tantas pessoas acreditavam em Deus — era exatamente por esse motivo, para nunca terem de fechar os olhos e pensar, *Que merda eu fiz com minha vida?* Uma dor de cabeça formava-se como uma tempestade, do tipo cuja chegada dava para perceber a cinco quilômetros de distância. Montes de cúmulos de remorso já estavam baixos na linha do horizonte, mas ela não conseguia parar. Não era engraçado; nada daquilo era engraçado.

— Não acho que ela vá ficar com ciúmes, Zo. — Elizabeth ensaiou seu melhor sorriso e então fez o possível para manter os olhos abertos. Havia sido um longo dia. Dormir parecia bom, especialmente por Elizabeth ter quase certeza de que já estava sonhando. Ela agarrou a borda da mesa com ambas as mãos e pousou a testa entre elas.

Um copo de água surgiu a sua frente e Elizabeth bebeu. Tanto Jane quanto Zoe estavam ajudando-a a levantar e em seguida puxando os lençóis do sofá-cama. Ela capotou e disse boa noite, mas as palavras não saíram.

O sol brilhava e Elizabeth levou vários minutos para se lembrar de onde estava. As janelas encontravam-se em lugar errado, assim como a porta. Lentamente, a noite anterior retornou.

— Ah, meu Deus — disse ela, e puxou o lençol até o queixo.

— Oi. — Zoe estava sentada à mesa do lado de fora com uma xícara de café e seu laptop. — Jane dorme até tarde.

— Bom dia — disse Elizabeth, erguendo-se de forma a que suas costas ficassem apoiadas no encosto de espuma barato do sofá. Ela esfregou os olhos. Sua boca parecia uma lixa. — Não costumo beber tanto assim.

— Eu sei — disse Zoe. — Venha cá para fora.

Elizabeth saiu do sofá-cama. O chão estava frio. Ela pegou a manta de tricô que havia chutado para o chão em algum momento durante a noite e envolveu os ombros. Ainda era cedo — antes das sete provavelmente — e os únicos sons que elas ouviam eram os das gaivotas e das ondas. Elizabeth acomodou-se na cadeira ao lado de Zoe.

— Isso dói — disse. — Meu corpo inteiro está doendo. Estou velha demais para isso.

— Conte outra vez o que você estava contando ontem à noite — pediu Zoe.

Elizabeth escondeu o rosto.

— Ah, sem essa — disse. — Eu estava bêbada.

— É, estava. Mas quero saber do que você estava falando. — Zoe inclinou o corpo para a frente, com o rosto sério, mas gentil. — Conte. Não a parte sobre Andrew. A parte sobre nós.

Elizabeth não sabia ao certo o que era mais constrangedor — o fato de ter guardado o segredo por tantos anos, ou o fato de lembrar-se dele. Havia camadas de vergonha que culminavam naquele momento, ela sentada com o ar salgado e o aroma do café de Zoe, que era completamente delicioso e ao mesmo tempo dava a sensação de que poderia fazê-la vomitar.

— Tudo bem — disse Elizabeth, e começou do princípio. Quando havia terminado — TJ, o corredor, as duas na escada — Zoe estava sorrindo.

— Eu me lembro — disse ela. — Eu estava definitivamente dando em cima de você. Fortemente. Se alguém fizesse isso com Ruby, eu chamaria de assédio sexual. Foi revoltante! Você devia ter chamado a segurança do campus e pegado uma carona para casa.

— Mas você não se lembra de *Bonnie e Clyde*?

— Nem por um segundo. De tanto que você era linda, Lizzy. — Zoe estendeu a mão e apertou a bochecha de Elizabeth. — E então, você estava interessada?

— Eu estava. Quer dizer, eu amava você! Você era como uma deusa para mim! Mas eu não sabia nada sobre aquilo. Fiquei muito assustada. E além disso, existia Andrew.

— Que estava transando com Lydia.

— Que estava transando com Lydia! Meu Deus! — Elizabeth soltou uma longa risada engasgada. — A ironia.

Zoe tomou um gole de café.

— Não é engraçado pensar no que estávamos fazendo cem anos atrás como se realmente importasse? Tive muitas namoradas com quem pensei que fosse ficar para sempre, sabe, com quem achei que ia viajar em cruzeiros de velhas para observar pássaros quando tivéssemos oitenta anos, ou não importa quanto, e então terminávamos em seis meses. Não consigo nem imaginar o rosto delas. E quando conheci Jane, achei que íamos ficar juntas por seis meses! Mas aqui estamos nós. Então, não sei.

– Acho que é essa a questão – disse Elizabeth. – Será que importa o que aconteceu milhões de anos atrás? É relevante? Em certos sentidos, penso que é evidente que não, é tudo história antiga, mas por outro lado, não sei. Importa para mim o fato de Andrew ter dormido com Lydia, mas principalmente por causa da forma como ele está agindo agora. E aquela noite com você no sofá significa alguma coisa para mim, caso contrário eu teria feito menção a ela uma centena de vezes, sempre que quisesse provocar você, sabe? É difícil explicar. – Elizabeth estendeu uma das mãos para fora da manta e beliscou o ar, tentando pegar a xícara de café de Zoe. – Você realmente queria me beijar?

– Claro que sim, querida – disse Zoe, entregando-lhe a xícara. Ela ergueu a cadeira e aproximou-a da de Elizabeth. Inclinou-se e deu em Elizabeth um leve e doce beijo na boca. Não era romance; não era sexo. Elizabeth dera o mesmo beijo milhares de vezes em Harry, em sua própria mãe, em Andrew, até mesmo no idiota do Andrew. Era apenas amor.

– Você é minha melhor amiga – disse Elizabeth.

– Idem – disse Zoe, e recostou na cadeira, sorrindo para o sol.

Sessenta e seis

Não havia ninguém em lugar nenhum. Ruby ligou para o celular de uma de suas mães, para o da outra, para o restaurante. Elas continuavam em Montauk, ela supôs, mas em geral faziam contato para certificar-se de que ela não tinha dado uma festa ou ateado fogo em alguma coisa. Elas já haviam vivenciado o incêndio, então, talvez, por que se preocupar? Em duas semanas, Harry tinha de dar as caras para a orientação do último ano na Whitman, que era quando os orientadores das faculdades dividiam todos em grupos e conversavam sobre o processo – onde, por fim, como Ruby havia descoberto no ano anterior, a pessoa se pegava sentada em um semicírculo com seus amigos, falando sobre as três faculdades para as quais já sabia que desejava se inscrever. Harry se sairia bem – estaria com os babacas, falando de como Providence era realmente uma cidade legal, todos sabiam disso. Ele se inscreveria cedo. E entraria. Ruby já podia ver a mensagem de texto pipocando em seu telefone, talvez um *emoji* acanhado. Ele ficaria feliz.

Mas por enquanto, Harry ainda estava dormindo em sua cama.

Seu cabelo havia ficado mais longo nos últimos meses, o que estava começando a abaixar os cachos. Havia uma pequena mancha de saliva sobre o travesseiro bem sob seus lábios, o que Ruby achou engraçadinho. Estar com Harry era quase como participar do Teach for America, ser uma Big Sister ou coisa parecida – realmente fazer a diferença na vida de alguém, dando a ele ou ela alguma atenção, que do contrário não receberiam. Um programa de orientação sexual. Não que ela não gostasse de Harry – ela gostava, e muito. Mas Ruby era positiva acerca do romance. Era um treino de corrida. Todos faziam isso, quer admitissem ou não – quase todos os amores adolescentes eram uma *performance*, com emoções verdadeiras e decepções verdadeiras. Mas ainda assim uma *performance*. De que outra forma alguém diria a uma pessoa que a amava, de verdade, se nunca houvesse dito isso antes? Quando pensava em Harry, Ruby gostava do fato de eles sempre terem se conhecido. Ele não desapareceria como Dust ou seus amigos da Whitman, pessoas que poderiam simplesmente optar por ir para a faculdade e mudar completamente sua personalidade de um dia para outro. Harry sempre seria Harry e seus pais sempre morariam mais adiante no quarteirão. Eles sempre fariam parte da vida um do outro e em algum momento, vinte anos ou mais no futuro, todos passariam juntos o dia de Ação de Graças. Harry estaria casado e com filhos que se pareceriam com ele e ela seria realmente glamorosa e excitante. Eles se beijariam no rosto, pensariam naquele verão e iriam para a cama com a barriga cheia de peru e lembranças do corpo um do outro.

    Lena havia enviado uma mensagem sobre ter visto Andrew na DESENVOLVImento. Elizabeth tinha razão – a coisa toda parecia muito suspeita, para não dizer triste. Lena informou que tinha visto Andrew e Dave conversando e Andrew parecia meio estranho. AH, disse ela, LEMBREI O NOME ARTÍSTICO DELE – DAVE WOLFE. PESQUISE – COM TODA CERTEZA VOCÊ VAI RECONHECER. Ruby abriu seu laptop e digitou o nome no IMDb.

    A foto no canto parecia um anúncio de desodorante corporal – Dave estava sem camisa, com um grosso colar de contas na clavícula. Em vez de exibir a barba cheia e escura, suas faces achavam-se recém-barbeadas, restando apenas um pequeno triângulo de pelos sob o lábio inferior.

– Isso não é um cavanhaque – disse Ruby, grunhindo. – É pior.

— O que está acontecendo? — perguntou Harry, rolando, espreguiçando-se e estendendo a mão para ela. Ruby pegou o laptop e voltou para a cama.

— Esse é o cara da yoga do seu pai — explicou.

— Ah, meu Deus — disse Harry. — Sério?

— Sério.

— Espere um minuto. Ele não fez aquele filme, você sabe, aquele em que os delinquentes juvenis são mandados para a prisão? Dos anos 1980? E eles lideram um motim? — Harry esfregou os olhos. — Juro que é ele.

Ruby clicou na filmografia.

— *Bunk 6*? Era ele sim.

— E ele dá aula de yoga?

— E faz suco? — Ruby roeu uma unha.

— Hum — fez Harry.

— Estou com alguma coisa nos dentes? — perguntou Ruby. Ela inclinou-se sobre Harry e seus cabelos caíram no rosto dele. Harry empurrou-os para o lado e olhou.

— Não — disse. — Mas isso me faz lembrar de uma coisa. Comprei um negócio para você.

— Um sanduíche de bacon, ovo e queijo? Espero que sim. — Ruby caiu de costas na cama com um baque. — O que você quer comer? Tem uma porrada de molho pesto na geladeira, acho que Jane está se preparando para o apocalipse. Quer um pouco de macarrão? Está meio que na hora do almoço.

Harry estava remexendo no bolso da calça, com o corpo metade em cima da cama, metade fora dela.

— Aqui — disse ele, balançando para trás até estar sentado de pernas cruzadas diante de Ruby.

Todas as caixas de joias pareciam assustadoras. Essa era pequena, um retângulo branco, o que era melhor que um quadrado de veludo preto, mas ainda assim, Ruby recuou.

— O que é isso? — Ela apontou para a caixa.

— É só um presente, Ruby. — Harry levantou a tampa da caixa com a outra mão.

Em seu interior, sobre um fundo de felpa de algodão, havia um anel minúsculo, perfeito. Ninguém, a não ser Zoe e sua avó, talvez Chloe ou Paloma, já haviam dado a Ruby uma joia, e essas em geral eram feitas de corda ou pequenos objetos vintage que sua mãe encontrava em algum mercado de quinquilharias. Nenhuma da parte de um garoto. Nenhuma da parte de um namorado.

— O que é isso? — perguntou ela.

— É um anel. — As bochechas de Harry achavam-se rosadas, mas ele sorria. Não era nervosismo; era emoção. — Vá em frente. Olhe. É uma semente de papoula, como você disse.

Ruby estendeu o polegar e o indicador e pegou o anel. Um fio de algodão havia grudado nele e Harry puxou-o. A pedra meio que parecia uma semente de papoula. Ela havia dito isso em voz alta?

— Acho que ele é uma completa fraude e isso é ele tentando roubar o dinheiro do seu pai — disse Ruby, segurando o anel diante do rosto. Ela o fez escorregar por seu dedo médio, onde ele deslizou facilmente até a articulação e então, com um pequeno empurrão, percorreu o resto do caminho.

— Por que você acha isso? Além disso, eu estava pensando talvez nesse dedo — disse Harry, tocando o anular de Ruby.

— Do que você está falando? — Ruby franziu a testa.

— Quer casar comigo? — A essa altura, Harry estava ajoelhado na cama, as pernas nuas afundando em seu edredom. Harry, que nunca tinha tido um emprego. Harry, com quem ela havia tomado banho quando criança. Ruby tornou a imaginar o dia de Ação de Graças, dessa vez como mulher de Harry, usando pérolas, um conjunto de cardigã e suéter e uma faixa fofa na cabeça. Parecia a última cena de *O mágico de Oz*, onde Dorothy olha ao redor e percebe que seus amigos continuam a ser seus amigos, independentemente de serem pessoas, leões ou feitos de lata. Deveria ser reconfortante, tipo, ah, sim, eles estiveram presentes desde o início, mas Ruby achava que isso fazia o mundo inteiro parecer pequeno e claustrofóbico, como se alguém fosse para uma dimensão completamente diferente e visse as mesmas pessoas que tinha visto durante toda a vida; ela desejava mais rostos que isso.

– Vou velejar até o México – disse Ruby e, sem mais nem menos, foi o que fez.

Sessenta e sete

Era quase meio-dia e Elizabeth ainda não havia voltado. Andrew não sabia bem o que fazer de si mesmo. Havia limpado a casa inteira e preparado uma lasanha, ainda que estivesse quente demais para comê-la. Era algo para ter na geladeira, uma autêntica refeição, que Harry poderia lambiscar sempre que quisesse. Havia uma aula de yoga na DESENVOLVImento, mas Andrew sentia-se estranho acerca de voltar. Sentou-se no sofá por alguns minutos, balançando sobre seus calcanhares e por fim decidiu simplesmente ir. O advogado estava aguardando que ele devolvesse os contratos assinados, os pedaços de papel que diziam quanto dinheiro Andrew havia dado a Dave e por quê, e até então Andrew não fazia ideia se seu dinheiro tornaria a aparecer algum dia. Mas ele não sabia o que mais fazer, então percorreu os três quarteirões e desenrolou sua esteira de yoga no único local disponível, bem ao lado da porta, de modo que qualquer pessoa que entrasse teria de passar por cima dele.

Dave estava dando aula. Era quinta-feira, o que significava que a aula era um misto de palestras sobre o *dharma* e *asana*, com foco na manutenção de energia. Outros estúdios enfocavam coisas diferentes – a Bikram tinha tudo a ver com suor e a Iyengar, com precisão, ou era o que Dave dizia – mas Dave tinha tudo a ver com energia. Ele estava sem camisa, como sempre, e saudou Andrew quando eles finalmente fizeram contato visual. A aula estava cheia de gente que

Andrew nunca tinha visto – corpos jovens, flexíveis. Mas Andrew estava melhor que no início do verão e conseguiu acompanhar. De vez em quando, sentia alguém observando-o e girava bem a tempo de ver um dos seguidores de Dave desviar o olhar.

– Puxem o ar para dentro através da caixa torácica – disse Dave – e expirem pelos dedos dos pés.

Todos ao redor de Dave estavam fazendo o que ele dizia. Andrew estava tentando, mas sempre que tentava respirar pelas costelas, sentia que havia alguma coisa no caminho – seu fígado? seu coração? Não dava para respirar pelas costelas, apenas não dava. E definitivamente não dava para respirar pelos dedos dos pés. Andrew abriu os olhos.

De seu lugar perto da porta, Andrew enxergava completamente a entrada e a varanda, onde havia dois policiais uniformizados olhando pelo vidro. Eles bateram, mas Dave nunca atendia a porta durante a aula. Andrew levantou-se e caminhou até lá.

– Posso ajudar? – perguntou.

– Pode sim, senhor, recebemos algumas informações que gostaríamos de averiguar, algumas atividades ilegais. Esse é o seu local de trabalho? O senhor mora aqui? – Andrew reconheceu um dos policiais de quando ele e Elizabeth haviam ido à delegacia para buscar seu filho delinquente.

– Bem, sim e não – disse Andrew. – Eu não moro aqui.

– Nós podemos entrar? – Um *walkie-talkie* no quadril do policial bradava alguma coisa indecifrável.

Andrew virou-se para olhar para a sala. No corredor que dava na cozinha, inúmeros DESENVOLVEdores corriam em todas as direções, vários segurando grandes baldes.

– Hum – fez Andrew, e os policiais passaram por ele e entraram na casa.

Todos se encontravam na postura do cachorro olhando para baixo, com o traseiro espetando o ar. A maioria das pessoas espiava através das pernas, vendo a ação se desenrolar de cabeça para baixo, mas algumas haviam decidido que valeria a pena ver de cabeça para cima e haviam saído da postura para sentar e assistir. Os dois policiais permaneciam na lateral da sala, como se estivessem prestes a jogar uma partida de Frogger e saltar através dos iogues até o outro lado, mas não sabiam como começar.

– Posso ajudar, oficiais? Estamos no meio de uma aula. – Dave estava calmo como um lago no Maine, sem nenhuma marola de ansiedade.

– É você que está no comando por aqui? Temos relatos de algumas atividades ilegais. Uma substância ilícita sendo vendida sem a licença adequada. Viemos até aqui para apreender – a essa altura, o policial fez uma pausa para consultar uma anotação em uma folha de papel – o "cambacha". O "cambacha" ilegal. Nós podemos ver a sua cozinha, por favor?

Dave levantou-se devagar, seus pés descalços aderindo ao piso com um *thuck-thuck*.

– Por favor, todos façam seus próprios exercícios conforme as necessidades. Salomé? – Ela estava à espreita no corredor e balançou a cabeça com força. – Annaliese? – Uma garota que Andrew nunca tinha visto rapidamente saltou de uma esteira na terceira fila e encaminhou-se à esteira de Dave, onde começou a mover-se com algumas saudações ao sol. Várias pessoas enrolaram sua esteira e demoraram-se alguns minutos antes de irem embora, mas outras, iogues mais dedicados, permaneceram e trocaram o cachorro olhando para cima pela prancha e então retornaram à postura anterior.

Andrew viu Dave conduzir os policiais à cozinha e depois subirem e descerem as escadas, em um tour completo da casa. Havia maconha por toda parte – Andrew nunca havia reparado nisso, não de verdade, mas naquele momento a casa fedia a erva, aos baldes de combucha no porão, aos sucos não pasteurizados e aos suplementos herbais que a própria Salomé produzia para os chás. Claro que não havia nenhuma licença. Onde estavam todos os avisos como os que havia no Hyacinth, OS EMPREGADOS DEVEM LAVAR AS MÃOS, ou aquele com a descrição caricatural da manobra de Heimlich? A DE-

SENVOLVImento não tinha nenhum aviso. Ele andava tão ansioso para encontrar alguma coisa a que se dedicar que não havia percebido que estava despendendo todo seu tempo em uma espelunca festejada.

Vários DESENVOLVEdores, jovens e barbados, percorriam a sala da frente, ou conversavam com voz abafada em pequenos grupos. Andrew tentou ouvir, mas eles apenas afastaram-se um pouco mais, arrastando os pés, até pararem no canto mais afastado da sala, deixando Andrew sozinho no centro.

Após cerca de dez minutos, os policiais voltaram. Um deles, o jovem que Andrew reconheceu, agarrava o cotovelo de Dave com força.

– Espere um minuto – disse Andrew. – Esse é o meu sócio... para onde ele está sendo levado? O que está acontecendo?

O policial parou. Dave exalou ruidosamente, emitindo um *om* baixo.

– Quer parar com isso? – pediu o policial. – Está me deixando louco. O que o senhor está querendo dizer com "sócio"? Você conhece esse sujeito? – o policial perguntou a Dave, que olhava direto para frente, em um *drishti* despercebido.

As pálpebras de Dave agitaram-se. Ele olhou para Andrew, em seguida balançou a cabeça devagar.

– Esse homem é um dos nossos alunos de yoga, mas nunca conversei com ele. Paz para os seus bons pensamentos, amigo.

O policial deu de ombros.

– Que seja, cara. Nos dê licença – pediu ele a Andrew e Dave foi conduzido para fora pelo cotovelo até a viatura que se achava à espera. Atrás deles, o outro policial carregava dois baldes cheios de um líquido que cheirava a cerveja, um sob cada braço.

– Entendi – disse Andrew para ninguém em particular. – Entendi. – Ele saiu da casa e viu os policiais acomodarem Dave na parte de trás da viatura. Dave olhava direto para frente. Uma mulher que passeava na rua com um cão branco peludo parou no meio da calçada, esperou que o carro de polícia se afastasse e então balançou a cabeça.

– São sempre os mais bonitos – disse. – Criminosos.

* * *

Não fosse pelo dinheiro, Andrew teria tomado aquilo como um sinal: estava livre. A escolha correta teria sido trabalhar em um açougue, ou talvez criar abelhas em um terraço. Ele não havia construído nada em dois meses. Não havia se tornado hoteleiro, pelo menos não com Dave. Era apenas um babaca parado na frente de um estúdio de yoga. Em seu bolso, o telefone começou a tocar. Quando o pegou, o rosto de Elizabeth preenchia toda a tela e ele ficou tão feliz ao vê-la que quase desatou a chorar.

– Querida – disse, falando antes que ela tivesse a chance. – Eu sinto muito, muito, muito.

Sessenta e oito

D o outro lado, na plataforma do trem em Montauk, Elizabeth puxou o chapéu de palha sobre o rosto para ouvir seu marido falar. Em certos aspectos, havia sido ao mesmo tempo melhor e pior do que ela imaginava. Andrew não havia dormido com nenhuma das jovens quase nuas no empório do suco. Não havia dormido com o cara barbado, o que havia lhe passado rapidamente pela cabeça e havia incomodado um pouco menos, como ideia, do que as jovens desnudas. Andrew contou sobre o dinheiro, o que doeu, ainda que ela certamente não pensasse nele como *seu* dinheiro, ou mesmo como o dinheiro *deles*, e assim estava disposta a atribuir até isso à estupidez e/ou à cabeça aberta de Andrew, a respeito de uma das quais ela em geral se sentia muito bem.

De forma engraçada, tudo que Andrew estava dizendo fez Elizabeth pensar que um casamento longo era realmente possível, em parte porque sempre *parecia* que eles haviam contado todos os seus segredos. Sempre havia mais.

– Com quem eu me casei? – perguntou Elizabeth em voz alta, espantada. O trem estava programado para chegar em cinco minutos. Zoe e Jane a haviam deixado na estação juntas. Elas tinham ido nadar naquela manhã e as pontas do cabelo de Elizabeth ainda estavam úmidas sobre os ombros, ligeiramente ásperas do sal e da areia. Sua dor de cabeça não havia passado, mas estava melhorando. Todos eles estavam melhorando, pelo menos por algum tempo.

— Escute — disse Elizabeth. — O trem está para chegar. Vou estar em casa em poucas horas. Vá para lá, ok? Quero muito conversar com você.

— Claro — disse Andrew.

— Quando éramos jovens, quase beijei Zoe uma vez. E nós conversamos sobre isso pela primeira vez. — Ela queria que ele soubesse que não era o único que não havia aberto todas as portas.

— Quando? — perguntou Andrew.

— Na faculdade. Quando éramos jovens. Quando éramos crianças. Exatamente como você. Quer dizer, quase. Na verdade, não fiz nada. Mas eu sei, Andrew, sei que éramos crianças na época. Tínhamos mais ou menos a idade de Harry. Dá para imaginar? — O que Elizabeth não conseguia imaginar, não mesmo, era que todos os anos nesse meio-tempo tivessem realmente lhe acontecido e a Andrew e a todos os seus amigos. Que eles haviam passado ilesos por esses anos, escapando com vida e tendo uns aos outros. Parecia matematicamente irracional pensar que eles continuavam a resistir. À exceção de Lydia, que estava fazendo algo completamente diferente — talvez não resistindo, mas simulando, reproduzindo. Em certos sentidos, ela viveria mais que todos eles.

Havia uma ligeira agitação em seu estômago, exatamente a sensação que Elizabeth havia sentido quando ela e Andrew decidiram se casar. Nervosismo, ou entusiasmo. O desconhecido. O trem estava entrando na estação e uma nova safra de bêbados arruaceiros fluiu. Elizabeth saiu o máximo possível do caminho sem se deixar arrastar. A vida já arrastava as pessoas o suficiente — ela fincou os pés no chão e apontou os cotovelos.

— Vejo você daqui a pouco — disse. — Estou com saudades. Odeio você, mas estou com saudades. — Elizabeth estava falando com o rapaz zangado que havia pedido ovos mexidos para ela no restaurante perto da casa dos pais dele. Ele ainda não sabia de nada. Ela poderia ajudar, ou não. A decisão era sua. Elizabeth tirou o chapéu e pôs-se a abanar o rosto. — Vou ficar calma calma calma — cantou a todo volume. Os jovens olharam para ela como se ela fosse louca e ela cantou ainda mais alto: – Vou ficar calma calma calma! – Quando era hora de embarcar no trem, Elizabeth sentou-se na janela, apoiou seu caderno no colo e não parou de escrever até chegar em casa.

Sessenta e nove

Jane voltou de Gosman's Dock com lagostas para a noite – Minnie e Mickey, ou Fred e Ginger, Jane não conseguiu decidir. Encontrou Zoe na varanda, debruçada sobre um caderno.

– Você está trabalhando no diário para a dra. Amelia?
– Mais ou menos. Venha até aqui. – Zoe deu tapinhas na cadeira ao seu lado, e depois que guardou as lagostas na geladeira para resfriá--las antes do assassinato ritual, Jane sentou-se e deu uma olhada naquilo em que Zoe vinha trabalhando.

Zoe espalmou as mãos sobre o caderno.

– Escute – disse, com voz baixa e uniforme. – Eis o que eu acho. O Hyacinth logo vai estar terminado e funcionando, o que é ótimo, mas penso que está na hora de coisas novas. Acho que preciso de uma mudança.

– Merda – disse Jane. – Merda! Realmente pensei que as coisas estavam ficando muito melhores, Zo! Como você não enxerga isso? Sei que meu temperamento não é excelente, sei que sou mal--humorada e que não vou à academia há dez anos, mas sério! Como você não enxerga que estamos bem? – Jane sentia seus batimentos cardíacos subindo com rapidez. – Amo você. Não me deixe. Eu faço qualquer coisa.

Zoe sorriu e moveu as mãos. Escondido embaixo delas, encontrava-se o desenho de uma fachada de loja. Havia janelas ao longo da rua, como no Hyacinth, mas com mesinhas redondas que davam para fora. Acima da porta, a placa dizia QUENTE + DOCE, com o desenho de um pretzel.

— Não tem que ser um pretzel — disse Zoe. — Só gosto da forma. Poderia ser um croissant. Ou um muffin talvez. Não, não gosto da aparência dos muffins. Mas poderia ser um croissant.

— O que é isso? — Jane virou a página e viu que havia mais. Mais desenhos, mais anotações. — A Primeira Confeitaria Gourmet de Ditmas Park. — Uma lista de fornecedores, alguns cardápios.

— Nós fazemos tudo. Você faz tudo. Já sei que luminárias deveríamos ter. Aquele garoto em Los Angeles faz as luminárias parecerem polvos modernos... — Ela ainda estava falando quando Jane a interrompeu com um beijo. Zoe estava rindo, elas estavam se beijando e então Jane também estava rindo.

— Você me assustou — disse Jane. Ela balançou a cabeça. — Não me assuste desse jeito.

Zoe tomou o rosto de sua mulher nas mãos.

— Nunca mais. Agora me diga, o que você acha?

— Quente e Doce — disse Jane. — Adorei.

— Bom — disse Zoe. — Porque Elizabeth acha que tem um local. Sabe onde fica aquele salão de cabeleireiro com o toldo amarelo? Antes disso, talvez uns dez anos atrás, existia uma cafeteria dominicana bem pequena. Bem em frente ao corpo de bombeiros.

Jane fechou os olhos.

— Com um pátio. Nós poderíamos ter lugares ao ar livre na lateral.

— Exatamente. — Zoe estendeu os braços e envolveu a cintura de Jane, curvando-se sobre seu colo. — Um novo projeto. Um novo bebê.

— Um novo bebê feito de manteiga.

— Da melhor espécie — disse Zoe, aninhando-se o mais perto possível e então mais perto ainda.

Setenta

O consultório era exatamente como Zoe havia descrito – bem bagunçado, com pilhas de livros no chão ao lado das estantes. Elizabeth e Andrew entraram desajeitadamente e sentaram-se lado a lado em um sofá acolchoado bem gasto.

– Então – disse a dra. Amelia –, o que traz vocês aqui? Elizabeth, nós nos falamos brevemente ao telefone, mas sempre gosto de começar assim com os casais, para que todos possamos estar na mesma página. No mesmo barco. No mesmo time. – Ela balançou a cabeça na direção de ambos, os lábios franzidos de expectativa. A consulta havia sido um presente – Jane e Zoe estavam faltando sua sessão e haviam enviado Elizabeth e Andrew em seu lugar. Não era um presente passível de ser dado a qualquer um, mas lá estavam eles.

– Bem, eu, hum – começou Andrew. – Acho que venho me sentindo um pouco perdido profissionalmente por, hmm, por um bom tempo. – Ele fez uma pausa. – Acho que foi onde isso começou.

– Sério? – disse Elizabeth, inclinando a cabeça para trás. – Acho que isso começou quando tínhamos mais ou menos uns dezenove anos de idade, você não acha? – Desde que havia deixado Montauk, Elizabeth vinha lentamente sentindo suas camadas de ansiedade se desprenderem, como a pele velha de uma cobra. As partículas e os pedaços caíam o tempo inteiro – por Harry estar transando, por Harry haver transado em público, por seu primeiro cabelo branco, pelo fato de seu chefe por vezes ainda a chamar de Emily, pela forma como Lydia olhava para ela um milhão de anos atrás, pela forma como a falsa Lydia olhava para ela agora, pela forma como ela sempre havia se preocupado acerca de como Andrew estava se sentindo. A dra. Amelia e Andrew olhavam para ela com olhos arregalados e Elizabeth percebeu que estava falando.

– E então também acho que deveríamos conversar sobre como você basicamente entrou para um culto por acaso porque precisa de amigos, de um emprego e de uma vocação, o que sei que não é fácil de conseguir, quer dizer, sou corretora de imóveis, que não é exatamente o que as crianças sonham em se tornar, sabe? – Ela ofegava de leve, mas sentia-se bem, como se houvesse acabado de correr ao redor do quarteirão. Elizabeth desejava correr. No trem para casa, havia escrito três músicas e tinha plena certeza de que pelo menos duas delas eram tão boas quanto "Dona de mim". Desejava tocá-las para Andrew, mas também desejava fazer uma demo e enviá-la para a Merge, a Sub Pop e a Touch & Go e dizer, *Ei! Estou aqui! Estive aqui o tempo todo!* Ela conhecia algumas das pessoas certas, ao menos para começar. Precisava apenas descobrir que rumo tomar. Era empolgante, quase como ter uma febre tão alta que ela pensava estar em outro planeta. – Acho que eu talvez precise de uma pausa. Tipo alguns meses. Acho que preciso viajar um pouco sozinha. – Elizabeth esfregou as mãos nas coxas. – Talvez alugar uma casa em algum lugar, gravar algumas músicas, tirar um tempo para mim.

– Ooook – disse a dra. Amelia. – Vamos começar por aí. Andrew? Mergulhe nisso, a água está ótima.

– A água certamente *não* está ótima – disse Elizabeth, lançando a cabeça para trás e rindo. – A água não está ótima.

– Sem essa, Lizzy – disse Andrew. – Nós estávamos completamente tranquilos há alguns minutos, não estávamos?

Elizabeth olhou para seu marido. Tinha ouvido tantos conselhos ao longo dos anos: não se casar com alguém de quem não iria querer se divorciar, não se casar com alguém com quem não iria querer estar, não se casar com alguém que não a tratasse como igual, quando não como um ser superior, não se casar com alguém pelo sexo, casar para ter sexo, casar por amizade, não se casar com o intuito de ter companhia. Fazia tanto tempo que eles estavam juntos que Elizabeth não sabia quais dessas regras havia seguido – decerto não sabia quando eles se casaram. Tais diretrizes eram para pessoas como Harry e Ruby, garotos da cidade que provavelmente não se casariam antes dos trinta e não teriam filhos antes dos trinta e cinco. De certa forma, ainda que não pretendessem, ela e Andrew haviam se comportado como se tivessem vivido na década de 1950, precipitando-se para a idade adulta sem nenhuma consciência de si mesmos como indivíduos.

A dra. Amelia enfiou a ponta da caneta na cavidade em sua bochecha, deixando ali um pontinho azul.

– O que você acha disso, Elizabeth? Você está tranquila?

O ar-condicionado pôs-se a funcionar com um clique, expedindo um golpe repentino de ar gelado sobre o lado direito de Elizabeth. Andrew deu uma tremida involuntária e ela viu um caminho de pele arrepiada formar-se em seus antebraços à mostra.

– Acho que ainda não sabemos a resposta para isso, dra. Amelia – disse ela, puxando a almofada às suas costas e colocando-a no colo. – Acho que estamos só começando aqui.

Andrew exibia um olhar estranho no rosto – em parte uma careta, em parte um sorriso, como se ele não conseguisse dizer a seus lábios o que fazer e então eles estivessem oferecendo suas próprias sugestões.

– Mas quer saber? – perguntou Elizabeth. – Isso acaba de me ocorrer. Realmente não acho que o que está acontecendo aqui seja só culpa sua.

– Isso é bom, dividir a responsabilidade – disse a dra. Amelia.

– É – disse Elizabeth. – *É*. É também claramente culpa minha eu não ter perdido a cabeça dez anos atrás – disse ela. – Ou vinte. Se eu tivesse sido mais louca, mais disposta a experimentar, a me despedaçar, a me queimar, a fracassar, acho que não estaríamos aqui agora. Acho que não estaríamos aqui de maneira nenhuma.

— O que você está querendo dizer? Que estaríamos mortos? — Andrew, o pobre coitado, parecia tão confuso que Elizabeth desejou sentá-lo a um canto com um chapéu de burro.

— Não, não mortos. Só não estaríamos casados. Não estou dizendo que eu queira isso. Talvez queira, ainda não tenho certeza. Mas acho que nós dois somos muito estáticos... e é por isso que estamos sentados aqui.

— Esta já está sendo uma sessão muito boa — disse a dra. Amelia. — Estou realmente impressionada.

Elizabeth sorriu de alegria.

— Obrigada — disse. — Ninguém me elogia pelo que parece um longo tempo. — Ela virou-se para Andrew, cujo rosto havia empalidecido. — Pode começar por aí se quiser.

Andrew engoliu em seco.

— Vou fazer isso.

— Agora seria um ótimo momento, Andrew — disse a dra. Amelia. — Por que não diz a sua mulher no que acha que ela é ótima? Pode ser uma coisa grande ou pequena, não importa.

Andrew olhou para suas mãos e uniu os polegares. A sala ficou silenciosa.

— Você é uma excelente compositora — disse ele. — Realmente excelente.

— Obrigada — disse Elizabeth.

— E é uma mãe incrível. Harry adora você.

— Obrigada — disse Elizabeth.

— Isso é um grande começo — disse a dra. Amelia. — Elizabeth?

— Hmm? — Ela ergueu os olhos.

— Existe alguma coisa pela qual você gostaria de elogiar Andrew?

— Talvez daqui a pouco, mas por enquanto eu gostaria muito que Andrew continuasse se estiver tudo bem. — Ela cruzou os braços e esperou.

Setenta e um

Assim que Ruby decidiu que iria, os planos conjugaram-se rápido. Ela partiria de avião para San Diego no último dia de agosto e sairia de avião de Loreto, no México, três meses depois. O curso destinava-se a pessoas com mais de dezessete anos, oferecia crédito universitário e fornecia todo o equipamento. Depois do México, ela estava pensando em fazer um curso na América do Sul, mas este consistia principalmente em caminhada e ela não tinha certeza. Harry a estava ajudando a fazer as malas. O voo de Ruby era dali a dois dias.

O pedido de casamento não havia transcorrido exatamente da maneira que ele esperava – Ruby havia feito o anel deslizar em seu dedo médio e dito "Não", claro como o dia, mas ele entendia. Os dois eram muito jovens. Ainda lhe restava um ano de escola. Ninguém ficava noivo no ensino médio, não mesmo. Ele ficou feliz que ela tivesse ficado com o anel.

Era fim de tarde. As mães de Ruby e a mãe dele estavam no novo espaço – não paravam de falar sobre isso, as três, cacarejando como bruxas a respeito de rosquinhas e geleia. Elas estavam criando algo a partir do nada.

Ruby estava parada na frente do armário. Não devia levar roupas como as que usava – havia uma lista e era tudo confeccionado com tecidos de traje de banho. Ruby passaria três meses sentada em um caiaque, mas ainda assim, por enquanto, estava experimentando vestidos, talvez para se despedir. Passava os cabides por sobre a cabeça, o que a fazia parecer o monstro Frankenstein, com hastes de metal projetando-se dos ombros.

— Esse foi o que você usou na formatura — disse Harry. As franjas brancas balançaram ao lado das coxas nuas dela, que estava apenas de calcinha. Harry queria bater fotos de cada parte do corpo de Ruby, mas sabia que era impossível possuí-la.

— Quando você foi meu herói — disse Ruby.

— Você sempre foi minha heroína — disse Harry. — Vamos deixar isso bem claro. — Ele levantou-se e aproximou-se dela por trás. — Quero abraçar você, mas não quero me empalar.

Ruby riu e retirou os cabides.

— Pode me abraçar — disse.

Harry envolveu-a com os braços e olhou para os dois no espelho.

— Ei, sabe de uma coisa? Você devia ter descolorido meu cabelo, mas nunca fez isso.

— Quer fazer agora?

— Você ainda é minha namorada? — Harry não sabia ao certo por que aquilo tinha importância, mas tinha.

— Acho que sou sua namorada até entrar no avião — respondeu Ruby. — Que tal?

— Acho que posso viver com isso. Vamos descolorir meu cabelo.

Ela bateu palmas e apontou para o banheiro.

— Entre no meu salão! — Harry sentou-se na borda da banheira enquanto Ruby abria e fechava todos os armários. — A-há! — disse ela, e começou a fazer uma demonstração química em um recipiente de plástico na pia.

Ruby pôs-se a pintar o cabelo dele com uma gosma fria e branca. Após alguns segundos, o couro cabeludo de Harry começou a comichar e depois a fritar.

— Isso é normal? — perguntou ele e Ruby revirou os olhos.

— Os homens são tão frouxos — disse. — É, é normal. — Ela pôs-se a trabalhar na cabeça dele, seção por seção. Quando havia terminado, cobriu a coisa toda com uma touca plástica gigantesca.

— Não quer colocar uma música? — perguntou Harry. Ele precisava de alguma coisa para afastar da mente que sua cabeça dava a sensação de estar pegando fogo. Ruby agarrou seu celular e rolou a tela até encontrar o que estava procurando, apertou o botão e então depositou o telefone sobre a tampa do vaso.

Era uma música lenta, que Harry não conhecia. Um cara cantava "Love and happiness", em seguida uma guitarra choramingava um pouco e o restante da banda entrava em ação.

— É Al Green — disse Ruby, e começou a dançar. Harry pôs as mãos em suas coxas e fechou os olhos, tentando memorizar tudo que podia. Eles ouviram a música mais três vezes antes que ela apertasse o botão e reproduzisse o restante do álbum. — Ok, vamos checar seu cabelo. — Ela puxou a touca de banho para trás e espiou. — Ah, merda — disse. — Está meio laranja.

Harry puxou o restante de touca e levantou-se. Parecia ter *dreadlocks* alaranjados e brilhantes.

— Bem, vamos lavar, talvez não esteja tão ruim quanto parece. — Ele enfiou a cabeça sob a torneira e Ruby pôs-se a enxaguar, seus dedos separando os tufos maiores. Ela lavou o cabelo dele duas vezes antes de deixá-lo levantar-se e secá-lo com uma toalha.

Eles encontravam-se lado a lado, ombro a ombro. Em vez de loiro, o cabelo de Harry estava cor de ferrugem, nova e brilhante, ou de um cone de sinalização bem sujo. Ele tocou um cacho e levou a mão ao queixo. Estava horrível, tão horrível, que Ruby não podia nem mesmo argumentar o contrário apenas para se exibir. Os dois fizeram uma careta ao mesmo tempo.

— Por acaso você tem algum cortador de cabelo?

— Acho que minha mãe tem. Espere. — Ruby disparou escada acima até o quarto de suas mães e voltou com um, o fio balançando atrás dela. Harry plugou-o na parede e ligou-o. — Você já fez isso antes? — perguntou ela.

— Não — respondeu ele. — Mas existe uma primeira vez para tudo. — Ele começou pela frente — era preciso começar por algum lugar — e arrastou o aparelho para trás ao longo do couro cabeludo. Uma longa faixa de cabelos caiu primeiro em seus ombros e em seguida no chão.

— Uau — disse Ruby. — Continue.

Ele percorreu o lado direito primeiro, deixando o cabelo com cerca de três centímetros de comprimento, talvez menos, sem vestígios do clareamento. Parou o tempo suficiente para que Ruby batesse uma foto, com uma metade laranja, uma metade raspada. Ela colocou uma toalha no chão para aparar os cachos que caíam.

Levou apenas alguns minutos.

— Acho que desperdicei o clareador — disse Harry, girando de um lado para o outro a fim de inspecionar-se.

— Aqui — disse Ruby, e estendeu um espelho. — Veja a coisa toda. — Ela ergueu o espelho nas mãos dele como se ele estivesse em uma barbearia e o fez girar para poder enxergar o reflexo da parte de trás da cabeça.

— Estou parecendo meu pai — disse Harry.

— Mais ou menos — disse Ruby. — Acho que você está parecendo mais com você mesmo.

Harry entendia o que ela estava querendo dizer. Ele parecia uma pessoa diferente — mais velho. Mais forte, até. Passou a mão pela cabeça, que tanto espetava quanto ainda comichava do clareador. Ele não parecia mais criança e tampouco se sentia como uma.

— Eu devia ir para casa — disse Harry. — Por enquanto. Vou voltar hoje à noite.

Ruby assentiu com um movimento de cabeça.

— Amo você, Harry Marx. — Ela beijou-o na bochecha, ambas cobertas de fios de cabelo. Ele desejava recordar Ruby de tantas maneiras, imagens dela que desejava congelar para sempre, mas era isso o que Harry desejava congelar para si mesmo — independentemente de como se sentisse naquele exato momento em que as palavras saíram da boca de Ruby, ele continuou de pé, ainda capaz de sair porta afora. Não haveria verão melhor enquanto vivesse. Harry retribuiu o beijo, em seguida fechou a porta do quarto às suas costas.

Ele desceu as escadas devagar, acariciando a cabeça de Bingo a caminho da saída. O dia havia começado a desvanecer. Harry queria passar por alguém que conhecesse, alguém do colégio, só para ver se a pessoa o reconheceria, mas a rua Argyle estava vazia. Alcançou a entrada de sua própria garagem, cuja porta estava entreaberta. Pelo vão de um metro e vinte, ele viu as pernas e o amplificador de sua mãe. Ela estava tocando alguma coisa calma e ele aproximou-se um pouco mais pelo acesso de veículos para ouvir. Era bonita – uma música nova. Os vaga-lumes começavam a piscar e Harry virou-se para ver um deles flutuar até o alto da árvore. A porta da garagem abriu-se mais alguns centímetros e sua mãe abaixou-se e projetou a cabeça por baixo dela.

– Harry, é você? – O ar cheirava a outono e Harry viu o vaga-lume percorrer todo o dossel de folhas antes de tornar a mudar de direção.

PARTE QUATRO

Impressos

NEW YORK POST
Policiais prendem iogues do Brooklyn
por mau-cheiro inusitado

Esta semana, o 67º distrito policial recebeu mais do que esperava ao seguir a denúncia anônima de que a DESENVOLVImento, um estabelecimento hipster de yoga em Ditmas Park, Brooklyn, estava fabricando e vendendo ilegalmente um potente combucha, uma bebida alcoólica fermentada. Além do combucha, a polícia também encontrou vários pés de maconha, algumas drogas psicodélicas, assim como grande quantidade de produtos naturais não identificados, como brotos e folhas que a DESENVOLVImento empregava na preparação de chás e outras bebidas.

A DESENVOLVImento recebeu uma citação de contravenção por vender o combucha sem licença, assim como várias outras citações pelas drogas ilegais adicionais encontradas em suas dependências. "Não estamos vendendo drogas", explicou aos repórteres David Goldsmith, líder da DESENVOLVImento. "Somos uma comunidade holística e estamos profundamente comprometidos com a saúde física e espiritual de nossos membros e da raça humana. Entristece-me que a polícia de Nova York não compreenda o que estamos fazendo aqui, mas com o tempo isso vai acontecer."

Não foram efetuadas prisões, mas o site da DESENVOLVImento informa que todas as aulas de yoga e serviços (inclusive, ao que tudo indica, a fermentação do combucha) foram suspensos enquanto o centro encontra-se sob investigação mais detalhada.

SEÇÃO DE TRIVIALIDADES PROCEDENTE DA PÁGINA DE DAVE WOLFE NO IMDB

- Dave fala sânscrito fluentemente.
- Quando adolescente, Dave ganhou o segundo e o quarto lugares em uma competição de surfe de celebridades, tendo competido contra David Charvet e Eddie Cibrian.
- Os pelos faciais de Dave crescem tão rapidamente que isso está registrado como um "talento especial" em seu currículo.

CADERNO DE ARTE DO *NEW YORK TIMES*

Crítica: *Dona de mim* visita as origens de um ícone

SELEÇÃO DOS CRÍTICOS DO NYT

Lydia Greenbaum cantava como se sua casa estivesse em chamas. Sem treinamento vocal e um tom que poderia ser generosamente descrito como "quase correto", Lydia (que desistiu do Greenbaum durante sua breve permanência na faculdade de Oberlin) tornou-se uma estrela no início da década de 1990, disparando da obscuridade para a ubiquidade em questão de meses. A cinebiografia suavemente iluminada concentra-se no período que antecede o estrelato de Lydia, em que a futura estrela passava a maior parte do tempo comendo bolinhos de batata na lanchonete da faculdade.

É uma seleção humanizante. O filme esquiva-se da curva padrão de tantas cinebiografias musicais, talvez porque a curva de Lydia fosse menos uma curva que uma flecha. Em lugar de enfocar o abuso de drogas e a morte súbita, o filme opta por existir em um intervalo de tempo pré-fama um tanto indistinto, no qual o espectador é encorajado a imaginar um final diferente para Lydia (representada no filme por Darcey Lemon, uma sósia com dons de atuação apropriados à atmosfera nebulosa do filme e voz surpreendentemente aguda).

A parte mais forte do filme, e a melhor decisão do cineasta depois de escalar Darcey Lemon, é o tempo dedicado à Kitty's Mustache, a banda universitária de Lydia, para a qual (aponta o filme) esta pouco contribuiu. A história de amor entre Lydia e seu companheiro de banda Andrew Marx (representado pelo jovem e taciturno Samson Tapper) é o eixo central da trama e quando o romance termina, o mesmo ocorre com a banda e, pouco depois, também com a carreira universitária de Lydia. É um lembrete de que, não faz tanto tempo assim, era concedida certa privacidade às celebridades, e do poder de reinvenção de Lydia, que não permitiu que nada de seu passado leve e apaixonado se imiscuísse em sua personalidade de palco.

Dona de mim não poupa Lydia do destino a que sabemos ela está condenada, mas o filme aprofunda nosso entendimento de uma artista complicada. Lydia agora se reúne a Jim Morrison e Kurt Cobain como uma das integrantes do Clube dos 27, cuja vida breve e impactante existe no filme assim como na memória; é um presente ter acesso ao frágil começo de uma artista atribulada.

BLOG GRUB STREET

Inaugurações

A equipe do Hyacinth leva a manteiga a Ditmas Park

Cinco meses depois do incêndio que fechou a cozinha de seu pioneiro e localista Hyacinth no Brooklyn, Zoe e Jane Kahn-Bennett estão abertas ao público em sua nova e aconchegante confeitaria, a Hot + Sweet. Localizada a dois quarteirões do Hyacinth, na pequena rua dos restaurantes em Ditmas Park, Hot + Sweet abre sete dias por semana para café da manhã e almoço.

Não há *cronuts*, nem *macarons*, nem bolos de palito – o cardápio da Hot + Sweet é totalmente conservador e é justamente isso o que desejam as Kahn-Bennett. "Por que mexer com a perfeição?", pergunta a chef Jane Kahn-Bennett. "Eu preferiria comer um folhado de maçã ou um croissant a alguma coisa da moda qualquer dia da semana e sei que a vizinhança concorda, pois as pessoas vinham nos perguntando há dez anos quando iríamos expandir."

Elas têm também tortas creme de chocolate, rolinhos de canela e imensos cookies de raspas de chocolate.

EXTRAÍDO DE THE *PITCHFORK REVIEW*

Dez melhores momentos do festival All Tomorrow's Parties, cidade de Nova York

3. Melhor reunião de uma banda que já se ouviu

A Kitty's Mustache é famosa por ser a banda universitária de Lydia, mas nos dois meses que se seguiram ao lançamento da cinebiografia *Dona de mim*, a banda universitária colecionou alguns convites importantes, inclusive o do ATP. Compareci sem saber o que esperar com a ausência de Lydia, mas a banda – Zoe Kahn-Bennett, Elizabeth Marx, Andrew Marx e a atriz Darcey Lemon, de *Dona de mim*, que entrou para o refrão da canção que dá título ao filme, nenhum dos quais se dirigiu ao público a não ser pela cantora Elizabeth Marx – foi eficiente e soou tão indignada e cheia de vida quanto deve ter ocorrido no cassete, com guitarras explosivas e saias curtas. Uma garota ao meu lado disse acerca de Marx, "Ela é um ícone" e sua amiga retrucou, "E li no BuzzFeed que ela é corretora de imóveis!", o que diz basicamente tudo que você precisa saber a respeito de sobreviver com o salário da música moderna.

CADERNO DE MODA DO *NEW YORK TIMES*

Casamentos

Sarah Annabelle Dinnerstein, filha de Hannah e Eugene Dinnerstein de Park Slope, Brooklyn, casou-se no sábado com Anthony Dustinsky, filho de Elena Rodriguez, de Greenwood Heights, Brooklyn e o falecido Leopold Dustinsky, de Ridgewood, Queens. O reverendo Elliott Beall, ministro unitariano, realizou a cerimônia no Ancoradouro do Prospect Park.

A noiva, de 24 anos, que vai conservar seu nome, trabalha no departamento de relações públicas da Jan Juice, uma empresa rastafári de sucos com sede no Brooklyn. O noivo, de 26, é estudante de arquitetura na universidade de Columbia.

CONDÉ NAST TRAVELER

A realeza gastronômica do Brooklyn abraça a cultura estrangeira

Ruby Kahn-Bennett vive no México há cinco anos – primeiro morou na península da Baixa Califórnia, onde desembarcou após o curso de remo que se seguiu a sua formatura no ensino médio, depois passou um curto período na Cidade do México e por fim na costa leste, na litorânea Tulum – mas a genuína nova-iorquina diz que só agora começou a sentir-se em casa. "Não pude dirigir até os vinte anos", contou, rindo. "E me mudei para o México aos dezenove. Foi um ano difícil. Muitos ônibus."

Mas Kahn-Bennett parece ter equacionado algumas questões e fixou suas próprias raízes na interseção do turismo e da comida aconchegante de sua casa no Brooklyn. Sua pizzaria, Brooklyn's Finest, situa-se bem próxima a hotéis para servir a viajantes americanos, mas conquistou igualmente adeptos locais, devido à adoção de Kahn-Bennett dos sabores nativos. "O México tem as melhores pimentas do mundo, então fazemos muitas combinações diferentes. Minha preferida atual é uma pizza branca com queijo Oaxaca e pimenta *poblano*.

As mães de Kahn-Bennett, Jane e Zoe Kahn-Bennett, continuam no Brooklyn, dividindo seu tempo entre o Hyacinth, uma das preferências do bairro, e sua nova confeitaria, Hot + Sweet, mas Ruby diz que sua família vem a Tulum pelo menos uma vez por ano. "Minhas mães adoram", conta ela. "Ficam ameaçando abrir um restaurante mexicano em casa." Quanto a Kahn-Bennett, o Brooklyn's Finest a mantém ocupada, embora ela volte a Nova York todos os verões, quando obriga suas mães a prepararem um perfeito jantar de Ação de Graças. "Eu iria para os feriados", explica ela, "mas é nossa alta temporada! Alguém tem que fazer a pizza!" E assim, por ora, Ação de Graças em julho vai ter de servir.

PROSPECT PARK YMCA – PUBLICAÇÃO MENSAL BOLETIM INFORMATIVO

Todos vencedores no jogo de basquete dos Big Brothers

Este mês, nosso programa dos Big Brothers encerrou sua temporada de verão com o torneio anual de basquete. O mentor e técnico voluntário dos Big Brothers, Andrew Marx, declarou logo após o jogo, "Este foi um de nossos melhores torneios até o momento – os garotos se empenharam e todos se divertiram muito. Foi o ponto alto do ano para nós, sem sombra de dúvida." *(Foto: Participantes do Big Brother e Andrew Marx, no centro.)*

HARRY MARX
UNIVERSIDADE BROWN

Comitê de Honra do Departamento de Inglês
Proposta de Tese

Título sugerido: Amigos e vizinhos
O romance inspirar-se-á em alegorias de histórias de amor clássicas tais como *Romeu e Julieta* e *Tristão e Isolda*, ambientadas em Ditmas Park, no Brooklyn atual, com duas famílias vizinhas se apaixonando e desapaixonando a um só tempo. Meu projeto é escrever um romance que tanto enalteça a aceitação juvenil do amor impulsivo e a forma como os mais velhos lutam com esses mesmos sentimentos algumas décadas mais tarde. Tenciono incorporar ideias de Jacques Derrida e Michel Foucault, bem como obter inspiração a partir de plataformas de internet com base em hipertextos, que acredito que forneçam uma justaposição interessante ao formato um tanto ultrapassado e direto do romance.
    Obrigado por sua consideração.

TIME OUT NEW YORK

Anúncios

Elizabeth Marx, Bowery Ballroom

Desde o ano de lançamento de *Dona de mim*, a ex-cantora da Kitty's Mustache, Elizabeth Marx, vivenciou uma impressionante ressurreição, embora "descoberta" seja provavelmente ainda mais apropriado, já que poucas pessoas tinham ouvido o material da Kitty's Mustache, à exceção da música celebrizada pela ex-companheira de banda de Marx, que não precisa ser mencionada aqui. Marx está promovendo um novo disco, *Amantes modernos*, a ser lançado no outono pela Merge Records.

Agradecimentos

Imensos agradecimentos a minha glamorosa agente, Claudia Ballard, assim como a Laura Bonner e Tracy Fisher da WME e a toda a equipe da Riverhead Books, especialmente Sarah McGrath, Claire McGinnis, Geoff Kloske, Lydia Hirt, Danya Kukafka, Jynne Martin e Kate Stark. Obrigada os eméritos da Riverhead Megan Lynch e Ali Cardia, por seu amor e apoio ininterruptos. Agradeço a minha equipe do Reino Unido, Jessica Leeke e Cathryn Summerhayes. Agradeço aos amigos que me emprestaram sua rica e variada experiência para este livro: Rob Newton, Kerry Diamond, Bill Sheppard, Jo Anne Kennedy, Stephin Merritt, Meg Wolitzer, Lorrie Moore, o time do Rookie, Ry Russo Young, Christina Rentz e Isabel Parkey.

Um agradecimento especial a minha família: os Straubs, os Royals e meu belo marido, Michael Fusco-Straub, sem o qual eu estaria perdida para sempre. Um atônito obrigada e minha total devoção a meus dois lindos filhos, um dos quais ainda se encontra dentro de meu corpo enquanto escrevo isto, mas cuja entrada neste mundo é esperada para breve.

Obrigada, como sempre, a minhas adoradas livrarias independentes e seus brilhantes proprietários e vendedores de livros, especialmente Mary Gannett e Henry Zook da BookCourt, Stephanie Valdez e Ezra Goldstein da Community, minha doce Christine Onorati da WORD, Jessica Bagnulo e Rebecca Fitting da Greenlight e Niki

Coffman e Ann Patchett da Parnassus. Também gostaria de agradecer a Ann Patchett por ser Ann Patchett.

    E, por último, meu obrigada e meu amor aos velhos amigos que conservei, assim como aos amigos com os quais se deu o contrário, com beijos não dados voando em sua direção através do tempo, do espaço e das circunstâncias.

Impressão e Acabamento:
LIS GRÁFICA E EDITORA LTDA.